D

Daniel Glattauer

GUT GEGEN NORDWIND

ALLE SIEBEN WELLEN

Zwei Romane

Deuticke

ISBN 978-3-552-06129-3

Sonderausgabe 2010

Satz: Eva Kaltenbrunner-Dorfinger, Wien
Druck und Bindung: CPI – Ebner & Spiegel, Ulm
Printed in Germany

GUT GEGEN NORDWIND

KAPITEL EINS

15. Jänner
Betreff: Abbestellung
Ich möchte bitte mein Abonnement kündigen. Geht das auf diesem Wege? Freundliche Grüße, E. Rothner.

18 Tage später
Betreff: Abbestellung
Ich will mein Abonnement kündigen. Ist das per E-Mail möglich? Ich bitte um kurze Antwort.
Freundliche Grüße, E. Rothner.

33 Tage später
Betreff: Abbestellung
Sehr geehrte Damen und Herren vom »Like«-Verlag, sollte Ihr beharrliches Ignorieren meiner Versuche, ein Abonnement abzubestellen, den Zweck haben, weitere Hefte Ihres im Niveau leider stetig sinkenden Produkts absetzen zu können, muss ich Ihnen leider mitteilen: Ich zahle nichts mehr!
Freundliche Grüße, E. Rothner.

Acht Minuten später
AW:
Sie sind bei mir falsch. Ich bin privat. Ich habe: woerter@leike.com. Sie wollen zu: woerter@like.com. Sie sind schon der Dritte, der bei mir abbestellen will. Das Heft muss wirklich schlecht geworden sein.

Fünf Minuten später
RE:
Oh, Verzeihung! Und danke für die Aufklärung. Grüße, E. R.

Neun Monate später
Kein Betreff
Frohe Weihnachten und ein gutes neues Jahr wünscht Emmi Rothner.

Zwei Minuten später
AW:
Liebe Emmi Rothner, wir kennen uns zwar fast noch weniger als überhaupt nicht. Ich danke Ihnen dennoch für Ihre herzliche und überaus originelle Massenmail! Sie müssen wissen: Ich liebe Massenmails an eine Masse, der ich nicht angehöre. Mfg, Leo Leike.

18 Minuten später
RE:
Verzeihen Sie die schriftliche Belästigung, Herr Mfg Leike. Sie sind mir irrtümlich in meine Kundenkartei gerutscht, weil ich vor einigen Monaten ein Abonnement abbestellen wollte und versehentlich Ihre E-Mail-Adresse erwischt hatte. Ich werde Sie sofort löschen.
PS: Wenn Ihnen eine originellere Formulierung einfällt, jemandem »Frohe Weihnachten und ein gutes neues Jahr« zu wünschen, als »Frohe Weihnachten und ein gutes neues Jahr«, dann teilen Sie mir diese gerne mit. Bis dahin: Frohe Weihnachten und ein gutes neues Jahr! E. Rothner.

Sechs Minuten später
AW:
Ich wünsche Ihnen ein angenehmes Fest und freue mich für Sie, dass Ihnen ein Jahr bevorsteht, das zu Ihren achtzig besten zählen wird. Und sollten Sie zwischendurch schlechte Tage abonniert haben, bestellen Sie sie ruhig – irrtümlich – bei mir ab. Leo Leike.

Drei Minuten später
RE:
Bin beeindruckt! Lg, E. R.

38 Tage später
Betreff: **Kein Euro!**
Werte »Like«-Verlagsleitung, ich habe mich von Ihrem Magazin dreimal schriftlich und zweimal telefonisch (bei einer gewissen Frau Hahn) getrennt. Wenn Sie mir die Zeitung dennoch weiter schicken, so betrachte ich das als Ihr Privatvergnügen. Den soeben zugesandten Zahlschein in der Höhe von 186 Euro behalte ich gerne als Souvenir, um mich auch dann noch an »Like« zu erinnern, wenn ich endlich keine Ausgaben mehr zugestellt bekomme. Rechnen Sie aber bitte nicht damit, dass ich auch nur einen Euro einzahlen werde. Hochachtungsvoll, E. Rothner.

Zwei Stunden später
AW:
Liebe Frau Rothner, machen Sie das absichtlich? Oder haben Sie schlechte Tage abonniert? Mfg, Leo Leike.

15 Minuten später
RE:
Lieber Herr Leike, das ist mir jetzt wirklich überaus peinlich. Ich habe leider einen chronischen »Ei«-Fehler, also eigentlich einen »E«-vor-»I«-Fehler. Wenn ich schnell schreibe, und es soll ein »I« folgen, rutscht mir immer wieder ein »E« hinein. Es ist so, dass sich da meine beiden Mittelfingerkuppen auf der Tastatur bekriegen. Die linke will immer schneller als die rechte sein. Ich bin nämlich eine gebürtige Linkshänderin, die in der Schule auf rechts umgepolt wurde. Das hat mir die Linke bis heute nicht verziehen. Immer schiebt sie mit der Mittelfingerkuppe ein »E« hinein, bevor die Rechte ein »I« setzen kann. Verzeihen Sie die Belästigung, kommt (wahrscheinlich) nicht wieder vor. Schönen Abend noch, E. Rothner.

Vier Minuten später
AW:
Liebe Frau Rothner, darf ich Ihnen eine Frage stellen? Und hier noch eine zweite: Wie lange haben Sie für Ihre E-Mail mit der Darlegung Ihres »Ei«-Fehlers gebraucht? Lg, Leo Leike.

Drei Minuten später
RE:
Zwei Fragen zurück: Wie lange schätzen Sie? Und warum fragen Sie?

Acht Minuten später
AW:
Ich schätze, Sie haben nicht länger als zwanzig Sekunden dafür gebraucht. Für diesen Fall gratuliere ich Ihnen: In der kurzen Zeit ist Ihnen eine tadellose Mitteilung gelungen. Sie hat mich zum Schmunzeln gebracht. Und das schafft heute Abend sonst wohl nichts und niemand mehr. Auf Ihre zweite Frage, warum ich frage: Ich bin beruflich derzeit auch mit der Sprache von E-Mails befasst. Und nun noch einmal meine Frage: Nicht länger als zwanzig Sekunden, liege ich richtig?

Drei Minuten später
RE:
Soso, Sie sind beruflich mit E-Mails befasst. Klingt spannend, allerdings fühle ich mich jetzt ein bisschen wie eine Testperson. Aber egal. Haben Sie eigentlich eine Homepage? Wenn nein, wollen Sie eine? Wenn ja, wollen Sie eine schönere? Ich bin nämlich beruflich mit Homepages befasst. (Bis hierher habe ich exakt zehn Sekunden gebraucht, ich habe es gestoppt, war aber ein Berufsgespräch, das geht immer flott.)
Bei meiner banalen E-Mail mit dem »E«-vor-»I«-Fehler haben Sie sich leider gründlich verschätzt. Das hat mir sicher gute drei Minuten meiner Lebenszeit gestohlen. Na ja, weiß man, wofür es gut war? Nun würde mich aber doch noch eines interessie-

ren: Wieso haben Sie angenommen, dass ich für meine »E«-vor-»I«-Fehler-Mail nur zwanzig Sekunden gebraucht habe? Und bevor ich Sie endgültig für immer in Ruhe lasse (außer, die vom Like-Verlag schicken mir wieder einen Zahlschein), interessiert mich noch etwas. Sie schreiben oben: »Darf ich Ihnen eine Frage stellen? Und hier noch eine zweite: Wie lange haben Sie … usw. …?« Daran anschließend habe ich zwei Fragen. Erstens: Wie lange haben Sie für den Gag gebraucht? Zweitens: Ist das Ihr Humor?

Eineinhalb Stunden später
AW:
Liebe unbekannte Frau Rothner, ich antworte Ihnen morgen. Ich schalte jetzt meinen Computer ab. Guten Abend, gute Nacht, je nachdem. Leo Leike.

Vier Tage später
Betreff: **Offene Fragen**
Liebe Frau Rothner, verzeihen Sie, dass ich mich jetzt erst melde, bei mir geht es momentan ein wenig turbulent zu. Sie wollten wissen, wieso ich fälschlicherweise angenommen hatte, dass Sie für Ihre Ausführungen über den »Ei«-Fehler nicht länger als zwanzig Sekunden benötigt haben. Nun, Ihre E-Mails lesen sich wie »heruntergesprudelt«, wenn ich mir diese Einschätzung erlauben darf. Ich hätte schwören können, dass Sie eine Schnellsprecherin und Schnellschreiberin sind, eine quirlige Person, der die Abläufe des Alltags niemals rasch genug vonstatten gehen können. Wenn ich Ihre E-Mails lese, dann kann ich darin keine Pausen erkennen. Die kommen mir im Ton und Tempo antriebsstark, atemlos, energievoll, flott, ja sogar ein wenig aufgeregt vor. So wie Sie schreibt niemand mit niedrigem Blutdruck. Mir scheint, Ihre spontanen Gedanken fließen ungebremst in die Texte ein. Und dabei zeichnet Sie Sprachsicherheit aus, ein gewandter, stark pointierter Umgang mit Worten. Wenn Sie nun aber erklären, dass Sie für Ihre »Ei«-Mail länger

als drei Minuten gebraucht haben, dann dürfte ich doch ein falsches Bild von Ihnen entworfen haben.
Sie haben mich bedauerlicherweise nach meinem Humor gefragt. Das ist ein trauriges Kapitel. Um humorvoll sein zu können, muss man wenigstens einen Hauch von Witz an sich selbst erkennen. Ehrlich gesagt: Da erkenne ich derzeit nichts, ich fühle mich absolut witzlos. Wenn ich auf die vergangenen Tage und Wochen zurückblicke, vergeht mir das Lachen. Aber das ist meine persönliche Geschichte und hat hier nichts verloren. Danke jedenfalls für Ihre erfrischende Art. Es war überaus angenehm, sich mit Ihnen zu unterhalten. Ich glaube, die Fragen sind nun alle so recht und schlecht beantwortet. Wenn Sie sich zufällig wieder auf meine Adresse verlieren, freue ich mich. Nur bitte: Bestellen Sie endlich Ihr Like-Abonnement ab, das nervt schon ein wenig. Oder soll ich's tun? Liebe Grüße, Leo Leike.

40 Minuten später
AW:
Lieber Herr Leike, ich will Ihnen was gestehen: Ich habe für meine »E«-vor-»I«-Mail wirklich nicht länger als zwanzig Sekunden gebraucht. Ich habe mich nur geärgert, dass Sie mich so eingeschätzt haben, dass ich E-Mails einfach so hinfetze. Sie haben zwar Recht, aber Sie hatten kein Recht, das vorher schon zu wissen. Also gut: Auch wenn Sie (derzeit) keinen Humor haben, bei E-Mails kennen Sie sich offenbar ganz gut aus. Hat mir imponiert, wie Sie mich spontan durchschaut haben! Sind Sie Germanistikprofessor? Liebe Grüße, Emmi »die Quirlige« Rothner.

18 Tage später
Betreff: **Hallo**
Hallo, Herr Leike, ich wollte Ihnen nur sagen, dass die von »Like« mir keine Hefte mehr zuschicken. Haben Sie interveniert? Sie könnten sich übrigens auch einmal melden. Ich weiß zum Beispiel noch immer nicht, ob Sie Professor sind. Google kennt Sie jedenfalls nicht oder versteht es, Sie gut zu verstecken.

Und, ist es um Ihren Humor schon besser bestellt? Immerhin ist ja Fasching. Da haben Sie praktisch keine Konkurrenz. Liebe Grüße, Emmi Rothner.

Zwei Stunden später
AW:
Liebe Frau Rothner, schön, dass Sie mir schreiben, ich habe Sie schon vermisst. Ich war bereits knapp dran, mir ein Like-Abonnement zuzulegen. (Vorsicht, aufkeimender Humor!) Und Sie haben mich tatsächlich per »Google« gesucht? Das finde ich überaus schmeichelhaft. Dass ich für Sie ein »Professor« sein könnte, gefällt mir, ehrlich gestanden, eher weniger. Sie halten mich für einen alten Sack, stimmt's? Steif, pedantisch, besserwisserisch. Nun, ich werde mich nicht krampfhaft bemühen, Ihnen das Gegenteil zu beweisen, sonst wird es peinlich. Vermutlich schreibe ich derzeit einfach älter, als ich bin. Und, mein Verdacht: Sie schreiben jünger, als Sie sind. Ich bin übrigens Kommunikationsberater und Uni-Assistent für Sprachpsychologie. Wir arbeiten gerade an einer Studie über den Einfluss der E-Mail auf unser Sprachverhalten und – der noch wesentlich interessantere Teil – über die E-Mail als Transportmittel von Emotionen. Deshalb neige ich ein wenig zum Fachsimpeln, ich werde mich aber künftig zurückhalten, das verspreche ich Ihnen.
Dann überstehen Sie einmal die Faschingsfeierlichkeiten gut! Wie ich Sie einschätze, haben Sie sich bestimmt ein schönes Kontingent an Pappnasen und Tröten zugelegt. :-)
Alles Liebe, Leo Leike.

22 Minuten später
RE:
Lieber Herr Sprachpsychologe, jetzt teste ich Sie einmal: Was glauben Sie wohl, welcher Ihrer soeben erhaltenen Sätze für mich der interessanteste war, so interessant, dass ich Ihnen gleich eine Frage dazu stellen müsste (würde ich Sie nicht vorher testen)?

Und hier noch ein guter Tipp, Ihren Humor betreffend: Ihren Satz »Ich war bereits knapp dran, mir ein Like-Abonnement zuzulegen« habe ich als zur Hoffung Anlass gebend empfunden! Mit Ihrer Zusatzbemerkung »(Vorsicht, aufkeimender Humor)« haben Sie leider wieder alles verpatzt: Einfach weglassen! Und auch die Sache mit den Pappnasen und Tröten fand ich lustig. Wir haben offenbar den gleichen Nicht-Humor. Trauen Sie mir aber ruhig zu, Ihre Ironie zu erkennen und verzichten Sie auf den Smiley! Alles Liebe, ich find es echt angenehm, mit Ihnen zu plaudern. Emmi Rothner.

Zehn Minuten später
AW:
Liebe Emmi Rothner, danke für Ihre Humortipps. Sie werden am Ende noch einen lustigen Mann aus mir machen. Noch mehr danke ich für den Test! Er gibt mir Gelegenheit Ihnen zu zeigen, dass ich doch (noch) nicht der Typ »alter selbstherrlicher Professor« bin. Wäre ich es, dann hätte ich vermutet: Der interessanteste Satz müsste für Sie »Wir arbeiten gerade an einer Studie ... über die E-Mail als Transportmittel von Emotionen« gewesen sein. So aber bin ich sicher. Am meisten interessiert Sie: »Und, mein Verdacht: Sie schreiben jünger als Sie sind.« Daraus ergibt sich für Sie zwingend die Frage: Woran glaubt der das zu erkennen? Und in weiterer Folge: Für wie alt hält er mich eigentlich? Liege ich richtig?

Acht Minuten später
RE:
Leo Leike, Sie sind ja ein Teufelskerl!!! So, und jetzt lassen Sie sich gute Argumente einfallen, um mir zu erklären, warum ich älter sein müsste als ich schreibe. Oder noch präziser: Wie alt schreibe ich? Wie alt bin ich? Warum? – Wenn Sie diese Aufgaben gelöst haben, dann verraten Sie mir, welche Schuhgröße ich habe. Alles Liebe, Emmi. Macht echt Spaß mit Ihnen.

45 Minuten später
AW:
Sie schreiben wie 30. Aber Sie sind um die 40, sagen wir: 42. Woran ich es zu erkennen glaube? – Eine 30-Jährige liest nicht regelmäßig »Like«. Das Durchschnittsalter einer »Like«-Abonnentin beträgt etwa 50 Jahre. Sie sind aber jünger, denn beruflich beschäftigen Sie sich mit Homepages, da könnten Sie also wieder 30 und sogar deutlich darunter sein. Allerdings schickt keine 30-Jährige eine Massenmail an Kunden, um ihnen »Frohe Weihnachten und ein gutes neues Jahr« zu wünschen. Und schließlich: Sie heißen Emmi, also Emma. Ich kenne drei Emmas, alle sind älter als 40. Mit 30 heißt man nicht Emma. Emma heißt man erst wieder unter 20, aber unter 20 sind Sie nicht, sonst würden Sie Wörter wie »cool«, »spacig«, »geil«, »elementar«, »heavy« und Ähnliches verwenden. Außerdem würden Sie dann weder mit großen Anfangsbuchstaben noch in vollständigen Sätzen schreiben. Und überhaupt hätten Sie Besseres zu tun, als sich mit einem humorlosen vermeintlichen Professor zu unterhalten und dabei interessant zu finden, wie jung oder alt er Sie einschätzt. Noch was zu »Emmi«: Heißt man nun Emma und schreibt man jünger als man ist, zum Beispiel weil man sich deutlich jünger fühlt, als man ist, nennt man sich nicht Emma, sondern Emmi. Fazit, liebe Emmi Rothner: Sie schreiben wie 30, Sie sind 42. Stimmt's? Sie haben 36er Schuhgröße. Sie sind klein, zierlich und quirlig, haben kurze dunkle Haare. Und Sie sprudeln, wenn Sie reden. Stimmt's? Guten Abend, Leo Leike.

Am nächsten Tag
Betreff: ???
Liebe Frau Rothner, sind Sie beleidigt? Schauen Sie, ich kenne Sie ja nicht. Wie soll ich wissen, wie alt Sie sind? Vielleicht sind Sie 20 oder 60. Vielleicht sind Sie 1,90 groß und 100 Kilo schwer. Vielleicht haben Sie 46er Schuhgröße – und deshalb nur drei Paar Schuhe, maßgefertigt. Um sich ein viertes Paar finanzie-

ren zu können, mussten Sie Ihr »Like«-Abonnement kündigen und Ihre Homepagekunden mit Weihnachtsgrüßen bei Laune halten. Also bitte, seien Sie nicht böse. Mir hat die Einschätzung Spaß gemacht, ich habe ein schemenhaftes Bild von Ihnen vor mir, und das habe ich Ihnen in übertriebener Präzision mitzuteilen versucht. Ich wollte Ihnen wirklich nicht zu nahe treten. Liebe Grüße, Leo Leike.

Zwei Stunden später
RE:
Lieber »Professor«, ich mag Ihren Humor, er ist nur einen Halbton von der chronischen Ernsthaftigkeit entfernt und klingt deshalb besonders schräg!! Ich melde mich morgen. Ich freu mich schon! Emmi.

Sieben Minuten später
AW:
Danke! Jetzt kann ich beruhigt schlafen gehen. Leo.

Am nächsten Tag
Betreff: Nahe treten
Lieber Leo, den »Leike« lasse ich jetzt weg. Sie dürfen dafür die »Rothner« vergessen. Ich habe Ihre gestrigen Mails sehr genossen, ich habe sie mehrmals gelesen. Ich möchte Ihnen ein Kompliment machen. Ich finde es spannend, dass Sie sich so auf einen Menschen einlassen können, den Sie gar nicht kennen, den Sie noch nie gesehen haben und wahrscheinlich auch niemals sehen werden, von dem Sie auch sonst nichts zu erwarten haben, wo Sie gar nicht wissen können, ob da jemals irgend etwas Adäquates zurückkommt. Das ist ganz atypisch männlich, und das schätze ich an Ihnen. Das wollte ich Ihnen vorweg nur einmal gesagt haben. So, und jetzt zu ein paar Punkten:
1.) Sie haben einen ausgewachsenen Massenmail-Weihnachtsgruß-Psycho! Wo haben Sie den aufgerissen? Anscheinend kränkt man Sie zu Tode, wenn man »Frohe Weihnachten und

ein gutes neues Jahr« sagt. Gut, ich verspreche Ihnen, ich werde es nie, nie wieder sagen! Übrigens finde ich es erstaunlich, dass Sie von »Frohe Weihnachten und ein gutes neues Jahr« auf ein Lebensalter schließen können wollen. Hätte ich »Frohe Weihnachten und ein glückliches neues Jahr« gesagt, wäre ich dann zehn Jahre jünger gewesen?
2.) Tut mir Leid, lieber Leo Sprachpsychologe, aber dass eine Frau nicht jünger als 20 Jahre sein kann, wenn sie nicht »cool«, »geil« und »heavy« verwendet, kommt mir schon ein bisschen weltfremd oberprofessorenhaft vor. Nicht, dass ich hier darum kämpfe, so zu schreiben, dass Sie meinen könnten, ich sei jünger als 20 Jahre. Aber weiß man es wirklich?
3.) Ich schreibe also wie 30, sagen Sie. Eine 30-Jährige liest aber nicht »Like«, sagen Sie. Dazu erkläre ich Ihnen gerne: Die Zeitschrift »Like« hatte ich für meine Mutter abonniert. Was sagen Sie jetzt? Bin ich nun endlich jünger, als ich schreibe?
4.) Mit dieser Grundsatzfrage muss ich Sie alleine lassen. Ich habe leider einen Termin. (Firmunterricht? Tanzschule? Nagelstudio? Teekränzchen? Suchen Sie es sich ruhig aus.)
Schönen Tag noch, Leo! Emmi.

Drei Minuten später
RE:
Ach ja, Leo, eines will ich Ihnen doch noch verraten: Bei der Schuhgröße waren Sie gar nicht so schlecht. Ich trage 37. (Aber Sie brauchen mir keine Schuhe zu schenken, ich habe schon alle.)

Drei Tage später
Betreff: Etwas fehlt
Lieber Leo, wenn Sie mir drei Tage nicht schreiben, empfinde ich zweierlei: 1.) Es wundert mich. 2.) Es fehlt mir etwas. Beides ist nicht angenehm. Tun Sie was dagegen! Emmi

Am nächsten Tag

Betreff: Endlich gesendet!

Liebe Emmi, zu meiner Verteidigung gebe ich an: Ich habe Ihnen täglich geschrieben, ich habe die E-Mails nur nicht abgeschickt, nein, im Gegenteil, ich habe sie allesamt wieder gelöscht. Ich bin in unserem Dialog nämlich an einem heiklen Punkt angelangt. Sie, diese gewisse Emmi mit Schuhgröße 37, beginnt mich schön langsam mehr zu interessieren, als es dem Rahmen, in dem ich mich mit ihr unterhalte, entspricht. Und wenn sie, diese gewisse Emmi mit Schuhgröße 37, von vornherein feststellt: »Wahrscheinlich werden wir uns niemals sehen«, dann hat sie natürlich völlig Recht und ich teile ihre Ansicht. Ich halte das für sehr, sehr klug, dass wir davon ausgehen, dass es zu keiner Begegnung zwischen uns kommen wird. Ich will nämlich nicht, dass die Art unseres Gesprächs hier auf das Niveau eines Kontaktanzeigen- und Chatroom-Geplänkels absinkt.

So, und diese E-Mail schicke ich nun endlich weg, damit sie, diese gewisse Emmi mit Schuhgröße 37, wenigstens irgendwas von mir in der Mailbox hat. (Aufregend ist der Text nicht, ich weiß, es ist auch nur ein Bruchteil von dem, was ich Ihnen schreiben wollte.) Alles Liebe, Leo.

23 Minuten später

RE:

Aha, dieser gewisse Leo Sprachpsychologe will also nicht wissen, wie diese gewisse Emmi mit Schuhgröße 37 aussieht? Leo, das glaube ich Ihnen nicht! Jeder Mann will wissen, wie jede Frau aussieht, mit der er spricht, ohne zu wissen, wie sie aussieht. Er will sogar möglichst schnell wissen, wie sie aussieht. Denn danach weiß er, ob er noch weiter mit ihr sprechen will oder nicht. Oder etwa nicht? Herzlichst, die gewisse 37er-Emmi.

Acht Minuten später
AW:
Das war jetzt mehr hyperventiliert als geschrieben, stimmt's? Ich muss gar nicht wissen, wie Sie aussehen, wenn Sie mir solche Antworten geben, Emmi. Ich habe Sie ohnehin vor mir. Und dafür muss ich mich nicht einmal mit Sprachpsychologie beschäftigt haben. Leo.

21 Minuten später
RE:
Sie irren, Herr Leo. Das war völlig ruhig geschrieben. Sie sollten mich einmal sehen, wenn ich tatsächlich hyperventiliere. Im Übrigen neigen Sie prinzipiell eher nicht dazu, meine Fragen zu beantworten, stimmt's? (Wie sehen Sie eigentlich aus, wenn Sie »Stimmt's?« fragen?) Aber darf ich noch einmal auf Ihren E-Mail-Wurf von heute Vormittag zurückkommen. Da passt so gar nichts zusammen. Ich halte fest:
1.) Sie schreiben mir E-Mails und schicken sie nicht ab.
2.) Sie beginnen sich schön langsam mehr für mich zu interessieren, als es dem »Rahmen unserer Unterhaltung« entspricht. Was soll das heißen? Ist der Rahmen unserer Unterhaltung nicht ausschließlich das gegenseitige Interesse an einer jeweils völlig fremden Person?
3.) Sie finden es sehr klug – nein, Sie finden es sogar »sehr, sehr klug«, dass wir uns nie treffen werden. Ich beneide Sie um Ihre leidenschaftliche Hinwendung an die Klugheit!
4.) Sie wollen kein Chatroom-Geplänkel. Sondern? Worüber wollen wir uns unterhalten, damit Sie sich nicht schön langsam mehr für mich interessieren, als es dem »Rahmen« entspricht?
5.) Und, für den gar nicht unwahrscheinlichen Fall, dass Sie keine meiner soeben gestellten Fragen beantworten werden: Sie sagten, dass das vorhin nur ein Bruchteil von dem war, was Sie mir schreiben wollten. Schreiben Sie mir ruhig den Rest. Ich freue mich über jede Zeile! Ich lese Sie nämlich gerne, lieber Leo. Emmi.

Fünf Minuten später
AW:
Liebe Emmi, Wenn Sie nicht 1.) 2.) 3.) und so weiter schreiben können, sind Sie es nicht, stimmt's? Morgen mehr. Schönen Abend. Leo.

Am nächsten Tag
Kein Betreff
Liebe Emmi, ist Ihnen schon aufgefallen, dass wir absolut nichts voneinander wissen? Wir erzeugen virtuelle Fantasiegestalten, fertigen illusionistische Phantombilder voneinander an. Wir stellen Fragen, deren Reiz darin besteht, nicht beantwortet zu werden. Ja, wir machen uns einen Sport daraus, die Neugierde des anderen zu wecken und immer weiter zu schüren, indem wir sie kategorisch nicht befriedigen. Wir versuchen, zwischen den Zeilen zu lesen, zwischen den Wörtern, bald wohl schon zwischen den Buchstaben. Wir bemühen uns krampfhaft, den anderen richtig einzuschätzen. Und gleichzeitig sind wir akribisch darauf bedacht, nur ja nichts Wesentliches von uns selbst zu verraten. Was heißt »nichts Wesentliches«? – Gar nichts, wir haben noch nichts aus unserem Leben erzählt, nichts, was den Alltag ausmacht, was einem von uns wichtig sein könnte.
Wir kommunizieren im luftleeren Raum. Wir haben artig gestanden, welcher beruflichen Tätigkeit wir nachgehen. Sie würden mir theoretisch eine schöne Homepage gestalten, ich erstelle Ihnen dafür praktisch (schlechte) Sprachpsychogramme. Das ist alles. Wir wissen aufgrund eines miesen Stadtmagazins, dass wir in der gleichen Großstadt leben. Aber sonst? Nichts. Es gibt keine anderen Menschen um uns. Wir wohnen nirgendwo. Wir haben kein Alter. Wir haben keine Gesichter. Wir unterscheiden nicht zwischen Tag und Nacht. Wir leben in keiner Zeit. Wir haben nur unsere beiden Bildschirme, jeder streng und geheim für sich, und wir haben ein gemeinsames Hobby: Wir interessieren uns für eine jeweils völlig fremde Person. Bravo!

Was mich betrifft, und jetzt komme ich zu meinem Geständnis: Ich interessiere mich wahnsinnig für Sie, liebe Emmi! Ich weiß zwar nicht warum, aber ich weiß, dass es einen markanten Anlass dafür gegeben hat. Ich weiß aber auch, wie absurd dieses Interesse ist. Es würde einer Begegnung niemals standhalten, egal wie Sie aussehen, wie alt Sie sind, wie viel Sie von Ihrem beträchtlichen E-Mail-Charme zu einem allfälligen Treffen mitnehmen könnten und was von Ihrem geschriebenen Sprachwitz auch in Ihren Stimmbändern steckt, in Ihren Pupillen, in Ihren Mundwinkeln und Nasenflügeln. Dieses »Wahnsinnsinteresse«, so mein Verdacht, nährt sich einzig und allein aus der Mailbox. Jeder Versuch, es von dort heraustreten zu lassen, würde vermutlich kläglich scheitern.
Nun meine Schlüsselfrage, liebe Emmi: Wollen Sie noch immer, dass ich Ihnen Mails schreibe? (Diesmal wäre eine klare Antwort äußerst entgegenkommend.) Alles, alles Liebe, Leo.

21 Minuten später
RE:
Lieber Leo, das war aber viel auf einmal! Sie müssen ordentlich Tagesfreizeit haben. Oder zählt das als Arbeit? Kriegen Sie dafür Zeitausgleich? Können Sie es von der Steuer absetzen? Ich weiß, ich habe eine spitze Zunge. Aber nur schriftlich. Und nur, wenn ich unsicher bin. Leo, Sie machen mich unsicher. Sicher ist nur eines: Ja, ich will, dass Sie mir weiter E-Mails schreiben, wenn's Ihnen nichts ausmacht. Wenn das noch nicht klar genug war, dann probiere ich es noch einmal: JA, ICH WILL!!!!!!! E-MAILS VON LEO! E-MAILS VON LEO! E-MAILS VON LEO. BITTE! ICH BIN SÜCHTIG NACH E-MAILS VON LEO!
Und jetzt müssen Sie mir unbedingt verraten, warum es bei Ihnen zwar keinen Grund, aber einen »markanten Anlass« dafür gegeben hat, sich für mich zu interessieren. Das verstehe ich nämlich nicht, aber es klingt spannend. Alles, alles Liebe und noch ein »Alles« dazu, Emmi. (PS: Die E-Mail da oben von Ihnen war klasse! Absolut humorlos, aber echt klasse!)

Am übernächsten Tag
Betreff: Frohe Weihnachten
Wissen Sie was, liebe Emmi, ich breche mit unseren Gepflogenheiten und erzähle Ihnen heute etwas aus meinem Leben. Sie hieß Marlene. Noch vor drei Monaten hätte ich geschrieben: Sie heißt Marlene. Heute hieß sie es. Nach fünf Jahren Gegenwart ohne Zukunft habe ich endlich in die Mitvergangenheit gefunden. Details unserer Beziehung erspare ich Ihnen. Das Schönste daran war immer der Neubeginn. Weil wir beide so leidenschaftlich gerne neu begannen, taten wir es alle paar Monate. Wir waren jeweils »die große Liebe unseres Lebens«, aber nie, wenn wir zusammen waren, immer nur, wenn wir uns gerade wieder bemühten, zusammenzufinden.
Ja, und im Herbst war es dann endlich so weit: Sie hatte einen anderen, einen, mit dem sie sich vorstellen konnte, nicht nur zusammengeraten zu können, sondern auch zusammen zu sein. – (Obwohl er Pilot bei einer spanischen Fluglinie war, aber bitte.) Als ich es erfuhr, war ich plötzlich so sicher wie nie, dass Marlene »die Frau meines Lebens« war und dass ich alles tun musste, um sie nicht für immer zu verlieren.
Ich tat wochenlang alles und noch ein bisschen mehr dazu. (Auch da erspare ich Ihnen besser Details.) Und sie war wirklich knapp daran, mir und somit uns beiden eine allerletzte Chance zu geben: Weihnachten in Paris. Ich hatte vor – lachen Sie mich ruhig aus, Emmi –, ihr dort einen Heiratsantrag zu machen, ich Vollidiot. Sie wartete nur noch den Rückflug des »Spaniers« ab, um ihm die Wahrheit über mich und Paris zu sagen, das war sie ihm schuldig, meinte sie. Ich hatte ein mulmiges Gefühl, was heißt »mulmig«, ich hatte einen spanischen Airbus im Bauch, wenn ich an Marlene und diesen Piloten dachte. Das war am 19. Dezember.
Am Nachmittag erhielt ich – nein, nicht einmal einen Anruf, ich erhielt eine katastrophale E-Mail von ihr: »Leo, es geht nicht, ich kann nicht, Paris wäre nur wieder eine neue Lüge. Bitte verzeih mir!« Oder so ähnlich. (Nein, nicht so ähnlich,

sondern wortwörtlich.) Ich schrieb sofort zurück: »Marlene, ich will dich heiraten! Ich bin fest entschlossen. Ich will immer mit dir sein. Ich weiß jetzt, dass ich es kann. Wir gehören zusammen. Vertraue mir ein letztes Mal. Bitte lass uns in Paris über alles reden. Bitte sag ja zu Paris.«

So, und dann wartete ich auf eine Antwort, eine Stunde, zwei Stunden, drei Stunden. Dazwischen unterhielt ich mich alle zwanzig Minuten mit ihrer taubstummen Mobilbox, las alte, im PC gespeicherte Liebesbriefe, schaute mir unsere digitalen Liebesfotos an, die allesamt während unserer unzähligen Versöhnungsreisen entstanden waren. Und dann starrte ich wieder wie besessen auf den Bildschirm. Von diesem kurzen, herzlosen Klanggeräusch, wenn eine neue Meldung einlangte, von diesem kleinen lächerlichen Briefchen in der Symbolleiste hing mein Leben mit Marlene, also aus damaliger Sicht mein Weiterleben ab.

Ich gab mir selbst eine Leidensfrist bis 21 Uhr. Sollte sich Marlene bis dahin nicht gemeldet haben, war Paris und somit unsere wohl letzte Chance gestorben. Es war 20:57. Und plötzlich: ein Klingeln, ein Briefchen (ein Stromstoß, ein Herzinfarkt), eine Nachricht. Ich schließe für ein paar Sekunden die Augen, ich sammle alle armseligen Restbestände meines positiven Denkens, ich konzentriere mich auf die ersehnte Meldung, auf Marlenes Zusage, auf Paris zu zweit, auf ein Leben für immer mit ihr. Ich reiße die Augen auf, ich öffne die Mitteilung. Und ich lese, ich lese, ich lese: »Frohe Weihnachten und ein gutes neues Jahr wünscht Emmi Rothner.«

So viel zu meinem »ausgewachsenen Massenmail-Weihnachtsgruß-Psycho«. Schönen Abend, Leo.

Zwei Stunden später

RE:

Lieber Leo, das ist eine besonders gute Geschichte. Vor allem die Pointe hat mich begeistert. Ich bin beinahe stolz, dass ich da so schicksalhaft hineinspiele. Ihnen ist hoffentlich klar, dass Sie mir, Ihrer »virtuellen Fantasiegestalt«, Ihrem »illusionistischen Phantombild«, gerade Außergewöhnliches von sich verraten haben. Das war jetzt so richtig »Privatleben Marke Leo, Sprachpsychologe«. Ich bin heute schon zu müde, etwas Brauchbares dazu zu sagen. Aber morgen kriegen Sie von mir eine anständige Analyse, wenn Sie erlauben. So mit 1.) 2.) 3.) und so weiter. Schlafen Sie gut, und träumen Sie sinnvoll. Also nicht von Marlene, würde ich Ihnen empfehlen. Emmi.

Am nächsten Tag
Betreff: Marlene
Guten Morgen, Leo. Darf ich Sie ein bisschen härter anfassen?
1.) Sie sind also so ein Mann, der sich für eine Frau nur am Anfang und am Ende interessieren kann: wenn er sie kriegen will und knapp bevor sie ihm endgültig abhanden kommt. Die Zeit dazwischen – auch Zusammensein genannt – ist Ihnen zu langweilig oder zu anstrengend, oder beides. Stimmt's?
2.) Sie sind zwar (diesmal) wie durch ein Wunder unverheiratet geblieben, aber um einen spanischen Piloten aus dem Bett Ihrer So-gut-wie-Ex zu bekommen, würden Sie schon einmal locker vor den Traualtar treten. Das zeugt von eher geringer Hochachtung gegenüber dem Ehegelübde. Stimmt's?
3.) Sie waren schon einmal verheiratet. Stimmt's?
4.) Ich habe Sie plastisch vor mir, wie Sie, warm und wollig eingebettet in Selbstmitleid, Liebesbriefe lesen und alte Fotos anschauen, statt etwas zu tun, was eine Frau auf die Idee bringen könnte, da wäre bei Ihnen so etwas wie ein Anflug von Liebe oder der leise Wunsch nach etwas Dauerhaftem zu erkennen.
5.) Ja, und dann wirft sich MEINE Schicksals-E-Mail in Ihre über Sein und Nichtsein waltende Mailbox. Es ist, als hätte ich zum idealsten aller Zeitpunkte nun endlich ausgesprochen, was Marlene schon seit Jahren auf der Zunge gelegen sein muss: LEO, ES IST AUS, DENN ES WAR NIE AN! Oder mit anderen Worten, verklausulierter, poetischer, stimmungsvoller: »Frohe Weihnachten und ein gutes neues Jahr wünscht Emmi Rothner.«

6.) Aber jetzt, lieber Leo, setzen Sie eine imposante Geste. Sie antworten Marlene. Sie beglückwünschen sie zur ihrer Entscheidung. Sie sagen: MARLENE, DU HAST RECHT, ES IST AUS, DENN ES WAR NIE AN! Oder mit anderen Worten, verklausulierter, energischer, kraftvoller: »Liebe Emmi Rothner, wir kennen uns zwar fast noch weniger als überhaupt nicht. Ich danke Ihnen dennoch für Ihre herzliche und überaus originelle Massenmail! Sie müssen wissen: Ich liebe Massenmails an eine Masse, der ich nicht angehöre. Mfg, Leo Leike.« – Sie sind ein erstaunlich guter, nobler, stilvoller Verlierer, lieber Leo.
7.) Nun meine Schlüsselfrage: Wollen Sie noch immer, dass ich Ihnen Mails schreibe? Schönen Montagvormittag, Emmi.

Zwei Stunden später
AW:
Mahlzeit, Emmi!
Zu 1.) Ich kann nichts dafür, dass ich Sie an einen Mann erinnere, der Sie offensichtlich – elegant, wie in Punkt eins von Ihnen beschrieben – enttäuscht hat. Glauben Sie bitte nicht, mich mehr zu kennen, als Sie mich kennen können! (Sie können mich gar nicht kennen.)
Zu 2.) Was meine letzte Ausflucht in das Eheversprechen betrifft: Mehr als mich selbst einen »Vollidioten« zu schimpfen, kann ich ohnehin nicht. Aber die sarkastisch-moralinsaure Emmi mit Schuhgröße 37 setzt zur Ehrenrettung des Ehegelübdes noch eins drauf, vermutlich mit zugekniffenen Augen und Geifer vor dem Mund.
Zu 3.) Tut mir Leid, ich war noch nie verheiratet! Sie? – Mehrmals, stimmt's?
Zu 4.) Da ist wieder der Mann von Punkt eins, an den ich Sie erinnere, der Mann, der lieber von der Realität überholte Liebesbriefe liest als Ihnen dauerhafte Liebe beweist. Vielleicht waren es sogar mehrere Männer in Ihrem Leben.
Zu 5.) Ja, in dem Augenblick, als die Weihnachtsgrüße von Ihnen einlangten, spürte ich, dass ich Marlene verloren hatte.

Zu 6.) Ich habe Ihnen damals geantwortet, um mich von meinem Scheitern abzulenken, Emmi. Und bis heute habe ich die Unterhaltung mit Ihnen als einen Teil meiner Marlene-Verarbeitungstherapie betrachtet.
Zu 7.) Ach ja, schreiben Sie mir nur! Schreiben Sie sich Ihren gesamten Frust über Männer von der Seele. Seien Sie ungehemmt selbstgerecht, zynisch, schadenfroh. Wenn es Ihnen nachher besser geht, hat meine Mailadresse ihren Zweck erfüllt. Wenn nicht, dann gönnen Sie sich (oder Ihrer Mutter) einfach wieder ein Like-Abonnement und bestellen Sie den »Leike« ab. Schönen Montagnachmittag, Leo.

Elf Minuten später
RE:
Oh je! Ich habe Sie verletzt. Das wollte ich nicht. Ich dachte, Sie halten das aus. Da habe ich Ihnen zu viel zugemutet. Ich werde in innere Klausur gehen. Gute Nacht, Emmi.
PS: Zu Punkt drei: Ich war erst einmal verheiratet. – Und bin es noch immer!

KAPITEL ZWEI

Eine Woche später
Betreff: S.W.
Scheißwetter heute, stimmt's? Lg, E.

Drei Minuten später
AW:
1.) Regen 2.) Schnee 3.) Schneeregen Mfg, Leo.

Zwei Minuten später
RE:
Sind Sie noch beleidigt?

50 Sekunden später
AW:
War ich nie.

30 Sekunden später
RE:
Oder unterhalten Sie sich nicht gern mit verheirateten Frauen?

Eine Minute später
AW:
Oh doch! Mich wundert aber mitunter, warum sich verheiratete Frauen so gern mit völlig fremden Männern wie mir unterhalten.

40 Sekunden später
RE:
Haben Sie da mehrere in Ihrer Mailbox? Der wievielte Bruchteil Ihrer Marlene-Verarbeitungstherapie bin ich eigentlich?

50 Sekunden später
AW:
Schön, Emmi, Sie kommen langsam wieder in Form. Sie sind mir vorhin fast ein bisschen antriebsschwach, kleinlaut und schüchtern vorgekommen.

Ein halbe Stunde später

RE:

Lieber Leo, im Ernst, was mir ein Bedürfnis ist, Ihnen mitzuteilen: Meine Sieben-Punkte-E-Mail vom vergangenen Montag tut mir aufrichtig Leid. Ich habe sie ein paar Mal durchgelesen und muss gestehen: Sie klingt wirklich ekelhaft, wenn man sie leise liest. Das Problem ist, dass Sie nicht wissen können, wie ich bin, wenn ich so etwas sage. Würden Sie mich dabei sehen, könnten Sie mir gar nicht böse sein. (Bilde ich mir zumindest ein.) Glauben Sie mir: Ich bin alles andere als frustriert. Enttäuschungen mit Männern haben sich bei mir in den natürlichen Grenzen derselben gehalten. Das heißt: Natürlich gibt es begrenzte Männer. Aber ich hab Glück gehabt. Mir geht es verdammt gut, was das betrifft. Mein Zynismus ist mehr Sport und Spiel als Ärger und Abrechnung.

Im Übrigen weiß ich das sehr zu schätzen, dass Sie mir von Marlene erzählt haben. (Wobei mir gerade auffällt, dass Sie mir eigentlich gar nichts von Marlene erzählt haben. Was ist/war sie für eine Frau? Wie sieht sie aus? Was hat sie für eine Schuhgröße? Was trägt sie für Schuhe?)

Eine Stunde später

AW:

Liebe Emmi, seien Sie mir bitte nicht böse, aber mir ist nicht danach, Ihnen von Marlenes Schuhgeschmack zu erzählen. Am Strand ging sie meistens barfuß, so viel will ich Ihnen gerne mitteilen. Ich muss jetzt aufhören, ich krieg Besuch. Angenehmen Tag noch, Leo.

Drei Tage später

Betreff: **Krise**

Lieber Leo, eigentlich hatte ich mir fest vorgenommen, die nächste E-Mail von Ihnen zu bekommen – und nicht selbst zu schreiben. Ich hab zwar nicht Sprachpsychologie studiert, aber in meinem Kopf reimen sich da zwei Dinge zusammen. 1.) Ich habe Ihnen zwischen den Zeilen verraten, dass ich nicht nur verheiratet, sondern sogar glücklich verheiratet bin. 2.) Sie reagieren darauf mit der lustlosesten Antwort seit dem viel versprechenden Beginn unserer virtuellen Zweisamkeit vor mittlerweile mehr als einem Jahr. Und danach melden Sie sich gleich überhaupt nicht mehr. Kann es sein, dass Sie das Interesse an mir verloren haben? Kann es sein, dass Sie das Interesse an mir verloren habe, weil ich vergeben bin? Kann es sein, dass Sie das Interesse an mir verloren haben, weil ich noch dazu »glücklich vergeben« bin? Wenn das der Fall ist, dann seien Sie wenigstens »Manns genug«, mir das zu sagen. Mit freundlichen Grüßen, Emmi.

Am nächsten Tag
Kein Betreff
HERR LEO?

Am nächsten Tag
Kein Betreff
LEEEEEEEEEOOOOOOO, HUUUUUUU-UUUUUUHHHH????????

Am nächsten Tag
Kein Betreff
Arschloch!

Zwei Tage später
Betreff: Nette Post von Emmi
Hallo Emmi! Das ist ein herrliches Gefühl, von einer anstrengenden Seminarreise aus dem mit Reizen nicht gerade reich gesegneten und auch farblich eher bescheidenen Bukarest im perverserweise auch dort so genannten Frühling (Schneestürme, Frostschübe) nach Hause zu kehren, sofort den Computer anzuwerfen, die Mailbox zu öffnen, im Dickicht von 500 gnadenlosen Mitteilern entbehrlicher bis erbärmlicher Botschaften vier E-Mails von der für ihre Sprachbegabung, Ausdrucksweise und

Punkteprogramme hoch geschätzten Frau Rothner vorzufinden, sich wie ein rumänischer Graupelbär im fortschreitenden Auftauungsprozess darauf zu freuen, endlich ein paar nette, gefühlvolle, witzige, herzenswarme Sätze lesen zu können. Man öffnet euphorisch die erste E-Mail, und worauf stößt man mit beiden Augen gleichzeitig? Auf: ARSCHLOCH! – Danke für die Begrüßung!
Emmi, Emmi! Sie haben sich da wieder schöne Sachen zusammengereimt. Ich muss Sie aber enttäuschen: Mich stört es überhaupt nicht, dass Sie »glücklich vergeben« sind. Ich hatte nie vor, Sie näher kennen zu lernen, näher als es im elektronischen Briefaustausch möglich ist. Ich wollte auch nie wissen, wie Sie aussehen. Ich mache mir aus den Texten, die Sie mir schreiben, mein eigenes Bild von Ihnen. Ich bastle mir meine eigene Emmi Rothner. Ich habe Sie in den Grundzügen noch immer so vor mir, wie Sie mir schon zu Beginn unseres Kontakts begegnet sind, egal, ob Sie dreimal tragisch verheiratet, fünfmal glücklich geschieden oder täglich munter aufs Neue »noch frei« und in den Samstagnächten ausschweifend ledig sind.
Ich stelle allerdings mit Bedauern fest, dass der Kontakt mit mir Sie offensichtlich aufreibt. Und überdies wundert mich schon eines: Warum liegt einer glücklich verheirateten, von Männern alles andere als frustrierten, ironisch-witzigen, über den Dingen stehenden, charmanten, selbstbewussten Frau mit Schuhgröße 37 (und unbestimmten Alters) so viel daran, sich mit einem fremden, manchmal mürrischen, beziehungsgeschädigten, krisenanfälligen, wenig humorvollen Professorentyp so intensiv über so viel Persönliches zu unterhalten? Was sagt eigentlich Ihr Mann dazu?

Zwei Stunden später
RE:
Das Wichtigste zuerst: Graupelbär Leo is back from Bukarest! Willkommen. Verzeihen Sie das »Arschloch«, aber es lag einfach auf der Hand. Wie kann ich wissen, dass ich es mit einem

außerirdisch veranlagten Mann zu tun habe, der nicht enttäuscht ist, wenn er erfährt, dass seine treue und ehrgebieterisch sarkastische Schreibpartnerin schon vergeben ist? Dass ich es mit einem Mann zu tun habe, der sich lieber »seine eigene Emmi Rothner bastelt«, als die echte kennen lernen zu wollen. Wenn ich Sie diesbezüglich wenigstens ein bisschen provozieren darf: So gut Sie in Ihren kühnsten Fantasien auch basteln, lieber Leo Sprachpsychologe, an die echte Emmi Rothner kommen Sie damit nicht heran.
Fühlen Sie sich provoziert? Nein? Hab ich mir gedacht. Ich fürchte, es ist eher umgekehrt: Sie provozieren mich, Leo. Sie haben eine unorthodoxe, aber äußerst zielstrebige Art, sich bei mir immer spannender zu machen: Sie wollen gleichzeitig alles und nichts von mir wissen. Sie bekunden, je nach Tagesverfassung, Ihr »wahnsinniges Interesse« und Ihr fast schon pathologisches Desinteresse an mir. Und das regt mich abwechselnd auf und an. Momentan gerade wieder: an. Ich gestehe es. Aber vielleicht sind Sie ja so ein einsamer, verklemmter, streunender, grauer (rumänischer) Graupelwolf, der einer Frau nicht in die Augen schauen kann. Einer, der massive Angst vor wirklichen Begegnungen hat. Der sich ständig seine Fantasiewelten schaffen muss, weil er sich in den gegenständlichen, lebbaren, greifbaren, realen Umgebungen nicht zurechtfindet. Vielleicht sind Sie ein waschechter Frauenkomplexler. Ach, da würde ich jetzt gerne Marlene fragen. Haben Sie zufällig eine aktuelle Telefonnummer von ihr, oder die vom spanischen Piloten? (War ein Scherz, bitte nicht wieder drei Tage beleidigt sein.)
Nein Leo, ich hab einfach einen Narren an Ihnen gefressen. Ich mag Sie. Sehr sogar! Sehr, sehr, sehr! Und ich kann einfach nicht glauben, dass Sie mich nicht sehen wollen. Das heißt nicht, dass wir uns tatsächlich sehen sollten. Sollen wir natürlich nicht! Aber ich würde zum Beispiel schon gerne wissen, wie Sie aussehen. Es würde vieles erklären. Ich meine, es würde erklären, wieso Sie so schreiben, wie Sie schreiben. Weil Sie dann nämlich so aussehen, wie jemand aussieht, der so schreibt wie

Sie. Und ich würde verdammt gerne wissen, wie jemand aussieht, der so schreibt wie Sie. Das würde es dann erklären.
Apropos erklären: Ich will hier eigentlich nicht von meinem Mann reden. Sie können gern über Ihre Frauen reden (falls es solche nicht nur in der Mailbox gibt). Ich kann Ihnen auch gute Ratschläge geben, ich kann mich hervorragend in Frauen hineinfühlen, ich bin nämlich eine. Aber mein Mann ... Schön, ich sage es Ihnen: Wir haben eine wunderbare, harmonische Beziehung mit zwei Kindern (die er freundlicherweise mitgebracht hat, um mir Schwangerschaften zu ersparen). Wir haben an sich keine Geheimnisse voreinander. Ich hab ihm erzählt, dass ich mich mit einem »netten Sprachpsychologen« öfters per E-Mail unterhalte. Er hat gefragt: Willst du ihn kennen lernen? Ich hab geantwortet: Nein. Er sagt darauf: Was soll das dann? Ich: Gar nichts. Er: Ah so. – Das war's. Mehr wollte er von mir nicht wissen, mehr wollte ich ihm nicht sagen. Mehr möchte ich über ihn nicht reden. Okay?
So, lieber Graupelbär, nun zu Ihnen: Wie sehen Sie aus? Sagen Sie's mir. Bitte!!! Alles Liebe, Ihre Emmi.

Am nächsten Tag
Betreff: **Test**
Liebe Emmi, ich kann mich Ihren Kalt-warm-Bädern auch nur schwer entziehen. Wer zahlt uns eigentlich die Zeit, die wir hier miteinander (ohne einander) versitzen? Und wie bringen Sie das mit Ihrem Beruf und Ihrer Familie unter einen Hut? Vermutlich hat jedes Ihrer beiden Kinder noch mindestens drei Streifenhörnchen oder Ähnliches. Wo nehmen Sie da die Muße her, sich so intensiv und akribisch mit fremden Graupelbären zu beschäftigen?
Sie wollen also unbedingt wissen, wie ich aussehe? Gut, ich stelle jetzt eine Behauptung auf und schlage Ihnen ein Spiel vor, zugegeben, ein verrücktes Spiel, aber Sie sollen mich auch von einer anderen Seite kennen lernen. Also: Ich wette, ich finde unter, sagen wir, zwanzig Frauen sofort die eine und einzige Emmi

Rothner heraus, während Sie unter ebenso vielen Männern den echten Leo Leike niemals erraten würden. Wollen wir es auf diesen Test ankommen lassen? Wenn Sie ja sagen, können wir uns einen entsprechenden Modus überlegen. Angenehmen Vormittag, Leo.

50 Minuten später
RE:
Aber sicher machen wir das! Sie sind ja ein echter Abenteurer! Vorweg meine Bedenken, Sie dürfen mir das aber nicht übel nehmen: Ich rechne damit, dass Sie mir optisch überhaupt nicht gefallen, lieber Leo. Und die Chance dafür ist groß, denn mir gefallen Männer prinzipiell nicht, sieht man von wenigen (zumeist schwulen) Ausnahmen ab. Umgekehrt – na ja, da sage ich jetzt lieber nichts dazu. Sie bilden sich ja ein, mich sofort zu erkennen. Dann werden Sie wohl eine Vorstellung haben, wie ich aussehe. Wie war das damals? »42 Jahre alt, klein, zierlich, quirlig, kurze dunkle Haare.« Da wünsche ich Ihnen jetzt schon viel Erfolg beim Erkennen! Also wie machen wir es? Schicken wir uns je zwanzig Bilder, darunter das eigene? Lieber Gruß, Emmi.

Zwei Stunden später
AW:
Liebe Emmi, ich schlage vor, dass wir uns persönlich begegnen, ohne es zu wissen, also so, dass wir in der Masse von Menschen verwechselbar bleiben. Wir könnten zum Beispiel das Große Messecafé Huber in der Ergeltstraße wählen. Das kennen Sie bestimmt. Dort trifft laufend sehr gemischtes Publikum ein. Wir wählen eine Zeitstrecke von zwei Stunden, vielleicht an einem Sonntagnachmittag, und innerhalb dieser Zeit sind wir beide anwesend. Durch das ständige Auf und Ab und das dichte Gedränge im Salon wird nicht auffallen, dass wir uns gegenseitig zu entdecken versuchen.
Was Ihre mögliche Enttäuschung betrifft, wenn ich Ihren opti-

schen Wünschen nicht entspreche, so meine ich, dass wir das Geheimnis um unser Äußeres ja auch nach der Begegnung nicht preisgeben müssen. Interessant ist, ob und woran einer den anderen zu erkennen glaubt, nicht, wie wir beide tatsächlich aussehen, meine ich. Ich sage noch einmal: Ich will nicht wissen, wie Sie aussehen. Ich will Sie nur erkennen. Und das werde ich. Übrigens halte ich meine früher einmal geäußerte Personenbeschreibung nicht mehr aufrecht. Sie sind für mich (trotz Ehemann und Kindern) etwas jünger geworden, Frau Emma Rothner.
Und noch etwas: Ich freue mich sehr, dass Sie immer wieder aus alten E-Mails von mir zitieren. Das bedeutet, dass Sie sie offensichtlich aufgehoben haben. Das ist schmeichelhaft.
Was halten Sie von meiner Idee der Begegnung? Alles Liebe, Leo.

40 Minuten später
RE:
Lieber Leo, ein Problem gibt es schon: Wenn Sie mich erkennen, wissen Sie, wie ich aussehe. Wenn ich Sie erkenne, weiß ich, wie Sie aussehen. Sie aber wollen gar nicht wissen, wie ich aussehe. Und ich habe die Befürchtung, dass Sie mir nicht gefallen werden. Ist das dann das Ende unserer spannenden gemeinsamen Geschichte? Oder anders gefragt: Wollen wir uns plötzlich so dringend erkennen, damit wir uns nicht mehr schreiben müssen? – Dafür wäre mir der Preis meiner Neugierde zu hoch. Da lieber anonym bleiben und bis ans Lebensende Post vom Graupelbären bekommen. Bussi, Emmi.

35 Minuten später
AW:
Das haben Sie lieb gesagt! Ich mache mir wegen unserer Begegnung keine Sorgen. Sie werden mich nicht erkennen. Und ich habe eine so klare Vorstellung von Ihnen, dass sich diese nur bestätigen kann. Sollte mein Bild von Ihnen (entgegen all meiner Erwartungen) allerdings nicht stimmen, dann werde ich Sie

ohnehin nicht identifizieren. Dann kann ich mein Fantasiebild aufrechterhalten. Ebenfalls Bussi, Leo.

Zehn Minuten später
RE:
Meister Leo, das macht mich wahnsinnig, dass Sie so sicher sind zu wissen, wie ich aussehe! Das ist ziemlich impertinent von Ihnen. So, das hat auch einmal gesagt werden müssen. Eine Frage noch: Wenn Sie dieses konturenscharfe Fantasiebild von mir betrachten, Leo, gefalle ich Ihnen da wenigstens?

Acht Minuten später
AW:
Gefallen, gefallen, gefallen. Ist das wirklich so wichtig?

Fünf Minuten später
RE:
Ja, das ist total wichtig, Herr Moraltheologe. Zumindest für mich. Ich mag 1.) Gefallen finden. Und ich mag 2.) gefallen.

Sieben Minuten später
AW:
Reicht es nicht, wenn Sie 3.) sich selbst gefallen?

Elf Minuten später
RE:
Nein, dafür bin ich viel zu unbescheiden. Außerdem gefällt man sich ein bisschen leichter, wenn man anderen gefällt. Sie wollen 4.) vermutlich nur Ihrer Mailbox gefallen, stimmt's? Die ist geduldig. Dafür müssen Sie nicht einmal Zähne putzen. Haben Sie übrigens noch welche? Oder ist das auch nicht so wichtig?

Neun Minuten später
AW:
Endlich habe ich wieder für die Anregung von Emmis Blut-

kreislauf gesorgt. Um das Thema vorläufig abzuschließen: Das Fantasiebild von Ihnen gefällt mir außerordentlich gut, sonst würde ich nicht so oft daran denken, liebe Emmi.

Eine Stunde später
RE:
Sie denken also oft an mich? Das ist schön. Ich denke auch oft an Sie, Leo. Vielleicht sollten wir uns wirklich nicht treffen. Gute Nacht!

Am nächsten Tag
Betreff: Prost
Hallo Leo, verzeihen Sie die späte Störung. Sind Sie zufällig online? Trinken wir ein Glas Rotwein? Jeder für sich allein natürlich. Es ist schon mein drittes Glas, müssen Sie wissen. (Wenn Sie prinzipiell keinen Wein trinken, dann lügen Sie mich bitte an und sagen Sie, Sie trinken gerne ab und zu ein Glas oder eine Flasche Wein, also alles mit Maß und ohne Ziel. Ich kann nämlich zwei Arten von Männern nicht ausstehen: Betrunkene und Asketen.)

RE:
Ein viertes trinke ich noch, bevor ich bewusstlos werde. Ihre letzte Chance für heute.

RE:
Schade. Sie haben was versäumt. Ich denke an Sie. Gute Nacht.

Am nächsten Tag
Betreff: Schade
Liebe Emmi, das tut mir wirklich Leid, dass ich unsere romantische Mitternachtseinlage vor dem jeweiligen Computer versäumt habe. Ich hätte sofort ein Glas mit Ihnen, auf Sie und gegen die virtuelle Anonymität getrunken. Hätte es auch Weißwein sein dürfen? Ich trinke lieber weiß als rot. Nein, ich muss

Sie zum Glück nicht anlügen: Ich bin weder oft betrunken noch immer ein Asket. Also zehnmal eher bin ich betrunken als ein Asket, zehnmal eher und zwanzigmal öfter. Marlene zum Beispiel (erinnern Sie sich?), Marlene hat keinen Tropfen Alkohol getrunken. Sie hat ihn nicht vertragen. Und was noch schlimmer war: Sie hat keinen Tropfen Alkohol vertragen, den ich getrunken habe. Verstehen Sie? Das sind so die Dinge, wo man beginnt, emotionell gegeneinander zu leben. Zum Trinken gehören immer zwei oder keiner.
Also, wie gesagt: Ewig schade, dass ich Ihr verlockendes Angebot gestern Nacht nicht annehmen konnte. Ich bin leider viel zu spät nach Hause gekommen. Auf ein anderes Mal, Ihr Online-Trinkkamerad in spe, Leo.

20 Minuten später
RE:
Viel zu spät nach Hause gekommen? Leo, Leo, wo treiben Sie sich in der Nacht herum? Sagen Sie bloß, da kündigt sich eine Marlene-Nachfolgerin an. Wenn das der Fall ist, müssen Sie mich umgehend und im Detail über diese Frau informieren, damit ich sie Ihnen ausreden kann. Meine Intuition sagt mir nämlich, dass Sie sich momentan nicht binden sollten, Sie sind noch nicht bereit für die nächste Beziehung. Sie haben ohnehin mich. Und Ihre Fantasievorstellung von mir kommt Ihrem Frauenideal sicher näher als irgendeine dahergelaufene Bekanntschaft aus einer vermutlich in rotem Plüsch gehaltenen Bar (für einsame graupelbärige Professorentypen) um zwei Uhr nachts, oder wie spät es auch immer war. Also bleiben Sie künftig bitte daheim, trinken wir ab und zu gegen Mitternacht simultan ein Glas Wein aufeinander (ja, es darf ausnahmsweise auch Weißwein sein). Und danach sind Sie müde und gehen schlafen, damit Sie am nächsten Tag wieder fit für neue E-Mails an Ihre Fantasiegöttin Emmi Rothner sind. Machen wir es so?

Zwei Stunden später
AW:
Liebe Emmi, ach, ist das angenehm, wieder einmal so einen richtig bezaubernden Ansatz einer Eifersuchtsszene erleben zu können. Ich weiß schon: Das war natürlich italienisch konstruiert, aber ich habe es trotzdem genossen. Was meine Frauenbekanntschaften anbelangt, so schlage ich vor, dass wir es so halten wie mit Ihrem Ehemann und den beiden Kindern und deren sechs Streifenhörnchen. Dies alles gehört einfach nicht hierher! Uns zwei gibt es hier nur für uns zwei. Wir werden so lange in Kontakt bleiben, bis einem von uns die Luft ausgeht oder die Lust vergeht. Ich glaube nicht, dass ich es sein werde. Schönen Frühlingstag, Ihr Leo.

Zehn Minuten später
RE:
Da fällt mir gerade ein: Was ist aus unserem Verabredungs- und Erkennungsspiel geworden? Wollen Sie nicht mehr? Muss ich mir wegen dieser übernächtigten Plüschbar-Tussi wirklich Sorgen machen? Also, wie wäre es mit übermorgen, Sonntag, 25. 3., ab 15 Uhr im überfüllten Großen Messecafé Huber? Machen wir es! Emmi.

20 Minuten später
AW:
Doch, liebe Emmi. Gerne werde ich Sie erkennen. Allerdings ist mein kommendes Wochenende schon verplant. Ich fliege morgen Abend für drei Tage nach Prag, ganz »privat« sozusagen. Aber am nächsten Sonntag können wir unserem Gesellschaftsspiel gerne frönen.

Eine Minute später
RE:
PRAG MIT WEM???

Zwei Minuten später
AW:
Nein, Emmi, wirklich nicht.

35 Minuten später
RE:
Okay, wie Sie wollen (oder nicht wollen). Kommen Sie mir dann aber nicht mit Liebeskummer zurück! Prag ist wie geschaffen für Liebeskummer, vor allem Ende März: Alles grau in grau, und am Abend isst man in einem Lokal, das mit dem dunkelsten braunen Holz der Welt verkleidet ist, vor den Augen eines unterbeschäftigten depressiven Kellners, der aufgehört hat zu leben, nachdem er bei einem Staatsbesuch Breschnjew bedient hat, weiße Knödel und trinkt braunes Bier. Danach geht gar nichts mehr. Warum fliegen Sie nicht nach Rom? Da kommt Ihnen der Sommer entgegen. Also ich würde mit Ihnen nach Rom fliegen.
Unser Erkennungsspiel wird übrigens noch warten müssen. Ich bin ab Montag eine Woche Skifahren. Selbstverständlich sage ich Ihnen, meinem vertrauten Schreibkumpanen, mit wem: mit einem Stück Ehemann und zwei Stück Kindern. (Und ohne Streifenhörnchen!) Auf Wurlitzer passen die Nachbarn auf. Wurlitzer ist unser fetter Kater. Er sieht aus wie ein Wurlitzer, hat aber nur eine Platte drauf. Und er hasst Skifahrer, deshalb bleibt er daheim. Ich wünsche Ihnen einen wunderschönen Abend. Emmi.

Fünf Stunden später
RE:
Sind Sie schon zu Hause oder noch in der Dingsa-Plüschbar? Gute Nacht, Emmi.

Vier Minuten später
AW:
Ich bin schon zu Hause. Ich habe darauf gewartet, dass mich

Emmi endlich kontrolliert. So, jetzt kann ich in Ruhe schlafen gehen. Da ich morgen zeitig unterwegs bin, wünsche ich Ihnen und Ihrer Familie jetzt schon eine angenehme Skiwoche. Gute Nacht. Wir lesen uns! Leo.

Drei Minuten später
RE:
Tragen Sie einen Pyjama? Gute Nacht, E.

Zwei Minuten später
AW:
Schlafen Sie vielleicht nackt? Gute Nacht, L.

Vier Minuten später
RE:
Hey, Meister Leo, das war ja richtiggehend erotisch gefragt. Hätte ich Ihnen gar nicht zugetraut. Um diese plötzlich aufkeimende knisternde Spannung zwischen uns nicht zu zerstören, verzichte ich besser darauf, Sie zu fragen, wie Ihr Pyjama aussieht. Also gute Nacht und schönes Prag!

50 Sekunden später
AW:
Also schlafen Sie nackt?

Eine Minute später
RE:
Er will es wirklich wissen! Sagen wir, exklusiv für Ihre Fantasiewelt, lieber Leo: Das kommt darauf an, neben wem. Und nun genießen Sie Prag zu zweit! Emmi.

Zwei Minuten später
AW:
Zu dritt! Ich reise mit einer guten alten Freundin und ihrem Lebensgefährten. Leo. (Ich drehe jetzt ab.)

Fünf Tage später
Kein Betreff
Liebe Emmi, sind Sie online, wenn Sie Ski fahren? Liebe Grüße, Leo. PS: Sie hatten Recht mit Prag, mein befreundetes Paar hat beschlossen, sich zu trennen. Aber Rom wäre da noch schlimmer gewesen.

Drei Tage später
Kein Betreff
Liebe Emmi, jetzt könnten Sie dann aber langsam zurückkommen. Mir fehlen Ihre Kontroll-E-Mails. Es macht mir momentan gar keinen Spaß mehr, nächtens in den Plüschbars herumzuhängen.

Einen Tag später
Kein Betreff
Damit Sie drei E-Mails von mir in Ihrem Posteingang haben. Alles Liebe, Leo. (Gestern habe ich mir extra für Sie oder zumindest in Gedanken an Sie einen neuen Pyjama gekauft.)

Drei Stunden später
AW:
Schreiben Sie mir nicht mehr?

Zwei Stunden später
AW:
Können Sie mir noch nicht schreiben oder wollen Sie mir nicht mehr schreiben?

Zweieinhalb Stunden später
AW:
Ich kann den neuen Pyjama auch umtauschen, wenn das das Problem ist.

40 Minuten später
RE:
Ach Leo, Sie sind so süß!!! Aber es hat doch keinen Sinn, was wir hier tun. Das ist ja doch kein Ausschnitt aus dem wirklichen Leben. Meine Skiwoche: die war ein Ausschnitt aus dem wirklichen Leben. Sie war nicht der allerbeste Ausschnitt, aber sie war ein guter Ausschnitt, und ich bekenne mich dazu, ich wollte es nicht anders haben, also hab ich es, wie es ist, und so wie es ist, ist es schon okay so, wie es ist. Die Kinder haben ein bisschen genervt, aber das ist ihre Pflicht als Kinder. Außerdem sind sie nicht von mir, und das werfen sie mir gelegentlich vor. Aber der Urlaub war schon okay so, wie er war. (Hab ich schon gesagt, dass er okay war, oder?)
Leo, seien wir doch ehrlich: Ich bin für Sie ein Fantasiebild, real daran sind nur ein paar Buchstaben, die von Ihnen sprachpsychologisch in einen klangvollen Zusammenhang gebracht werden können. Ich bin für Sie wie Telefonsex, nur halt ohne Sex und ohne Telefon. Also: Computersex, nur ohne Sex und ohne Bilder zum Herunterladen. Und Sie sind für mich reine Spielerei, eine Flirt-Wiederauffrischungsagentur. Ich kann das tun, was mir fehlt: Ich kann die ersten Schritte einer Annäherung erleben (ohne mich tatsächlich annähern zu müssen.) Nun sind wir zwei Hübschen aber bereits bei den zweiten und dritten Schritten einer Annäherung, die sich nicht annähern darf. Langsam sollten wir stehen bleiben, meine ich. Sonst werden wir annähernd lächerlich. Wir sind ja keine 15 mehr, also ich natürlich viel eher als Sie, aber wir sind es nicht, es hilft nichts.
Leo, ich sage Ihnen noch etwas. Ich habe in dieser manchmal nervenden, aber insgesamt verdammt schönen, ruhigen, harmonischen, witzigen, ja phasenweise sogar romantischen Familien-Skiwoche ständig an diesen unbekannten Graupelbären namens Leo Leike denken müssen. Das ist nicht okay. Das ist doch krank, oder? Sollten wir nicht Schluss machen?, fragt Emmi.

Fünf Minuten später
RE:
Übrigens: Tut mir Leid wegen Ihres befreundeten Paares. Ja, Rom wäre vermutlich die Hölle gewesen.

Zwei Minuten später
RE:
Wie sieht er denn aus, der neue Pyjama?

Am nächsten Tag
Betreff: Treffen
Liebe Emmi, wollen wir nicht wenigstens noch unser »Erkennungstreffen« über die Runden bringen? Wahrscheinlich wird es uns danach um einiges leichter fallen, die »Annäherung, die keine sein darf«, sein zu lassen. Emmi, ich kann nicht einfach aufhören, an Sie zu denken, indem ich aufhöre, Ihnen zu schreiben und indem ich aufhöre, auf Post von Ihnen zu warten. Das kommt mir so billig und pragmatisch vor. Machen wir noch unseren Test! Was sagen Sie? Alles Liebe, Leo.
(Meinen neuen Pyjama kann man nicht beschreiben, den muss man sehen und angreifen.)

Eineinhalb Stunden später
RE:
Kommenden Sonntag, 15 bis 17 Uhr, im Großen Messecafé Huber? Lieber Gruß, Emmi.
(Leo, Leo, das mit dem Pyjama, »man muss ihn sehen und angreifen«, das war eine echte Anmache. Wenn das nicht von Ihnen gekommen wäre, hätte ich sogar gesagt: eine äußerst plumpe Anmache!)

50 Minuten später
AW:
Ja, das ist gut! Aber wir dürfen nicht um Punkt 15 Uhr kommen und das Lokal um Punkt 17 Uhr wieder verlassen. Und wir

dürfen nicht allzu suchend dreinschauen. Und überhaupt: keine verräterischen Auffälligkeiten. Sie dürfen nicht im Aufdeckungsaffekt auf mich zugehen und mich fragen: Sie sind Leo Leike, stimmt's? Wir müssen uns wirklich die Chance geben, uns nicht zu erkennen. Ja?

Acht Minuten später
RE:
Ja, ja, ja, keine Angst, Herr Sprachprofessor, ich werde Ihnen schon nicht zu nahe treten. Um für keine weiteren Verwirrungen zu sorgen, schlage ich vor, dass wir bis Sonntag ein gegenseitiges E-Mail-Verbot verhängen. Erst danach schreiben wir uns wieder, einverstanden?

40 Sekunden später
AW:
Einverstanden.

30 Sekunden später
RE:
Was aber nicht heißt, dass Sie jetzt jede Nacht in der Plüschbar versumpfen müssen.

25 Sekunden später
AW:
Aber nein, das macht ja ohnehin nur Spaß, wenn mich Emmi Rothner allein für die Vorstellung, es könnte so sein, stündlich zur Rechenschaft zieht.

20 Sekunden später
RE:
Dann bin ich beruhigt. Also bis Sonntag!

30 Sekunden später
AW:
Bis Sonntag!

40 Sekunden später
RE:
Und Zähne putzen nicht vergessen!

25 Sekunden später
AW:
Emmi, Sie müssen immer das letzte Wort haben, stimmt's?

35 Sekunden später
RE:
An sich schon. Aber wenn Sie jetzt noch einmal antworten, dann lasse ich es Ihnen.

40 Minuten später
AW:
Nachwort zum Pyjama. Ich schrieb: »Man muss ihn sehen und angreifen.« Sie antworteten, das wäre eine plumpe Anmache gewesen, hätte dies ein anderer als ich gesagt. Dagegen verwehre ich mich. Ich fordere, dass Sie mir in Hinkunft plumpe Anmachen als plumpe Anmachen anrechnen, wie jedem anderen auch. Lassen Sie mich so plump sein, wie ich bin. Im Konkreten: Meinen Pyjama sollten Sie wirklich angreifen, er fühlt sich sensationell an. Geben Sie mir eine Adresse, und ich schicke ihn Ihnen zur Anfühl-Probe. (Noch immer plump?) Gute Nacht!

Zwei Tage später
Betreff: **Disziplin**
Alle Achtung, Emmi, Sie sind diszipliniert! Bis übermorgen im Café Huber. Ihr Leo.

Drei Tage später
Kein Betreff
Hallo Leo, waren Sie dort?

Fünf Minuten später
AW:
Natürlich!

50 Sekunden später
RE:
Scheiße! Ich hab's befürchtet.

30 Sekunden später
AW:
Was haben Sie befürchtet, Emmi?

Zwei Minuten später
RE:
Alle Männer, die in Frage kommen, Leo Leike gewesen zu sein, waren absolut indiskutabel, ich meine, rein optisch. Tut mir Leid, das klingt jetzt vielleicht brutal, aber ich sage es, wie es ist. Leo, ehrlich: Waren Sie gestern zwischen drei und fünf wirklich im Café Huber? Also nicht versteckt in der Toilette oder verschanzt im Gebäude vis à vis, sondern echt an der Bar oder im Kaffeeraum, sitzend oder stehend, hockend oder kniend, ganz egal?

Eine Minute später
AW:
Ja, Emmi, ich war tatsächlich anwesend. Welche Männer sind denn für Sie in Frage gekommen, Leo Leike gewesen zu sein, wenn ich fragen darf?

Zwölf Minuten später
RE:
Lieber Leo, es graut mir, diesbezüglich ins Detail zu gehen. Sagen Sie mir nur bitte: Sie waren nicht zufällig der – äh, wie sag ich's –, der mit naturbelassenem Vollkörper-Drahtbürstenhaar ausgestattete stämmige, eher kleingewachsene Herr im ehemals weißen T-Shirt, mit der um die Hüfte gebundenen violetten Skipullover-Attrappe, der am Eck der Bar einen Campari oder so etwas Rötliches getrunken hat? Ich meine, wenn Sie es waren, dann nur so viel: Geschmäcker sind eben verschieden. Es gibt sicher genügend Frauen, die so einen Typen rasend interessant und absolut attraktiv finden. Und ich mache mir da überhaupt keine Sorgen, dass auch irgendwann einmal eine Frau fürs Leben dabei sein wird. Aber ich muss gestehen: Mein Fall wären Sie dann offen gesagt eher nicht so ganz, tut mir Leid.

18 Minuten später
AW:
Liebe Emmi, Ihre entwaffnende und sich selbst entlarvende Offenheit in Ehren: Aber »nicht verletzend« zu sein, zählt nicht zu Ihren Stärken. Für Sie hat das Aussehen offenbar wirklich höchste Priorität. Sie tun gerade so, als würde Ihr Liebesleben der nächsten Jahrzehnte davon abhängen, wie körperlich anziehend Ihr E-Mail-Freund auf Sie wirkt. Ich kann Sie fürs Erste übrigens beruhigen: das nach Frischfleisch Ausschau haltende Zottelmonster an der Theke ist nicht identisch mit meiner Person. Aber schildern Sie ruhig weiter: Wer darf ich noch nicht gewesen sein? Und daran anschließend gleich die Zusatzfrage: Wenn ich einer von denen bin, die für Sie »optisch indiskutabel« waren, ist dann unser E-Mail-Verkehr beendet?

13 Minuten später
RE:
Lieber Leo, nein, natürlich mailen wir ungehemmt weiter. Sie kennen mich ja: Ich übertreibe maßlos. Ich steigere mich ge-

rade in etwas hinein und will dabei nicht gestört werden. Ich habe eben gestern keinen einzigen Mann im Lokal gesehen, den ich auch nur annähernd so spannend gefunden habe, wie Sie mir schreiben, lieber Leo. Und genau das hatte ich befürchtet: An Ihre schüchterne, aufmerksame, dann wieder treffsichere, plötzlich offene, graupelbärig entzückende, mitunter sogar ansatzweise sinnliche, jedenfalls unheimlich feinfühlige Art, mir schriftlich zu begegnen, kommt keines dieser faden Sonntagnachmittagsgesichter im Café Huber auch nur im Entferntesten heran.

Fünf Minuten später
AW:
Wirklich kein einziges? Vielleicht haben Sie mich einfach übersehen.

Acht Minuten später
RE:
Lieber Leo, Sie machen mir wieder Mut. Aber ich glaube leider nicht, dass ich wen übersehen habe, den man nicht übersehen hätte müssen. Recht süß habe ich die beiden gepiercten Freaks gefunden, die am dritten Tisch links gesessen sind. Aber die waren nicht älter als zwanzig. Ein sehr interessanter Typ, vielleicht der einzige überhaupt, stand mit so einem langbeinigen blonden Vamp-Engel-Model rechts hinten an der Theke – Händchen haltend. Der wollte und hat wohl auch niemand anderen gesehen als sie. Dann war da noch ein recht sympathischer, leider etwas debil grinsender Rudereuropameister mit Nachrangtafel-Körperbau – nein, Leo, das waren nicht Sie! Und sonst? – Kleingarten-Rasenmäher-Anwerfer, Bierdeckel sammelnde Brauereiaktienbesitzer, in Firmlingssakkos gehüllte Diplomatenkofferträger, Baumarktstammkunden, deren Finger bereits in Schraubenschlüssel mutiert sind. Segelflugschulbesucher mit infantil verträumten Blicken, also ewige Buben. Aber weit und breit kein charismatischer Typ. Dazu meine bange Frage: Wer von

denen war mein Sprachpsychologe? Wer war mein Leo Leike? Habe ich ihn an diesem schicksalhaften Sonntagnachmittag an das Café Huber verloren?

Eineinhalb Stunden später
AW:
Ohne überheblich sein zu wollen, liebe Emmi: Ich habe gewusst, dass Sie mich nicht erkennen werden!

40 Sekunden später
RE:
LEO, WER WAREN SIE? SAGEN SIE'S!!

Eine Minute später
AW:
Reden wir morgen weiter, ich habe jetzt eine Verabredung, liebe Emmi. Und danken Sie dem lieben Herrgott, dass Sie schon einen Mann fürs Leben gefunden haben. Übrigens, nur ganz schüchtern angemerkt: Wir haben noch gar nicht von Ihnen gesprochen, ist Ihnen das schon aufgefallen? Wer war wohl Emmi Rothner? Dazu morgen mehr. Alles Liebe, Ihr Leo.

20 Sekunden später
RE:
Was? So lassen Sie mich jetzt allein? Leo, das können Sie mir nicht antun! Melden Sie sich! Sofort! Bitte!

Eine halbe Stunde später
RE:
Er meldet sich wirklich nicht. Vielleicht war er doch das Zottelmonster ...

KAPITEL DREI

Am nächsten Tag
Betreff: **Albtraum**
Leo Leike, ich weiß es!! Ich bin gerade schweißgebadet aufgewacht. Ich bin dahinter gekommen! Das war ja wirklich perfekt eingefädelt. Sie waren von Anfang an todsicher, dass ich Sie nicht erkennen würde. Kein Wunder: SIE WAREN EIN KELLNER! Sie sind mit dem Chef befreundet, und der hat Ihnen erlaubt, für zwei Stunden Kellner zu spielen, stimmt's? Ich weiß auch, welcher Kellner Sie waren. Es kommt eigentlich nur einer in Frage, die anderen sind zu alt: Sie sind der dünne Kleine mit den schwarzen runden Hornbrillen!

15 Minuten später
AW:
Und? Enttäuscht? (Guten Tag übrigens.)

Acht Minuten später
RE:
Enttäuscht? Ernüchtert! Gekränkt! Verärgert! Verarscht! Sie haben mich hineingelegt. Ich fühle mich betrogen. Sie hatten dieses üble Spiel von Anfang an geplant. Von Ihnen kam ja der Vorschlag, das Messecafé Huber fürs Treffen zu wählen. Vermutlich hat sich die gesamte Belegschaft wochenlang auf meine Kosten amüsiert. Ich finde das schäbig, grauenhaft. Das ist nicht der Leo Leike, den ich kenne. Das ist nicht der Leo Leike, den ich kennen gelernt habe. Das ist nicht der Leo Leike, den ich kennen gelernt hätte! Das ist nicht der Leo, den ich auch nur einen Millimeter näher kennen lernen will. Mit dieser Aktion haben Sie alles, was wir über Monate aufgebaut haben, zunichte gemacht. Leben Sie wohl!

Neun Minuten später
AW:
Und gefalle ich Ihnen wenigstens, ich meine – optisch?

Zwei Minuten später
RE:
Wollen Sie eine ehrliche Antwort? Die gebe ich Ihnen gerne zum Abschluss.

45 Sekunden später
AW:
Wenn es Ihnen keine Umstände macht – das wäre schon nett.

30 Sekunden später
RE:
Ich finde Sie nicht schön. Ich finde Sie nicht einmal hässlich. Ich finde Sie absolut nichts sagend. Absolut langweilig. Völlig uninteressant. Einfach nur: Wääääääääääää!

Drei Minuten später
AW:
Wirklich? Das klingt ja echt brutal. Da kann ich nur froh sein, dass ich nicht in der Haut dieses Mannes stecke. Und dass ich auch nicht in seinem Kellnergewand gesteckt habe. Kurzum: Ich war nicht er, ich bin nicht er, und ich werde wohl auch niemals er sein. Ich war übrigens auch sonst kein Kellner. Ich war auch kein Zustelldienst oder Küchengehilfe. Ich war kein Polizist in Uniform. Ich war auch nicht die Klofrau. Ich war der ganz normale Leo Leike, Gast im Kaffeehaus Huber am Sonntag zwischen drei und fünf. Schade um Ihren Schlaf, liebe Emmi »Aussehen über alles« Rothner. Schade um Ihren verschwendeten Albtraum!

Zwei Minuten später
RE:
Leo, danke!!!!!! Jetzt brauche ich einen Whiskey.

15 Minuten später
AW:
Ich schlage vor: Reden wir besser von Ihnen, damit sich Ihre Nerven beruhigen. Ich schicke vorweg, dass mir das Äußere einer Frau, selbst wenn es mir noch so wichtig ist, offenbar nicht annähernd so wichtig sein kann wie Ihnen das Äußere eines Mannes. Dementsprechend entspannt durfte ich feststellen, dass sich zum gegebenen Zeitpunkt im Lokal auffallend viele interessante Frauen befanden, die es Wert gewesen wären, Emmi Rothner zu sein.
(Ich muss kurz unterbrechen, wir haben eine Konferenz, nebenberuflich arbeite ich nämlich. Das werde ich mir aber bald nicht mehr leisten können.)
Ich melde mich in etwa zwei Stunden und setze dann fort, wenn es recht ist. Sie sollten übrigens langsam die Whiskeyflasche zur Seite stellen ...

Zehn Minuten später
RE:
1.) Ich fasse es noch immer nicht, dass einer, der beim Schreiben so eine Nähe aufbauen kann, dass er sogar fähig ist, Emmi in ihren intimsten Haltungen (beim Whiskeytrinken) aufzuspüren, ich fasse es nicht, dass einer, der so schreibt, gleichzeitig so aussieht wie einer von denen, die ich mit eigenen Augen im Café Huber gesehen habe! Deshalb frage ich Sie noch einmal, lieber Leo: Kann es nicht sein, dass ich Sie einfach übersehen habe? Bitte sagen Sie ja! Ich will nicht, dass Sie ein Mann aus einer der von mir gestern erwähnten Männerkategorien sind. Es wäre so schade um Sie!
2.) Vielleicht waren gar nicht so viele »auffallend interessante Frauen« im Lokal. Vielleicht interessiert sich nur Mister Leike auffallend für (auffallend viele) Frauen.
3.) Trotzdem würde ich gerne mit Ihnen tauschen. Sie können sich aus einem »auffallend interessanten« Angebot die Emmi Rothner Ihrer Lust, Laune und Fantasiekraft wählen. Während

ich mich mit einem Leo Leike abfinden muss, den ich im absolut besten Falle übersehen habe, was ja auch nicht gerade ein Qualitätsmerkmal darstellt.
4.) Offensichtlich haben Sie keine Ahnung, wer ich bin.
So, jetzt dürfen Sie wieder, Leo!

Zwei Stunden später
AW:
Danke Emmi, endlich wieder ein Rothner'sches Punkteprogramm. Darf ich gleich zu Punkt 4.) schreiten? – Sie irren, wenn Sie meinen, dass ich keine Ahnung habe, wer Sie sind. Allerdings muss ich zugeben, dass ich nicht genau weiß, wer Sie sind. Es gibt exakt drei Möglichkeiten. Ich bin überzeugt davon, dass Sie eine der drei Frauen sind. Ist es Ihnen recht, wenn ich bei der Nummerierung der Typologie Buchstaben statt Zahlen verwende, damit das Ganze nicht nach einer Siegerehrung mit Podestplätzen aussieht? – Das sind also meine Rothner-Kandidatinnen:
A.) Der Prototyp, Ur-Emmi. Stand an der Bar, vierte von links. Etwa 1,65 groß, zierlich, kurze dunkle Haare. Knapp unter 40. Hektisch, nervös, schnelle Motorik, drehte ständig an ihrem Whiskeyglas (!!), Kopf erhaben, Blick von oben herab nach unten gerichtet. (Mit würdevoller Arroganz überspielte leichte Unsicherheit.) Hose, Jacke: modisch flippig. Witzige Filzhandtasche. Grüne Schuhe, die so aussahen, als wären sie aus einer persönlichen Auswahl von 100 Paaren als Sieger des Sonntagnachmittags hervorgegangen. (Schuhgröße etwa 37!!!) Beobachtete Männer so, wie man Männer beobachtet, die das nicht merken dürfen. Gesichtszüge: fein, ein bisschen unlocker. Gesicht: schön. Typ: burschikos, speedig, temperamentvoll. Also eine echte Emmi Rothner.
B.) Die Gegenprobe, Blond-Emmi. Wechselte dreimal den Platz, saß zuerst vorne rechts, dann ganz hinten, dann in der Mitte, zuletzt noch kurz an der Bar. Sehr souverän, etwas langsamer in den Bewegungen (als die Ur-Emmi). Blonde, strähnige Haare,

gestylt auf 80er Jahre. Alter um die 35. Getränk: zunächst Kaffee, dann Rotwein. Rauchte eine Zigarette. (Sah dabei sehr genießerisch und gar nicht süchtig aus.) Körpergröße: gut 1,75. Schlank, lange Beine. Rote Markenturnschuhe. (Schuhgröße etwa 37!!!) Verwaschene Jeans, enges schwarzes T-Shirt (großer Busen, wenn ich mir diese Anmerkung erlauben darf). Beobachtete Männer perfekt beiläufig. Gesichtszüge: locker. Gesicht: schön. Typ: weiblich, selbstsicher, cool.
C.) Der Antityp, Überraschungs-Emmi. Machte immer wieder Streifzüge durch den Salon, stand mehrmals kurz an der Bar. Sehr schüchtern. Exotischer Teint, große, mandelförmige Augen, verschleierter Blick, scheinbar menschenscheu. Schulterlange, vorne stufige, brünette Haare. Alter um die 35. Getränke: Kaffee, Mineralwasser. Größe: etwa 1,70. Schlank, tolle schwarz-gelbe Hose (war sicher nicht billig), lässige, dunkle Stiefeletten. Markanter, eckiger Ehering! (Schuhgröße etwa 37!!!) Schaute suchend um sich, wirkte dabei verträumt, verklärt, melancholisch, traurig. Gesichtszüge: weich. Gesicht: schön. Typ: feminin, sinnlich, schüchtern, scheu. Und vielleicht gerade deshalb: Emmi Rothner.
So, liebe Emmi, die drei kann ich Ihnen anbieten. Vielleicht zum Abschluss noch eine Antwort auf Ihre drängende Frage 1.), ob Sie mich nicht übersehen haben konnten: Ja, selbstverständlich, Sie hätten mich übersehen können. Aber Sie haben mich nicht übersehen, tut mir Leid! Ihr Leo.

Fünf Stunden später
AW:
Liebe Emmi, krieg ich heute keine Mail mehr von Ihnen? Leiden Sie so sehr unter den Grenzen Ihrer optischen Vorstellungskraft? Ist es Ihnen nunmehr egal, ob ich mich nächtelang in den Plüschbars herumtreibe? (Und mit wem?) Gute Nacht, Leo.

Am nächsten Tag

Betreff: Rätselhaft

Mahlzeit, Leo. Sie reiben mich auf, ich kann an nichts anderes mehr denken! Die haben Sie ja ganz nett beschrieben, die drei! Ich bin verblüfft, Sie überraschen mich andauernd. Ach, hätte ich Sie nur nie gesehen!!! Leo, angenommen, ich bin tatsächlich eine der drei Frauen: Wie war es Ihnen möglich, die so genau zu beobachten, ohne als Beobachter sofort erkannt zu werden? Waren Sie mit einer Videokamera unterwegs? Oder andersrum: Sollte ich tatsächlich eine der drei gewesen sein, muss ich Sie ebenfalls sehr genau wahrgenommen haben. Habe ich Sie sehr genau wahrgenommen, bestätigt sich mein Verdacht, dass Sie einer von denen waren, die nicht Leo Leike sein dürfen, weil sie – Verzeihung – einfach stinklangweilig aussahen.

Zweitens (heute keine Zahl, nur Worte. Sie haben ja mit Zahlen nur so herumgeworfen, da haben eigentlich nur noch die genauen Körpermaße gefehlt): Also warum gerade die drei?

Drittens: Welche der drei wäre Ihnen am liebsten?

Viertens: Sagen Sie, wer Sie waren. Bitte! Geben Sie mir wenigstens einen kleinen Hinweis.

In freundlicher, wenn auch wachsender Ungeduld, Ihre Emmi.

Eineinhalb Stunden später

AW:

Warum gerade die drei? – Emmi, für mich ist einfach schon seit längerem klar: Sie sind eine so genannte »verdammt gut aussehende Frau«. Denn, verdammt: Sie wissen, dass Sie gut aussehen. Sie lassen es sich nämlich anmerken, dass Sie wissen, dass Sie gut aussehen. Sie schreiben es immer wieder zwischen und manchmal sogar in den Zeilen selbst. Damit blufft keine Frau, die nicht hundertprozentig sicher ist, dass sie auf Männer gut wirkt. Sie sind sogar beleidigt, wenn Sie als »interessante Frau« nicht sofort alle anderen anwesenden Frauen hinter sich lassen und vergessen machen. Ich erinnere Sie an Ihren Punkt 2.) von gestern. Da schrieben Sie: »Vielleicht waren gar nicht so viele ›auffallend interessante Frauen‹ im Lokal. Vielleicht interessiert sich nur Mister Leike auffallend für (auffallend viele) Frauen.« Sie halten sich also für die Interessanteste von allen und empfinden es beinahe als Frechheit, nicht sofort als diese erkannt zu werden. So hatte ich es leicht: Ich musste nur nach attraktiven Frauen Ausschau halten, die erstens suchend wirkten (wie gut oder schlecht auch immer getarnt) und die zweitens Schuhgröße 37 haben konnten. Und das waren exakt diese drei.

Zu Ihrem »Drittens«: Die Frage, welche der drei mir am liebsten wäre, stellt sich nicht. Alle drei sind auf ihre Art anziehend, aber alle drei sind für mich glücklich verheiratet, haben zwei Kinder und wenn schon nicht sechs Streifenhörnchen, so doch einen Kater namens Wurlitzer. Alle drei leben für mich in einer anderen Welt, in die ich nur virtuell hineinblicken darf, in die real zu treten ich aber unbefugt bin und bleibe. Ich habe schon mehrmals gesagt, dass ich mir meine Emmi Rothner lieber im Kopf (beziehungsweise auf dem Bildschirm) ausmale, statt ihr in der Wirklichkeit nachzujagen oder nachzutrauern. Ich will Ihnen aber verraten, dass mir Emmi Rothner, Nummer 1.), die Ur-Emmi, am authentischsten erscheint, dass diese der schreibenden Rothner, wie sie sich mir präsentiert, am nächsten kommt.

Zu Ihrem »Viertens«: Wenn Sie eingestehen, dass Sie identisch mit einer meiner drei Emmi-Kandidatinnen sind, dann gebe ich Ihnen einen Hinweis, wer ich gewesen sein könnte.

Alles Liebe, Ihr Leo.

20 Minuten später

RE:

Also gut, Leo. Aber zuerst Ihr Hinweis, dann meine Bestätigung oder Fehlermeldung!

Drei Minuten später
AW:
Haben Sie Geschwister?

Eine Minute später
RE:
Ja, eine ältere Schwester, die lebt in der Schweiz. Wieso? War das der Hinweis?

40 Sekunden später
AW:
Ja, das war der Hinweis, Emmi.

20 Sekunden später
RE:
Der weist aber auf nichts hin!

Eine Minute später
AW:
Ich hab einen älteren Bruder und eine jüngere Schwester.

30 Sekunden später
RE:
Spannend, Leo. Davon reden wir bitte ein andermal. Momentan bin ich nämlich mit meinem Kopf ganz beim möglichen Bruder des älteren Bruders und der jüngeren Schwester.

50 Minuten später
RE:
Hallo Leo, wo sind Sie? Ist das eine Folterspannpause?

Acht Minuten später
AW:
Meine Schwester Adrienne sehe ich sehr oft. Wir haben ein inniges Verhältnis. Wir erzählen uns alles. So, liebe Emmi, das

war jetzt mehr als ein Hinweis. Den Rest müssen Sie sich selber zusammenreimen. Und jetzt verraten Sie mir: Waren Sie eine meiner drei »Emmis«?

40 Sekunden später

RE:

Leo, das ist kryptisch! EINE klare Andeutung, bitte! Dann sage ich es Ihnen.

30 Sekunden später

AW:

Fragen Sie mich, wie meine Schwester aussieht.

35 Sekunden später

RE:

Wie sieht Ihre Schwester aus?

25 Sekunden später

AW:

Sie ist groß und blond.

30 Sekunden später

RE:

Aha, schön, okay, ich gebe auf!
Lieber Leo, Sprachpsychologe, Menschenbeobachter: ICH BIN TATSÄCHLICH EINE VON DEN DREIEN. Aber unterschiedlicher können drei Frauen mit ein und derselben Schuhgröße ohnehin nicht sein, so, wie Sie sie beschreiben. Mich wundert, dass Sie alle drei gleichzeitig interessant und anziehend finden können. Aber so sind Männer eben.
Ich wünsche Ihnen noch einen angenehmen Abend. Ich mache Leo-Pause. Ich muss mich einmal wieder mit anderen, essentielleren Dingen beschäftigen. Tschüss, Emmi.

Eine Stunde später
AW:
Jetzt waren Sie ganz Ur-Emmi, Nummer eins.

Fünf Stunden später
AW:
Meine Schwester ist Model. Gute Nacht!

Am nächsten Tag
Betreff: !!!!!!!!
NEIN!

45 Minuten später
AW:
Doch.

40 Sekunden später
RE:
Das langbeinige, blonde Vamp-Engel-Model?

25 Sekunden später
AW:
Ist meine Schwester!

Drei Minuten später
RE:
Und Sie waren der Typ, der mit ihr Händchen gehalten und sie so verliebt angesehen hat.

Eine Minute später
AW:
Das war nur Tarnung. Sie hat inzwischen die Frauen beobachtet und mir alle in Frage kommenden Emmis bis ins Detail beschrieben.

40 Sekunden später
RE:
Scheiße, ich weiß nicht mehr, wie Sie ausgesehen haben! Ich habe Sie nur ganz, ganz flüchtig gesehen.

15 Minuten später
AW:
Immerhin habe ich für Sie die Ehre der Männer dieses Nachmittags im Kaffeehaus gerettet. Wie sagten Sie doch gleich: »Ein sehr interessanter Typ, vielleicht der einzige überhaupt, stand mit so einem langbeinigen blonden Vamp-Engel-Model rechts hinten an der Theke«. Das drucke ich aus und rahme mir ein!

Zehn Minuten später
RE:
Darauf dürfen Sie sich nicht zu viel einbilden, mein Lieber. Ich habe im Grunde nur diese wirklich schöne kühle Blonde gesehen. Und ich dachte: Wer mit so einer Frau zusammen ist, muss wohl ein interessanter Typ sein. Von Ihnen weiß ich nur: Sie sind relativ groß, relativ schlank, relativ jung, relativ gut angezogen. Sie haben auch noch relativ Haare und relativ Zähne, soweit ich mich erinnern kann. Das wirklich Beeindruckende an Ihnen habe ich vom Gesicht Ihrer vermeintlichen Geliebten, Ihrer Schwester, abgelesen. Sie hat Sie so angesehen, wie man wen ansieht, den man wirklich innig mag und schätzt. Aber vielleicht war das ja auch nur gespielt, um Emmi Rothner abzuschütteln. Übrigens war das wirklich eine intelligente Aktion von Ihnen, dort mit Ihrer Schwester aufzukreuzen. Ich finde es auch nett, dass Sie mit ihr über mich reden. Da habe ich ein gutes Gefühl dabei. Ich glaube, Sie sind echt okay, Leo! (Und ich bin überglücklich, dass Sie weder der Zottelbär noch sonst wer aus Café Hubers Gruselkabinett sind.)

30 Minuten später
AW:
Und ich habe erst recht keine Ahnung, wie Sie aussehen, meine Liebe. Ich bin immer mit dem Rücken zu den von Adrienne aufgespürten Emmi-Kandidatinnen gestanden. Sie hat mir die Frauen aus »Frauensicht« beschrieben, deshalb auch die modischen Details. Persönliche Wahrnehmungen hatte ich gar keine.

Eine Stunde später
RE:
Eine Frage noch, Leo, bevor wir unser Partnerspiel so klug beenden, wie wir es begonnen haben: Welche »Emmi« würde Ihrer Schwester am besten gefallen, beziehungsweise welche glaubt sie, dass ich bin?

Zehn Minuten später
AW:
Bei einer hat sie gemeint: »Das könnte sie sein!« Bei einer hat sie gesagt: »Das ist sie wahrscheinlich!« Und von einer dritten hat sie behauptet: »In die würdest du dich verlieben!«

30 Sekunden später
RE:
IN WELCHE WÜRDEN SIE SICH VERLIEBEN????

40 Sekunden später
AW:
Liebe Emmi, das werde ich Ihnen mit hundertprozentiger Sicherheit NIEMALS verraten. Sparen Sie sich bitte jede Mühe, es aus mir herauspressen zu wollen. Schönen Abend noch. Danke für das aufregende »Spiel«. Ich mag Sie sehr gerne, Emmi! Ihr Leo.

25 Sekunden später
RE:
In die Blonde mit dem großen Busen, stimmt's?

50 Sekunden später
AW:
Keine Chance, liebe Emmi!

Eine Minute später
RE:
Eine ausweichende Antwort ist auch eine Antwort. Also die Blonde mit dem großen Busen!

Am nächsten Abend
Betreff: Kein guter Tag
Lieber Leo, hatten Sie heute einen guten Tag? Ich hatte keinen guten Tag. Guten Abend, gute Nacht. Emmi.
(Übrigens: An welche Emmi denken Sie jetzt, wenn Sie an Emmi denken? Ich hoffe, dass Sie überhaupt noch an Emmi denken!)

Dreieinhalb Stunden später
AW:
Wenn ich an Emmi denke, dann denke ich an keine der drei von meiner Schwester beschriebenen Emmis, sondern an die vierte, an meine. Und: Ja, klar denke ich noch immer an Emmi. Warum hatten Sie keinen guten Tag? Was war das Schlechte daran? Gute Nacht, guten Morgen, Ihr Leo.

Am nächsten Tag
Betreff: Ein guter Tag!
Guten Morgen. Sehen Sie, lieber Leo, so beginnt ein guter Tag! Ich mache die Mailbox auf und es leuchtet mir eine Nachricht von Leo Leike entgegen. Gestern: schlechter Tag. Keine Mail von Leo. Kein gar nichts. Kein überhaupt nichts. Kein bisschen etwas von Leo. Was soll aus so einem Tag werden?

Leo, ich sage Ihnen etwas: Ich glaube, wir sollten aufhören. Ich mache mich abhängig von Ihnen. Ich kann nicht den ganzen Tag darauf warten, eine E-Mail von einem Mann zu bekommen, der mir den Rücken zuwendet, wenn er mich trifft, der mich nicht kennen lernen will, der nur Mails von mir will, der meine Worte dazu benutzt, sich die Frau seiner Schöpfung zu basteln, weil er sich mit Frauen, die ihm wirklich begegnen, vermutlich bis über die Schmerzgrenze plagt. Ich kann so nicht weiter. Es ist unbefriedigend. Verstehen Sie das, Leo?

Zwei Stunden später
AW:
Okay, ich verstehe Sie. Dazu vier Fragen, ganz dem Rothner'schen Frageschema verpflichtet.
1.) Wollen Sie mich persönlich kennen lernen?
2.) Wozu?
3.) Wo soll das hinführen?
4.) Soll Ihr Mann davon wissen?

30 Minuten später
RE:
Zu 1.) Ob ich Sie persönlich kennen lernen will? Natürlich will ich Sie persönlich kennen lernen. Besser persönlich als unpersönlich, oder?
Zu 2.) Wozu? Das weiß ich erst, wenn wir uns kennen gelernt haben.
Zu 3.) Wo es hinführen soll? Dort, wo es hinführt. Würde es nicht dort hinführen, dann soll es auch nicht dort hinführen. Also führt es ohnehin dort hin, wo es hinführen soll.
Zu 4.) Ob mein Mann davon wissen soll? Das weiß ich erst, wenn ich weiß, wo es hingeführt hat.

Fünf Minuten später
AW:
Sie würden also Ihren Mann betrügen?

Eine Minute später
RE:
Wer hat das gesagt?

40 Sekunden später
AW:
Das lese ich heraus.

35 Sekunden später
RE:
Passen Sie auf, dass Sie nicht zu viel herauslesen.

Zwei Minuten später
AW:
Was fehlt Ihnen an Ihrem Mann?

15 Sekunden später
RE:
Gar nichts. Überhaupt nichts. Wie kommen Sie auf die Idee, dass mir etwas an ihm fehlt?

50 Sekunden später
AW:
Das lese ich heraus.

30 Sekunden später
RE:
Woraus lesen Sie das? (Langsam nerven Sie ein bisschen mit Ihrer Herauslese-Sprachpsychologie.)

Zehn Minuten später
AW:
Ich lese es aus der Art, wie Sie mir zu verstehen geben, dass Sie irgendwas von mir wollen. Was es ist, können Sie zwar erst sagen, wenn Sie mich kennen gelernt haben. Aber DASS Sie et-

was wollen, ist unumstritten. Oder anders: Sie suchen etwas. Nennen wir es Abenteuer. Wer ein Abenteuer sucht, erlebt gerade keines. Stimmt's?

Eineinhalb Stunden später

RE:

Ja, ich suche etwas. Ich suche dringend einen Geistlichen, der mir erklärt, was es heißt, seinen Mann zu betrügen. Oder zumindest, wie sich das ein Geistlicher so vorstellt, ein Geistlicher, der selbst noch nie betrogen hat, weil ihm nicht nur diejenige Frau fehlt, mit der er seine Frau betrügen könnte, sondern auch diejenige Frau, die er betrügen könnte, sieht man von der Muttergottes ab. Leo, bitte machen Sie nicht auf »Dornenvögel«! Ich suche kein »Abenteuer« mit Ihnen. Ich will einfach nur sehen, wer Sie sind. Ich will meinem Mail-Vertrauten einmal in die Augen schauen. Wenn das für Sie »betrügen« heißt, dann bekenne ich mich dazu, eine potenzielle Betrügerin zu sein.

20 Minuten später

AW:

Aber Ihrem Mann würden Sie sicherheitshalber trotzdem nichts davon erzählen.

15 Minuten später

RE:

Leo, ich mag es nicht, wenn Sie so moralinsauer unterwegs sind! Seien Sie es von mir aus in eigener Angelegenheit, aber nicht in meiner. Glücklich verheiratet zu sein bedeutet nicht, dass man dem Partner einen täglichen Rechenschaftsbericht über jedes seiner Treffen abzuliefern hat. Damit würde ich Bernhard auch zu Tode langweilen.

Zwei Minuten später
AW:
Also würden Sie Ihrem Bernhard nichts von unserem Treffen erzählen, weil Sie befürchteten, es würde ihn zu Tode langweilen?

Drei Minuten später
RE:
Schon wie Sie »Ihrem Bernhard« schreiben, Leo! Ich kann nichts dafür, dass mein Mann auch einen Namen hat. Das heißt noch lange nicht, dass er mir gehört, dass er täglich 24 Stunden angekettet an meiner Seite verbringt, wo ich ihn ununterbrochen streichle und dazu regelmäßig »Mein Bernhard!« gluckse. Leo, ich glaube, Sie haben wirklich keine Ahnung von einer Ehe.

Fünf Minuten später
AW:
Emmi, ich habe noch mit keinem einzigen Wort über Ehe gesprochen. Übrigens haben Sie meine letzte Frage nicht beantwortet. Aber wie sagten Sie kürzlich? – Eine ausweichende Antwort ist auch eine Antwort.

Zehn Minuten später
RE:
Lieber Leo, schließen wir das ab. Auf die entscheidende Frage bleiben nämlich SIE mir die Antwort schuldig. Ich spreche sie aber gerne noch einmal aus: Leo, wollen Sie mich treffen? Wenn ja, dann tun Sie es! Wenn nein, dann verraten Sie mir, was das Ganze soll, wie es weitergehen soll beziehungsweise ob es überhaupt weitergehen soll.

20 Minuten später
AW:
Warum können wir uns nicht schriftlich unterhalten, wie bisher?

Zwei Minuten später
RE:
Ich fasse es nicht: Er will mich einfach nicht kennen lernen! LEO, Sie Unverbesserlicher, vielleicht bin ich die Blonde mit dem großen Busen!!!

30 Sekunden später
AW:
Was hätte ich davon?

20 Sekunden später
RE:
Sie könnten hinstarren.

35 Sekunden später
AW:
Und das würde Ihnen gefallen?

25 Sekunden später
RE:
Mir nicht, aber Ihnen! Das gefällt jedem Mann, vor allem denen, die es nicht zugeben.

50 Sekunden später
AW:
Solche Dialoge gefallen mir viel besser.

30 Sekunden später
RE:
Aha, also doch ein verklemmter Verbalerotiker.

Drei Minuten später
AW:
Das war ein gutes Schlusswort, Emmi. Ich muss dann leider außer Haus. Ich wünsche Ihnen einen angenehmen Abend.

Vier Minuten später
RE:
Das waren heute 28 E-Mails zwischen uns beiden, Leo. Was ist dabei herausgekommen? Nichts. Was ist Ihr Motto? – Die Unverbindlichkeit. Was ist Ihr Schlusswort? – Sie wünschen mir einen »angenehmen Abend«. Da sind wir etwa auf der Stufe von »Frohe Weihnachten und ein gutes neue Jahr wünscht Emmi Rothner«. Kurzum: Wir sind uns in hundert E-Mails und einem professionell durchgezogenen Nur-ja-nicht-Kennenlern-Treffen keinen Millimeter näher gekommen. Was unsere »innige Unbekanntschaft« aufrechthält, ist einzig der horrende Aufwand, den wir dafür betrieben haben und betreiben. Leo. Leo. Leo. Schade. Schade. Schade.

Eine Minute später
AW:
Wenn ich Ihnen einen Tag keine einzige E-Mail schicke, beschweren Sie sich. Und wenn ich Ihnen innerhalb von fünf Stunden 14 E-Mails schicke, beschweren Sie sich ebenfalls. Ich glaube, ich kann es Ihnen derzeit nicht recht machen, liebe Emmi.

20 Sekunden später
RE:
Nicht per E-Mail!!! Angenehmen Abend, Herr Leike.

Nach vier Tagen
Kein Betreff
Kuckuck! Lg, Emmi.

Am nächsten Tag
Kein Betreff
Leo, wenn das Taktik sein soll, ist es eine miese Taktik! Sie können mich gern haben. Ich schreibe Ihnen nicht mehr. Tschüss.

Fünf Tage später
Kein Betreff
Aber Strom haben Sie schon noch, Leo, oder?
Ich mache mir langsam Sorgen um Sie. Schreiben Sie wenigstens »Määäh!«

Drei Minuten später
AW:
Okay, Emmi, von mir aus treffen wir uns. Wollen Sie noch? Wann? Heute? Morgen? Übermorgen?

15 Minuten später
RE:
Sieh an, der Verschollene! – Und jetzt hat er es auf einmal ziemlich eilig, mich zu treffen. Ja, möglicherweise will ich noch. Aber zuerst erklären Sie mir, warum Sie sich eineinhalb Wochen nicht gemeldet haben. Und bitte erklären Sie es gut!!

Zehn Minuten später
AW:
Meine Mutter ist gestorben. Gut erklärt?

20 Sekunden später
RE:
Scheiße. Ehrlich? Woran?

Drei Minuten später
AW:
Alles in allem an ihrem Unglück. Im Spital sagen sie »bösartiger Tumor« dazu. Es ist zum Glück ziemlich schnell gegangen. Körperlich hat sie nur noch kurz gelitten.

Eine Minute später
RE:
Waren Sie bei ihr, als sie starb?

Drei Minuten später

AW:

Beinahe. Ich war mit meiner Schwester im Warteraum. Die Ärzte hatten gemeint, es sei jetzt nicht so günstig, sie zu sehen. Ich frage mich, wann es jemals »günstiger« gewesen wäre.

Fünf Minuten später

RE:

Hatten Sie eine starke Bindung zu ihr? (Verzeihen Sie, Leo, es sind immer die gleichen Fragen, die man da stellt.)

Vier Minuten später

AW:

Noch vor einer Woche hätte ich gesagt: Nein, ich hatte überhaupt keine Bindung zu ihr. Heute frage ich mich, was, wenn nicht »Bindung«, zerfrisst mir da den Magen. Ich will Sie aber nicht mit meiner Familiengeschichte langweilen, Emmi.

Sechs Minuten später

RE:

Das tun Sie überhaupt nicht, Leo. Wollen Sie mich treffen und darüber sprechen? Vielleicht bin ich genau die Richtige in dieser Situation. Ganz weit draußen aus Ihrem Leben – und doch irgendwie nah an Ihnen dran. Vergessen wir einmal alle Äußerlichkeiten – und treffen wir uns wie gute, alte, enge Freunde.

Zehn Minuten später

AW:

Ja gut, ich danke Ihnen Emmi! Treffen wir uns heute Abend? Ich warne Sie aber. Ich habe soeben einen neuen Höhepunkt meiner »Humorlosigkeit« erreicht.

Drei Minuten später
RE:
Lieber, lieber Leo, heute Abend geht es leider nicht. Aber morgen Abend! So gegen 19 Uhr? In einem Innenstadt-Café?

Acht Minuten später
AW:
Morgen ist das Begräbnis. Aber 19 Uhr müsste sich ausgehen. Ich schreibe Ihnen bis 17 Uhr eine E-Mail. Dann machen wir uns aus, wo genau wir uns treffen. Einverstanden?

Zehn Minuten später
RE:
Ja, Leo, machen wir es so. Ich würde Ihnen noch gerne etwas Tröstendes sagen. Aber das klingt dann vielleicht wie »Frohe Weihnachten und ein gutes neues Jahr«. Also lasse ich es lieber. Ich bin ganz bei Ihnen. Ich kann mir vorstellen, wie Ihnen zumute ist. Ich wage jetzt nicht einmal, Ihnen »Gute Nacht« zu wünschen. Denn diese Nacht, die wird sicher nicht gut werden. Aber morgen Abend will ich Ihnen eine Stütze sein. Bis bald, Emmi! (Trotz der beklemmenden Umstände: Ich freue mich auf Sie!)

Fünf Minuten später
AW:
Ich freu mich auch! Leo.

Am nächsten Tag
Betreff: Absage
Liebe Emmi, ich muss für heute leider absagen. Ich erkläre Ihnen morgen, warum. Bitte nicht böse sein. Und danke, dass Sie für mich da gewesen wären. Das rechne ich Ihnen ganz hoch an! Liebe Grüße, Leo.

Zwei Stunden später
RE:
Ist gut. Emmi.

Am nächsten Tag
Betreff: Marlene
Liebe Emmi, ich habe den Abend gestern mit Marlene, meiner früheren Lebensgefährtin, verbracht. Sie war auch beim Begräbnis. Sie hatte meine Mutter sehr gemocht und umgekehrt. Es war mir wichtig, mit ihr über alles zu reden. Sie ist ein Schlüssel, sie kann Tore meiner sperrigen Familiengeschichte öffnen. Sie hatte auch den Zugang zu meiner Mutter, der mir immer fehlte. Marlene war gestern in schlechter Verfassung. Ich war derjenige, der sie trösten musste. Ich war glücklich über diese Rolle. Ich halte es nicht aus, bemitleidet zu werden. Lieber bemitleide ich jemanden. (Manchmal auch mich selbst, aber das behalte ich gern für mich.) Ich hoffe, Sie sind mir nicht böse, dass ich Sie »versetzt« habe. Ich dachte mir auch: Leo, warum musst du da eine Frau mit hineinziehen, die überhaupt nichts mit deiner vergangenen Geschichte zu tun hat? Und dann wollte ich auch nicht, dass Sie mich so sehen, wie ich derzeit anzusehen bin. Ich will, dass Sie mich in einer besseren Verfassung zu Gesicht bekommen. Ich hoffe, Sie verstehen mich, Emmi. Ich danke Ihnen noch einmal, dass Sie für mich da gewesen wären. Das war ein ganz großer Vertrauensbeweis. Alles Liebe, Leo.

Drei Stunden später
RE:
Ist schon okay. Lg, Emmi.

Fünf Minuten später
AW:
Nein, gar nichts ist schon okay, so wie Sie »Ist schon okay« schreiben! Also was ist es, Emmi? Fühlen Sie sich durch meine

Absage in der Ehre gekränkt? Kommen Sie sich von mir benutzt (und dann eben doch nicht gebraucht) vor?

Zweieinhalb Stunden später
RE:
Nein, nein, Leo. Ich bin nur sehr beschäftigt und deshalb so kurz angebunden.

Acht Minuten später
AW:
Das glaube ich Ihnen nicht. Ich kenne Sie, Emmi. In gewisser Hinsicht kenne ich Sie. Seltsamerweise entwickle ich ein schlechtes Gewissen allein aufgrund der Vorstellung, Sie könnten auf mich beleidigt sein, wobei Sie selbst am allerbesten wissen, dass Sie absolut kein Recht dazu hätten.

Vier Minuten später
RE:
Reden Sie nicht herum, lieber Leo: Waren Sie wenigstens erfolgreich beim Trösten? Läuft wieder etwas mit Marlene?

Acht Minuten später
AW:
Ach, das ist es! Ja, natürlich! Leo Leike wagt es, nach dem Begräbnis der Mutter seine Exfreundin zu treffen. Emmi Rothner, die sonst keine Mühen scheut, Herrn Leike als Moraltheologen hinzustellen, wittert plötzlich den sittlichen Verfall. Da kann ich gleich noch eines drauflegen, liebe Emmi. Ich verrate Ihnen, dass ich sechs Stunden nach dem Begräbnis meiner Mutter um ein Haar mit meiner Exfreundin geschlafen hätte. Ich hoffe, Sie sind entsprechend schockiert! Guten Abend.

Drei Minuten später
RE:
Erklären Sie mir, wie man mit jemandem »um ein Haar« ge-

schlafen haben kann. Und vor allem: Warum man es dann »um ein Haar« doch nicht getan hat. Ich bin überzeugt davon: Das schaffen nur Männer. Vermutlich hatten Sie geglaubt, Sie könnten Ihre angeschlagene Exfreundin »ins Bett trösten«. Aber knapp vorher hat sie es bemerkt und hat Ihnen ins Ohr geflüstert: »Leo, nein, das wäre jetzt nicht gut für uns. Das würde das ganze Vertrauen, das wir heute Abend neu aufgebaut haben, wieder zerstören.« Und Sie dachten: Schade, schade, um ein Haar ...

15 Minuten später
AW:
Wissen Sie, liebe Emmi, ich finde es schon sensationell, mit welcher Selbstverständlichkeit und Hartnäckigkeit Sie mir Erklärungen abringen wollen, in privaten Angelegenheiten, die kilometerweit davon entfernt sind, Sie etwas anzugehen. Und mit welcher Treffsicherheit Sie zum unglücklichsten aller Zeitpunkte Ihre Geschmacklosigkeiten von sich geben, mit denen Sie andere Menschen darauf zu reduzieren trachten, was Ihnen selbst offenbar immer gleich als Erstes einfällt: Sex. Sex. Sex. Da frage ich mich auch schön langsam, warum das bei Ihnen so ist.

Acht Minuten später
RE:
Lieber Leo, bei allem Respekt vor Ihrer Trauer: Wer hat damit geprahlt, dass er mit wem »um ein Haar« geschlafen hätte? Sie oder ich? Leo, es tut mir Leid, ich habe solche Ums-Haar-Schlaf-Szenen plastisch vor mir. Ich habe so etwas früher zu oft selbst erlebt, und ich habe zu viele Freundinnen, die es noch immer ständig erleben – und darunter leiden. Sollte bei Ihnen und Marlene alles ganz anders gewesen sein, so verzeihen Sie mir bitte. Im Übrigen sollte ein Mann mit Ihrer Sensibilität schon wissen, dass sich eine Frau mit meiner Sensibilität bei einer derartigen »Exfreundin-motivierten« Absage in letzter Minute empfindlich zurückgewiesen fühlen muss. Ja, Leo, ich fühle

mich von Ihnen derb zurückgewiesen. Ich bin einfach nicht irgendwer, auch nicht für Sie. Hochachtungsvoll, Emmi.

Am nächsten Tag
Betreff: Emmi
Nein, Emmi Sie sind nicht irgendwer. Wenn irgendwer nicht irgendwer ist, dann sind es Sie. Schon gar nicht für mich. Sie sind wie eine zweite Stimme in mir, die mich durch den Alltag begleitet. Sie haben aus meinem inneren Monolog einen Dialog gemacht. Sie bereichern mein Innenleben. Sie hinterfragen, insistieren, parodieren, Sie treten in Widerstreit zu mir. Ich bin Ihnen so dankbar für Ihren Witz, für Ihren Charme, für Ihre Lebendigkeit, ja selbst für Ihre »Geschmacklosigkeiten«.
Aber Emmi, Sie dürfen nicht mein Gewissen werden wollen! Um bei einem Ihrer Lieblingsthemen zu bleiben: Es muss Ihnen egal sein, wann ich mit wem wie oft und auf welche Art Sex habe. Ich frage Sie ja auch nicht danach, wie das mit Ihnen und Ihrem Bernhard im Bett so funktioniert. Ehrlich gesagt: Es interessiert mich auch überhaupt nicht. Das bedeutet nicht, dass ich niemals erotische Vorstellungen habe, wenn ich an Sie denke. Aber die halte ich behutsam von Ihnen fern, die will ich Ihnen nicht zumuten. Die sind allein in mir und dort bleiben sie auch. Wir dürfen nicht beginnen, in die Privatsphäre des anderen einzudringen. Das kann zu nichts führen.
Emmi, diese paar scheinbar belanglosen Worte mit Ihnen über den Tod meiner Mutter, die haben mir wahnsinnig gut getan. Da war wieder diese zweite Stimme in mir, die mir »meine« fehlenden Fragen stellt, die mir »meine« ausstehenden Antworten gibt, die permanent meine Einsamkeit durchbricht und unterwandert. Ich hatte sofort den dringenden Wunsch, Sie noch näher an mich heranzulassen, Sie ganz nahe bei mir zu haben. Hätten Sie noch am selben Abend Zeit gehabt, wäre das auch geschehen. Es wäre heute alles anders zwischen uns. Alle Geheimnisse wären fort, alle Rätsel aufgelöst. Ich hätte Ihnen gleich nach der Begrüßung einen schweren Rucksack mit fami-

liärem Ballast umgehängt, wir wären beide damit in die Knie gegangen. Kein Zauber mehr, keine Illusionen. Wir hätten geredet, geredet und geredet, bis wir uns »ausgeredet« hätten, und dann? – Ernüchterung, was sonst. Wie meistert man die Unmittelbarkeit der Begegnung, wenn man sie nie trainiert hat? Wie hätten wir uns angesehen? Was hätten wir in dem anderen plötzlich gesehen? Wie würden wir einander heute schreiben? Was würden wir schreiben? Würden wir einander noch schreiben?
Emmi, ich habe einfach Angst, meine »zweite Stimme« zu verlieren, die Stimme Emmi. Ich will sie behalten. Ich will behutsam mit ihr umgehen. Sie ist unentbehrlich für mich geworden.
Ihr Leo.

Drei Stunden später
RE:
Um an eines meiner Lieblingsthemen anzuknüpfen: Tut mir Leid – ES IST MIR ABER NICHT EGAL, WANN SIE MIT WEM WIE OFT UND AUF WELCHE ART SEX HABEN! Wenn ich schon die auserwählte »zweite Stimme« von jemandem bin, dann habe ich auch Stimmrecht, wenn es darum geht, zu beurteilen, ob es angemessen ist, wann dieser jemand mit wem wie oft und auf welche Art Sex hat. (Wobei ich zugeben muss, dass ich mich mit dem Passus »Auf welche Art« bisher noch relativ wenig ausführlich beschäftigt habe, lieber Leo. Aber das lässt sich ja nachholen.) So, jetzt lasse ich Sie mit Ihrer Solostimme allein. Fortsetzung folgt morgen. Küsschen, Emmi.

Eineinhalb Stunden später
AW:
Darf ich auch einmal zynisch sein, geschätzte Emmi? Angenommen, ich wäre das »Zottelmonster« aus dem Messecafé Huber: Wäre Ihnen dann auch nicht egal, wann ich mit wem wie oft und auf welche Art Sex habe? Oder anders: Ist es Ihnen nicht nur deshalb nicht egal, wann ich … und so weiter, weil Sie in Ihren E-Mails an mich einem Männerideal nachjagen, bei dem

es Ihnen – trotz ehelichem Liebesglück mit Bernhard – einfach nicht egal sein kann, wann er mit wem … und so weiter? Das würde nämlich meine Theorie bestätigen, dass wir beide wechselweise die jeweilige Stimme unserer Fantasie sind. Ist das nicht schön und wertvoll genug, um es dabei zu belassen?

Am nächsten Tag
Betreff: **Erste Antwort**
Lieber Leo, wissen Sie, was ich an Ihnen wirklich verabscheue? – Ihre Formulierungen, wenn es um meinen Mann geht. »Trotz ehelichem Liebesglück mit Bernhard« – bitte was soll der Scheiß? »Eheliches Liebesglück«, das klingt (und zwar absichtlich!) nach: »Durchführung der ehelichen Pflichten des partnerschaftlichen Beischlafs«. Oder: »Durch einen Standesbeamten abgesegneter regelmäßiger Vollzug des Geschlechtsverkehrs mit entsprechendem Austausch von Körperflüssigkeiten.« Lieber Leo, Sie spotten über meine Ehe! Da bin ich sehr empfindlich. Hören Sie auf damit!

45 Minuten später
AW:
Emmi, Sie reden andauernd nur über Sex. Das ist schon pathologisch!

Eine Stunde später
RE:
Ich habe noch gar nicht richtig angefangen, über Sex zu reden, lieber Freund. Da waren ja gestern ein paar beachtliche Würfe von Ihnen dabei. Zum Beispiel die Sache mit den »erotischen Vorstellungen«, wo sie zwei Verneinungen brauchen, um mir zu sagen, dass es nicht so ist, dass Sie mir gegenüber niemals welche gehabt hätten. So macht das der Leo! Ein anderer hätte gesagt: »Emmi, manchmal denke ich erotisch an Sie!« Leo Leike sagt: »Emmi, es ist nicht so, dass ich niemals erotisch an Sie denke.« Und da wundern Sie sich, dass ich von dem Thema

nicht wegkomme? Nicht ich bin pathologisch, sondern Sie benehmen sich verbalerotisch verhaltensoriginell, lieber Leo! Kurzum: Ich nehme Ihnen Ihre abgehobenen pastoralgeistigen Sexualbetrachtungen nicht ab. Denn was macht der gute Leo mit seinen doppelt verneinten erotischen Vorstellungen? Zitat: »Die halte ich behutsam von Ihnen fern, die will ich Ihnen nicht zumuten.« Will er mir nicht zumuten? Da fragt sich die Emmi schon, was das wohl für unzumutbare Vorstellungen sein mögen. Erzähle er mir ruhig mehr davon.

20 Minuten später
RE:
Ach ja, noch etwas, Meister Leo. Sie schrieben gestern: »Wir dürfen nicht beginnen, in die Privatsphäre des anderen einzudringen.« Ich sage Ihnen etwas: Was wir hier tun, worüber wir hier reden, ist Privatsphäre, Privatsphäre und nichts als Privatsphäre, von den ersten E-Mails an in steter Steigerung bis heute. Wir schreiben nichts über unsere Jobs, wir verraten keine Interessen, nennen nicht einmal Hobbys, tun so, als gäbe es keine Kultur, verheimlichen die Politik, ja wir kommen sogar weitgehend ohne Wetterstimmungsberichte aus. Das Einzige, was wir tun und was uns alles andere vergessen macht: Wir dringen in unsere Privatsphären ein, Sie in meine, ich in Ihre. Privatsphärisch eingedrungener geht es gar nicht mehr. Sie sollten sich langsam dazu bekennen, mit mir »privatsphärisch intim« zu sein, und zwar ausnahmsweise in einer völlig anderen Bedeutung, als es meinem vermeintlichen Lieblingsthema entsprechen möge. Ich würde sogar sagen: weit darüber hinausgehend. Schönen Abend, Emmi.

Eineinhalb Stunden später
AW:
Liebe Emmi, wissen Sie, was ICH an Ihnen wirklich verabscheue? – Ihr ständiges »Herr Leo«, »Meister Leo«, »Professor Leo«, »Der Herr Sprachpsychologe«, »Der Herr Moraltheologe«.

Tun Sie mir einen Gefallen. Belassen Sie es bei »Leo«. Ihre sarkastischen Botschaften kommen auch so stets gut, scharf und treffsicher an. Ich danke für Ihr Verständnis! Leo.

Zehn Minuten später
RE:
Bäääh! Heute mag ich Sie nicht!

Eine Minute später
AW:
Ich mich auch nicht.

30 Sekunden später
RE:
Das war jetzt, zugegeben, wieder recht lieb von Ihnen!

20 Sekunden später
AW:
Danke.

15 Sekunden später
RE:
Gern.

Eineinhalb Stunden später
AW:
Schlafen Sie schon?

Drei Minuten später
RE:
Selten vor Ihnen. Gute Nacht!

30 Sekunden später
AW:
Gute Nacht.

40 Sekunden später
RE:
Müssen Sie viel an Ihre Mutter denken? Ich würde Ihnen gern ein bisschen davon abnehmen.

30 Sekunden später
AW:
Das haben Sie gerade getan, liebe Emmi. Gute Nacht.

KAPITEL VIER

Drei Tage später
Betreff: Pause aus!
Liebe Emmi, wir haben drei Tage E-Mail-Pause gemacht. Jetzt könnten wir dann langsam wieder, finde ich. Ich wünsche Ihnen einen angenehmen Arbeitstag. Ich denke viel an Sie, in der Früh, zu Mittag, am Abend, in der Nacht, in den Zeiten dazwischen und jeweils knapp davor und danach – und auch währenddessen. Alles Liebe, Leo.

Zehn Minuten später
RE:
M. (Me, Mei, Meis, Meist ...) Lieber Leo. SIE haben E-Mail-Pause gemacht, nicht ich! Ich habe Sie angestrengt dabei beobachtet, wie Sie E-Mail-Pause gemacht haben. Und ich habe darauf gewartet, dass Sie die E-Mail-Pause endlich beenden. Ich habe sehr ungeduldig darauf gewartet. Aber es hat sich ausgezahlt. Da sind Sie wieder, und Sie denken an mich, schön! Geht's Ihnen gut? Haben Sie heute spätabends oder frühnachts Zeit und Lust, mit mir ein Glas Wein zu trinken? Selbstverständlich getrennt. Also Sie und die Fantasie-Emmi. Und ich und der Virtuell-Leo. Und dazu schreiben wir uns ein paar Worte. Wollen Sie?

Acht Minuten später
AW:
Ja, Emmi, das können wir machen. Ist Ihr B. (Be, Ber, Bern, Bernh...), ist Ihr Mann abends nicht da?

Drei Minuten später
RE:
Solche Fragen machen Ihnen Spaß, stimmt's? Es klingt immer ein bisschen so, als wollten Sie mich dafür bestrafen, dass ich glücklich verheiratet bin. – Doch, Bernhard ist da. Er sitzt entweder in seinem Bürozimmer und bereitet sich auf den nächsten Tag vor. Oder er sitzt auf seinem Sofa und liest. Oder er liegt

in seinem Bett und schläft. Ab Mitternacht meistens das Dritte. Ausreichend beantwortet?

Sechs Minuten später
AW:
Ja, danke, ausreichend! Wenn Sie von Ihrem Mann reden, Emmi, dann klingt das immer ein bisschen so, als wollten Sie mir zeigen, wie separiert und unabhängig man leben kann, wenn oder obwohl oder gerade weil man glücklich verheiratet ist. So schreiben Sie nicht »im Bürozimmer«, sondern »in SEINEM Bürozimmer«. Er sitzt nicht »auf unserem Sofa«, sondern »auf SEINEM Sofa«. Ja, er liegt nicht einmal »in unserem Bett«, er liegt »in SEINEM Bett«.

Vier Minuten später
RE:
Lieber Leo, Sie werden es nicht glauben, aber bei uns hat tatsächlich jeder sein eigenes Zimmer, jeder sein eigenes Sofa und ja, sogar jeder sein eigenes Bett. Es hat nämlich witzigerweise jeder sein eigenes Leben. Sind Sie schockiert?

25 Sekunden später
AW:
Warum wohnen Sie dann zusammen?

18 Minuten später
RE:
Leo, Sie sind süß! Naiv wie ein Zwanzigjähriger. Weder kleben auf unseren Bürotüren Schilder mit der Aufschrift »Betreten verboten«, noch ist der Aufenthalt auf unseren Sofas »für Unbefugte nicht gestattet«. Noch enthalten unsere Betten den Warnhinweis »Vorsicht, bissig!« Kurzum: Jeder hat zwar sein Reich, aber jeder von beiden ist herzlich eingeladen, das Reich des anderen zu betreten, oder, wie wir das kürzlich formuliert haben,

»in die Privatsphäre des anderen einzudringen«. Na? Wieder etwas über die Ehe erfahren?

30 Sekunden später
AW:
Und wie alt sind die Kinder?

35 Minuten später
RE:
Fiona ist sechzehn, Jonas ist elf. Und »mein Bernhard« ist um einiges älter als ich. So, lieber Leo, Familienstunde beendet! Ich möchte die Kinder gerne aus unserem Gespräch heraushalten. Sie haben mir vor einigen Monaten geschrieben, für Sie sei es so eine Art »Marlene-Verarbeitungstherapie«, mit mir zu plaudern. (Ich weiß natürlich nicht, ob das noch gültig ist, könnten Sie mir bei Gelegenheit einmal mitteilen!) Für mich ist es eine Art »Familienauszeit«, wenn ich Ihnen schreibe und von Ihnen lese. Ja, es ist ein kleines Inselchen außerhalb meiner Alltagserlebniswelt, ein Inselchen, auf dem ich ganz gern mit Ihnen alleine verweile, wenn es recht ist.

Fünf Minuten später
AW:
Es ist recht, Emmi! Manchmal überrumpelt mich halt einfach die Neugierde, wie es bei Ihnen abseits unseres verschwommenen kleinen Inselchens so zugeht, wie Ihr bodenständiges Dasein auf dem Festland aussieht, im sicheren Hafen der Ehe. (Verzeihen Sie, das hat jetzt einfach zu gut gepasst.) Aber jetzt bin ich wieder ganz Insel. Also, wann trinken wir unser Glas Wein? Ist Ihnen Mitternacht zu spät?

Zwei Minuten später
RE:
Mitternacht ist wunderbar! Dann freue ich mich auf unser Rendezvous.

20 Sekunden später
AW:
Ich mich auch. Bis dann.

Mitternacht
Kein Betreff
Liebe Emmi, hier ist der Leo, der wünscht Ihnen eine traumhafte Mitternacht, ganz zu zweit, nur für uns beide. Darf ich Sie umarmen, Emmi? – Darf ich Sie küssen? Ich küsse Sie. So, und jetzt trinken wir. Was trinken Sie? Ich trinke Sauvignon Visintini, Colli Orientali del Friuli, 2003. Und was trinken Sie? Schreiben Sie mir gleich, Emmi, ganz gleich, ja? Was trinkt die Emmi? Ich trinke Weißwein.

Eine Minute später
RE:
Das ist aber nicht Ihr erstes Glas, Leo!!!

Acht Minuten später
AW:
Ah, da schreibt wieder die Emmi. Emmi. Emmi. Emmi. Ich bin ein bisschen betrunken, aber nur ein bisschen. Ich habe den ganzen Abend getrunken und gewartet, bis es Mitternacht wird, bis mich Emmi besuchen kommt. Ja, es stimmt. Das ist nicht meine erste Flasche. Ich habe Sehnsucht nach meiner Emmi. Wollen Sie zu mir kommen? Wir machen ganz einfach das Licht aus. Wir müssen uns nicht sehen. Ich will Sie nur spüren, Emmi. Ich mach die Augen zu. Mit Marlene, das hat alles keinen Sinn. Wir bluten uns aus. Wir lieben uns nicht. Sie glaubt es, aber wir lieben uns nicht, das ist nicht Liebe, das ist nur Hörigkeit, das ist nur Besitz. Marlene will mich nicht loslassen, und ich, ich kann sie nicht festhalten. Ich bin ein bisschen betrunken. Gar nicht viel. Kommen Sie zu mir, Emmi? Küssen wir uns? Meine Schwester sagt, dass Sie wunderschön sind, Emmi, wer auch immer Sie sind. Haben Sie schon einmal

einen Fremden geküsst? Ich trinke jetzt noch einen Schluck Weißwein aus der Friaul. Ich trinke auf uns. Ich bin schon ein bisschen betrunken. Aber nicht viel. Und jetzt kommen wieder Sie an die Reihe, Schreiben Sie mir, Emmi. Schreiben ist wie küssen, nur ohne Lippen. Schreiben ist küssen mit dem Kopf. Emmi, Emmi, Emmi.

Vier Minuten später
RE:
Na ja, unser erstes echtes Mitternachts-Rendezvous hab ich mir etwas anders vorgestellt. Leo, sternhagelvoll! Hat aber auch seinen gewissen Reiz. Wissen Sie was, Leo? Ich halte mich kurz, vermutlich können Sie die Buchstaben ohnehin nicht mehr auseinander halten. Aber wenn Ihnen danach ist, und wenn Sie es noch schaffen, dann erzählen Sie mir ruhig mehr von »daheim« bei Ihnen. Schreiben Sie aber nichts, was Sie heute Früh oder Vormittag nach dem Aufwachen aus dem Delirium schon bereuen könnten. Dann trinke ich also ein Glas französischen Rotwein aus dem Rhonetal, 1997. Ich trinke auf Sie! Ihnen würde ich allerdings empfehlen, auf Mineralwasser umzusteigen. Oder machen Sie sich einen starken Kaffee!

50 Minuten später
AW:
Sie sind so streng, Emmi. Seien Sie nicht so streng. Ich will keinen Kaffee. Ich will Emmi. Kommen Sie zu mir. Trinken wir noch ein kleines Glas Wein. Wir können Augenbinden tragen, wie im Film. Ich weiß nicht, wie der Film heißt, ich muss nachdenken. Ich würde Sie so gerne küssen. Mir ist egal, wie Sie aussehen. Ich habe mich in Ihre Worte verliebt. Sie können schreiben, was Sie wollen. Sie können ruhig streng schreiben. Ich liebe alles. Sie sind nämlich gar nicht streng. Sie zwingen sich dazu, Sie wollen einfach nur stärker wirken, als sie sind. Marlene trinkt keinen Tropfen Alkohol. Marlene ist eine sehr nüchterne Frau, aber faszinierend, das sagt jeder, der sie kennt. Sie

war mit einem Piloten zusammen, aus Spanien. Aber es ist schon wieder vorbei. Sie sagt, für sie gibt es nur einen, und der bin ich. Wissen Sie, das ist eine Lüge. Mich gibt es nicht mehr für sie. Es tut so weh, wenn man sich trennt. Ich will mich nicht mehr trennen von Marlene. Mama hat sie gemocht. Meine Mutter ist tot, sie war unglücklich. Es ist ganz anders, als ich dachte. Etwas von mir ist mitgestorben. Ich spüre es erst, seit es tot ist. Meine Mutter hat sich nicht viel um mich gekümmert, nur um meine kleine Schwester. Und mein Vater ist nach Kanada ausgewandert, er hat meinen älteren Bruder mitgenommen. Ich bin irgendwo in der Mitte durchgerutscht. Ich bin übersehen worden. Ich war ein stilles Kind. Ich kann Ihnen Fotos zeigen. Wollen Sie Fotos sehen? Im Fasching war ich immer Buster Keaton. Ich mag stumme traurige lustige Helden, die Grimassen machen können. Kommen Sie, trinken wir noch ein Glas auf uns und schauen wir uns Faschingsfotos an. Schade, dass Sie verheiratet sind. Nein, gut so, dass Sie verheiratet sind. Betrügen Sie Ihren Mann, Emmi? Tun Sie es nicht. Es tut so weh, wenn man betrogen wird. Ich bin schon ein bisschen betrunken, aber ich habe noch einen klaren Kopf. Marlene hat mich einmal betrogen. Das heißt, von einem Mal weiß ich es. Marlene sieht man und man weiß, dass sie einen betrügt. Emmi, ich schicke das jetzt weg. Ich küsse Sie. Und noch ein Kuss. Und noch ein Kuss. Und noch ein Kuss. Ganz egal, wer Sie sind. Ich habe Sehnsucht nach Nähe. Ich will nicht an meine Mutter denken. Ich will nicht an Marlene denken. Ich will Emmi küssen. Ich bin ein bisschen betrunken, verzeihen Sie. Ich schick das jetzt weg. Dann gehe ich schlafen. Gutenachtkuss. Schade, dass Sie verheiratet sind. Ich glaube, wir würden gut zusammen passen. Emmi. Emmi. Emmi. Ich schreibe gerne Emmi. Einmal linker Mittelfinger, zweimal rechter Zeigefinger, und zwei Reihen darüber rechter Mittelfinger. EMMI. Ich könnte tausendmal Emmi schreiben. Emmi schreiben ist Emmi küssen. Gehen wir schlafen, Emmi.

Am nächsten Vormittag
Betreff: **Hallo**
Hallo Leo, wieder unter den Irdischen? Alles Liebe von Ihrer Emmi.

Zweieinhalb Stunden später
RE:
Sind Sie noch beim Nachdenken, wie Sie sich und vor allem wie Sie MIR Ihre nächtlichen E-Mails erklären? – Müssen Sie nicht, Leo. Ich habe das schön gefunden, was Sie mir da unabsichtlich geschrieben haben, sehr schön sogar. Sie sollten öfter volltrunken sein, da werden Sie ja zu einem richtigen Gefühlsmenschen, sehr offen und unverblümt, sehr zärtlich, ansatzweise sogar stürmisch und leidenschaftlich. Steht Ihnen gut, das Unkontrollierte! Und ich fühle mich geehrt, dass Sie mich so oft küssen wollten! Also schreiben Sie mir schon!! Ich bin echt neugierig, wie Sie dazu stehen. Nüchtern bemühen Sie sich ja immer krampfhaft, nur nicht jener Leo zu sein, der sich im betrunkenen Zustand wie von selbst ergibt. Hoffentlich hat er sich nicht übergeben.

Drei Stunden später
RE:
Leo???? Nicht melden ist unfair! Und es ist abtörnend. Das riecht nach einem Mann, der in der Früh schon nicht mehr zu dem steht, was er einer Frau in der Nacht davor liebestrunken ins Ohr geflüstert hat. Es riecht also nach einem ziemlich typischen, ziemlich durchschnittlichen, ziemlich öden Mann. Es riecht jedenfalls nicht nach Leo. Also schreiben Sie endlich!!!

Fünf Stunden später
AW:
Liebe Emmi, es ist jetzt 22 Uhr. Wollen Sie zu mir kommen? Ich zahle Ihnen das Taxi. (Ich wohne am Stadtrand.) Leo.

Knapp zwei Stunden später
RE:
Na hoppala! Lieber Leo, es ist jetzt 23 Uhr 43. Träumen Sie noch oder schlafen Sie schon? Wenn nicht, dann frage ich Sie:
1.) Wollten Sie wirklich, dass ich zu Ihnen komme?
2.) Wollen Sie noch immer, dass ich zu Ihnen komme?
3.) Sind Sie vielleicht wieder »ein bisschen betrunken«?
4.) Wenn ich zu Ihnen komme, was hätten Sie sich da so vorgestellt, dass wir beide machen?

Fünf Minuten später
AW:
Liebe Emmi,
1.) Ja. 2.) Ja. 3.) Nein. 4.) Was sich ergibt.

Drei Minuten später
RE:
Lieber Leo,
1.) Aha. 2.) Aha. 3.) Gut. 4.) Was sich ergibt? Es ergibt sich immer das, was man will, dass sich ergibt. Also was wollen Sie, dass sich ergibt?

50 Sekunden später
AW:
Ich weiß es wirklich nicht, Emmi. Aber ich glaube, wir wissen es sofort, wenn wir uns sehen.

Zwei Minuten später
RE:
Und wenn sich gar nichts ergibt? Dann stehen wir beide blöd herum, zucken mit den Schultern und einer sagt zum anderen: »Tut mir Leid, irgendwie ergibt sich nichts.« Und was machen wir dann?

Eine Minute später
AW:
Dieses Risiko müssen wir in Kauf nehmen. Also kommen Sie, Emmi! Trauen Sie sich! Trauen wir uns! Vertrauen wir auf uns!

25 Minuten später
RE:
Lieber Leo, Ihre ungewohnte Dringlichkeit, die sonst nicht gerade Ihrem Wesen entspricht, irritiert mich. Ich habe da so einen Verdacht. Ich glaube, dass Sie ganz genau wissen, was sich gefälligst zu ergeben hat. Sie sind vermutlich noch ein bisschen rauschig von der Vornacht, also unheimlich »in Stimmung«. Sie suchen Nähe. Sie wollen Marlene vergessen beziehungsweise vergessen machen. Und Sie haben genügend Bücher dieser Art gelesen und einschlägige Filmszenen gesehen, letzte Tangos mit Marlon Brandos und so. Leo, diese Szenen kenne ich auch: ER sieht SIE zum ersten Mal, möglichst im Halbdunkel, damit auch das schön ist, was vielleicht nicht so schön ist. Und dann fällt kein einziges Wort mehr, nur noch Gewand. Wie knapp vorm Verhungern fallen sie übereinander her, sparen nichts aus, wälzen sich stundenlang über die Wohnlandschaften. Kameraschnitt. Das nächste Bild: Er liegt auf dem Rücken, über seine Lippen huscht ein frivoles Lächeln, die Augen ruhen im lasziven Blick auf die Zimmerdecke, als wollte er auch diese noch vernaschen. Sie liegt mit dem Kopf auf seiner Brust. Befriedigt wie eine Hirschkuh nach dem Durchzug eines Rudels brunftiger Böcke. Vielleicht bläst noch einer der beiden Zigarettenrauch durch die Nasenlöcher. Und dann wird dezent ausgeblendet. Und was ist danach? Das würde mich am allermeisten interessieren: Was ist danach???
Leo, so geht's nicht. Da ist mit Ihnen ausnahmsweise der Klischee-Mann durchgegangen. Ja natürlich, das wäre alles noch steigerbar. Die von Ihnen gestern im Rausch frei gewordene »Augenbinde«. – Wir müssten uns also nicht einmal sehen. Sie öffnen mir blind die Tür. Wir fallen uns blind in die Arme. Wir

haben blinden Sex. Wir verabschieden uns blind. Und morgen schreiben Sie mir wieder bigotte E-Mails übers Nichtbetrügensollen und ich schreibe Ihnen rotzig zurück wie immer. Und wenn's in der Nacht gut war, dann machen wir es wieder, völlig herausgelöst aus unserem sonstigen Leben, völlig unabhängig von unserem Dialog. Sex in seiner höchsten Stufe absoluter Unverbindlichkeit. Es gibt nichts zu verlieren, nichts wird aufs Spiel gesetzt. Sie haben Ihre »Nähe«, ich habe mein außereheliches Abenteuer. – Zugegeben, ein aufregender Gedanke. Aber schon auch ein bisschen eine Männerfantasie, muss ich Ihnen sagen, lieber Leo. Jedenfalls sollten wir die Finger davon lassen. Oder, um es noch etwas klarer zu formulieren: Nicht mit mir! (Ich habe das ganz zart gesagt, ehrlich!)

15 Minuten später
AW:
Und wenn ich Ihnen einfach nur gerne ein paar Kinderfotos von mir gezeigt hätte? Und wenn ich mit Ihnen nur gerne ein Glas Whiskey oder Wodka sauer getrunken hätte – auf unser Wohl und auf unsere Pionierleistung, uns endlich zu sehen? Und wenn ich einfach nur gerne Ihre Stimme gehört hätte? Und wenn ich nur gerne vielleicht einen Hauch vom Geruch Ihrer Haare und Ihrer Haut inhaliert hätte?

Neun Minuten später
RE:
Leo, Leo, Leo, manchmal klingt es so, als wären Sie die Frau von uns beiden und ich der Mann. Aber ich könnte schwören, das ist nur ein Spiel zwischen uns, auf höchstem Niveau. Ich denke männlich, um Sie zu verstehen, ich versuche mich in die Männerwelt hineinzuversetzen, lade mir aus meinen Erfahrungen die komplette maskuline Gedankenwelt plus zugehörigem Vokabular herunter – mit dem Erfolg, mir dann von Ihnen nachsagen lassen zu müssen, ICH sei sexfixiert. Leo, ich lege eure klassischen Motive für dringliche mitternächtliche Einladun-

gen frei – und Sie drehen den Spieß einfach um und behaupten, es seien meine. Leo, Sie Unschuldsengel, Sie schüchterner Romantiker! Geben Sie doch zu, dass Ihr virtuelles Sturmläuten bei mir um zehn Uhr abends nicht den Zweck haben sollte, mit mir Kinderfotos anzuschauen. (Haben Sie vielleicht auch nette Briefmarken? – Dann wäre ich natürlich sofort gekommen ...)

Drei Minuten später
AW:
Liebe Emmi, sagen Sie bitte nie wieder »eure«, wenn Sie von MIR sprechen wollen. Ich bin mir zu individuell, um mir den pauschalierenden und zumeist auch gehässig vorgetragenen Männer-Plural überstülpen zu lassen. Schließen Sie nicht von anderen Männern auf mich. Das kränkt mich, und zwar wirklich!

18 Minuten später
RE:
Okay, okay, Entschuldigung! Womit Sie sich wieder geschickt um »Ihr« Motiv herumgeschummelt haben, warum Sie mich plötzlich so dringlich sehen wollten, mitten in der Nacht. Leo, es ist ja keine Schande, im Gegenteil, es schmeichelt mir sehr, und Sie sinken in meiner Achtung um keinen Millimeter, wenn Sie im postalkoholischen Sexdrang und Liebestaumel mit der zwar unbekannten, aber angeblich nicht so unhübschen Emmi die Augenbinde-Nummer durchziehen wollen. Ach ja, übrigens: Es ist halb zwei Uhr früh, ich sollte dann langsam ins Bett gehen. Danke noch einmal für Ihr spannendes Angebot. Das war mutig. Ich mag es, wenn Sie spontan sind. Und ich mag es auch, wenn Sie mich betrunken mit Küssen zuschütten. Gute Nacht, Leo. Auch ein Kuss von mir.

Fünf Minuten später
AW:
Ich will niemals und mit niemandem eine Nummer durchziehen. Gute Nacht.

Zwölf Minuten später
RE:
Ach, zwei Dinge noch, Leo. Ich kann heute ohnehin nicht mehr schlafen: Wenn ich also wirklich zu Ihnen gekommen wäre, dann glauben Sie doch nicht im Ernst, dass ich mir von Ihnen das Taxi hätte zahlen lassen?
Zweitens: Wenn ich also wirklich zu Ihnen gekommen wäre, welche der drei Emmis aus dem Repertoire Ihrer Schwester hätte dann zu Ihnen kommen sollen? Die quirlige Ur-Emmi? Die vollbusige Blond-Emmi? Oder die schüchterne Überraschungs-Emmi? – Denn eines muss Ihnen schon klar sein: Ihre Fantasie-Emmi wäre im Augenblick unseres Zusammentreffens für immer gestorben.

Einen Tag später
Betreff: Softwareprobleme?
Leo? Sie sind an der Reihe!

Drei Tage später
Betreff: Sendepause
Liebe Emmi, ich schreibe Ihnen nur, damit Sie wissen, dass es nicht so ist, dass ich Ihnen nicht mehr schreibe. Wenn ich wieder so weit bin, zu wissen, WAS ich Ihnen schreiben könnte, dann werde ich es sofort tun. Ich bin gerade beim Aufsammeln meiner schizophrenen Einzelteilchen, in die es mich in den vergangenen Tagen zerlegt hat. Wenn ich die Teilchen erfolgreich zusammengefügt habe, melde ich mich.
Emmi, Sie spuken mir ununterbrochen im Kopf herum. Ich vermisse Sie. Ich habe Sehnsucht nach Ihnen. Ich lese Ihre E-Mails mehrmals täglich. Ihr Leo.

Vier Tage später
Betreff: Verrat
Hallo, Herr Leike, haben Sie mir gegenüber ein schlechtes Gewissen? Müssen Sie mir etwas verraten? (»Verraten« mit »V« wie

Verrat?) Weiß ich etwas nicht, was ich wissen sollte? Für diesen Fall: Ich glaube, ich weiß es. Ich habe in meiner Mailbox eine fürchterliche Entdeckung gemacht. Wissen Sie, wovon ich rede? Wenn Sie es wissen, dann erleichtern Sie bitte Ihr Gewissen!!! Grüße, Emmi Rothner.

Dreieinhalb Stunden später
AW:
Emmi, was ist los mit Ihnen? Was soll diese kryptische E-Mail? Brüten Sie gerade eine Verschwörungstheorie aus? Ich habe jedenfalls keine Ahnung, wovon Sie reden. Was für eine fürchterliche Entdeckung haben Sie in Ihrer Mailbox gemacht? Bitte werden Sie deutlicher! Und seien Sie nicht nur auf Verdacht so grausam förmlich! Alles Liebe, Leo.

30 Minuten später
RE:
Werter Herr Sprachpsychologe, sollte sich irgendwann herausstellen, dass mein »Verdacht« begründet war, werde ich Sie mein Leben lang hassen!!!! Besser Sie sagen es gleich.

25 Minuten später
AW:
Was auch immer Sie in diese Stimmung versetzt hat, liebe Emmi, Ihre Sprache macht mir Angst. Ich will nicht Opfer Ihres präventiven blanken Hasses sein, der sich auf krause Gedanken und abstruse Reime in Ihrem von Misstrauen zersetzten Gehirn gründet. Reden Sie Klartext oder haben Sie mich gern! Ich bin jetzt wirklich wütend! Leo.

Am nächsten Tag
Betreff: Verrat II
Ich habe am Sonntag eine Freundin getroffen. Ich habe ihr von Ihnen erzählt, Leo. »Was macht er beruflich?«, hat sie mich gefragt. »Er ist Sprachpsychologe und arbeitet auch an der Uni«,

habe ich geantwortet. Sprachpsychologe? Sonja war sehr überrascht. »Was macht er da?«, hat sie nachgefragt. Ich: Genau weiß ich es nicht, wir reden nicht über unsere Arbeit, nur über uns. Und dann fiel mir ein: Am Anfang hat er einmal etwas von einer Studie über die Sprache von E-Mails erzählt, mit der er gerade beschäftigt war. Es ist aber dann nie wieder ein Wort darüber gefallen. Daraufhin hat sich der Blick meiner Freundin Sonja plötzlich ziemlich verdüstert und sie hat wortwörtlich gesagt: »Emmi, pass auf, vielleicht studiert er dich nur!« Das hat mir einen gewaltigen Schock versetzt. Daheim habe ich sofort in unseren alten E-Mails nachgelesen. Und da finde ich am 20. Februar folgende Passage von Ihnen: »Wir arbeiten gerade an einer Studie über den Einfluss der E-Mail auf unser Sprachverhalten und – der noch wesentlich interessantere Teil – über die E-Mail als Transportmittel von Emotionen. Deshalb neige ich ein wenig zum Fachsimpeln, ich werde mich aber künftig zurückhalten, das verspreche ich Ihnen.«
So, lieber Leo, verstehen Sie jetzt, warum ich mich so fühle, wie ich mich fühle? LEO, STUDIEREN SIE MICH NUR? TESTEN SIE MICH ALS TRANSPORTERIN VON EMOTIONEN? BIN ICH FÜR SIE NICHTS ALS DER INHALT EINER KALTEN DOKTORARBEIT ODER SONST EINER GRAUSAMEN SPRACHSTUDIE?

40 Minuten später
AW:
Am besten, Sie holen dazu die Meinung von Ihrem Bernhard ein. Ich habe jedenfalls genug von Ihnen. Unter der Last Ihrer Emotionen würde ohnehin jedes Transportmittel einbrechen. Leo.

Fünf Minuten später
RE:
Nur weil Sie in den Gegenangriff übergehen, heißt das noch lange nicht, dass sich meine Sorge, von Ihnen sprachpsychologisch missbraucht zu werden, in Luft aufgelöst hat. Also bitte ich Sie um eine klare Antwort. Leo. Die sind Sie mir schuldig.

Drei Tage später
Betreff: **Leo!**
Lieber Leo, ich habe drei fürchterliche Tage hinter mir. Die Angst – ja, es war ein richtiger Panikanfall –, von Ihnen die ganze Zeit über für Studienzwecke verwendet worden zu sein, die hält sich die Waage mit der gegenteiligen Befürchtung: Vielleicht habe ich Ihnen Unrecht getan. Vielleicht habe ich durch meine vorschnelle Schuldzuweisung etwas zwischen uns zerstört. Ich weiß gar nicht, was schlimmer wäre, von Ihnen »betrogen« worden zu sein oder mit einer Attacke blinden Misstrauens unser behutsam angebautes und sorgsam gepflegtes Pflänzchen Vertrauen aus der Erde gehoben zu haben.
Lieber Leo, bitte versetzen Sie sich in meine Lage. Ich habe, das möchte ich Ihnen gestehen, schon lange mit niemandem so heftig Gefühle ausgetauscht wie mit Ihnen. Ich bin selbst am meisten darüber verwundert, dass das auf diese Weise möglich ist. Ich kann in meinen E-Mails an Sie so sehr die echte Emmi sein wie sonst nie. Im »wirklichen Leben« muss man, wenn es gelingen soll, wenn man den langen Atem haben will, ständig Kompromisse mit seiner eigenen Emotionalität eingehen: DA darf ich nicht überreagieren! DAS muss ich akzeptieren! DA muss ich darüber hinwegsehen! – Ständig passt man seine Gefühle der Umgebung an, schont die, die man liebt, schlüpft in die hundert kleinen Alltagsrollen, balanciert, tariert aus, wiegt ab, um das Gesamtgefüge nicht zu gefährden, weil man selbst ein Teil davon ist.
Bei Ihnen, lieber Leo, scheue ich mich nicht, so spontan zu sein, wie ich im Innersten bin. Ich überlege nicht, was ich Ihnen zumuten kann und was nicht. Ich schreibe einfach munter drauflos. Und das tut mir so wahnsinnig gut!!! – Und, das ist Ihre Leistung, lieber Leo, deshalb sind Sie für mich so unverzichtbar geworden: Sie nehmen mich so, wie ich bin. Manchmal bremsen Sie mich, gewisse Dinge ignorieren Sie, manches kommt Ihnen in die falsche Kehle. Aber Ihre Ausdauer, an mir dran zu bleiben, zeigt mir, dass ich so sein darf, wie ich bin. Und, darf ich

wieder einmal ein bisschen Werbung für mich machen? – Ich bin viel, viel zahmer, als es in meinen E-Mails den Anschein hat. Das heißt: Mag da jemand schon die Emmi, die sich gehen lässt, die sich überhaupt nicht bemüht, gut dazustehen, die mit Feuereifer ihre negativen Eigenschaften hervorkehrt – ja, Leo, ich bin eifersüchtig, ich bin misstrauisch, ich bin ein bisschen neurotisch, ich habe keine prinzipiell extrem hohe Meinung vom anderen Geschlecht, vom eigenen übrigens auch nicht – jetzt habe ich den Faden verloren, also: Mag da jemand schon die Emmi, die sich gar nicht bemüht, gut zu sein, die eher ihre sonst unterdrückten Schwächen auslebt, wie mag er dann erst die Emmi, wie sie wirklich lebt, weil sie weiß, dass man sich den anderen nur bedingt so zumuten kann, wie man ist, ein Bündel von Launen, ein Container von Selbstzweifel, eine Komposition der Unstimmigkeiten.

Es geht aber nicht nur um mich. Leo, ich beschäftige mich ständig mit Ihnen. Sie besetzen ein paar Quadratmillimeter meines Großhirns (oder Kleinhirns, oder Hirnanhangdrüse, keine Ahnung, wo im Hirn man an so wen wie Sie denkt). Sie haben dort effektiv Ihre Zelte aufgeschlagen. Ich weiß nicht, ob Sie der sind, als der Sie schreiben. Aber sind Sie nur ein Teil von diesem, so sind Sie schon ein ganz besonderer. Es sind Ihre Zeilen und meine Reime darauf: die ergeben so in etwa einen Mann, wie ich mir plötzlich vorstelle, dass es sein kann, dass es so jemanden wirklich gibt. Sie haben immer von Ihrer »Fantasie-Emmi« geschrieben. Ich bin vielleicht weniger bereit, mich mit einem »Fantasie-Leo« zufrieden zu geben, mir jemanden, den ich so gern mag, auf Dauer nur einzubilden. Der muss schon aus Fleisch, Blut und Ähnlichem sein. Und er muss einer Begegnung mit mir standhalten können. So weit sind wir noch nicht. Aber ich spüre in mir, dass wir unserer Begegnung mit schreiberischen Mitteln immer näher kommen können. Bis wir uns einmal gegenüberstehen. Oder gegenübersitzen. Oder knien. Ist ja egal.

Leo, nehmen wir die E-Mail, die ich Ihnen gerade schreibe: Die

Vorstellung, dass Sie sie Wort für Wort abklopfen, um wissenschaftliche Erkenntnisse daraus zu gewinnen, um Beispiele zu zitieren, wie und womit man Emotionen transportieren kann, oder, noch schlimmer, womit man Emotionen beim anderen wecken kann, wie man schreiben muss, damit der andere emotionell hineinkippt, diese Vorstellung ist so grauenhaft, dass ich schreien könnte vor Schmerz!!! Bitte sagen Sie, dass unser Dialog nichts mit Ihrer Studie zu tun hat. Und bitte verzeihen Sie mir, dass ich das annehmen musste. Ich bin so ein Mensch: Ich muss vom Schlimmsten ausgehen, damit ich Immunkräfte aufbauen kann, mit denen ich es dann ertrage, wenn es sich wirklich als wahr herausstellt.
Leo, das war bisher meine längste E-Mail an Sie. Ignorieren Sie sie nicht. Kommen Sie wieder zurück. Brechen Sie Ihre Zelte nicht ab unter meiner Hirnrinde. Ich brauche Sie! Ich … schätze Sie! Ihre Emmi.
PS: Ich weiß, es ist schon sauspät. Aber ich bin sicher, dass Sie noch munter sind. Und ich bin überzeugt davon, dass Sie noch in Ihre Mailbox schauen werden. Sie müssen mir jetzt nicht mehr antworten. Aber vielleicht schreiben Sie mir nur ein einziges Wort, damit ich weiß, dass Sie meine Nachricht erhalten haben? Ein Wort, ginge das? Es können auch zwei Worte sein, oder drei, wenn das leichter geht. Bitte. Bitte. Bitte. Bitte. Bitte.

Zwei Sekunden später
AW:
ABWESENHEITSNOTIZ. DER EMPFÄNGER IST VERREIST UND KANN SEINE E-MAILS ERST WIEDER AM 18. MAI AUFRUFEN. IN DRINGENDEN FÄLLEN WIRD ER VOM PSYCHOLOGISCHEN INSTITUT DER UNIVERSITÄT VERSTÄNDIGT. DIE E-MAIL-ADRESSE LAUTET: psy-uni@gr.vln.com.

Eine Minute später
RE:
Das ist das Letzte!

KAPITEL FÜNF

Acht Tage später
Betreff: Wieder da!
Hallo Emmi, ich bin wieder zurück. Ich war in Amsterdam. Marlene hat mich begleitet. Wir hatten wieder einen Anlauf genommen. Es war ein kurzer Anlauf. Nach zwei Tagen lag ich mit einer Lungenentzündung im Bett. Es war beschämend für mich, sie hat fünf Tage lang Fiebermesser geschüttelt und mich dabei bitter-gütig angelächelt, wie eine Krankenschwester im 30. Dienstjahr, die ihren Job hasst, aber ihre Patienten dafür nicht verantwortlich zu machen versucht. Amsterdam war das Gegenteil von dem, was ich mir darunter vorgestellt hatte, kein Neubeginn, sondern ein Alt-Ende, eines, worin wir in den Jahren ja schon große Routine gesammelt haben. Wir sind diesmal sehr respektvoll auseinander gegangen. Sie hat gesagt, wenn ich etwas brauche, ist sie jederzeit für mich da. Sie hat gemeint – irgendwas aus der Apotheke. Und ich habe gesagt: Wenn du dir wieder einmal einbildest, nicht ohne mich leben zu können, und ich mir noch immer sicher bin, nicht ohne dich leben zu können, dann fliegen wir einfach ein paar Tage nach Amsterdam – und beweisen uns das Gegenteil.
Ich habe Marlene übrigens von uns erzählt. Sie hat darauf reagiert, als wäre dieser Zustand kritischer als meine Lungenentzündung. Ich habe gesagt: Es gibt da eine Frau aus dem Internet, die mich sehr beschäftigt. Sie: Wie alt ist sie? Und wie sieht sie aus? Ich: Keine Ahnung. Zwischen dreißig und vierzig. Entweder blond, dunkel oder rot. Jedenfalls ist sie glücklich verheiratet. Sie: Du bist krank!
Diese Frau, sage ich zu ihr, gibt mir die Möglichkeit, an wen anderen zu denken als an dich, Marlene, und trotzdem Ähnliches zu fühlen. Sie wühlt mich auf, regt mich auf, ich könnte sie manchmal auf den Mond schießen, aber genauso gerne hole ich sie mir von dort wieder herunter. Ich brauche sie nämlich hier auf der Erde. Sie kann zuhören. Sie ist klug. Sie ist witzig. Und, was das Wichtigste ist: Sie ist für mich da. »Wenn es gut für dich ist, ihr zu schreiben, dann schreibe ihr«, hat mir Mar-

lene mit auf den Weg ins Bett gegeben. »Und nimm die Tabletten!«, hat sie ergänzt.
Emmi, ich bin ratlos. Wie komme ich von dieser Frau weg? Sie ist eine Kühlbox, aber mir wird heiß, wenn ich sie angreife. Wenn ich neben ihr durch Amsterdam gehe, hole ich mir eine Lungenentzündung. Aber wenn sie mir in der Nacht ihre Hand auf die Stirn legt, beginne ich zu glühen.
So, Emmi, Teil zwei: Ich bin also wieder zurück. Ich denke nicht daran, meine Zelte unter Ihrer Hirnrinde freiwillig abzubrechen. Ich möchte, dass wir uns weiter schreiben. Und ich möchte, dass wir uns auch persönlich kennen lernen. Wir haben alle der Vernunftbegabung des Menschen entsprechenden, logischen, nahe liegenden, richtigen Zeitpunkte dafür bereits versäumt. Wir haben die simpelsten Spielregeln des Miteinanders negiert. Wir sind alte innige Freunde, gegenseitige Alltagsstützen, ja manchmal sind wir sogar ein Liebespaar. Und bei alldem fehlt uns der natürliche Anfang der Begegnung. Wir werden ihn nachholen, ganz bestimmt! Wie wir das anstellen, ohne etwas von dem, was uns beide ausmacht, zu verlieren, weiß ich noch nicht. Wissen Sie's?
So, Emmi, Teil drei: Ich habe meine E-Mail bewusst mit Marlene begonnen. Ich wünsche mir nämlich, dass wir uns mehr aus unserem Leben erzählen. Ich will nicht mehr so tun, als gäbe es nur uns zwei. Ich will wissen, wie Sie Ihre Ehe meistern, wie Sie mit den Kindern zurechtkommen und all diese Dinge. Es wäre schön, wenn Sie mir auch Ihre Sorgen mitteilen. Es tröstet mich zu wissen, dass nicht nur ich welche habe. Es tut mir gut, darauf einzugehen. Es ehrt mich, in Ihr engstes Vertrauen gezogen zu werden.
So, Emmi, Teil vier: Hassen Sie mich bitte nie wieder präventiv! Ich ertrage das nicht. Ich habe meine Mitarbeit an der Studie über den Einfluss der E-Mail auf unser Sprachverhalten und ihre Bedeutung als Transportmittel von Gefühlen Anfang März aufgekündigt. Als offiziellen Grund habe ich Zeitmangel angegeben. Tatsächlich ist mir dieses Thema zu »privat« gewor-

den, um mich damit wissenschaftlich beschäftigen zu wollen. Alles klar, Emmi? Schönen Tag, Ihr Leo.
(PS: Einerseits war meine »Abwesenheitsnotiz« die gerechte Strafe für Ihre aggressive Misstrauensnote. Anderseits haben Sie mir Leid getan. Sie haben mir eine wahnsinnig schöne, offene, aufrichtige und ausführliche Mitteilung geschrieben. Danke für jedes Wort! Jetzt haben Sie wieder ein paar Frechheiten gut.)

45 Minuten später
RE:
Sie haben Ihre Studie wegen uns beiden aufgegeben? – Leo, das ist schön, dafür liebe ich Sie! (Zum Glück ahnen Sie nicht, in welcher Weise ich Ihnen das gerade gesagt habe.) Ich muss jetzt mit Jonas zum Zahnarzt. Leider steht er noch nicht unter Vollnarkose. Das nur auf Ihre Frage, wie ich mit den Kindern zurechtkomme. Bis später, Emmi.

Sechs Stunden später
RE:
So, Leo. Ich sitze in meinem Zimmer, Bernhard arbeitet noch, Fiona nächtigt bei einer Freundin, Jonas schläft (mit zwei Zähnen weniger), Wurlitzer frisst Hundefutter (kommt billiger und Wurlitzer ist es egal, Hauptsache viel). Streifenhörnchen haben wir bekanntlich keines, das würde dem Kater vermutlich auch ganz gut schmecken. Die Möbel starren mich vorwurfsvoll an. Sie wittern Verrat. Sie drohen mir: Wehe, du verrätst, wie teuer wir waren, welche Farbe wir haben und welches Design! Das Piano sagt: Wehe, du erzählst ihm, dass Bernhard dein Klavierlehrer war! Und wie ihr euch das erste Mal geküsst habt und wie ihr auf mir gesessen seid und euch geliebt habt. Das Bücherregal fragt: Wer ist überhaupt dieser Leo? Was tut er hier? Warum verbringst du so viele Stunden mit ihm? Warum greifst du so selten auf mich zurück? Warum bist du so nachdenklich geworden? Der CD-Player sagt: Vielleicht kommt es noch so weit, und du wirst nicht mehr Rachmaninow spielen – du weißt,

du und Bernhard, euch verbindet nicht zuletzt die Musik –, sondern du wirst dir anhören, was dieser Leo gerne hört, vielleicht die Sugar Babes! Einzig das Weinregal hält dagegen: Also ich habe nichts gegen diesen Leo, wir drei harmonieren gut miteinander. Das Bett aber gebärdet sich bedrohlich: Emmi, wenn du hier liegst, dann träume nicht von anderswo. Lass dich hier nie mit diesem Leo erwischen! Ich warne dich!
Leo, ich kann es nicht. Ich kann Ihnen diese Welt nicht mitteilen. Sie können niemals ein Teil davon werden. Sie ist zu kompakt. Sie ist eine Festung. Kann nicht erobert werden, duldet keine Eindringlinge, hält geschlossen dagegen. Leo, wir beide müssen »draußen« bleiben, das ist unsere einzige Chance, sonst verliere ich Sie. Sie wollen wissen, wie ich meine Ehe »meistere«? – Mit Bravour, Leo, ehrlich! Und Bernhard auch. Er verehrt mich. Ich achte und schätze ihn. Wir gehen respektvoll miteinander um. Er würde mich nie betrügen. Ich könnte ihn nie im Stich lassen. Wir wollen einander nie verletzen. Wir haben miteinander aufgebaut. Wir zählen aufeinander. Wir haben die Musik, das Theater. Wir haben viele gemeinsame Freunde. Fiona, die 16-Jährige, ist wie eine jüngere Schwester zu mir. Und für Jonas bin ich tatsächlich noch so etwas wie eine kleine Mama geworden. Er war drei, als seine Mutter starb.
Leo, zwingen Sie mich nicht, mein Familienalbum aufzublättern. Machen wir es bitte so: Ich erzähle von »daheim«, wenn mir echt danach ist, wenn wirklich einmal der Schuh drückt, wenn ich die Meinung von einem ganz, ganz engen Freund einholen will. Sie aber können mir jederzeit aus Ihrem Privatleben berichten, bis in die brisantesten Details. (Nur nichts Erotisches, das erlaube ich Ihnen nicht!)
So, und jetzt gehe ich ins Bett – und werde endlich wieder einmal gut schlafen. Leo, so schön, dass Sie wieder da sind!! Leo, ich brauche Sie! Ich muss mich auch außerhalb meiner Welt bewegen und spüren können. Leo, Sie sind meine Außenwelt! Und morgen reden wir über Marlene, dafür benötige ich einen klaren Kopf. Gute Nacht, mein Lieber! Gutenachtkuss!

Am nächsten Tag

Betreff: Marlene

Guten Morgen, Leo. Wenn es weder miteinander noch ohne einander geht, gibt es nur eine Möglichkeit: stattdessen! Leo, Sie brauchen eine andere. Sie müssen sich wieder verlieben. Erst dann wissen Sie, was Ihnen die ganze Zeit gefehlt hat. Nähe ist nicht die Unterbrechung von Distanz, sondern ihre Überwindung. Spannung ist nicht der Mangel an Vollkommenem, sondern das stete Zusteuern darauf und das wiederholte Festhalten daran. Leo, es hilft nichts, wir brauchen eine Frau für Sie!

Sicher, es ist naiv zu sagen: Vergessen Sie Marlene! Aber tun Sie's trotzdem, und zwar wirklich. Folgender Vorschlag: Denken Sie statt an Marlene bewusst immer an mich! Sie dürfen sich alles mit mir vorstellen, was Sie mit Marlene gerne machen würden. (Meine Möbel schauen mich schon wieder einigermaßen an.) Ich meine, das ist nur ein Übergangsstadium, bis wir eine Frau für Sie gefunden haben. Was wollen Sie für eine? Wie soll sie aussehen? Los, sagen Sie's doch endlich! Vielleicht habe ich tatsächlich wen für Sie.

Im Ernst: Eine Frau, die über uns sagt: »Wenn es gut für dich ist, ihr zu schreiben, dann schreibe ihr«, die ist kilometerweit von dem entfernt, was ich unter Liebe verstehe. Marlene liebt Leo nicht. Leo liebt Marlene nicht. Beide Nicht-Liebenden schöpfen aus der Sehnsucht nach der Liebe des anderen ihre Leidenschaft. So, klüger kann ich's nicht. Ich muss jetzt arbeiten. Bis bald. Emmi, die virtuelle Alternative.

Vier Stunden später

AW:

Liebe Emmi von der Außenwelt, ich genieße Ihre E-Mails. Ich bin wirklich dankbar dafür. Richten Sie Ihren Möbeln aus, dass ich ihre Haltung bewundere und ihren Teamgeist schätze. Ich werde kein Eindringling im Hause Rothner sein, die Emmi okkupiere ich nur auf dem Bildschirm! Besonderes Kompliment an den Weinschrank: Vielleicht legen wir drei wieder einmal

ein Mitternachts-Happening ein. (Ich verspreche, nicht wieder so ergiebig vorzutrinken.)
Besonders entzückend finde ich, dass Sie mit dem Gedanken spielen, mich zu verkuppeln. Welche Frauen mir gefallen? Frauen, die so aussehen, wie Sie schreiben, Emmi. Und Frauen, bei denen ich die Chance wittere, auch einmal Innenwelt zu sein, nicht nur Außenwelt. Kurzum Frauen, die nicht unbedingt bereits »glücklich verheiratet« sind, in eine Familienfestung eingebunden sind und von den Möbeln ihrer Wohnungen bewacht werden. Bis mir so eine über den Weg läuft, komme ich gerne auf Ihr Angebot zurück, bewusst an Sie zu denken, bevor ich an Marlene denke. – Wird mir nicht immer gelingen, aber wenn Sie mich weiter so mit E-Mails verwöhnen, werde ich mich dem Ziel sukzessive annähern.
Ich wünsche Ihnen einen angenehmen Abend. Ich treffe heute noch meine Schwester Adrienne. Sie wird sich für mich freuen, dass ich mich von Marlene wieder einmal erfolgreich getrennt habe. Und sie wird sich freuen, dass ich mit Ihnen noch in Kontakt bin. Sie kennt nur ein paar Zeilen aus Ihren Texten, meine Worte über Sie – und drei Emmi-Kandidatinnen. Sie mag Sie, egal, welche der drei Sie sind. Sie sieht das so wie ihr Bruder.

Am nächsten Tag
Betreff: Mia!
Hallo Leo, in der Nacht habe ich sie gefunden. Natürlich: Mia! Das ist sie! Leo und Mia – wie das schon klingt! Hören Sie zu, Leo: Mia ist 34, bildhübsch, Sportpädagogin, lange Beine, super Figur, kein Gramm Fett zu viel, dunkler Teint, schwarze Haare. Einziger Nachteil: Vegetarierin, aber man muss immer nur sagen, »das ist Tofu«, dann isst sie auch Fleisch. Sie ist sehr belesen, hochintelligent, unternehmungslustig, fröhlich, immer gut drauf. Kurzum, eine Traumfrau. Und: Sie ist Single! Soll ich Sie beide bekannt machen?

Eineinhalb Stunden später
AW:
Emmi, Emmi, Emmi! Über solche langbeinigen »Mias« weiß ich Bescheid. Praktisch jede Woche stellt mir meine kleine Schwester eine neue vor. Ich kenne Modekataloge voll mit 0,0 Prozent fetten Models à la »Mia«, eine schöner und langbeiniger als die andere. Und alle sind sie Singles. Und wissen Sie warum, liebe Emmi? – Weil sie es gerne sind! Und weil sie es noch eine Weile bleiben wollen.
Außerdem: Ich will Sie ja nicht bremsen in Ihrer Euphorie, liebe Außenwelt-Emmi. Aber mir ist derzeit eigentlich gar nicht danach, eine Traum-Mia kennen zu lernen. Ich bin sehr zufrieden so, wie ich lebe. Trotzdem danke für Ihre Bemühungen!
Übrigens: Liebe Grüße von meiner Schwester. Sie sagt, dass ich nur ja nicht den Fehler machen darf, Sie zu treffen. Sie sagt wörtlich: »Ein Treffen wäre das Ende eurer Beziehung. Und diese Beziehung tut dir wahnsinnig gut!« Schönen Tag, Leo.

Zwei Stunden später
RE:
Okay, Leo, unser Treffen kann warten, an diesen Gedanken habe ich mich schon gewöhnt. – Sie machen noch einen geduldigen Menschen aus mir! Freut mich ganz besonders, wie Ihre Schwester über uns denkt. Aber warum ist sie so sicher, dass eine Begegnung unsere »Beziehung« beenden würde? Meint sie: beendet von Ihnen oder von mir?
Und noch etwas, Leo: Sie haben in Ihrer gestrigen Abend-E-Mail wieder einmal meinen Zustand »glücklich verheiratet« erwähnt. Warum haben Sie »glücklich verheiratet« unter Anführungszeichen gesetzt? Das erweckt den Anschein, als wollten Sie etwas Phrasenhaftes daraus machen, mit so einer leicht spöttischen Note. Wissen Sie, was ich meine?
Aber nun zu Mia, da haben Sie mich komplett falsch verstanden. Das ist nicht so eine plakative Schönheit aus dem Modemagazin. Mia ist eine echte Klassefrau. Und sie ist absolut un-

gewollt in ein Single-Dasein geschlittert. Ein typischer Fall von Beziehungsfehlsteuerung in jungen Jahren. Man lernt mit neunzehn einen Mann kennen, außen ein Adonis, ein Testosteron-Paket, ein richtig praller Sex-Koffer. Innen: hohl, vor allem in der Gehirngegend. Zwei aufwühlende Jahre des Wartens und Hoffens vergehen, bis er endlich den Mund aufmacht. Dann ist der Zauber vorbei. Dann ist man 21 – und lernt natürlich sofort wieder so eine schön verpackte Schachtel kennen. Und man denkt: Diesmal muss aber mehr drinnen sein. Wieder nicht, nächster Versuch. Daraus entwickelt sich ein klassisches Frauenschicksal: Sie glaubt, den immer gleichen Typen zu brauchen, um den »Irrtum vom ersten Mal« zu korrigieren. Jeder weitere Irrtum bindet sie aber noch mehr an diesen Typen.

Bei Mia hat einer wie der andere ausgesehen, und keiner hat den Fehler seines Vorgängers ausgemerzt. Im Gegenteil: Jeder hat eindrucksvoll bestätigt, dass sein Vorgänger der gleiche Hohlkörper war wie er. Seit zwei Jahren ist sie der Männer müde, antriebsschwach, was neue Begegnungen betrifft. Sie geht keinen Schritt mehr auf jemanden zu. Zu mir hat sie unlängst gesagt: Wenn du wen Netten kennen lernst, kannst du ihn mir ruhig vorstellen. Aber ich will dabei absolut keine Arbeit haben. Es muss alles von selbst laufen. Wenn es nicht von selbst läuft, dann läuft nichts mehr. – Das ist Mia. Leo, ich sage Ihnen, Sie werden begeistert von ihr sein.

Eineinhalb Stunden später

AW:

Liebe Emmi, zuerst einmal zu Ihren Eröffnungsfragen.

1.) Meine Schwester hat nicht präzisiert, wer von uns beiden unsere »Beziehung« (darf ich Beziehung unter Anführungszeichen setzen?) nach einem physischen Treffen zuerst beenden würde. Sie meint wohl eher die Unvereinbarkeit des geschriebenen Dialogs mit dem gelebten als solche, die bald zu einem Ende des Ganzen führen würde. 2.) Was Ihnen alles auffällt!

Die Anführungszeichen bei »glücklich verheiratet« habe ich aber gar nicht bewusst gesetzt. Vielleicht macht das das Schreibprogramm automatisch. Nein, im Ernst: Der Ausdruck kommt von Ihnen – und ich zitiere ihn, denn »glücklich verheiratet« scheint mir stets eine subjektive Wahrnehmung zu sein. Ich bezweifle zum Beispiel, dass ich unter »glücklich verheiratet« das Gleiche verstehe wie Sie oder Ihr Mann. Ist auch gar nicht so wichtig, oder? Spöttisch soll es keinesfalls gewesen sein, und ich werde die Anführungszeichen künftighin weglassen, okay?
Und nun zu Ihrer Freundin Mia: Wenn Sie sie wieder einmal treffen, können Sie ihr gerne erzählen, dass Sie einen Mann kennen, der nur eine einzige Frau benötigt (hat), um den »Irrtum vom ersten Mal« NICHT UND NICHT zu korrigieren. Ein Mann, der ebenso müde und antriebsschwach geworden ist, was neue Begegnungen betrifft. Einen, der ebenfalls keinen Schritt mehr auf eine Frau zugeht, der keine Arbeit haben will, bei dem alles von selbst laufen muss, und wenn es nicht von selbst läuft, dann läuft gar nichts. Sagen Sie ihr: Das ist Leo, Mia! Aber sagen Sie nicht: »Du wirst begeistert von ihm sein.« Denn Begeisterung würde voraussetzen, dass man einander wenigstens einmal in die Augen schaut. Aber das wäre momentan vermutlich zu viel »Beziehungsarbeit« für Mia und Leo.
(Außerdem beleidigt es mich ein bisschen, wie schnell Sie mich an Ihre erstbeste Freundin vergeben, Emmi. Ich vermisse Ihre Eifersucht!)

40 Minuten später
RE:
Ach Leo, Eifersucht hin, Eifersucht her, ich kann Sie ja doch nicht mehr »besitzen« als hier in der Mailbox. Außerdem: Wenn Sie einer meiner besten Freundinnen »gehören«, gehören Sie auch ein bisschen mir. (Glauben Sie wirklich, ich verkupple Sie ohne eigennützigen Hintergedanken?) Im Übrigen

habe ich Mia schon öfters von Ihnen erzählt. Wollen Sie wissen, wie sie über Sie denkt? (Ich traue Ihnen ja glatt zu, dass Sie jetzt sagen: Nein, will ich nicht wissen. Aber ich verrate es Ihnen trotzdem.) Sie hat gesagt, siehst du, Emmi, genauso einen Mann hätte ich gerne, einen, der lieber eine E-Mail von mir haben will als Sex. Sex wollen alle Männer. Klasse hat einer, der nicht das eine, sondern das andere von mir will: Post!

Fünf Minuten später
AW:
Emmi, Sie sind schon wieder beim Sex!

Drei Minuten später
RE:
Danke, ist mir aufgefallen. Ich bin eben wieder in die Männerwelt eingetaucht.

Acht Minuten später
AW:
Fast scheint's, Sie tauchen deshalb so gerne dort ein, um ungehemmt über Sex schreiben zu können.

Sechs Minuten später
RE:
Lieber Leo, tun Sie nicht so scheinheilig! Erinnern Sie sich an Ihre weindurchtränkte E-Mail mit der Augenbinde und Ihren postalkoholischen Begierdeanfall am Tag danach? Sie sind nicht der über Triebhaftes erhabene, libidofreie Bergprediger, den Sie manchmal so gerne hervorkehren! Also, soll ich ein Treffen zwischen Ihnen und Mia arrangieren?

Drei Minuten später
AW:
Das ist aber kein ernst gemeintes Angebot!

Eine Minute später
RE:
Selbstverständlich ist das ernst gemeint! Ich bin überzeugt davon, dass weder Sie noch Mia »arbeiten« müssen, um einander sofort zu mögen. Vertrauen Sie auf meine Menschenkenntnis.

Sieben Minuten später
AW:
Ich lehne dankend ab. Ich halte das für ein bisschen pervers, statt Emmi Ihre Freundin kennen zu lernen. Gute Nacht! (Immer noch) IHR Leo.

Acht Minuten später
RE:
Mich wollen Sie ja nicht persönlich kennen lernen! Ebenfalls gute Nacht (ebenfalls immer noch und immer wieder), IHRE Emmi, in gewisser Weise.

50 Sekunden später
RE:
Ach, eines noch: Auf Ihre Ausführungen zum Thema »glücklich verheiratet« unter Anführungszeichen komme ich noch zu sprechen!! Fassen Sie das ruhig als Drohung auf. Schlafen Sie gut, mein Lieber. Emmi.

Am nächsten Abend
Betreff: ???
Krieg ich heute keine E-Mail von Leo? Ist er sauer? Wegen Mia? Gute Nacht, Emmi.

Am nächsten Morgen
Betreff: Mia
Guten Morgen, Emmi, ich habe es mir überlegt. Ich komme auf Ihr Angebot zurück. Wenn Sie das einfädeln und Ihre Freundin Mia wirklich will, dann treffe ich sie! Lieber Gruß, Leo.

15 Minuten später
RE:
Leeeeoooo? Verarschen Sie mich?

30 Minuten später
AW:
Nein, überhaupt nicht. Ich meine das ganz im Ernst. Ich treffe Mia gerne auf einen Kaffee. Seien Sie nur so nett, liebe Emmi, und übernehmen Sie die Koordination. Samstag oder Sonntag am Nachmittag ginge bei mir gut. Ein Kaffeehaus im Zentrum wäre mir recht. Entweder wieder das Messecafé Huber oder das Europa oder Café Paris, ganz egal.

40 Minuten später
RE:
Leo, Sie sind mir unheimlich. Woher dieser plötzliche Stimmungsumschwung? Machen Sie sich wirklich nicht lustig über mich? Soll ich Mia tatsächlich fragen? Sie dürfen dann aber keinen Rückzieher mehr machen! Mia ist keine Frau, mit der man spielt.

Drei Stunden später
AW:
Und ich bin kein Mann, der mit einer Frau spielt, die er nicht kennt: zumindest nicht solche Spiele. Ich habe einfach umgedacht: Wenn einem eine Frau schon so wärmstens ans Herz gelegt wird, warum soll man sie dann nicht treffen? Gegen eine unverbindliche Stunde Plauderei ist nichts einzuwenden. Ja, je mehr ich darüber nachdenke, desto netter finde ich Ihr Arrangement, Emmi. Schönen Abend, Leo.

Zehn Minuten später
RE:
Ich denke mir jetzt meinen Teil dazu, Leo! Ich werde mit Mia telefonieren und gebe Ihnen dann Bescheid.

Eineinhalb Minuten später
AW:
Welchen Ihren Teil denken Sie sich wozu?

20 Minuten später
RE:
Lieber Leo, ich habe den Verdacht, dass Sie sicher sind, dass ich diejenige bin, die jetzt einen Rückzieher macht. Weil Sie nämlich glauben, dass ich nie die Absicht hatte, Sie mit einer – noch dazu attraktiven – Freundin bekannt zu machen. Sie meinen, »Mia« sollte nur den Zweck haben, mich bei Ihnen interessant zu machen, stimmt's? Lieber Leo, Sie irren! Ich rufe Mia jetzt an, und wenn Sie Ja sagt, dann müssen Sie sie aber wirklich treffen, sonst bin ich stinksauer auf Sie! Alles Liebe einstweilen, Emmi.

18 Minuten später
AW:
Mia wird aber nicht Ja sagen. Denn Mia wird nicht verstehen, warum sie einen fremden Mann treffen soll, der ein Freund ihrer Freundin ist, ein Freund allerdings, den die Freundin selbst noch nie getroffen hat. Mia wird sich zu Recht fragen, warum ausgerechnet sie diesen Mann treffen soll. Mia wird sich wie ein Versuchskaninchen vorkommen. Aber ich lasse mich gerne eines Besseren belehren. Gute Nacht, grüßen Sie mir das Weinregal! Wenn wir den »Fall Mia« abgeschlossen haben, können wir ja wieder einmal ein Glas auf uns trinken, Emmi, wie wäre das?

Am nächsten Tag
Betreff: **Mia**
Hallo Leo, wie geht es Ihnen? Wahnsinnig heiß heute. Ich weiß schon nicht mehr, was ich ausziehen soll. Tragen Sie eigentlich manchmal kurze Hosen und Sandalen? Eher T-Shirt oder Polo-Shirt oder faltenfrei gebügeltes Hemd? Wie viele oberste Knöpfe

offen? Jeans oder Bundfaltenhose oder – schluck – Bermudas? Wie hell muss es sein, damit Sie Sonnenbrillen aufsetzen? Haben Sie Haare auf den Unterarmen? Und auf der Brust? – Okay, ich höre schon auf damit.
Was ich Ihnen eigentlich sagen wollte: Ich habe mit Mia telefoniert. Sie würde Sie prinzipiell ganz gerne auf einen Kaffee untertags treffen. »Warum nicht«, hat sie gesagt. Aber Sie müssten sie anrufen. (Was Sie natürlich nicht tun werden.) Mia glaubt nämlich, dass Sie sie gar nicht kennen lernen wollen, dass das eher eine Soloaktion ihrer um Verkupplung bemühten Freundin Emmi ist. Außerdem will sie wissen, wie Sie aussehen. Ich habe gesagt: Hässlich ist er nicht, glaube ich. Aber ich habe eigentlich nur seine Schwester gesehen ... Tja, ein bisschen mühsam, das Ganze. Wird wohl nichts! Kommen Sie gut über die Brennpunkte des heißen Tages hinweg! Ihre Emmi.

Zweieinhalb Stunden später
AW:
Liebe Emmi, auf Ihre Fragen: Ja, es geht mir ganz gut. Wahnsinnig heiß, in der Tat! Wenn Sie mir schreiben: »Ich weiß schon nicht mehr, was ich ausziehen soll«, dann heißt das, Sie wollen, dass ich mir vorstelle, wie das aussieht, wenn Emmi schon nicht mehr weiß, was sie ausziehen soll. Gewonnen, Emmi: Ich stelle es mir vor!
Kurze Hosen trage ich nur am Strand. (Hier gibt es aber gerade keinen, oder?) Sandalen: an sich nie, aber wenn Sie wollen, lege ich mir welche zu – für unser erstes Treffen. Ob T-Shirt oder Hemd? – Beides, oft auch übereinander. Offene Knöpfe? – Witterungsbedingt. Derzeit habe ich alle Knöpfe offen, es kann mich allerdings niemand dabei beobachten. Hosen? Eher Jeans als Bundfaltenhosen. Bermudas? – Spätestens bei unserem ersten Treffen, Emmi, sofern es in einem Sommer (der nächsten Jahre) stattfindet! Sonnenbrillen? – In der Sonne. Haare? – Kopf, Kinn, Schläfe, Arme, Beine, Brust ... Da kommt schon einiges zusammen.

Ach ja, was Mia betrifft: die Telefonnummer bitte! Schöne heiße Stunden, Ihr Leo.

45 Sekunden später
RE:
Was? Sie wollen Mia tatsächlich anrufen? Sie glauben noch immer, dass ich bluffe, oder? Also bitte: 0773/8636271. Mia Lechberger. Zufrieden?

Eineinhalb Stunden später
AW:
Danke, Emmi. Dass ein Ende-Mai-Tag so schweißtreibend sein kann ... Ich fliege jetzt zu einem zweitägigen Kongress nach Budapest. Ich melde mich, sobald ich zurück bin. Haben Sie eine angenehme Zeit, Emmi. Alles Liebe, Leo.

Zwei Tage später
Kein Betreff
Hallo Leo, sind Sie schon zurück? Raten Sie einmal, mit wem ich heute früh telefoniert habe. Und raten Sie einmal, was sie mir berichtet hat. »Dein E-Mail-Freund hat mich angerufen. Ich war so überrascht, dass ich gleich wieder auflegen wollte. Aber er war so nett! So ein höflicher, freundlicher, ein bisschen schüchterner, charmanter ... Blablabla, säusel, säusel ...« – »Und so eine angenehme Stimme! Und so eine schöne Aussprache! ...« Leo, Leo, Sie haben anscheinend alle Register gezogen. Ich muss gestehen: Ich hätte Ihnen niemals zugetraut, dass Sie Mia tatsächlich anrufen. Ich wünsche euch viel Spaß bei eurem Treffen morgen! – Mia hat übrigens gefragt, ob ich nicht mitkommen will. Ich habe geantwortet: Das ist IHM aber ganz bestimmt nicht Recht. Ich bin für ihn eher so eine Fantasiegestalt, eine Frau mit drei Gesichtern, die er alle nicht kennt, da will er sich nicht auf eines davon festlegen müssen. – Stimmt doch, oder? Lieber Gruß, Emmi.

Drei Stunden später
AW:
Hallo Emmi, ich bin zwar schon zurück – aber leider noch sehr im Stress. Ihre Freundin Mia klingt wirklich sehr sympathisch am Telefon. Ich melde mich, Leo. (PS: Sie müssen nicht persönlich erscheinen, Emmi. Mia wird Ihnen ohnehin alle Details unserer Begegnung brühwarm erzählen, nehme ich an.)

Zwölf Minuten später
RE:
Leo, Sie kommen mir in letzter Zeit so spitzbübisch vor. Ich weiß gar nicht recht, was ich davon halten soll. Na dann, gutes Gelingen! Emmi. Man sieht sich! (Im nächsten Leben.)

KAPITEL SECHS

Drei Tage später
Kein Betreff
Hallo Leo, geht's gut? Lieber Gruß, Emmi.

15 Minuten später
AW:
Hallo Emmi, ja, geht ganz gut. Und Ihnen? Leo.

Acht Minuten später
RE:
Auch ganz gut, danke. Bis auf die Hitze. Ist das normal? Wir haben Ende Mai. 35 Grad im Mai – hätte es das früher gegeben? Das hätte es früher nicht gegeben! Und sonst? So weit alles in Ordnung?

20 Minuten später
AW:
Ja, danke, Emmi, so weit alles bestens. Da haben Sie Recht: 35 Grad gab es früher Ende Juli, Anfang August, vielleicht ein, zwei Tage im Jahr, nicht mehr. Okay, sollen es vier, fünf Tage gewesen sein. Aber nicht im Mai, doch noch nicht im Mai! Ich sage Ihnen, das mit der Erderwärmung, das wird noch ein heißes Thema werden. Das ist keine Fadesse-Aktion der Klimaforscher. Wir werden uns an immer heißere Sommer gewöhnen müssen, denke ich.

Drei Minuten später
RE:
Ja, Leo, die Temperaturunterschiede werden immer extremer. Und wie verbringen Sie so diese ersten heißen Tage und Abende?

14 Minuten später
AW:
Und es wird immer mehr und heftigere Unwetter geben. Murenabgänge, Schlammlawinen, Überschwemmungen. Und dann

wieder Dürreperioden. Wissen Sie, was das bedeutet? Die ökonomischen und ökologischen Folgen der Klimaveränderung sind noch gar nicht abzuschätzen.

Fünf Minuten später
RE:
Hawaiiananas in den Alpen. Schneekettenpflicht in Apulien. Reisfelder auf den Färöer-Inseln.
Frostschutzmittelverkaufsstände in Damaskus. Kamelkolonien in Murmansk. Jachtklubs in der Sahara.

18 Minuten später
AW:
Und auf den Felsplatten im schottischen Hochland wird man bald ohne Feuer Spiegeleier braten können, sofern Hühner im Freiland nicht automatisch Grillhühner sind und selbst im Winter bestenfalls hart gekochte Eier legen.

Zwei Minuten später
RE:
Genug, Leo, ich will nicht mehr. Also gut, ich gebe auf: Wie war's? Und fragen Sie jetzt bitte, bitte, bitte nur ja nicht »Wie war was?« Sparen wir ein bisschen Buchstaben, ja?

13 Minuten später
AW:
Sie meinen das Sonntagstreffen mit Mia? Nett war's! Sehr nett sogar. Danke der Nachfrage.

Eine Minute später
RE:
Was heißt das »Sonntagstreffen«? Gab es vielleicht auch schon ein »Montagstreffen«?

Acht Minuten später
AW:
Ja, Emmi, witzigerweise haben wir uns gestern Abend gleich wieder getroffen. Wir waren italienisch essen. Kennen Sie das »La Spezia« in der Kenienstraße? Das hat so einen wunderschönen lauschigen Innenhof. – Bei dieser Hitze geradezu ideal. Und vor allem: sehr ruhig, dazu dezente, gute Musik und hervorragende Weine aus dem Piemont. Das »La Spezia« kann ich Ihnen wirklich empfehlen.

50 Sekunden später
RE:
Hat es gefunkt?

18 Minuten später
AW:
Gefunkt? Immer diese technischen Ausdrücke! Am besten, Sie fragen Mia selbst. Sie ist ja immerhin eine Ihrer besten Freundinnen. Sie sagt sogar: Sie ist Ihre beste Freundin. Emmi, ich muss für heute leider Schluss machen. Schreiben wir uns morgen wieder, ja? Gute Nacht. Ich hoffe, Sie haben es nicht allzu drückend heiß in Ihrem Schlafzimmer.

Drei Minuten später
RE:
Ist ja noch gar nicht spät, Leo. Haben Sie noch was vor? Treffen Sie schon wieder Mia? Sollten Sie sie heute noch sehen, richten Sie ihr bitte aus, sie möge mich anrufen. Ich kann sie nämlich nicht erreichen. Schöne heiße Nacht, vergnügen Sie sich gut, Emmi.
Und noch ein Tipp: Sie sollten unbedingt das Thema »Klimaerwärmung« zur Sprache bringen. Da kann Ihnen Mia sicher stundenlang zuhören, so spannend, wie Sie das darstellen.

Zwei Minuten später
AW:
Mia sehe ich erst morgen wieder. Heute bin ich einfach k. o. und lege mich zeitig nieder. Gute Nacht, ich drehe jetzt ab. Leo.

30 Sekunden später
RE:
Nacht.

Drei Tage später
Kein Betreff
Hallo Emmi, schauen Sie auch gerade beim Fenster raus? Gespenstisch, oder? Für mich ist ein Hagelsturm wie eine Brise Weltuntergang. Da hängt so ein seltsamer ockergelber Schleier über dem Himmel, plötzlich legt sich ein dunkelgrauer Vorhang darüber, und dann prasseln mit immenser Geschwindigkeit Abertausende dieser weißen Kieselsteinchen zu Boden. Wie heißt der Film, in dem es Kröten regnet, oder Frösche oder Hühner? Kennen Sie den zufällig? – Alles Liebe, Leo.

Eineinhalb Stunden später
RE:
Animal Farm. Froschkönig. Kentucky Fried Chicken. – Leo, solche stimmungsschwangeren Naturanimations-E-Mails nach drei Tagen nichts von Ihnen machen mich wahnsinnig! Bitte suchen Sie sich andere Empfänger dafür. Ich habe Ihnen nicht ein halbes Jahr in der Mailbox die Treue gehalten, habe nicht Wochen und Monate hindurch täglich zig Stunden mit Ihnen hier verbracht, damit wir jetzt beginnen, uns über Regengüsse und ockergelbe Schleier über dem Himmel zu unterhalten. Wenn Sie mir etwas von sich erzählen wollen, dann tun Sie es. Wenn Sie etwas von mir wissen wollen, dann fragen Sie. Aber für Dialoge über das Wetter bin ich mir zu schade. Hat Ihnen Mia so sehr den Kopf verdreht, dass Sie plötzlich nur noch Hagelkörner sehen können?

Und noch ein paar Fragen, weil wir schon gerade dabei sind: Haben Sie ihr gesagt, dass sie mir bis auf weiteres nichts von ihren Rendezvous mit Ihnen erzählen soll? Was soll diese pubertäre Informationssperre, diese blöde Geheimnistuerei? Was ist das für ein kindisches Spielchen? Das verdirbt mir echt die Freude, mich mit Ihnen noch weiter zu unterhalten, Leo, ich sage es Ihnen ehrlich. Guten Tag, Emmi.

Zwei Stunden später
AW:
Liebe Emmi, ich kenne Mia seit nicht einmal einer Woche. Wir haben uns viermal getroffen. Wir haben uns auf Anhieb gemocht. Wir verstehen einander blendend, in vielerlei Hinsicht. Aber es ist noch viel zu früh, um abschätzen zu können, wie sich die Dinge entwickeln werden. Und es ist noch viel zu früh, damit »hinaus«zugehen. Verstehen Sie, was ich meine? Mia und ich, wir müssen uns erst einmal über unsere Gefühle zueinander im Klaren sein: Was davon ist nur aus der Situation so entstanden, in der wir uns kennen gelernt haben? Was davon ist nur für den Augenblick bestimmt? Was aber könnte Bestand haben? – Das sind Fragen, die jeder nur einzeln für sich beantworten kann. Ich bitte Sie daher um Geduld, Emmi. In späteren Phasen werde ich Ihnen alles erzählen. Und was Mia betrifft: Ihr geht es vermutlich so ähnlich, gerade weil Sie ihre beste Freundin sind. Lassen Sie uns ein bisschen Zeit. Ich hoffe, Sie verstehen das. Lieber Gruß, Leo.

Zehn Minuten später
RE:
Lieber Leo, Sie können mich (jetzt) weder sehen noch hören, deshalb verrate ich Ihnen: Ich sage Nachfolgendes in absoluter Ruhe und Gelassenheit, langsam, bedächtig, gar kein bisschen aufgekratzt, kreischend oder aggressiv, nein, nein, ich lege meine vollwertige Friedfertigkeit und Andacht in die nächsten Worte:

Leo, ich habe noch nie so eine beschissene E-Mail gelesen wie jene, die Sie mir soeben zugemutet haben. Und tschüss!

15 Minuten später
AW:
Das tut mir aufrichtig Leid für Sie, Emmi. Dann werde ich wohl besser eine E-Mail-Pause einlegen. Wenn Sie wieder gewillt sind, mit dem Sprachrohr Ihrer »Außenwelt« in Kontakt zu treten, dann melden Sie sich ruhig. Alles Liebe, Leo.

Fünf Tage später
Betreff: **Ich sehne mich (...)**
Hallo Leo, wie geht es Ihnen beim »Entwickeln der Dinge«? Haben Sie und Mia Ihre Gefühle schon ein bisschen auseinander sortiert? Wissen Sie schon, was »nur für den Augenblick« ist und was »Bestand« haben könnte? Haben Sie schon »jeder für sich« ein paar »Fragen einzeln beantwortet«?
Ach, ich sehne mich nach dem alten Leo, der gesagt hat, was zu sagen war, und der gefühlt hat, was zu fühlen war. Ich sehne mich so sehr nach ihm!!! Schönen Tag, Emmi.
(PS: Über mich und Mia sind Sie ja vermutlich informiert. Nachdem ich gemerkt habe, dass auch sie offensichtlich nicht mehr weiß, was sie mir sagen soll, habe ich sie gebeten, Leo Leike als Tabuthema zwischen uns zu betrachten.)

Drei Stunden später
AW:
Liebe Emmi, Ihre letzte Bemerkung war dezent untertrieben. Wenn ich richtig informiert bin, haben Sie zu Ihrer Freundin Mia vor einigen Tagen am Telefon gesagt: »Entweder du erzählst mir alles über dich und Leo – oder gar nichts. Im zweiten Fall schlage ich vor, dass wir unserer langjährigen Freundschaft ein paar Monate verdienter Auszeit gönnen.«
Emmi, was ist los mit Ihnen? Ich verstehe Sie nicht. SIE waren es doch, die Mia und mich zusammengebracht hat. SIE wollten

unbedingt, dass ich sie kennen lerne. SIE haben in uns das Traumpaar gesehen. Warum sind Sie jetzt so zynisch und bösartig? Waren Sie sich Ihrer Ergänzung zum Innenleben, Ihres außerfamiliären Besitzes Leo zu sicher? Sind Sie jetzt verärgert, weil Sie glauben, Sie haben Ihr virtuelles Eigentum an Ihre beste Freundin verloren?
Emmi, ich war über Monate keinem Menschen näher als Ihnen. Und ich war (und bin) so froh, dass unsere Versuche, uns »physisch« zu begegnen, allesamt gescheitert sind. Es ist mir egal, wie Sie aussehen, solange ich Sie so sehen kann, wie ich Sie sehen will. Ich bin dankbar, dass ich nicht erfahren muss, dass Sie in Wirklichkeit eine andere sind als »meine Heldin Emmi aus meinem E-Mail-Roman«. Da sind Sie perfekt, die Schönste der Welt, da kommt keine an Sie heran.
Aber Emmi, es gibt da eben keine Steigerung mehr für uns. Alles andere spielt sich außerhalb unserer beiden Bildschirme ab. Mia ist der beste Beweis dafür. Ich will ehrlich sein: Es hat mich zunächst ziemlich gekränkt, dass Sie mich mit ihr verkuppeln wollten. Mein erstes Treffen war eher eine Art Trotzreaktion an Ihre Adresse, Emmi. Aber dann habe ich schnell begriffen, was den Unterschied zwischen Ihnen und ihr ausmacht. Sie, Emmi, wagen nicht einmal, Ihr Piano zu beschreiben, weil es in meiner Welt so absolut nichts zu suchen hat. Mia aber beugt sich einen halben Meter von mir entfernt über einen winzigen Tisch und wickelt Spaghetti al Pesto über den Löffel. Wenn sie den Kopf zur Seite dreht, spüre ich den Luftzug, der dadurch entsteht. Ich kann sie gleichzeitig sehen, hören, angreifen, riechen. Mia ist Materie. Emmi ist Fantasie. Beides mit all seinen Vor- und Nachteilen. Ich wünsche Ihnen einen schönen Abend, Ihr Leo.

30 Minuten später
RE:
Mein Piano ist schwarz, quaderförmig und besteht hauptsächlich aus Holz. Oben ragt ein Teil horizontal vor. Darauf befin-

den sich, klappt man eine schwarze, vorne abgerundete Platte hoch, Tasten, weiße und schwarze. Eigentlich müsste ich auswendig wissen, wie viele Tasten es sind, aber, leider, ich muss erst nachzählen. Darf ich Ihnen die genaue Anzahl später nachreichen, Leo? Jedenfalls sind die weißen Tasten größer, und es gibt mehr davon. Wenn ich auf eine Taste drücke, dann kommt oben im Klavier ein Ton heraus. Ganz genau weiß man nie, woher er kommt. Man kann auch nicht gut nachsehen, während man spielt. Aber viel entscheidender ist der Klang. Wenn ich eher eine Taste links wähle, dann ist der Ton eher tief. Je mehr rechts sich die Taste befindet, auf die ich drücke, desto höher wird das Geräusch. Drücke ich mehrmals hintereinander auf verschiedene schwarze Tasten, entsteht eine einfache chinesische Melodie, eine Art fernöstliches Kinderlied. Wenn ich Ihnen noch mehr über die weißen Tasten verraten soll, und was man mit Ihnen machen kann, lassen Sie es mich wissen, Leo. Ich glaube aber, Ihnen hiermit die wichtigsten Dinge von meinem Piano veranschaulicht zu haben. Ja, ich habe es gewagt, mein Piano zu beschreiben! Treuest ergeben, Ihre Emmi.

Fünf Minuten später
AW:
Das haben Sie schön gemacht, Emmi. Ich glaube jetzt, einen Begriff von Ihrem Piano zu haben. Ja, ich habe es geradezu plastisch vor mir. Und Sie, Emmi, sitzen davor und zählen Tasten. Danke für den Anblick! Gute Nacht.

Eine Stunde später
RE:
Hallo Leo, noch einmal ich. Ich bin noch nicht müde. Im Grunde weiß ich leider nicht, was ich sagen soll. Ich bin einfach nur traurig. Ich dachte, Mia wird uns beide auch physisch näher zueinander bringen. Doch sie bringt uns offensichtlich immer weiter auseinander. Und ich kann ihr deswegen nicht einmal böse sein, es war ja meine Idee. Ich möchte ehrlich sein:

Ich wollte zwar, dass Sie sie kennen lernen, aber ich wollte Sie beide nicht zusammenführen. Für mich waren (und sind!) Sie alles andere als ein »Traumpaar«. Ich war mir Ihrer tatsächlich zu sicher, Leo. Ich dachte, ich kenne Sie. Ich hatte es nicht für möglich gehalten, dass Sie sich in sie verlieben. Mia ist zweifellos attraktiv. Aber sie ist so ungefähr das genaue Gegenteil von mir. Sie ist durch und durch Sportsfrau, kräftig, drahtig, sehnig. Jedes Muttermal ist bei ihr durchtrainiert. Bei ihr bestehen vermutlich sogar die Achselhaare aus Muskelmasse. Vor lauter Brustkorb sieht man die Brust nicht. Und ihre von der Sonne gezeichnete Haut ist eine einzige Kokosnussöl-Raffinerie. Mia ist der personifizierte Fitnessgedanke. Sex muss für sie paarweises Liegestütz- und Beckenmuskel-Training mit Unterbrechung in Form von höhepunktuell bedingten Verschnaufpausen sein. Sie ist eine Frau fürs Surfbrett, für die Heilfastenkur, für den Stadt-Marathon in New York. Aber doch niemals eine Frau für Leo – dachte ich zumindest. Sie, Leo, habe ich ganz anders eingeschätzt. Mia zu begehren, heißt mich zurückzuweisen. Können Sie nachvollziehen, dass mich das deprimiert?

Zehn Minuten später
AW:
Wer sagt, dass ich Mia begehre? Wer sagt, dass sie mich begehrt?

Zwei Minuten später
RE:
Na hoppala: Sie! Sie! Sie sagen es! Und wie Sie es sagen! Sie sagen es grauenvoll! Grauenvoller als in Ihrer ekligen, widerlichen Wir-müssen-uns-über-unsere-Gefühle-klar-werden-E-Mail kann man es gar nicht sagen. Sie sagen: »Wir verstehen uns blendend, in vielerlei Hinsicht.« Iiiiiiiihhhh – das hätte ich Ihnen niemals zugetraut, Leo!

Fünf Minuten später
AW:
Stimmt aber: Mia und ich verstehen uns blendend, in vielerlei Hinsicht. Da ist kein Wort davon gelogen. Zum Beispiel verstehen wir uns blendend, was unsere gemeinsamen Anschauungen, Betrachtungen und Einschätzungen Ihrer Person betrifft, werte Emmi Rothner!

Drei Minuten später
RE:
Sagen Sie bloß, Sie haben nicht mit ihr geschlafen.

Vier Minuten später
AW:
Emmi, Sie fühlen sich gerade wieder in einen Mann hinein, stimmt's? Bleiben Sie beim Thema. Ob ich mit Mia geschlafen habe oder nicht, ist absolut irrelevant.

55 Sekunden später
RE:
Irrelevant? Nicht für mich! Wer mit Mia schläft, schläft niemals mit mir, nicht einmal geistig. Darauf lege ich Wert.

Zwei Minuten später
AW:
Reduzieren Sie unser Verhältnis nicht immer wieder darauf, dass wir gelegentlich geistig miteinander geschlafen haben.

50 Sekunden später
RE:
Sie haben mit mir gelegentlich geistig geschlafen? Das höre ich so zum ersten Mal. Klingt aber gut!

Eine Minute später
AW:
Apropos schlafen. Diesmal ganz körperlich: Gute Nacht, Emmi. Es ist zwei Uhr morgens.

30 Sekunden später
RE:
Ja, herrlich. Wie in alten Zeiten! Gute Nacht. Emmi.

Am nächsten Morgen
Betreff: **Kein Wort von Sex**
Guten Morgen, Leo. Was waren das eigentlich für gemeinsame Betrachtungen zu meiner Person, die Sie mit Mia angestellt haben? Was hat Mia über mich erzählt? Wissen Sie jetzt, welche der drei Emmis mit Schuhgröße 37 ich bin? Bin ich wenigstens diejenige Emmi, von der Ihre Schwester behauptet hat: »In die würdest du dich verlieben«?

Eineinhalb Stunden später
AW:
Sie werden es nicht glauben, Emmi, aber wir haben Sie nicht äußerlich, sondern innerlich betrachtet. Ich habe Mia gleich von Anfang an zu verstehen gegeben, dass ich nicht wissen will, wie Sie aussehen. Sie hat darauf geantwortet: »Da versäumen Sie aber was!« (Sie ist wirklich eine gute Freundin.) Mia hat natürlich ebenfalls gewusst, dass Sie alles andere wollen, als dass ich mit ihr zusammenkomme. Wir waren uns der für uns bestimmten Rollen sofort im Klaren. Wir sind uns zehn Minuten gegenüber gesessen – und waren Verbündete in Angelegenheiten Emmi Rothner.

Zwölf Minuten später
RE:
Und dann haben Sie sich, mir zu Fleiß, ineinander verliebt.

Eine Minute später
AW:
Sagt wer?

Acht Minuten später
RE:
Sagt Leo Leike: »Mia aber beugt sich einen halben Meter von mir entfernt über einen winzigen Tisch und wickelt Spaghetti al Pesto über den Löffel.« Trief. »Wenn sie den Kopf zur Seite dreht, spüre ich den Luftzug, der dadurch entsteht.« Trief. »Ich kann sie gleichzeitig sehen, hören, angreifen, riechen.« Trief. »Mia ist Materie.« Schwülst. Wissen Sie Leo, bei Marlene verzeih ich es Ihnen. Sie war vor unserer Zeit und hat ältere Rechte. Aber Mias Luftzüge, wenn sie den Kopf zur Seite dreht, die sind für mich eine echte Zumutung. Ich will auch einmal den Kopf zur Seite drehen und dabei einen Luftzug verursachen, den Sie spüren, Meister Leo! (Okay, den »Meister« nehme ich zurück.) Was hat Mias Luftzug, was meiner nicht hat? Glauben Sie mir, ich kann wunderschöne Luftzüge erzeugen, wenn ich den Kopf zur Seite drehe.

20 Minuten später
AW:
Wir haben auch über Ihre Ehe geredet, Emmi.

Drei Minuten später
RE:
Ach ja? Kommen Sie wieder zu Ihrem Lieblingsthema? Und was sagt Mia? Hat sie Ihnen verraten, dass sie Bernhard nicht leiden kann?

15 Minuten später
AW:
Nein, das hat sie keineswegs. Sie hat nur positiv von ihm gesprochen. Sie sagt, Ihre Ehe ist die Vorbildehe schlechthin. Sie sagt, es ist gespenstisch, aber da passt wirklich alles. Sie sagt,

seit Emmi mit Bernhard liiert ist, hat sie keine Schwachstellen mehr. Sie hat es effektiv verlernt, sich Blößen zu geben. Wenn sie mit Bernhard und den beiden Kindern wo auftaucht, dann glaubt man, die Traumfamilie ist eingetroffen. Alle lächeln, alle sind freundlich, alle sind glücklich. Zwischen Ihnen und Ihrem Mann bedarf es gar keiner Worte, es herrscht stille Harmonie. Ja, sogar die Geschwister sitzen nebeneinander und umarmen sich. – Absolute Idylle. Freunde, die die Rothners zu Gast haben, schieben danach besser ein paar Therapiestunden ein, meint Mia. Man glaubt plötzlich, alles falsch gemacht zu haben. Man fühlt sich wie ein Versager. Denn man hat einen Partner, der einem entweder nicht zur Seite steht – oder nicht mehr zu Gesicht. (Oder beides.) Oder man hat Kinder, die einen terrorisieren. Oder alles drei. Oder man hat weder dies noch das noch jenes – man hat niemanden. So wie Mia, sagt Mia. Und einzig und allein im Vergleich mit Emmi kommt ihr das manchmal erbärmlich vor.

18 Minuten später
RE:
Ja, ich weiß, wie Mia über mich, meine Ehe, mein Familienleben denkt. Sie mag Bernhard nicht, weil sie das Gefühl hat, er hat ihr etwas weggenommen: mich, ihre beste Freundin. Ja, verdammt, sie leidet darunter, dass es mir einfach nicht mehr so schlecht geht wie ihr. Nicht mehr schlecht genug, um mich bei ihr auszuweinen. Unsere Freundschaft ist einseitig geworden: Früher hatten wir gemeinsame Themen, gemeinsame Ärgernisse, gemeinsame Feinde – zum Beispiel Männer und ihre Makel. Das war ergiebig, da hatten wir uns Bände zu erzählen, da konnten wir aus dem Vollen schöpfen. Seit Bernhard ist das anders geworden. Ich kann beim besten Willen nichts Schlechtes über ihn sagen. Es hat keinen Sinn, mich künstlich über Lappalien aufzuregen, nur um Mia ein Gefühl der Solidarität vorzutäuschen. Wir befinden uns eben in grundverschiedenen Lebenssituationen. Das ist das Problem zwischen Mia und mir.

Fünf Minuten später
AW:
Mia sagt, es fällt ihr überhaupt nur eine einzige Sache ein, die nicht in das Bild der perfekten Rothner'schen Familienidylle passt. Zumindest kann sie sich keinen rechten Reim darauf machen. Obwohl sie schon öfters mit Ihnen darüber gesprochen hat.

50 Sekunden später
RE:
Worüber?

40 Sekunden später
AW:
Über mich.

30 Sekunden später
RE:
Über Sie?

15 Minuten später
AW:
Ja, über mich, über uns, Emmi. Mia versteht nicht, warum Sie mir schreiben, wie Sie mir schreiben, was Sie mir schreiben, wie oft Sie mir schreiben und so weiter. Sie versteht nicht, warum Ihnen der Kontakt zu mir so wichtig ist. Sie sagt: Der Emmi fehlt nichts, absolut nichts. Wenn sie Sorgen hat, dann weiß sie, dass sie jederzeit zu mir oder einer anderen Freundin gehen kann. Wenn sie Selbstbestätigung sucht, muss sie nur einmal durch die Fußgängerzone spazieren. Wenn sie flirten will, dann könnte sie auf der Promenierzeile Wartenummern ausgeben und die Typen der Reihe nach aufrufen. Für all das benötigt sie keinen zeitaufwändigen und kräfteraubenden Dauer-Intensiv-E-Mail-Partner. Ja, Mia weiß nicht, wofür Sie mich brauchen, wozu ich gut sein soll, Emmi.

Zwei Minuten später
RE:
Wissen Sie es auch nicht, Leo?

Neun Minuten später
AW:
Doch, ich denke schon, ich nehme Sie beim Wort. Ich hab Mia versucht zu erklären, dass ich für Emmi so eine Art »Außenstelle« bin, ein bisschen Ablenkung vom Familienalltag. Und einer, der sie schätzt und mag, so wie sie ist, ohne dass sie anwesend sein muss. Sie muss nur schreiben, sonst gar nichts. Für Mia reicht diese Erklärung allerdings nicht aus. Sie sagt: Emmi braucht keine Ablenkung. Für eine »Ablenkung« würde sie niemals Aufwand betreiben. Wenn Emmi Aufwand betreibt, dann »will« sie etwas. Und wenn Emmi etwas will, dann will sie nicht nur viel. Wenn Emmi etwas will, dann will sie alles.

Drei Minuten später
RE:
Vielleicht kennt mich Mia doch nicht so gut, Leo. Was »alles« soll ich von Ihnen wollen? Ich hab ja noch nicht einmal Spaghetti al Pesto mit Ihnen gegessen. Ich habe nicht ein Mal den Kopf zur Seite gedreht, sodass ich einen Luftzug erzeugt hätte, den Sie hätten verspüren können, lieber Leo. Darin ist mir Freundin Mia bekanntlich um einiges voraus. Ich will gar nicht wissen, wie viel Sie dem »Alles« bei Ihnen näher gekommen ist als ich.

Eine Minuten später
AW:
Freut mich, dass Sie es ausnahmsweise einmal nicht wissen wollen.

50 Sekunden später
RE:
Also wie nahe ist Mia dem »Alles« bei Ihnen gekommen?

Zwei Minuten später
AW:
Kommt immer darauf an, was »Alles« für jemanden bedeutet.

55 Sekunden später
RE:
Sehen Sie Leo, das sind jene berühmten Antworten von Ihnen, die den »Aufwand« rechtfertigen, den ich mit meiner Schreiberei betreibe. Das können Sie gerne meiner Freundin Mia ausrichten. Wann treffen Sie sie wieder? Heute?

Drei Minuten später
AW:
Nein, heute bin ich bei Kollegen zum Essen eingeladen. Ich sollte mich dann ohnehin bald fertig machen. Ich wünsche Ihnen einen schönen Abend, Emmi.

45 Sekunden später
RE:
Und da nehmen Sie Mia gar nicht mit? Also ist sie dem »Alles« bei Ihnen offenbar doch noch nicht so nah.

Eine Minute später
AW:
So nah nicht, Emmi, wenn Sie das beruhigt.

40 Sekunden später
RE:
Das tut es!

50 Sekunden später
AW:
Emmi. Emmi. Emmi.

Am nächsten Tag
Betreff: **Mia**
Tag Leo, morgen treffe ich Mia! Gruß, Emmi.

Zehn Minuten später
AW:
Hallo Emmi, schön für Sie, schön für Mia. Ebenfalls Gruß, Leo.

50 Sekunden später
RE:
Mehr fällt Ihnen dazu nicht ein?

20 Minuten später
AW:
Was haben Sie sich vorgestellt, Emmi? Sollte ich Ihrer Meinung nach in Panik geraten? Emmi, wir haben nicht Elternsprechtag, ich habe nicht Schule geschwänzt, Mia ist nicht meine Lehrerin, und Sie, Emmi, sind nicht meine Mama. Ich habe also nichts zu befürchten.

Drei Minuten später
RE:
Leo, wenn Sie mit Mia – Sie wissen schon – dann würde ich das lieber heute von Ihnen erfahren als morgen von Mia. Also verraten Sie es mir?

Vier Minuten später
AW:
Ob ich mit Mia schlafe? – Vielleicht will Mia gar nicht, dass Sie es wissen, wenn es tatsächlich der Fall ist.

Eineinhalb Minuten später
RE:
SIE wollen nicht, dass ich es weiß. Aber Pech, Leo, ich weiß es! So wie Sie schreiben, so schreibt nur einer, der mit Mia schläft.

13 Minuten später
AW:
Und das wäre für Sie eine Katastrophe? Das würde Ihre gesamte »Außenwelt« in Unruhe versetzen? Oder ist es einfach das alte Spiel aus der Kindheit: Ich kann etwas nicht haben, also darf es meine beste Freundin erst recht nicht haben?

Vier Minuten später
RE:
Leo, Sie sind mir zu unreif für dieses Thema. Also lassen wir es. Verbringen Sie noch einen angenehmen Tag. Man liest sich, Emmi.

Zehn Minuten später
AW:
Sie waren auch schon einmal besser aufgelegt, meine Liebe. Ja, man liest sich, zweifellos.

Am nächsten Tag
Betreff: Mia
Hi Leo, ich habe Mia getroffen!

30 Minuten später
AW:
Ich weiß, Emmi, Sie hatten es angekündigt.

Zwei Minuten später
RE:
Wollen Sie nicht wissen, wie es war?

Vier Minuten später
AW:
Gute Frage. Ich kann jetzt zwischen zwei Antwortvarianten wählen. Entweder 1.) Mia wird es mir schon erzählen. Oder 2.) Sie, Emmi, werden es mir ohnehin gleich erzählen.
Ich wähle: 2.)

Eine Minute später
RE:
Knapp daneben, mein Lieber. Fragen Sie Mia, wie es war. Angenehmen Nachmittag!

Sieben Stunden später
AW:
Gute Nacht, Emmi, das war heute eine eher schwache Performance.

Am nächsten Tag
Betreff: **Emmi?**
Meine liebe E-Mail-Partnerin, sind Sie beleidigt? Warum eigentlich? Hat Ihnen Mia etwas erzählt, was Sie nicht hören wollten?

Zweieinhalb Stunden später
RE:
Leo, Sie wissen genau, was mir Mia erzählt hat. Sie wissen auch genau, was mir Mia NICHT erzählt hat: »Ja, er ist sehr nett. Ja, wir verstehen uns gut. Ja, wir sehen uns öfter. Ja, es wird manchmal ziemlich spät (schmunzel, kicher). Ja, er ist wirklich schwer okay (grins). Ja, das wäre schon ein Mann (seufz), wo man sich vorstellen kann (schwärm) … Aber Emmi, es ist doch ganz egal, ob wir Sex miteinander haben! Das ist doch nicht das Entscheidende … Ach, Emmi, warum musst du immer über Sex reden?« Und so weiter.
Guter Leo, das ist nicht Mia, wie sie ist. Mia, wenn sie ist, wie sie ist, redet stundenlang über Sex! Sie beschreibt dabei jeden

Muskel, der beansprucht wird oder in irgendeiner Weise beteiligt ist, sei es auch nur als Zuschauer (oder Zuhörer). Mia kann einen einzigen, fünf Sekunden währenden Orgasmus aus sportmedizinischer Sicht in sieben Arbeitsschritte mit Kalorienverbrauchstabellen etc. unterteilen, die jeweils einstündige Referate erforderlich machen. Das ist Mia! Und wissen Sie, wer ganz und gar nicht Mia ist? – »Ach Emmi, warum musst du immer über Sex reden!« – Das ist null Mia, dafür hundert Prozent Leo Leike. Leo, was haben Sie aus Mia gemacht? Und warum? Um mich zu ärgern?

13 Minuten später
AW:
Hat Sie Mia nicht gefragt, warum Sie sich so wahnsinnig dafür interessieren, ob ich mit ihr Sex habe? Hat sie Ihnen nicht gesagt, dass sie Sie ja auch nicht fragt, wie oft Sie mit Ihrem Bernhard Sex haben? (Okay, das »Ihrem« vor »Bernhard« nehme ich zurück.) Hat Sie Mia nicht gefragt, was Sie von mir eigentlich wollen? Hat sie, stimmt's? Und was haben Sie darauf geantwortet, Emmi?

50 Sekunden später
RE:
E-Mails will ich von ihm! (Aber nicht solche.)

Eineinhalb Minuten später
AW:
Manchmal kann man sie sich nicht aussuchen.

Drei Minuten später
RE:
Ich will sie mir nicht aussuchen müssen. Ich will, dass sie von alleine schön sind. Früher, Leo, haben Sie mir so schöne E-Mails geschrieben. Seit Sie mit Mia Sex haben, reden Sie nur noch um den heißen Brei herum. Gut, ich bin ja selber schuld, ich hätte

Sie nicht mit Mia zusammenbringen dürfen. Das war einfach ein Fehlgriff von mir.

Acht Minuten später
AW:
Liebe Emmi, ich verspreche Ihnen, dass Sie wieder einmal eine schöne E-Mail von mir erhalten werden, Mia hin oder her. Heute schaffe ich es nicht mehr. Wir gehen ins Theater. (Nein, nicht Mia und ich, sondern meine Schwester und ein paar Freunde und ich.)
Schönen Abend, Leo. Und grüßen Sie mir Ihr Klavier.

Fünf Stunden später
RE:
Sind Sie schon zurück vom Theater? Ich kann heute nicht schlafen. Habe ich Ihnen eigentlich schon einmal vom Nordwind erzählt? Ich vertrage keinen Nordwind, wenn mein Fenster offen ist. Es wäre schön, wenn Sie mir noch ein paar Worte schreiben. Schreiben Sie einfach: »Dann schließen Sie das Fenster.« Dann werde ich Ihnen erwidern: Bei geschlossenem Fenster kann ich nicht schlafen.

Fünf Minuten später
AW:
Schlafen Sie mit dem Kopf zum Fenster?

50 Sekunden später
RE:
LEO!!!! – Ja, ich schlafe mit dem Kopf schräg zum Fenster.

45 Sekunden später
AW:
Und wenn Sie sich um 180 Grad wenden und mit den Zehen schräg zum Fenster schlafen?

50 Sekunden später
RE:
Das geht nicht, da fehlt mir der kleine Nachttisch mit Leselampe.

Eine Minute später
AW:
Zum Schlafen brauchen Sie doch keine Leselampe.

30 Sekunden später
RE:
Nein, aber zum Lesen.

Eine Minute später
AW:
Dann lesen Sie – und danach drehen Sie sich um und schlafen mit den Zehen schräg zum Fenster ein.

40 Sekunden später
RE:
Wenn ich mich umdrehe, bin ich wieder wach und muss wieder lesen, damit ich einschlafen kann. Und dann fehlt mir das Nachtkästchen mit Leselampe.

30 Sekunden später
AW:
Ich hab's! Stellen Sie es einfach auf die andere Seite vom Bett.

35 Sekunden später
RE:
Geht nicht, das Kabel der Lampe ist zu kurz.

40 Sekunden später
AW:
Schade, ich hätte hier ein Verlängerungskabel.

25 Sekunden später
RE:
Mailen Sie es mir rüber!

45 Sekunden später
AW:
Okay, ich schicke es als Dokument.

50 Sekunden später
RE:
Danke, ich hab's erhalten. Tolles Kabel, ewig lang! Ich stecke es jetzt an.

40 Sekunden später
AW:
Passen Sie nur auf, dass Sie in der Nacht nicht darüber stolpern.

35 Sekunden später
RE:
Ach, ich werde so tief und fest schlafen, dank Ihnen und Ihrem Kabel!

Eine Minute später
AW:
Da kann der Nordwind jetzt blasen, wie er will.

45 Sekunden später
RE:
Leo, ich hab Sie sehr, sehr gern. Sie sind fantastisch gut gegen Nordwind!

30 Sekunden später
AW:
Ich habe Sie auch sehr gern, Emmi. Gute Nacht.

25 Sekunden später
RE:
Gute Nacht. Träumen Sie schön.

Am nächsten Abend
Kein Betreff
Guten Abend, Emmi. Heute haben Sie darauf gewartet, dass ich als Erster schreibe, stimmt's?

Fünf Minuten später
RE:
Leo, ich warte fast immer darauf, dass Sie als Erster schreiben, aber meistens vergeblich. Diesmal habe ich durchgehalten. Geht's Ihnen gut?

Drei Minuten später
AW:
Ja, mir geht es gut. Ich habe gerade mit Mia gesprochen. Und wir haben beschlossen, dass wir Ihnen alles über uns verraten, wenn Sie es überhaupt noch wissen wollen.

Acht Minuten später
RE:
Das weiß ich erst nachher, ob ich es wissen wollte. Jedenfalls haben Sie es so staatstragend angekündigt, dass ich es für gar nicht unwahrscheinlich halte, dass ich nachher weiß, dass ich es eigentlich nicht wissen wollte. Sollte es also eine Liebesgeschichte mit Schwangerschaft, Venedig-Reise und Hochzeitstermin werden, verschonen Sie mich besser damit. Ich hatte heute schon Streit mit einem Kunden. Außerdem kriege ich meine Tage.

Vier Minuten später
AW:
Nein, es ist keine Liebesgeschichte. Es war nie eine. Und mich wundert, dass und in welchem Ausmaß Sie daran gezweifelt

haben. Vorher waren Sie sich Ihrer Sache ja ziemlich sicher. »Ihre Sache«, ja, das ist der Punkt. Soll ich ins Detail gehen?

Sechs Minuten später
RE:
Leo, das ist unfair! Ich war mir keiner Sache sicher. Da gab es keine »Sache«. Ich hatte vorher nicht überlegt, was geschehen könnte, wenn Sie meiner Freundin begegnen. Ich war einfach nur neugierig, was sie sagt – und was Sie sagen, Leo. Als Sie es dann sagten, beziehungsweise NICHT sagten, spürte ich erst, wie wenig mir das gefiel, was Sie sagten beziehungsweise NICHT sagten, Sie und Mia. Aber erzählen Sie ruhig weiter. Den wichtigsten Satz haben Sie ohnehin bereits geschrieben. (Ihr erster.) Jetzt kann nicht mehr viel passieren.

Eineinhalb Stunden später
AW:
Mia und ich haben uns an diesem Sonntagnachmittag im Kaffeehaus zum ersten Mal gesehen, und wir wussten sofort, warum wir da sitzen – nicht wegen uns, sondern wegen Ihnen. Wir hatten überhaupt keine Chance, uns näher zu kommen, uns vielleicht sogar ineinander zu verlieben. Wir waren so ungefähr das Gegenteil von füreinander bestimmt. Wir sind uns vom ersten Augenblick an wie Ihre Marionetten vorgekommen, wie Schachfiguren, die Sie, liebe Emmi, gerade gezogen haben. Nur das »Spiel« haben wir nicht verstanden. Und es ist bis heute nicht zu verstehen. Emmi, Sie wissen, dass Mia große Stücke auf Sie hält, dass sie Sie bewundert, ja, und auch beneidet. Sollte das mein Interesse an Ihnen noch steigern? Wenn ja, dann wozu? Soll ich wissen, wie perfekt und idyllisch Sie ein Familienleben führen können? Wozu? Was hat das mit unseren E-Mails zu tun? Hindert es den Nordwind, bei Ihrem Fenster hineinzublasen, sodass Sie nicht einschlafen können?
Und Mia: Sie kennt sich bei Ihnen überhaupt nicht mehr aus. Sie hat nur eines gespürt, von Anfang an: Ich war tabu für sie.

Ich trug eine Tafel um den Hals mit der Aufschrift: »Gehört Emmi! Berühren verboten!« Mia fühlte sich darauf reduziert, mich auszuhorchen. Sie sollte Ihnen detailreich von mir erzählen, sie sollte Ihnen die andere Ebene von mir servieren, die, die Sie nicht kennen, die physische, damit Sie ein rundes Bild von mir haben.
Nun gut, Emmi, Mia und ich waren nicht bereit, unseren uns zugedachten Rollen gerecht zu werden. Wir waren entschlossen, Ihnen Ihr seltsames Spiel zu vermasseln. Ja, wir waren trotzig, wir haben uns zwar nicht ineinander verliebt, aber wir haben miteinander geschlafen. Es hat uns gut getan, es hat Spaß gemacht, wir sind uns nichts schuldig geblieben. Es ging ganz ohne Herzklopfen, ohne große Begierde, ohne tiefe Leidenschaft. Uns beiden reichte, es Ihnen zu Fleiß zu machen. Es war die einfachste und ehrlichste Sache der Welt. Wir waren ehrlich sauer auf Sie! So machten wir uns unser eigenes Spiel im Spiel. Ja, eine Nacht funktionierte das, eine zweite nicht mehr. Man kann auf Dauer nur »miteinander« schlafen, nicht gegen einen gemeinsamen Dritten. Und es war klar, dass sich zwischen Mia und mir nichts aufbauen würde. Aber wir trafen uns weiter gern, es war nett miteinander zu plaudern, ja, wir mochten uns (und mögen uns) und es gefiel uns, Sie dabei auf Distanz zu halten, Emmi. Als kleine Strafe für Ihre Überheblichkeit.
Das war die Geschichte. Ich bin gespannt, ob Sie sie verstehen – und wie Sie sie verdauen, meine liebe E-Mail-Partnerin. Es ist unterdessen Nacht geworden. Vollmond, wie ich sehe. Und der Nordwind ist abgeflaut. Sie können den Kopf beim Fenster lassen. Gute Nacht!

Zwei Tage später

Kein Betreff

Liebe Emmi, man kommt sich ziemlich jämmerlich vor, wenn man zwei Tage so in der Luft hängt, wie ich in der Luft hänge, weil Sie mich in der Luft hängen lassen. Ich lade Sie deshalb höflich ein, mir zu antworten. Holen Sie mich ruhig unsanft auf den Boden, aber lassen Sie mich nicht in der Luft. Hochachtungsvoll, Ihr Leo.

Am nächsten Tag

Betreff: Verdauung

Hallo Leo, Jonas hat sich beim Volleyball den Arm ausgekegelt. Wir waren zwei Nächte im Spital. Das nur als kleiner Vorgeschmack zur Familienidylle.

Jetzt zur Verdauung. Ich habe Ihre E-Mail mehrmals zu verdauen versucht, aber sie ist mir leider immer wieder hochgekommen. Jetzt ist es nur noch ein geschmacksneutraler Brei. Sie fragen, ob Sie von Mia erfahren sollten, wie perfekt und idyllisch ich ein Familienleben führen kann? Lieber Leo, da unterliegen Sie und Mia einem großen Irrtum. Mein Familienleben ist gut, aber keineswegs perfekt. »Familienleben« als solches hat mit Perfektion nichts zu tun, sondern mit Ausdauer, Geduld, Nachsicht und ausgekegelten Armen von Kindern. Darf ich hier ausnahmsweise auf meine langjährige Erfahrung verweisen, die ich – tut mir Leid – sowohl Mia als auch Ihnen abspreche? »Familienidylle« ist ein Oxymoron, ein Begriffspaar, das einander ausschließt: entweder Familie oder Idylle.

So, und jetzt noch ein paar Worte zu Ihrem »Spiel im Spiel«. Sie sind also mit Mia ins Bett gegangen, weil Sie beide sauer auf mich waren? – So etwas Kindisches habe ich schon lange nicht gehört. Leo, Leo! Das gibt Punkteabzüge.

KAPITEL SIEBEN

Zwei Tage später
Betreff: Aufräumen
Hallo Emmi. Wie geht es Ihnen? Mir geht es nicht aufregend gut. Ich bin auch nicht gerade mächtig stolz auf mich. Ich hätte Mia nicht kennen lernen dürfen. Ich hätte wissen müssen, dass mich das in absurder Weise fester an Sie bindet, Emmi. Ich habe Ihnen den Vorwurf gemacht, dass das Ihr Ziel war. Das nehme ich zur Hälfte zurück. Ich glaube, es war unser beider Ziel. Wir haben nur bis heute nicht gewagt, es uns einzugestehen. Mia war eine Verbindungsperson zwischen uns. Sie haben sie auf mich angesetzt. Und ich habe mich mit ihr dafür revanchiert. Es war nicht unfair ihr gegenüber. Mias gesteigertes Interesse an mir entspricht ihrem gesteigerten Interesse an Ihnen, Emmi. Ich glaube, Sie sind es, die ein paar Schritte auf Ihre Freundin zugehen sollte. Und ich bin es, der ein paar Schritte zurückgehen sollte. Ich muss da ein bisschen aufräumen. Ich wünsche Ihnen noch einen schönen Tag. Leo.

Eine Stunde später
RE:
Und was räumen Sie als nächstes auf, Leo? Mich?

Acht Minuten später
AW:
Ich dachte immer, E-Mails als solche sind aufgeräumt genug. Aber ich glaube, ich sollte auch hier langsam einmal die Bremse ziehen.

Vier Minuten später
RE:
Leo, der Zögerliche, ist wieder in seinem Element: »Ich glaube.« »Ich sollte.« »Langsam.« »Einmal.« »Die Bremse ziehen.« Macht es Ihnen Spaß, mich an Ihren kleinlaut angekündigten Rückschritten teilhaben zu lassen? Bitte, Leo: Ziehen Sie die Bremse, aber ziehen Sie sie ordentlich!!! Und quälen Sie mich nicht mit:

Ich glaube, ich sollte, ich werde dann langsam einmal ... Das nervt langsam einmal!

Drei Minuten später
AW:
Okay, ich ziehe die Bremse.

40 Sekunden später
RE:
Endlich.

35 Sekunden später
AW:
Schon gezogen.

25 Sekunden später
RE:
Und jetzt?

Zwei Minuten später
AW:
Weiß noch nicht. Ich warte auf den Stillstand.

25 Sekunden später
RE:
Hier ist er. Nacht!

Zwei Tage später
Kein Betreff
Hallo Emmi, wie ist das, schreiben wir uns überhaupt nicht mehr?

Sieben Stunden später
RE:
Anscheinend nicht.

Am nächsten Tag
Kein Betreff
Tut gut, einmal keine E-Mails zu bekommen.

Zweieinhalb Stunden später
AW:
Ja, man könnte sich daran gewöhnen.

Vier Stunden später
RE:
Da sieht man erst, wie anstrengend das war.

Fünfeinhalb Stunden später
AW:
Stress. Purer Stress.

Am nächsten Tag
Kein Betreff
Und wie geht's Mia?

Zwei Stunden später
AW:
Keine Ahnung, wir treffen uns nicht mehr.

Acht Stunden später
RE:
Ah so? Schade.

Drei Minuten später
AW:
Ja, schade.

Am nächsten Tag
Kein Betreff
Macht richtig Spaß mit Ihnen, Leo.

Neun Stunden später
AW:
Danke, dieses Kompliment kann ich nur zurückgeben.

Am nächsten Tag
Kein Betreff
Wie geht's eigentlich Marlene? Wieder einmal rückfällig geworden?

Drei Stunden später
AW:
Nein, bisher noch nicht, aber ich arbeite daran. Und was macht die Familie? Wie geht's dem Knie von Jonas?

Zwei Stunden später
RE:
Dem Arm.

Fünf Minuten später
AW:
Ja, richtig, Verzeihung, wie geht's dem Arm?

Dreieinhalb Stunden später
RE:
Sieht man nicht. Er ist eingegipst.

Eine halbe Stunde später
AW:
Ah so. Ah ja. Klar.

Zwei Tage später
Kein Betreff
Schon traurig, Emmi, wir haben uns nichts mehr zu sagen.

Zehn Minuten später
RE:
Vielleicht hatten wir uns nie was zu sagen.

Acht Minuten später
AW:
Dafür haben wir ganz schön viel miteinander geredet.

20 Minuten später
RE:
Wir haben stumm geredet. Alles leere Worte.

Fünf Minuten später
AW:
Wenn Sie es sagen, wird es wohl stimmen.

Zwölf Minuten später
RE:
Wie gut, dass Sie auf die Bremse gestiegen sind.

Drei Minuten später
AW:
Den Stillstand haben Sie angekündigt, Emmi!

Acht Minuten später
RE:
Und Sie sprechen ihn täglich aus.

Fünf Stunden später
AW:
Sollten wir ganz aufhören?

Drei Minuten später
RE:
Das haben wir ohnehin schon getan.

50 Sekunden später
AW:
Sie können einen ganz schön runterziehen.

Zwei Minuten später
RE:
Hab ich von Ihnen gelernt, Leo. Gute Nacht.

Drei Minuten später
AW:
Gute Nacht.

Zwei Minuten später
RE:
Gute Nacht.

Eine Minute später
AW:
Gute Nacht.

50 Sekunden später
RE:
Gute Nacht.

40 Sekunden später
AW:
Gute Nacht.

20 Sekunden später
RE:
Gute Nacht.

Zwei Minuten später
AW:
Es ist drei Uhr früh. Bläst der Nordwind? Gute Nacht.

15 Minuten später
RE:
Drei Uhr und 17 Minuten. Westwind, der lässt mich kalt. Gute Nacht.

Am nächsten Morgen
Betreff: Guten Morgen
Guten Morgen, Leo.

Drei Minuten später
AW:
Guten Morgen, Emmi.

20 Minuten später
RE:
Ich fliege heute Abend für zwei Wochen nach Portugal: Badeurlaub mit den Kindern. Leo, sind Sie noch da, wenn ich zurückkomme? Ich muss das wissen. Mit »da« meine ich …, was meine ich eigentlich? Ich meine: einfach da. Sie verstehen schon, was ich meine. Ich habe Angst, dass Sie mir verloren gehen. Von mir aus Bremse. Von mir aus Stillstand. Von mir aus stumme, leere Worte. Aber stumme, leere Worte MIT Ihnen, nicht ohne Sie!

18 Minuten später
AW:
Ja, liebe Emmi, ich werde zwar nicht auf Sie warten. Aber ich werde da sein, wenn Sie zurückkommen. Ich bin immer da, für Sie, auch bei Stillstand. Wir werden sehen, wie es uns nach diesen vierzehn Tagen »Pause« gehen wird. Vielleicht tut sie uns gut. Ich finde, wir haben uns in den letzten Tagen schon recht schön darauf eingeschrieben. Alles Liebe, Leo.

Zwei Stunden später
RE:
Eines noch, bevor ich wegfliege, Leo. Bitte ehrlich! Haben Sie das Interesse an mir verloren?

Fünf Minuten später
AW:
Wirklich ehrlich?

Acht Minuten später
RE:
Ja, wirklich ehrlich. Ehrlich und bitte schnell! Ich muss mit Jonas zur Gipsabnahme.

50 Sekunden später
AW:
Wenn ich sehe, dass eine E-Mail von Ihnen einlangt, klopft mein Herz. Das ist heute so wie gestern und vor sieben Monaten.

40 Sekunden später
RE:
Trotz stummer, leerer Worte? Das ist schön!!!! Urlaub gerettet! Adieu.

45 Sekunden später
AW:
Adieu.

Acht Tage später
Kein Betreff
Hallo Leo, ich bin in einem Internetcafé in Porto. Ich schreibe nur schnell, damit Ihr Herz nicht stehen bleibt vor lauter »Nicht-Klopfen«. Uns geht es gut: Der Kleine hat seit Urlaubsbeginn Durchfall, die Große hat sich in einen portugiesischen

Surflehrer verliebt. Nur noch sechs Tage! Ich freu mich auf Sie! (PS: Nichts mit Marlene anfangen!)

Sechs Tage später

Betreff: Hallo!

Lieber Leo, da bin ich wieder. Wie war die »Pause«? Was gibt es Neues? Sie haben mir gefehlt! Sie haben mir nicht geschrieben. Warum nicht? Ich habe Angst vor Ihrer ersten E-Mail. Noch größere Angst habe ich, dass Sie mich darauf warten lassen. Frage: Wie tun wir weiter?

15 Minuten später

AW:

Emmi, Sie brauchen keine Angst vor meiner ersten E-Mail zu haben. Hier ist sie, und sie ist ganz harmlos.

1.) Neues gibt es – nichts.

2.) Die Pause war – lang.

3.) Geschrieben habe ich Ihnen nicht, weil – Pause war.

4.) Gefehlt haben Sie mir – auch! (Vermutlich mehr als ich Ihnen. Sie hatten wenigstens eine sechzehnjährige Tochter gegen einen portugiesischen Surflehrer zu verteidigen. Wie ist die Geschichte ausgegangen?)

5.) Wie wir weiter tun? – Da gibt es exakt drei Möglichkeiten: Weiter wie bisher. Aufhören. Treffen.

Zwei Minuten später

RE:

Zu 4.) Fiona wird nach Portugal auswandern und den Surflehrer heiraten. Sie ist nur noch einmal rasch mit uns heimgeflogen, um ihre Sachen zu packen. Glaubt sie.

Zu 5.) Ich bin für – treffen!

Drei Minuten später

AW:

Letzte Nacht habe ich intensiv von Ihnen geträumt, Emmi.

Zwei Minuten später
RE:
Tatsächlich? Das ist mir auch schon passiert. Ich meine, dass ich intensiv von Ihnen geträumt habe. Was verstehen Sie eigentlich unter »intensiv«? War der Traum nur irgendwie intensiv oder wenigstens auch erotisch?

35 Sekunden später
AW:
Ja, hocherotisch!

45 Sekunden
RE:
Ehrlich? Das passt ja gar nicht zu Ihnen.

Eine Minute später
AW:
Mich hat es auch gewundert.

30 Sekunden später
RE:
Und??? Details bitte! Was haben wir getan? Wie habe ich ausgesehen? Wie war mein Gesicht?

Eine Minute später
AW:
Vom Gesicht habe ich nicht viel mitbekommen.

Eineinhalb Minuten später
RE:
Hey, Leo, Sie sind mir einer! Vermutlich war ich die blonde Kaffeehaus-Emmi mit dem großen Busen, den es auszuloten galt.

50 Sekunden später
AW:
Was haben Sie immer mit dem großen Busen? Haben Sie ein Großer-Busen-Problem?

Zwei Minuten später
RE:
Das bewundere ich so an Ihnen, Leo. Sie wollen nicht etwa wissen, ob ich einen großen Busen habe. Sie wollen wissen, ob ich ein Großer-Busen-Problem habe. Das ist derart untypisch männlich, dass man meinen könnte, Sie haben ein ausgewachsenes Großer-Busen-Problem-Syndrom.

Drei Minuten später
AW:
Emmi, halten Sie mich ruhig für asexuell, aber ob groß, klein, dick, dünn, breit, flach, rund, oval, kantig oder eckig – irgendwie interessiert mich kein Busen, zu dem ich das Gesicht nicht kenne. Zumindest fehlt mir das Talent, mich abgesondert von allem anderen, was eine Frau ausmacht, mit dem Volumen ihres Busens zu beschäftigen.

Eine Minuten später
RE:
Ha, Sie widersprechen sich! Drei Mails vorher haben Sie mir von Ihrem hocherotischen Traum erzählt, in dem sie offenbar alles Männermögliche von mir gesehen haben dürften, nur nicht mein Gesicht. Sagen Sie bloß, mein Busen ist Ihnen dabei nicht untergekommen.

55 Sekunden später
AW:
Ich habe im Traum weder Gesicht noch Busen noch sonst etwas Ihnen zugehöriges Körperliches gesehen. Ich habe alles nur gefühlt.

Eineinhalb Minuten später
RE:
Wenn Sie nichts von mir gesehen haben, wieso wissen Sie dann, dass ich die Frau war, die Sie da blind abgegrapscht haben?

Eine Minute später
AW:
Weil es nur eine gibt, die sich so ausdrückt wie Sie: Sie!

Zweieinhalb Minuten später
RE:
Wir haben also geredet, während Sie mich blind abgegrapscht haben?

50 Sekunden später
AW:
Ich habe Sie nicht blind abgegrapscht, ich habe Sie gefühlt, das ist ein gravierender Unterschied. Und wir haben (unter anderem auch) geredet.

35 Sekunden später
RE:
Hocherotisch!

Eineinhalb Minuten später
AW:
Davon verstehen Sie nichts, Emmi. Sie denken sich in solchen Angelegenheiten offenbar zu sehr in »Ihre« Männer hinein.

Zwei Minuten später
RE:
Da »meine Männer«, und da – »the one and only« Leo, der Busenerhabene. Mit dieser edlen Differenzierung blenden wir uns für heute aus. Ich muss Schluss machen, habe noch einiges zu erledigen. Ich melde mich morgen. Bis bald, Emmi.

Am nächsten Tag
Betreff: Treffen
Also, Leo, treffen wir uns? Ich habe alle Zeit der Welt. Bernhard ist mit den Kindern eine Woche wandern. Ich bin allein.

Fünfeinhalb Stunden später
RE:
Hey Leo, hat es Ihnen die Rede verschlagen?

Fünf Minuten später
AW:
Nein, Emmi. Ich denke nur nach.

Zehn Minuten später
RE:
Das kann nichts Gutes bedeuten. Ich weiß genau, worüber Sie nachdenken. Leo, bitte, treffen wir uns! Versäumen wir nicht den vielleicht letzten sinnvollen Zeitpunkt dafür. Was riskieren Sie dabei? Was haben Sie zu verlieren?

Zwei Minuten später
AW:
1.) Sie
2.) Mich
3.) Uns

17 Minuten später
RE:
Leo, Sie haben panische Berührungsängste. Wir werden uns sehen, und wir werden uns mögen, und wir werden miteinander reden, wie wir immer schon miteinander geredet haben, nur eben mündlich. Wir werden uns vertraut sein von der ersten Minute an. Nach einer Stunde werden wir uns gar nicht mehr vorstellen können, wie es wäre, wenn wir einander noch nie gesehen hätten. Wir werden an einem kleinen Tisch in einem ita-

lienischen Restaurant sitzen. Ich werde vor Ihren Augen Spaghetti al Pesto essen. (Dürfen es auch »Vongole« sein?) Und ich werde meinen Kopf zur Seite drehen, sodass ich einen Luftzug erzeuge, den Sie verspüren können, lieber Leo. Endlich ein echter, physischer, befreiender, antivirtueller Luftzug!!!

Eineinhalb Stunden später
AW:
Emmi, Sie sind nicht Mia. An Mia hatte ich keine Erwartungen gestellt – und umgekehrt. Mia und ich, wir hatten beim Start begonnen, wie das üblich ist, wenn sich zwei kennen lernen. Anders bei uns, Emmi: Wir starten von der Ziellinie weg, und es gibt nur eine Richtung: zurück. Wir steuern auf die große Ernüchterung zu. Wir können das nicht leben, was wir schreiben. Wir können die vielen Bilder nicht ersetzen, die wir uns voneinander ausmalen. Es wird enttäuschend sein, wenn Sie hinter der Emmi zurückbleiben, die ich kenne. Und Sie werden dahinter zurückbleiben! Sie werden deprimiert sein, wenn ich hinter dem Leo zurückbleibe, den Sie kennen. Und ich werde dahinter zurückbleiben! – Wir werden nach unserem ersten (und einzigen) Treffen ernüchtert auseinander gehen, träge, wie nach einem fetten Mahl, das uns nicht geschmeckt hat, dabei hatten wir uns ein Jahr mit Heißhunger darauf gefreut, hatten es Monate lang köcheln und brodeln lassen. Und dann? – Aus. Schluss. Gegessen. So tun, als wäre nichts gewesen? Emmi, wir haben dann für immer das entmythologisierte, aufgedeckte, entzauberte, enttäuschte, aufgesprungene Spiegelbild des anderen vor Augen. Wir werden nicht mehr wissen, was wir einander schreiben sollen. Wir werden nicht mehr wissen, wozu wir einander schreiben sollen. Und irgendwann später einmal werden wir uns im Kaffeehaus oder in der U-Bahn begegnen. Wir werden versuchen, einander nicht zu erkennen oder einander zu übersehen, wir werden uns schnell voneinander abwenden. Wir werden uns genieren, was aus unserem »uns« geworden ist, was davon geblieben ist. Nichts. Zwei einander fremde Menschen

mit einer gemeinsamen Scheinvergangenheit, von der sie sich so lange so schamlos betrügen hatten lassen.

Drei Minuten später
RE:
Und täglich sterben Hunderte Tierarten aus.

Eine Minute später
AW:
Was soll das heißen?

55 Sekunden später
RE:
Leo, Sie jammern, jammern, jammern, jammern, jammern. Malen schwarz, malen schwarz, malen schwarz, malen schwarz.

25 Sekunden später
AW:
Malen schwarz.

40 Sekunden später
RE:
???

Eineinhalb Minuten später
AW:
Malen schwarz. (Eines haben Sie vergessen, fünfmal »jammern«, fünfmal »schwarz malen«. Oder viermal »jammern«, viermal »schwarz malen«, dann war ein »jammern« zu viel.)

Zwei Minuten später
RE:
Gut beobachtet, schön herausgearbeitet. Typisch Leo, ein bisschen krankhaft zwänglerisch, aber auf liebevolle Weise auf-

merksam und korrekt. Und dazu möchte ich gern Ihre Augen sehen, Ihre echten Augen! Gute Nacht. Träumen Sie von mir! Und schauen Sie mich dabei vielleicht einmal an!

Drei Minuten später
AW:
Gute Nacht, Emmi. Tut mir Leid, ich bin so, wie ich bin, so, wie ich bin, so, wie ich bin.

Zwei Tage später
Betreff: **Treffen »light«**
Schönen Nachmittag, Emmi. Sind Sie (noch immer) beleidigt oder trinken wir heute Nacht wieder einmal ein paar Gläser Wein miteinander? Erwartungsvoll, Ihr Leo.

Eineinhalb Stunden später
RE:
Hallo Leo, heute Abend treffe ich mich »real« mit Mia. Wir haben uns vorgenommen, es »wie in alten Zeiten« anzugehen und in der letzten noch offenen Bar ausklingen, um nicht zu sagen ausufern zu lassen. Das heißt: Es kann locker fünf Uhr früh werden.

16 Minuten später
AW:
Alles klar. Ja, das gehört ausgenützt, wenn die Familie einmal außer Haus ist. Lassen Sie Mia von mir grüßen. Und schönen Abend.

Acht Minuten später
RE:
Das sind die wenigen Mails, wo ich lieber gar nicht wissen möchte, wie Sie dabei aussehen, wenn Sie so was schreiben. (Übrigens: Sie haben eine ziemlich biedere Vorstellung von einer Familie oder zumindest – von meiner Familie. Um bis fünf

Uhr früh unterwegs zu sein, muss ich keineswegs warten, bis die Familie außer Haus ist. Ich kann das auch sonst tun, wann immer es mir beliebt.)

Drei Minuten später
AW:
Und mich könnten Sie auch treffen, wann immer es Ihnen beliebt? Egal ob Bernhard eine Woche mit den Kindern weit weg in den Bergen ist oder ob er daheim im Nebenzimmer verweilt (und jederzeit zu Besuch in Ihrem Zimmer auftauchen könnte)?

20 Minuten später
RE:
LEO, ENDLICH IST ES HERAUS!!! Sie hätten sich Ihren vorgestrigen dunkelgrauen Salm über die erschütternde, Spiegelbilder zerreißende Erstbegegnung zwischen uns sparen können. Das ist nämlich gar nicht Ihr Problem. Ihr Problem heißt Bernhard. Sie sind sich zu gut, der Zweite nach ihm zu sein. Sie wollen mich nicht treffen, weil Sie mich rein theoretisch gar nicht »kriegen« können, ganz egal, ob Sie das dann praktisch tatsächlich wollen oder nicht. Per E-Mail haben Sie mich ganz für sich allein, und in dieser Form kommen Sie mit mir ja blendend zurecht, da können Sie ganz nach Belieben von Distanz auf Nähe schalten und wieder zurück. Stimmt's?

45 Minuten später
AW:
Emmi, Sie haben meine Frage nicht beantwortet. Würden Sie mich auch treffen (wollen), wenn Ihr Mann daheim im Nebenzimmer sitzt? Und (Zusatzfrage): Was würden Sie ihm sagen? Vielleicht: »Du, Schatz, ich treffe heute Abend einen Mann, mit dem ich seit einem Jahr korrespondiere, meistens täglich mehrmals, von ›Guten Morgen‹ bis ›Gute Nacht‹. Oft ist er der Erste am Tag, der etwas von mir erfährt. Oft ist er der Letzte, dem ich noch etwas mitteile, bevor ich mich schlafen lege. Und in der

Nacht, wenn ich nicht einschlafen kann, wenn der Nordwind bläst, dann komme ich nicht zur dir, Schatz. Nein, dann schreibe ich diesem Mann eine E-Mail. Und er schreibt mir zurück. Der Typ tut nämlich verdammt gut gegen Nordwind in meinem Kopf. Was wir uns so schreiben? Ach, nur Persönliches, nur über uns, wie das so wäre mit uns, wenn ich dich nicht hätte, Schatz, dich und die Kinder. Ja, und wie gesagt, heute Abend treffe ich ihn …«

Fünf Minuten später
RE:
Ich sage niemals »Schatz« zu meinem Mann.

50 Sekunden später
AW:
Oh, Verzeihung, Emmi, Sie sagen natürlich: Bernhard. Das klingt respektvoller.

Vier Minuten später
RE:
Leo, nicht böse sein, Sie haben eine jämmerliche Vorstellung von einer gut funktionierenden Ehe. Wissen Sie, was ich zu Bernhard sage, wenn ich Sie abends treffen will? Ich sage: »Bernhard, ich gehe heute Abend fort. Ich treffe einen Freund. Es kann spät werden.« Und wissen Sie, was Bernhard darauf erwidern würde? »Viel Spaß, unterhaltet euch gut!« Und wissen Sie, warum er das sagen würde?

Eine Minute später
AW:
Weil ihm egal ist, was Sie machen?

40 Sekunden später
RE:
Weil er mir vertraut!

Eine Minute später
AW:
Vertraut worauf?

50 Sekunden später
RE:
Dass ich nichts tun werde, was mein Zusammenleben mit ihm in Frage stellt oder irgendwann einmal in Frage stellen könnte.

Neun Minuten später
AW:
Ach ja, richtig, Sie begeben sich ja nur in Ihre familiär vernachlässigbare »Außenwelt«. Die Innenwelt bleibt unangetastet. Emmi, angenommen Sie verlieben sich in mich und ich mich in Sie, angenommen wir haben eine Romanze, Affäre, Liebschaft … nennen Sie es, wie Sie wollen, Emmi, machen Sie dann auch nichts, was Ihr Zusammenleben mit Bernhard in Frage stellt, oder irgendwann einmal in Frage stellen könnte?

Zwölf Minuten später
RE:
Leo, Sie gehen von falschen Voraussetzungen aus: Ich verliebe mich nicht in Sie!!!! Es entwickelt sich keine Romanze, Affäre, Liebschaft oder wie immer Sie es nennen wollen! Es ist einfach ein Treffen. Wie wenn man einen sehr guten alten Freund trifft, den man schon lange nicht gesehen hat. Nur mit dem kleinen Unterschied, dass man ihn nicht schon lange nicht gesehen hat, sondern dass man ihn überhaupt noch nie gesehen hat. Statt »Leo, du siehst noch immer so aus«, sage ich: »Leo, so sehen Sie also aus!« So sieht's aus!

Acht Minuten später
AW:
Sie meinen, Sie würden sich damit zufrieden geben, würde nur ICH mich in SIE verlieben, einseitig sozusagen. Dann würde ich

Ihnen bestimmt ein Leben lang glühend heiße, schwärmerische, herzzerreißende E-Mails schreiben. In weiterer Folge Gedichte, Lieder, vielleicht sogar Musicals und Opern, voll unerfüllter Leidenschaft. Dann könnten Sie zu sich oder zu Bernhard oder zu beiden sagen: Siehst du, war doch gut, dass ich ihn damals getroffen habe.

40 Sekunden später
RE:
Marlene muss einiges bei Ihnen angerichtet haben!

Viereinhalb Minuten später
AW:
Lenken Sie nicht ab, Emmi. Marlene hat mit dieser Angelegenheit ausnahmsweise einmal nicht das Geringste zu tun. Es ist effektiv eine Sache zwischen uns beiden, oder sagen wir: eine Sache zwischen uns dreien. Ihr Mann gehört nämlich peripher auch irgendwie dazu, da können Sie sich noch so verbissen dagegen wehren. Und ich glaube Ihnen einfach nicht, dass es Zufall ist, dass Sie mich ausgerechnet jetzt treffen wollen, wo Sie Ihren Mann weit weg in den Bergen wähnen.

Zwei Minuten später
RE:
Nein, es ist kein Zufall. Ich habe diese Woche einfach mehr Zeit für mich zur Verfügung. Zeit, die ich gerne mit Menschen verbringe, die ich mag. Zeit für Freunde, oder solche, die es noch werden könnten. Apropos Zeit: Es ist gleich acht Uhr. Ich muss weg, Mia wartet sicher schon. Schönen Abend, Leo.

Fünf Stunden später
RE: **Leo?**
Hallo Leo, sind Sie zufällig noch wach? Trinken Sie noch ein Glas Wein mit mir? Leo, Leo, Leo. Mir geht es gar nicht gut. Emmi.

Dreizehn Minuten später
AW:
Ja, ich bin noch wach. Das heißt: Ich bin schon wieder wach. Ich habe nämlich den Emmi-Weckruf aktiviert. Ich habe das Klangzeichen der Verkündigung des Einlangens einer neuen E-Mail auf volle Lautstärke gedreht und den Laptop neben meinen Kopfpolster gelegt. Soeben hat es mich aus dem Bett gehoben.
Emmi, ich habe gewusst, dass Sie mir heute Nacht noch schreiben! Wie spät ist es eigentlich? – Ach, erst kurz nach Mitternacht. Lange haben Sie und Mia aber nicht durchgehalten! (Wein trinke ich nicht mehr. Ich habe schon Zähne geputzt. Und Wein auf Zahnpasta ist wie Nudelsuppe zum Frühstückskaffee.)

Zwei Minuten später
RE:
Leo, ich bin sooooooo froh, dass Sie sich melden!!! Wieso haben Sie gewusst, dass ich Ihnen noch schreibe?

Sieben Minuten später
AW:
1.) Weil Sie gerne Zeit mit Menschen verbringen, die Sie mögen. Zeit »mit Freunden oder solchen, die es noch werden könnten«.
2.) Weil Sie alleine zu Hause sind.
3.) Weil Sie sich einsam fühlen.
4.) Weil der Nordwind bläst.

Zwei Minuten später
RE:
Danke, Leo, dass Sie mir nicht böse sind. Ich habe Ihnen gestern fürchterlich nüchterne E-Mails geschrieben. Sie sind kein normaler Freund für mich. Sie bedeuten mir viel, viel mehr. Sie sind für mich. Sie sind. Sie sind. Sie sind der, der mir meine ungestellten Fragen beantwortet: Ja, ich fühle mich einsam, und deshalb schreibe ich Ihnen!

40 Sekunden später
AW:
Und wie war es mit Mia?

Zweieinhalb Minuten später
RE:
Es war grauenhaft! Sie mag nicht, wie ich über Bernhard rede. Sie mag nicht, wie ich über meine Ehe rede. Sie mag nicht, wie ich über meine Familie rede. Sie mag nicht, wie ich über meine E-Mails rede. Sie mag nicht, wie ich über meinen ... wie ich über Leo rede. Sie mag nicht, wie ich rede. Sie mag nicht, dass ich rede. Sie mag nicht. Sie mag mich nicht.

Eine Minute später
AW:
Warum reden Sie auch über solche Sachen? Ich dachte, Sie wollten mit ihr eine Bar-Tour machen, wie in alten Zeiten.

Drei Minuten später
RE:
Alte Zeiten kann man nicht wiederholen. Wie schon der Name sagt, sind diese Zeiten alt. Neue Zeiten können nie wie alte Zeiten sein. Wenn sie es versuchen, wirken sie alt und verbraucht, so wie diejenigen, die sie herbeisehnen. Man soll nie alten Zeiten nachtrauern. Wer alten Zeiten nachtrauert, der ist alt und trauert. Soll ich Ihnen etwas verraten? Ich wollte nichts wie nach Hause – zu Leo.

50 Sekunden später
AW:
Das ist schön, dass ich mitunter schon Ihr Zuhause bin!

Zwei Minuten später
RE:
Leo, ganz ehrlich, was halten Sie von mir und Bernhard, nach

all dem, was Sie von mir und von Mia darüber gehört haben? Bitte, ganz ehrlich!

Vier Minuten später
AW:
Pfffff – ist das wirklich eine Frage für halb ein Uhr nachts? Und: Wollten Sie Ihr »Innenleben« nicht immer schon und gerade noch absolut fern von mir halten? Aber bitte, also gut: Ich glaube, Sie führen eine gut funktionierende Ehe.

45 Sekunden später
RE:
»Gut funktionierend«: War das abfällig? Ist das was Schlechtes? Warum vermitteln mir alle wichtigen Menschen, dass eine »gut funktionierende« Beziehung eine schlechte Beziehung ist?

Sechs Minuten später
AW:
Emmi, das war nicht abfällig. Wenn etwas gut funktioniert, kann es nicht so schlecht sein, oder? Schlecht ist es erst, wenn es nicht mehr gut funktioniert. Dann müsste man sich fragen: Warum funktioniert es nicht mehr so gut? Oder: Kann es überhaupt besser funktionieren? Aber Emmi, ich glaube, ich bin wirklich der Falsche, um mit Ihnen über Bernhard und Ihre Ehe zu diskutieren. Mia ist vermutlich ebenfalls die Falsche. Bernhard, ja Bernhard wäre der Richtige, denke ich.

13 Minuten später
AW:
Hey, Emmi, sind Sie schon eingeschlafen?

35 Sekunden später
RE:
Leo, ich möchte gerne Ihre Stimme hören.

25 Sekunden später
AW:
Wie bitte?

40 Sekunden später
RE:
Ich möchte gerne Ihre Stimme hören!

Drei Minuten später
AW:
Ja, tatsächlich? Wie hätten Sie sich's denn vorgestellt? Soll ich ein Demoband anfertigen und Ihnen zukommen lassen? Was wollen Sie von mir hören? Genügt eine Sprechprobe, »einundzwanzig, zweiundzwanzig, dreiundzwanzig«? Oder soll ich ein Lied singen? (Wenn ich einmal zufällig einen Ton erwische, dann entkommt er mir nicht mehr, dann klingt das gar nicht so schlecht.) Sie könnten mich auf Ihrem Piano begleiten …

55 Sekunden später
RE:
Jetzt! LEO, ICH MÖCHTE JETZT GERNE IHRE STIMME HÖREN. Bitte erfüllen Sie mir diesen Wunsch. Rufen Sie mich an. 83 17 433. Sprechen Sie mir auf den Anrufbeantworter. Bitte, bitte, bitte! Nur ein paar Worte.

Eine Minute später
AW:
Und ich würde gerne einmal hören, wie Sie solche Sätze aussprechen, die Sie in Ihren E-Mails mit Großbuchstaben schreiben. Schreien Sie die? Schrill? Kreischend?

Zwei Minuten später
RE:
Also okay, Leo, folgender Vorschlag: Sie rufen mich jetzt an und sprechen mir eine E-Mail aufs Band. Zum Beispiel: »Ja, tatsäch-

lich? Wie stellen Sie sich das vor? Soll ich ein Demoband anfertigen und Ihnen zukommen lassen? Was wollen Sie von mir hören …« Und so weiter. Und danach rufe ich Sie an und spreche: »Jetzt! LEO, ICH MÖCHTE GERNE IHRE STIMME HÖREN. Bitte erfüllen Sie mir …« Und so weiter.

Drei Minuten später
AW:
Gegenvorschlag: Einverstanden, aber verlegen wir das Ganze auf morgen. Ich muss erst wieder zu Stimme kommen. Außerdem bin ich hundsmüde. Anrufbeantworter-Session heute Abend, gegen 21 Uhr – zu einem guten Glas Wein. Ist das okay?

Eine Minute später
RE:
Okay. Gute Restnacht, Leo. Danke, dass Sie da sind. Danke, dass Sie mich aufgefangen haben. Danke, dass es Sie gibt. Danke!

45 Sekunden später
AW:
Und jetzt werfe ich den Laptop aus meinem Bett! Gute Nacht.

Am nächsten Abend
Betreff: **Unsere Stimmen**
Hallo Emmi, machen wir es wirklich?

Drei Minuten später
RE:
Na sicher, ich bin schon ganz aufgeregt.

Zwei Minuten später
AW:
Und wenn Ihnen meine Stimme nicht gefällt? Wenn Sie erschüttert sind? Wenn Sie sich denken: So hat der Typ die ganze

Zeit mit mir gesprochen? (Sehr zum Wohle! Ich trinke französischen Landwein.)

Eineinhalb Minuten später
RE:
Und umgekehrt? Wenn Sie meine Stimme nicht mögen? Wenn es Ihnen dabei die Zehennägel aufstellt? Wenn Sie sich mit mir danach gar nicht mehr unterhalten wollen? (Gin gin! Ich trinke Whiskey, wenn es erlaubt ist. Ich bin zu nervös für Wein.)

Zwei Minuten später
AW:
Nehmen wir die beiden soeben gesandten E-Mails. Einverstanden?

Drei Minuten später
RE:
Das sind aber schwierige E-Mails, die bestehen fast nur aus Fragen. Fragen sind schwer zu sprechen, wenn man das erste Mal zu jemandem spricht. Überhaupt für Frauen. Frauen sind bei Fragen stimmlich benachteiligt, weil sie beim Satzende mit der Stimme hinaufgehen müssen, also in noch höhere Lagen gezwungen werden. Wenn sie noch dazu nervös sind, dann könnten Gluckslaute herauskommen. Verstehen Sie, was ich meine? Gluckslaute klingen dämlich.

Eine Minute später
AW:
EMMI, WIR FANGEN JETZT AN! Ich spreche zuerst. In fünf Minuten sprechen Sie. Wenn wir fertig gesprochen haben, mailen wir uns. Und ERST DANACH hören wir uns die Bänder an. Alles klar?

30 Sekunden später
RE:
Halt!!! Ihre Telefonnummer, wenn ich bitten darf!

35 Sekunden später
AW:
Oh, Verzeihung. 45 20 737. Also, ich beginne jetzt.

Neun Minuten später
AW:
Bin schon fertig. Jetzt Sie!

Sieben Minuten später
RE:
Fertig! Wer hört es sich zuerst an?

50 Sekunden später
AW:
Beide gleichzeitig.

40 Sekunden später
RE:
Okay, danach melden wir uns.

14 Minuten später
RE:
Leo, warum melden Sie sich nicht? Wenn Ihnen meine Stimme nicht gefällt, können Sie es mir ruhig ins Gesicht (Mailbox) sagen. Ich finde, ich war in der Auswahl der E-Mails als Frau eklatant benachteiligt. Und das kratzende Nebengeräusch in meiner Stimme stammt nicht von mir, sondern vom Whiskey. Wenn Sie sich nicht sofort melden, trinke ich die ganze Flasche aus! Und bei einer Alkoholvergiftung verrechne ich Ihnen die Spitalskosten!

Zwei Minuten später
AW:
Emmi, ich bin sprachlos. Ich meine: Ich bin erstaunt. Ich habe Sie mir ganz anders vorgestellt. Sagen Sie: Sprechen Sie wirklich immer so? Oder haben Sie Ihre Stimme verstellt?

45 Sekunden später
RE:
Wie spreche ich?

Eine Minute später
AW:
Wahnsinnig erotisch! Wie eine Moderatorin einer Kuschelsex-Sendung.

Sieben Minuten später
RE:
Das klingt nett, damit kann ich leben! Sie sind aber auch nicht gerade schwach. Sie sprechen viel verwegener, als Sie schreiben. Sie haben eine richtig rauchige Stimme. Meine Lieblingspassage ist: »So hat der Typ die ganze Zeit mit mir gesprochen?« Vor allem die Worte: »Typ« und »gesprochen«. Bei »Typ« ist es das »Y«. Ihr »Y« ist wirklich sensationell, kein Ü und kein I, eigentlich überhaupt kein Laut. Eher ein Raunen, ein Hauchen, so, als würden Sie den Rauch eines Joints zwischen den Zähnen herauslassen. Leider verwendet man viel zu selten ein Ypsilon, nicht wahr? Aber Sie sollten sich, wo es nur geht, auf Worte mit »Y« verlegen! Bei »gesprochen« ist es das »Spro«, das sagen Sie unglaublich verrucht, richtig sexy, wie eine Herausforderung zum ... egal wozu, jedenfalls eine Herausforderung, die man annimmt. »Spro«, wie Sie es sprechen, könnte der Name einer neuen Potenzpille sein. Spro statt Viagra, nach akustischer Vorlage von Leo Leike, das käme echt gut.

Vier Minuten später
AW:
Mich verblüfft am meisten, wie Sie »Zehennägel« aussprechen, Emmi. So ein anmutiges, sanftes, dunkles, klares »Zehennägel« habe ich noch nie gehört und hätte ich Ihnen auch niemals zugetraut. Kein Kreischen, kein Gurgeln, kein Krähen. Ein richtig schönes, weiches, elegantes, geschmeidiges, samtfüßiges »Zehennägel«. Und: »Whiskey«, ja das hört sich auch sehr edel an. Das »Wh« – wie ein zum Schwingen gebrachtes Seil. Das »Key« wie ein Schlüssel zu Ihrem ... hmm ... Schlafzimmer. (Meine Flasche Rotwein geht dem Ende zu, merken Sie es?)

Eine Minute später
RE:
Leo, trinken Sie weiter! Ich liebe es, wenn Sie etwas getrunken haben. Das in Kombination mit Ihrer Stimme stimmt mich einigermaßen ...

20 Minuten später
RE:
Leo, wo sind Sie geblieben?

Zehn Minuten später
AW:
Moment. Ich mache nur noch eine Flasche Rotwein auf. Der französische Landwein ist gut, Emmi! Wir trinken alle viel zu selten französischen Landwein. Viel zu selten und viel zu wenig. Würden wir öfter und mehr französischen Landwein trinken, wären wir alle glücklicher, und wir könnten besser schlafen. Sie haben eine sehr erotische Stimme, Emmi. Ich mag Ihre Stimme. Marlene hatte auch eine sehr erotische Stimme, aber anders. Marlene ist viel kühler als Sie, Emmi. Marlenes Stimme ist tief, aber kalt. Emmis Stimme ist tief und warm. Und sie sagt: Whiskey. Whiskey. Whiskey. Trinken wir noch einen auf uns! Ich trinke französischen Rotwein. Emmi, ich werde alle Ihre

E-Mails noch einmal lesen, und sie werden völlig anders klingen. Ich habe Ihre E-Mails bisher immer mit der falschen Stimme gelesen. Ich habe sie immer mit Marlenes Stimme gelesen. Emmi war für mich Marlene, Marlene ganz am Anfang, wo noch alles offen war. Da war nur Liebe und sonst gar nichts. Alles war möglich. Geht es Ihnen gut, Emmi?

Fünf Minuten später
RE:
Oh nein! Leo, müssen Sie so schnell trinken? Können Sie nicht ein bisschen länger durchhalten? Falls Sie mit der Stirn schon auf den Buchstaben liegen: Gute Nacht, mein Lieber. Es ist fantastisch mit Ihnen. Fantastisch, aber manchmal – und zwar immer dann, wenn es gerade spannend wird – eindeutig (alkoholbedingt) zu kurz. Na ja, wenigstens habe ich den Anrufbeantworter. Ich werde mir vor dem Schlafengehen noch ein paar Mal Leo »So hat der Typ die ganze Zeit mit mir gesprochen?« Leike geben. Das ist sicher gut gegen Nordwind.

Zwölf Minuten später
AW:
Emmi, noch nicht schlafen gehen! Ich bin noch munter, es geht mir gut. Emmi, kommen Sie zu mir! Trinken wir noch ein Glas. Flüstern Sie mir »Whiskey, Whiskey, Whiskey« ins Ohr. Sagen Sie: »Zehennägel.« Zeigen Sie hin. Ich sage: Das sind also die berühmten Emmi-Zehen der berühmten Emmi-Füße mit der berühmten Emmi-Schuhgröße 37. Ich verspreche: Ich werde nur meine Hand um Ihre Schulter legen. Nur eine Umarmung. Nur ein Kuss. Nur ein paar Küsse, sonst gar nichts. Ganz harmlose Küsse. Emmi, ich muss wissen, wie Sie riechen. Ich habe Ihre Stimme im Ohr, jetzt brauche ich Ihren Geruch in der Nase. Ganz im Ernst, Emmi: Kommen Sie zu mir. Ich bezahle das Taxi. Nein, das wollen Sie ja nicht. Egal, irgendwer wird das Taxi schon bezahlen. Hochleitnergasse 17, Top 15. Kommen Sie zu mir! Oder soll ich zu Ihnen kommen? Ich komme auch zu

Ihnen! Nur einmal riechen. Nur einmal küssen. Kein Sex. Sie sind verheiratet, leider! Kein Sex, ich verspreche es. Bernhard, ich verspreche es! Ich will nur Ihre Haut riechen, Emmi. Ich will gar nicht wissen, wie Sie aussehen. Wir machen kein Licht an. Ganz im Dunklen. Nur ein paar Küsse, Emmi. Ist das was Böses? Ist das Betrug? Was ist Betrug? Eine E-Mail? Oder eine Stimme? Oder ein Geruch? Oder ein Kuss? Ich möchte jetzt bei Ihnen sein. Ich möchte mit Ihnen umschlungen sein. Nur eine Nacht mit Emmi verbringen. Ich mache die Augen zu. Ich muss nicht wissen, wie sie aussieht. Ich muss sie nur riechen und küssen und spüren, ganz nah. Ich lache vor Glück. Ist das Betrug, Emmi?

Fünf Minuten später
RE:
»So hat der Typ die ganze Zeit mit mir gesprochen?« Gute Nacht, Leo. Es ist schön mit Ihnen. Verblüffend schön. Wahnsinnig schön!!! Ich kann mich daran gewöhnen. Ich hab mich daran gewöhnt.

KAPITEL ACHT

Am nächsten Morgen
Kein Betreff
Guten Morgen, Leo. Schlechte Nachricht. Ich muss nach Südtirol. Bernhard liegt im Spital. Ein Hitzekollaps oder so etwas Ähnliches, sagen die Ärzte. Ich muss hinfahren und die Kinder abholen. Ich hab Kopfweh. (Zu viel Whiskey!) Ich danke Ihnen für die schöne Nacht. Ich weiß auch nicht, was »Betrug« ist. Ich weiß nur, dass ich Sie brauche, Leo, ganz, ganz dringend. Und mich braucht meine Familie. Ich fahre jetzt. Ich melde mich morgen wieder. Hoffentlich geht es Ihnen gut nach dem vielen französischen Landwein …

Am nächsten Tag
Betreff: Alles okay
Keine E-Mail von Leo? Ich wollte nur sagen: Wir sind wieder zurück. Bernhard ist auch mitgekommen. Es war ein Kreislaufkollaps, aber er ist schon wieder auf den Beinen. Melden Sie sich, Leo, bitte!!!

Zwei Stunden später
Betreff: An Hr. Leike
Sehr geehrter Herr Leike, es kostet mich große Überwindung, Ihnen zu schreiben. Ich gestehe, ich geniere mich dafür, und mit jeder Zeile wird meine Verlegenheit, in die ich mich selbst bringe, größer werden. Ich bin Bernhard Rothner, ich glaube, ich muss mich Ihnen nicht näher vorstellen. Herr Leike, ich wende mich mit einer großen Bitte an Sie. Sie werden verblüfft oder gar schockiert sein, wenn ich die Bitte ausspreche. Ich werde im Anschluss daran versuchen, Ihnen die Beweggründe dafür darzulegen. Ich bin kein großartiger Schreiber, leider bin ich das nicht. Aber ich werde mich bemühen, in dieser für mich unüblichen Form all das auszusprechen, was mich seit Monaten beschäftigt, wodurch mein Leben nach und nach außer Tritt geraten ist, mein Leben und das meiner Familie, ja auch das Leben meiner Frau, ich glaube, ich kann das schon

richtig beurteilen, nach all den Jahren unserer harmonischen Ehe.
Und hier nun die Bitte: Herr Leike, treffen Sie sich mit meiner Frau! Bitte tun Sie es endlich, damit der Spuk sein Ende hat! Wir sind erwachsene Menschen, ich habe Ihnen nichts vorzuschreiben. Ich kann Sie nur flehentlich bitten: Treffen Sie sie! Ich leide unter meiner Unterlegenheit und Schwäche. Was glauben Sie, wie erniedrigend es für mich ist, solche Zeilen zu formulieren. Sie dagegen haben sich nicht die geringste Blöße gegeben, Herr Leike. Sie haben sich nichts vorzuwerfen. Ja, und ich, auch ich habe Ihnen nichts vorzuwerfen, leider, leider habe ich das nicht. Einem Geist kann man nichts vorwerfen. Sie sind nicht greifbar, Herr Leike, nicht antastbar, Sie sind nicht real, Sie sind ein einziges Fantasiegebilde meiner Frau, Illusion vom unendlichen Glück der Gefühle, weltferner Taumel, Liebesutopie, aus Buchstaben gebaut. Dagegen bin ich machtlos, ich kann nur warten, bis das Schicksal gnädig ist und aus Ihnen endlich einen Menschen aus Fleisch und Blut macht, einen Mann mit Konturen, mit Stärken, mit Schwächen, mit Angriffsflächen. Erst wenn meine Frau Sie so sehen kann, wie sie mich sieht, einen Verwundbaren, eine unperfekte Schöpfung, ein Exemplar des Mangelwesens Mensch, erst wenn Sie ihr von Angesicht zu Angesicht gegenübergetreten sind, schwindet Ihre Übermacht. Erst dann habe ich die Chance, Ihnen Paroli zu bieten, Herr Leike. Erst dann kann ich um Emma kämpfen.
»Leo, zwingen Sie mich nicht, mein Familienalbum aufzublättern«, hat Ihnen meine Frau einmal geschrieben. Nun, statt ihrer sehe nun ich mich gezwungen, es zu tun. Als wir uns kennen lernten, war Emma 23, ich war ihr Klavierlehrer auf der Musikakademie, vierzehn Jahre älter als sie, gut verheiratet, Vater zweier entzückender Kinder. Ein Verkehrsunfall hat aus unserer Familie einen Trümmerhaufen gemacht, der Dreijährige traumatisiert, die Große schwer verletzt, ich selbst mit bleibenden Schäden behaftet, die Mutter der Kinder, meine Frau Johanna: tot. Ohne Klavier wäre ich daran zerbrochen. Aber Mu-

sik ist Leben, solange sie erklingt, stirbt nichts für immer. Wenn man Musiker ist und spielt, lebt man Erinnerungen, als wären sie unmittelbare Ereignisse. Daran habe ich mich aufgerichtet. Und dann waren da auch meine Schüler und Schülerinnen, da war Ablenkung, da war eine Aufgabe, da war Sinn. Ja, und da war plötzlich – Emma. Diese lebendige, sprühende, kecke, bildhübsche junge Frau begann, unsere Trümmer aufzusammeln, ganz von selbst, ohne sich etwas davon zu versprechen oder zu erwarten. Solche außergewöhnlichen Menschen sind in die Welt gesetzt, um die Traurigkeit zu bekämpfen. Ganz wenige gibt es von ihnen. Ich weiß nicht, womit ich es verdient habe: Aber ich hatte sie plötzlich an meiner Seite. Die Kinder sind ihr zugelaufen, ja, und ich habe mich Hals über Kopf in sie verliebt.

Und sie? Herr Leike, jetzt werden Sie sich fragen: Ja, und Emma? Hat sie, die 23-jährige Studentin, hat sie sich denn gar gleichermaßen verliebt, ausgerechnet in diesen bald vierzig Jahre alten Ritter von der traurigen Gestalt, den damals nur noch Tasten und Töne zusammenhielten? – Diese Frage kann ich weder Ihnen noch mir selbst beantworten. Wie sehr war es nur die Bewunderung für meine Musik (ich hatte damals recht gute Erfolge, war ein gefeierter Konzertpianist)? Wie viel davon war Mitleid, Anteilnahme, der Wunsch zu helfen, die Fähigkeit, da zu sein in schlimmen Stunden? Wie sehr erinnerte ich sie an ihren Vater, der sie zu früh verlassen hatte? Wie viele Narren hatte sie an der süßen Fiona gefressen und an dem goldigen kleinen Jonas? Wie sehr war es meine eigene Euphorie, die sich in ihr widerspiegelte, wie sehr liebte sie nur meine unbändige Liebe zu ihr und nicht mich selbst? Wie sehr genoss sie die Sicherheit, dass ich sie niemals einer anderen Frau wegen enttäuschen würde, die Verlässlichkeit auf Lebzeiten, meine ewige Treue, derer sie sich gewiss sein durfte? – Glauben Sie mir, Herr Leike, ich hätte nie gewagt, mich ihr zu nähern, hätte ich nicht gespürt, dass sie mir ein Bündel ebenso starker Gefühle entgegenbrachte wie ich ihr. In unübersehbarer Weise fühlte sie sich zu

mir und den Kindern hingezogen, wollte Teil unserer Welt sein, wurde Teil unserer Welt, prägender Teil, bestimmender Teil, Herzstück. Zwei Jahre später haben wir geheiratet. Das ist jetzt acht Jahre her. (Verzeihung, ich habe hiermit Ihr Versteckspiel gestört, habe eines der tausend Geheimnisse aufgedeckt: Die »Emmi«, die Sie kennen, ist 34 Jahre jung.) Keinen Tag hörte ich auf zu staunen, diese vitale junge Schönheit an meiner Seite zu haben. Und jeden Tag habe ich mit Bangen darauf gewartet, dass es »geschehen« wird, dass da ein Jüngerer sein wird, einer ihrer zahlreichen Verehrer und Anbeter. Und Emma würde sagen: »Bernhard, ich habe mich in einen anderen verliebt. Wie soll es nun weitergehen mit uns?« – Dieses Trauma ist ausgeblieben. Ein viel schlimmeres ist eingekehrt. Sie, Herr Leike, die stille »Außenwelt«. Liebesillusionen per E-Mail, sich stetig aufschaukelnde Gefühle, wachsende Sehnsucht, ungestillte Leidenschaft, alles auf ein nur scheinbar reales Ziel gerichtet, ein höchstes Ziel, das immer wieder weggeschoben wird, das Treffen aller Treffen, das nie stattfinden wird, weil es die Dimension des irdischen Glücks sprengen würde, die vollkommene Erfüllung, ohne Endpunkt, ohne Ablaufdatum, nur in den Köpfen lebbar. Dagegen bin ich machtlos.
Herr Leike, seit es Sie »gibt«, ist Emma wie verwandelt. Sie ist geistesabwesend und mir gegenüber distanziert. Stundenlang sitzt sie in ihrem Zimmer und starrt in den Computer, in den Kosmos ihrer Wunschträume. Sie lebt in ihrer »Außenwelt«, sie lebt mit ihnen. Wenn sie verklärt lächelt, gilt das längst nicht mehr mir. Mit Mühe gelingt es ihr, ihr Weggetretensein vor den Kindern zu verbergen. Ich merke, wie sehr sie sich quält, länger neben mir zu sitzen. Wissen Sie, wie weh das tut? Ich habe versucht, diese Phase mit großer Toleranz zu übergehen. Emma durfte sich nur niemals eingesperrt fühlen bei mir. Nie gab es Eifersucht zwischen uns. Aber plötzlich wusste ich nicht mehr, wo ich ansetzen sollte. Es war da ja nichts und niemand, keine reale Person, kein wirkliches Problem, kein offensichtlicher Fremdkörper – bis ich die Wurzel entdeckte. Ich könnte in den

Boden versinken vor Scham, dass es so weit kommen musste: Ich habe in Emmas Zimmer spioniert. Und ich habe in einer versteckten Lade schließlich eine Mappe gefunden, eine dicke Mappe, voll gefüllt mit Schriftstücken: ihr gesammelter E-Mail-Verkehr mit einem gewissen Leo Leike, fein säuberlich ausgedruckt, Seite für Seite, Mitteilung für Mitteilung. Ich habe diese Skripten mit zitternden Händen kopiert und einige Wochen erfolgreich von mir weggeschoben. Wir hatten einen grauenvollen Urlaub in Portugal. Der Kleine war krank, die Große hatte sich unsterblich in einen Sportlehrer verliebt. Meine Frau und ich schwiegen uns zwei Wochen an, aber jeder von beiden versuchte dem anderen vorzumachen, alles sei in bester Ordnung, wie es immer war, wie es sein musste, wie es uns die Gewohnheit befahl. Danach habe ich es nicht mehr ausgehalten. Ich habe die Mappe mit in den Wanderurlaub genommen – und ich habe in einem Anfall von Selbstzerfleischung und masochistischer Leidenswilligkeit sämtliche E-Mails in einer Nacht durchgelesen. Seit dem Tod meiner ersten Frau habe ich keine größeren seelischen Qualen durchgemacht, das können Sie mir glauben. Als ich mit der Lektüre fertig war, kam ich nicht mehr vom Bett hoch. Meine Tochter verständigte die Rettung, man brachte mich ins Spital. Von dort holte mich vorgestern meine Frau ab. Jetzt kennen Sie die ganze Geschichte.
Herr Leike, bitte treffen Sie sich mit Emma! Ich komme nun zum erbärmlichen Höhepunkt meiner Selbsterniedrigung: Ja, treffen Sie sich mit ihr, verbringen Sie eine Nacht mit ihr, haben Sie Sex mit ihr! Ich weiß, dass Sie es werden haben wollen. Ich »erlaube« es Ihnen. Sie haben meinen Freibrief, ich erlöse Sie hiermit von allen Skrupeln, ich betrachte es nicht als Betrug. Ich spüre, Emma sucht nicht nur die geistige, sondern auch die körperliche Nähe zu Ihnen, sie will es »wissen«, glaubt es zu brauchen, ihr verlangt danach. Das ist der Kitzel, das Neue, die Abwechslung, die ich ihr nicht bieten kann. So viele Männer haben Emma verehrt und begehrt, nie wäre mir aufgefallen, dass sie sich auch nur zu einem von ihnen sexuell hin-

gezogen gefühlt hätte. Und dann sehe ich die E-Mails, die sie Ihnen schreibt. Und plötzlich erkenne ich, wie stark ihre Begierde sein kann, wenn sie einmal vom »Richtigen« geweckt worden ist. Sie, Herr Leike, sind ihr Auserwählter. Und ich würde mir fast wünschen: Haben Sie einmal Sex mit ihr. EINMAL – (ich wähle dafür eindringliche Blockbuchstaben, wie meine Frau es tut.) EINMAL. NUR EINMAL! Lassen Sie es das Ziel Ihrer schreiberisch aufgebauten Leidenschaft sein. Fixieren Sie damit den Schlusspunkt. Geben Sie Ihrem E-Mail-Verkehr die Krönung – und stellen Sie ihn danach ein. Geben Sie, Außerirdischer, Unantastbarer, mir meine Frau zurück! Geben Sie sie frei. Bringen Sie sie wieder auf den Boden zurück. Lassen Sie unsere Familie weiter existieren. Machen Sie es nicht mir zum Gefallen, nicht meiner Kinder wegen. Machen Sie es für Emma, ihr zuliebe. Ich bitte Sie!
Ich komme nun zum Ende meines peinlichen und peinigenden Hilferufs, meines fürchterlichen Gnadengesuchs. Noch eine abschließende Bitte, Herr Leike. Verraten Sie mich nicht. Lassen Sie mich außerhalb Ihrer beider Geschichte. Ich habe Emmas Vertrauen missbraucht, ich habe sie hintergangen, ich habe ihre private, intime Post gelesen. Ich habe dafür gebüßt. Ich könnte ihr nicht mehr in die Augen sehen, wüsste sie von meiner Spionage. Sie könnte mir nie wieder in die Augen sehen, wüsste sie, was ich gelesen habe. Sie würde sich und mich gleichermaßen dafür hassen. Bitte, Herr Leike, ersparen Sie uns das. Verschweigen Sie ihr diesen Brief. Und noch einmal: Ich bitte Sie!
Und nun sende ich Ihnen das grauenvollste Schreiben, das ich jemals aufgesetzt habe. Hochachtungsvoll, Bernhard Rothner.

Vier Stunden später
AW:
Sehr geehrter Herr Rothner, ich habe Ihre E-Mail erhalten. Ich weiß nicht, was ich dazu sagen soll. Ich weiß nicht einmal, ob ich etwas dazu sagen soll. Ich bin bestürzt. Sie haben nicht nur sich selbst gedemütigt, Sie haben uns alle drei beschämt. Ich

muss nachdenken. Ich werde mich für eine Weile zurückziehen. Ich kann Ihnen nichts versprechen, gar nichts. Höflicher Gruß, Leo Leike.

Am nächsten Tag

Betreff: Leo???

Leo, wo sind Sie? Ich höre unentwegt Ihre Stimme. – Immer die gleichen Worte: »So hat der Typ die ganze Zeit mit mir gesprochen?« Ich weiß also nur zu genau, wie er spricht, der Typ. Allein: Er spricht schon seit Tagen nicht. Hatten Sie in jener Nacht doch zu viel französischen Landwein erwischt? Erinnern Sie sich? Sie haben mich eingeladen, in die Hochleitnergasse 17, Top 15. »Nur einmal riechen«, haben Sie geschrieben. Sie ahnen nicht, wie knapp ich daran war, zu kommen. So knapp wie noch nie. Ich bin mit den Gedanken rund um die Uhr bei Ihnen. Warum melden Sie sich nicht? Muss ich mir Sorgen machen?

Am nächsten Tag

Betreff: Leo????????

Leo, was ist los? Bitte schreiben Sie mir!!
Ihre Emmi.

Eine halbe Stunde später

Betreff: An Hr. Rothner

Sehr geehrter Herr Rothner, ich schlage Ihnen einen kleinen Deal vor. Sie müssen mir etwas versprechen. Und ich verspreche Ihnen eine Gegenleistung. Also: Ich verspreche Ihnen, dass ich Ihrer Frau kein Wort von Ihrer E-Mail und deren Hintergründen verrate. Und Sie müssen mir versprechen, dass Sie NIE WIEDER AUCH NUR EINE EINZIGE E-MAIL Ihrer Frau an mich und von mir an Ihre Frau lesen. Ich vertraue Ihnen, dass Sie dieses Versprechen, sofern Sie es abgeben, nicht brechen werden. Und Sie können umgekehrt versichert sein, dass ich zu meinem Wort stehe. Wenn Sie einverstanden sind, schreiben Sie: Ja. Andernfalls werde ich Ihrer Frau jenen reinen Wein einschenken, der im Grunde Ihrer ist und den Sie mir freundlicherweise hinübergeleert haben. Höflicher Gruß, Leo Leike.

Zwei Stunden später
RE:
Ja, Herr Leike, das kann ich Ihnen versprechen. Ich werde keine E-Mail mehr lesen, die nicht für mich bestimmt ist. Ich habe schon viel zu viel Verbotenes gelesen. Gestatten Sie mir die Nachfrage: Werden Sie meine Frau treffen?

Zehn Minuten später
AW:
Herr Rothner, das kann ich Ihnen nicht beantworten. Und selbst wenn ich es könnte, würde ich es nicht tun. Meiner Meinung nach haben Sie mit Ihrem Schreiben an mich einen katastrophalen Fehler begangen, symptomatisch für ein grobes, vermutlich schon jahrelang währendes Versäumnis innerhalb Ihrer Ehe. Sie haben sich an die falsche Adresse gewendet. All das, was Sie mir erzählt haben, hätten Sie Ihrer Frau erzählen müssen, und zwar schon viel früher, gleich von Anfang an. Ich würde Ihnen dringlich empfehlen: Tun Sie es! Holen Sie es nach!
Im Übrigen ersuche ich Sie, mir keine E-Mails mehr zu senden. Ich glaube, es ist alles gesagt, was Sie meinten, mir sagen zu müssen. Es war bereits viel zu viel. Freundlicher Gruß, Leo Leike.

15 Minuten später
AW:
Hallo Emmi, ich komme gerade von einer Dienstreise aus Köln zurück. Tut mir Leid, es ging dort so turbulent zu, ich hatte nicht einmal ein paar ruhige Minuten, um Ihnen zu schreiben. Ich hoffe, in Ihrer Familie ist gesundheitlich wieder so weit alles in Ordnung. Ich werde die Schönwetterphase ausnützen und für ein paar Tage verreisen, irgendwo in den Süden, wo ich einmal für niemanden erreichbar bin. Ich glaube, das brauche ich, ich

fühle mich schon ziemlich ausgelaugt. Wenn ich zurück bin, melde ich mich wieder. Ich wünsche Ihnen angenehme Sommertage – und möglichst wenige ausgekegelte Kinderarme. Alles, alles Liebe, Leo.

Fünf Minuten später
RE:
Wie heißt sie?

Zehn Minuten später
AW:
Wie heißt wer?

Vier Minuten später
RE:
Leo! Bitte beleidigen Sie nicht meine Intelligenz und meinen Leo-Spürsinn. Wenn Sie einmal über turbulente Dienstreisen und auszunützende Schönwetterphasen schwadronieren, Ihre Ausgelaugtheit beklagen, Ihre Unerreichbarkeit ankündigen und mir angenehme Sommertagswünsche androhen, dann gibt es für mich nur eines: EINE! Wie heißt sie? Doch nicht etwa – Marlene?

Acht Minuten später
AW:
Nein, Emmi, Sie irren. Es gibt da weder Marlene noch sonst wen. Ich muss mich einfach einmal zurückziehen. Die vergangenen Wochen und Monate haben mich aufgerieben. Ich brauche Erholung.

Eine Minute später
RE:
Erholung von mir?

Fünf Minuten später
AW:
Erholung von mir! Ich melde mich in einigen Tagen wieder. Versprochen!

Drei Tage später
Betreff: Leo fehlt!
Hallo Leo, ich bin es. Ich weiß, Sie sind nicht da, Sie erholen sich gerade von sich selbst. Wie macht man das eigentlich? Ich wünschte, ich könnte das auch. Ich brauche gerade dringend Erholung von mir. Stattdessen beschäftige ich mich mit mir und reibe mich dabei auf. Leo, ich muss Ihnen etwas gestehen. Das heißt: Ich muss es natürlich nicht, es ist auch gar nicht gut, dass ich es tue, aber es drängt mich einfach dazu. Leo: Ich bin momentan überhaupt nicht glücklich. Und wissen Sie warum? (Sie wollen es vermutlich gar nicht wissen, aber Sie haben keine Chance, tut mir Leid.) Ich bin nicht glücklich – ohne Sie. Zu meinem Glück gehören E-Mails von Leo. Zu meinem Glück fehlen mir E-Mails von Leo. Zu meinem Pech fehlen mir diese E-Mails zu meinem Glück gerade sehr. Seit ich Ihre Stimme kenne, fehlen sie mir gleich dreimal so sehr.
Ich habe den gestrigen Abend und einige Nachtstunden mit Mia verbracht. Es war das erste gute Treffen mit ihr seit vielen Jahren. Und wissen Sie, warum? (Sehr gemein, ich weiß, aber das müssen Sie sich jetzt anhören.) Das Treffen war gut, weil ich endlich unglücklich war. Mia sagt, ich war im Grunde so wie immer, nur habe ich es diesmal zugegeben, vor mir selbst und auch vor ihr. Dafür ist sie mir dankbar. Klingt traurig, oder?
Mia behauptet, ich habe mich auf sonderbare Weise, nämlich schriftlich, in Sie verliebt, Leo. Sie meint, ich kann ohne Sie derzeit gewissermaßen nicht leben, zumindest nicht glücklich. Und sie sagt: Sie kann das sogar verstehen. Ist das nicht fürchterlich? Dabei liebe ich doch an sich meinen Mann, Leo. Ganz ehrlich. Ich habe ihn ausgesucht, ihn und seine Kinder, ihn und meine Kinder. Ich wollte diese Familie und keine andere, bis

heute nicht. Es waren damals tragische Umstände, das erzähle ich Ihnen ein andermal. (Fällt Ihnen auf, ich rede freiwillig über meine Familie …) Bernhard hat mich nie enttäuscht und würde mich nie enttäuschen. Nie, nie, nie! Er gibt mir alle Freiheiten, erfüllt mir alle Wünsche. Er ist so ein gebildeter, selbstloser, ruhiger, angenehmer Mann. Natürlich würgt einen mit der Zeit die Routine. Die Abläufe sind geregelt, es mangelt an Überraschungen. Wir kennen einander in- und auswändig, es gibt keine Geheimnisse mehr. »Vielleicht fehlt dir einfach nur das Geheimnis. Vielleicht hast du dich in ein knisterndes Geheimnis verliebt«, sagt Mia. »Was soll ich tun?«, sage ich: »Ich kann aus Bernhard nicht plötzlich ein knisterndes Geheimnis machen.« Leo, was sagen Sie: Kann ich aus Bernhard ein knisterndes Geheimnis machen? Kann man aus acht Jahren Familienleben ein knisterndes Geheimnis machen?
Ach Leo, Leo, Leo. Mir fällt momentan einfach alles so schwer. Ich bin nicht gut drauf. Mir fehlt jeder Antrieb. Mir fehlt jede Lust. Mir fehlt – der eine und einzige Leo. Ich weiß nicht, wo das hinführen soll. Ich will es gar nicht wissen. Es ist mir egal. Hauptsache, Sie schreiben mir bald wieder. Bitte beeilen Sie sich mit Ihrer Von-sich-selbst-Erholung. Ich möchte wieder Wein mit Ihnen trinken. Ich will von Ihnen wieder geküsst werden wollen. (War das ein deutscher Satz?) Ich brauche keine wirklichen Küsse. Ich brauche den, der mich in manchen Situationen derart unbedingt dringend sofort küssen will, dass er nicht anders kann, als es mir zu schreiben. Ich brauche Leo. Ich komme mir so einsam vor mit meiner Whiskeyflasche. Ich habe so viel Whiskey getrunken, Leo. Merken Sie es? Wie wäre das wohl alles mit Ihnen, das Leben? Wie lange würden Sie mich unbedingt dringend sofort küssen wollen? Wochen, Monate, Jahre, immer? Ich weiß, ich soll nicht so denken. Ich bin glücklich verheiratet. Aber ich fühle mich unglücklich dabei. Das ist, glaube ich, ein Widerspruch. Der Widerspruch sind Sie, Leo. Danke, dass Sie mir zugehört haben. Einen Whiskey trinke ich noch. Gute Nacht, Leo, Sie fehlen mir so sehr.

Ich würde Sie sogar blind küssen. Ja, das würde ich tun. Gerade jetzt.

Zwei Tage später
Betreff: Kein Wort
Dreißig Grad und kein Wort vom Vonsichselbsterholer. Ich weiß, meine E-Mail von vorgestern war an der Schmerzgrenze. Habe ich Ihnen zu viel zugemutet, Leo? Glauben Sie mir, es war der Whiskey! Der Whiskey und ich. Ich, was in mir drinnen steckt. Der Whiskey, was er aus mir herausgeholt hat. Sehnsüchtig, Emmi.

Am nächsten Tag
Kein Betreff
Südwind – und ich wälze mich dennoch im Bett herum. Ein einziger Buchstabe von Ihnen, und ich würde sofort einschlafen. Gute Nacht, mein lieber Vonsichselbsterholer.

Zwei Tage später
Betreff: Meine letzte Mail
Meine letzte Mail ohne Gegenmail! Leo, das ist echt brutal, was Sie da machen! Bitte hören Sie auf damit, es tut höllisch weh. Alles ist erlaubt, alles außer schweigen.

Am nächsten Tag
Betreff: Gegenmail
Liebe Emmi, ich habe nur ein paar Stunden gebraucht, um mich zu einer Entscheidung durchzuringen, die mein Leben verändern wird. Aber ich habe neun Tage gebraucht, um Ihnen die Konsequenzen mitzuteilen. Emmi, ich übersiedle in wenigen Wochen für mindestens zwei Jahre nach Boston. Ich werde dort eine Projektgruppe an der Universität leiten. Der Job ist sowohl aus wissenschaftlicher als auch aus finanzieller Sicht äußerst reizvoll. Meine Lebenssituation erlaubt es mir, so spontan zu sein. Es gibt wenige Dinge, die ich hier aufgeben muss. Offen-

bar liegt es in unserer Familie, irgendwann einmal den Kontinent zu wechseln. Fehlen werden mir ein paar enge Freunde. Fehlen wird mir meine Schwester Adrienne. Und fehlen wird mir: Emmi. Ja, die wird mir ganz besonders fehlen.
Ich habe noch eine zweite Entscheidung getroffen. Sie klingt so hart, dass mir die Finger zittern, wenn ich sie Ihnen jetzt schriftlich mitteilen muss, gleich nach dem Doppelpunkt: Ich beende unseren E-Mail-Kontakt. Emmi, ich muss Sie aus dem Kopf bekommen. Sie können nicht mein erster und mein letzter Gedanke jedes Tages bis ans Ende meines Lebens sein. Das ist krank. Sie sind »vergeben«, Sie haben Familie, Sie haben Aufgaben, Herausforderungen, Verantwortlichkeiten. Sie hängen sehr daran, es ist die Welt, in der sie glücklich sind, das haben Sie mir deutlich zu verstehen gegeben. (Mit hochprozentigen Sehnsuchts-Whiskey-Mischungen schreibt man sich schon einmal eine Unglücksstimmung herbei, wie in Ihrer letzten langen E-Mail, die ist aber spätestens beim Aufwachen am Tag danach wieder weg.) Ich bin überzeugt davon, dass Ihr Mann Sie liebt, wie man eine Frau nach so vielen Jahren Zusammensein nur lieben kann. Was Ihnen fehlt, dürfte lediglich ein bisschen außereheliches Abenteuer im Kopf sein, etwas Kosmetik für Ihren abgeschminkten Gefühlsalltag. Darauf gründet sich Ihre Zuneigung zu mir. Darauf stützt sich unsere Schreib-Beziehung. Sie stiftet vermutlich mehr Verwirrung, als sie auf Dauer bereichernd für Sie wäre.
Nun zu mir: Emmi, ich bin 36 (so, jetzt wissen Sie's). Ich habe nicht vor, mit einer Frau durchs Leben zu gehen, die nur in der Mailbox frei für mich ist. Boston gibt mir die Gelegenheit, neu zu beginnen. Ich habe plötzlich wieder Lust, eine Frau auf stinkkonservative Art kennen zu lernen: Zuerst sehe ich sie, dann höre ich ihre Stimme, dann rieche ich sie, dann küsse ich sie vielleicht. Und irgendwann später werde ich ihr wohl auch einmal eine E-Mail schreiben. Der umgekehrte Weg, den wir beschritten haben, war und ist wahnsinnig aufregend, aber er führt nirgendwohin. Ich muss meine Blockade im Kopf lösen.

Monatelang habe ich in jeder schönen Frau, die mir auf der Straße begegnet ist, Emmi gesehen. Aber keine von ihnen konnte sich mit der wirklichen messen, keine konnte mit ihr in Konkurrenz treten, denn die Echte hatte ich fern jeder Öffentlichkeit, gesellschaftlich isoliert, abgeschieden, ganz für mich allein im Computer. Dort holte sie mich von der Arbeit ab. Dort wartete sie vor, nach oder statt dem Frühstück auf mich. Dort wünschte sie mir am Ende eines langen gemeinsamen Abends gute Nacht. Oft genug verweilte sie bis zum Morgengrauen bei mir, im Zimmer, im Bett, steckte mit mir insgeheim unter einer Decke. Doch letztlich blieb sie in jeder Phase unerreichbar, uneinnehmbar für mich. Ihre Bilder waren so zart und zerbrechlich, dass sie meinem realen Blick auf sie nicht standgehalten hätten, ohne sofort Risse und Sprünge zu bekommen. Diese künstlich entstandene Emmi erschien mir so filigran, dass sie in sich zusammengefallen wäre, hätte ich sie auch nur einmal echt berührt. Physisch war sie nicht mehr als die Luft zwischen den Buchstabentasten, mit denen ich sie mir Tag für Tag herbeischrieb. Einmal hineinpusten – und fort wäre sie gewesen. Ja, Emmi, für mich ist es so weit: Ich werde die Mailbox schließen, ich werde in meine Tastatur hineinpusten, ich werde den Bildschirm herunterklappen. Ich werde mich von Ihnen verabschieden. Ihr Leo.

Am nächsten Tag

Betreff: So ein Abschied?

Das war Ihre letzte Mail? Das gibt es nicht! Ich verliere hiermit den Glauben an die letzte Mail. Leo, hallo! Ich erwarte mir keine humoristischen Glanzleistungen, wenn Sie sich aus dem Staub machen wollen. Aber was soll denn diese bittertragische Posse? Was ist das für ein Abschied? Wie muss ich mir das Gesicht dazu vorstellen, wenn Sie melodramatisch in die Tasten pusten? Ja, okay, ich hab mich ein bisschen gehen lassen in letzter Zeit. Ich habe auch bereits begonnen, herumzusülzen. Mein Gemüt, an sich ein Fliegengewicht, war manchmal schwer

wie ein Betonsack. Ja, ich habe unsere Riesenpackung elektronische Post mit mir herumgetragen. Ich hab mich ein bisschen verliebt in Mister Anonym, das ist schon richtig. Wir beide haben einander nicht mehr so recht aus den Köpfen bekommen, da sind wir uns nichts schuldig geblieben. Aber es besteht kein Grund für uns, nun Tristan und Isolde auf virtuell daraus zu machen.
Reisen Sie nach Boston, so reisen Sie nach Boston. Brechen Sie den E-Mail-Kontakt zu mir ab, dann brechen Sie ihn ab. Aber brechen Sie ihn nicht SO ab!!! Das ist sowohl schreiberisch als auch emotionell unter Ihrem Niveau und unter meiner Würde, lieber Freund. In die Tasten pusten, also Leeeeo! Was für ein Kitsch! Muss ich denken: »So hat der Typ die ganze Zeit zu mir gesprochen?«
Bitte beweisen Sie mir, dass das nicht Ihre letzte Mail an mich war. Ich wünsche mir zum Abschluss etwas Positives, etwas Überraschendes, einen vollmundigen Abgang, eine gute Pointe. Sagen Sie zum Beispiel: »Und abschließend schlage ich Ihnen vor, dass wir uns treffen!« – Das wäre wenigstens ein witziges Ende. (So, und jetzt gehe ich heulen, wenn Sie erlauben.)

Fünf Stunden später
AW:
Liebe Emmi, und abschließend schlage ich Ihnen vor, dass wir uns treffen!

Fünf Minuten später
RE:
Aber nicht im Ernst.

Eine Minute später
AW:
Doch. Damit würde ich nicht spaßen, Emmi.

Zwei Minuten später
RE:
Was soll ich davon halten, Leo? Ist das eine Laune? Hatte ich Ihnen ein gutes Stichwort geliefert? Habe ich Sie mit meinen Worten vom Melodramatiker zum Realsatiriker bekehrt?

Drei Minuten später
AW:
Nein, Emmi, das ist keine Laune, das ist gut überlegte Absicht. Sie sind mir einfach nur zuvorgekommen. Also noch einmal: Emmi, ich würde unsere E-Mail-Beziehung gerne mit einem Treffen ausklingen lassen. Es soll eine einmalige Begegnung sein, bevor ich nach Boston übersiedle.

50 Sekunden später
RE:
Einmalig treffen? Was versprechen Sie sich davon?

Drei Minuten später
AW:
Erkenntnis. Erleichterung. Entspannung. Klarheit. Freundschaft. Auflösung eines herbeigeschriebenen, aber doch unbeschreiblich überdimensionierten Persönlichkeitsrätsels. Beseitigung von Blockaden. Ein gutes Gefühl danach. Das beste Rezept gegen Nordwind. Einen würdigen Abschluss einer aufregenden Lebensphase. Die simple Antwort auf tausend komplizierte, noch offene Fragen. Oder, wie Sie selbst es gesagt haben: »Wenigstens ein witziges Ende.«

Fünf Minuten später
RE:
Vielleicht wird es aber gar nicht witzig.

45 Sekunden später
AW:
Das hängt von uns beiden ab.

Zwei Minuten später
RE:
Von uns beiden? Im Moment sind Sie da sehr alleine, Leo. Ich habe noch keineswegs »Ja« zur Last-Minute-Begegnung gesagt und bin, ehrlich gestanden, derzeit auch ziemlich weit davon entfernt. Ich möchte erst einmal mehr über dieses skurrile »The-first-date-must-be-the-last-date«-Treffen wissen. Wo wollen Sie mich treffen?

55 Sekunden später
AW:
Wo Sie wollen, Emmi.

45 Sekunden später
RE:
Und was machen wir?

40 Sekunden später
AW:
Was wir wollen.

35 Sekunden später
RE:
Was wollen wir?

30 Sekunden später
AW:
Das wird sich zeigen.

Drei Minuten später
RE:
Ich glaube, ich will lieber E-Mails aus Boston. Da muss sich nicht erst zeigen, ob wer von uns beiden was will. Da weiß zumindest ich schon, dass ich was will und was ich will: eben E-Mails aus Boston.

Eine Minute später
AW:
Emmi, ich schreibe Ihnen keine E-Mails aus Boston. Ich möchte das abschließen, ehrlich. Ich bin überzeugt davon, dass es gut für uns beide sein wird.

50 Sekunden später
RE:
Und wie lange gedenken Sie mir noch zu mailen?

Zwei Minuten später
AW:
Bis zu unserem Treffen. Außer Sie sagen, Sie wollen sich definitiv nicht mit mir treffen. Dann wäre das quasi so eine Art Schlusssatz.

Eine Minute später
RE:
Das ist Erpressung, Meister Leo! Außerdem können Sie ziemlich grob formulieren, lesen Sie einmal Ihre letzte E-Mail. Ich glaube nicht, dass ich den Typ, der so spricht, treffen will. Gute Nacht.

Am nächsten Morgen
Kein Betreff
Guten Morgen, Leo. Ich treffe mich mit Ihnen SICHER NICHT im Messecafé Huber!

Eine Stunde später
AW:
Müssen wir auch nicht. Aber warum nicht?

Eine Minute später
RE:
Dort trifft man Berufskollegen oder Zufallsbekanntschaften.

Zwei Minuten später
AW:
Zufälliger als unsere kann eine Bekanntschaft kaum sein.

50 Sekunden später
RE:
Ist das die Einstellung, mit der Sie unseren Kontakt gesucht hatten, geführt haben und nun beenden wollen? Dann lassen wir das Zufalls- und Verflüchtigungstreffen lieber gleich bleiben.

Am nächsten Tag
Kein Betreff
Leo, was ist eigentlich los mit Ihnen? Wieso schreiben Sie plötzlich so rüpelhaft und destruktiv? Warum machen Sie »unsere Geschichte« so herunter? Bemühen Sie sich extra, unsensibel und böse zu sein? Wollen Sie mir Ihren Ausstieg schmackhaft machen?

Zweieinhalb Stunden später
AW:
Tut mir Leid, Emmi, ich bin gerade verzweifelt bemüht, »unsere Geschichte« aus dem Kopf zu kriegen. Ich habe Ihnen schon erklärt, warum das für mich notwendig ist. Ich weiß, dass meine E-Mails seit »Boston« fürchterlich sachlich klingen. Ich mag so gar nicht schreiben, aber ich zwinge mich dazu. Ich will schriftlich keine Gefühle mehr in »unsere Geschichte« investieren. Ich will nicht noch mehr aufbauen, bevor ich es einstürzen lasse.

Ich will wirklich nur noch dieses eine Treffen. Ich glaube, es wird uns beiden gut tun.

Zwei Minuten später
RE:
Und was ist, wenn wir uns nach dem Treffen wieder treffen wollen?

Vier Minuten später
AW:
Für mich kann ich das ausschließen. Das heißt: Ich habe es bereits ausgeschlossen. Ich will Sie dieses eine und einzige Mal treffen, um »unsere Geschichte« würdig abzuschließen, bevor ich nach Amerika gehe.

15 Minuten später
RE:
Was verstehen Sie unter »würdig abschließen«? Oder anders gefragt: Was wollen Sie, dass ich nach dem Treffen über Sie denke:
1.) Ganz nett, aber nicht annähernd so spannend wie schriftlich. Jetzt kann ich ihn mit ruhigem Gewissen und gutem Gefühl für immer aus allen Ordnern meines Lebens löschen.
2.) Wegen diesem Langweiler habe ich ein Jahr »neben mir« gelebt?
3.) Ein idealer Mann für einen Seitensprung. Schade, dass er jetzt auf die andere Seite des Ozeans springt.
4.) Umwerfender Typ! Was für eine berauschende Nacht! Das monatelange E-Mailen hat sich wirklich ausgezahlt. So, abgehakt. Jetzt kann ich mich wieder auf die Jausenbrote für Jonas konzentrieren.
5.) Scheiße. Das wäre er gewesen! Für ihn hätte ich Bernhard stehen lassen und meine Familie aufgegeben. Leider entweicht er mir jetzt Richtung Amerika, dem Land, aus dem man keine E-Mails schreiben kann. Aber ich werde auf ihn warten! Täglich werde ich eine Kerze für ihn anzünden. Und mit den Kindern

werde ich ihn ins Gebet einschließen, bis er wiederkommt in aller Herrlichkeit und Pracht …

Drei Minuten später
AW:
Ihr Sarkasmus wird mir fehlen, Emmi!

Zwei Minuten später
RE:
Sie können gerne eine Ladung davon mit nach Boston nehmen, Leo. Ich habe noch genug davon. Also: Welchen Typen würden Sie anlässlich unseres offiziellen Auseinandergehens gerne abgeben?

Fünf Minuten später
AW:
Ich werde keinen Typen abgeben. Ich werde der sein, der ich bin. Und Sie werden mich so sehen, wie ich bin. Sie werden mich zumindest so sehen, wie Sie glauben, dass ich bin. Oder so sehen, wie Sie wollen, dass Sie glauben, dass ich bin.

Eine Minute später
RE:
Werde ich Sie wieder treffen wollen?

45 Sekunden später
AW:
Nein.

35 Sekunden später
RE:
Warum nicht?

50 Sekunden später
AW:
Weil das keine Möglichkeit ist.

Eine Minute später
RE:
Alles ist eine Möglichkeit.

45 Sekunden später
AW:
Das nicht. Das ist nämlich von vornherein keine Möglichkeit.

55 Sekunden später
RE:
Im Nachhinein erlebt man oft Möglichkeiten, die von vornherein niemals welche gewesen wären. Es sind oft nicht einmal die schlechtesten Möglichkeiten.

Zwei Minuten später
AW:
Tut mir Leid, Emmi. Die Möglichkeit, dass Sie mich wieder treffen wollen, wird keine solche sein. Sie werden schon sehen.

Eine Minute später
RE:
Warum soll ich das eigentlich sehen wollen? Wenn ich weiß, dass ich Sie nach unserem ersten Treffen kein zweites Mal treffen will, warum soll ich Sie dann überhaupt treffen?

Zwei Minuten später
Betreff: An Herrn Leike
Sehr geehrter Herr Leike, wir machen schlimme Tage durch. Wenn das nicht aufhört, wird unsere Ehe zerbrechen. Ich kann mir nicht vorstellen, dass Sie das wollen. Bitte treffen Sie meine Frau und hören Sie auf, ihr zu schreiben. (Ich schwöre, ich habe

keine Ahnung, was Sie einander schreiben, ich will es auch gar nicht mehr wissen, ich will nur, dass es endlich aufhört.) Mit freundlichen Grüßen, Bernhard Rothner.

Drei Minuten später
AW:
Emmi, das müssen Sie schon selbst wissen, warum Sie mich treffen wollen (wenn Sie es wollen). Ich kann Ihnen nur sagen: Ich will mich mit Ihnen treffen! Ich habe auch schon erschöpfend dargelegt, warum. Alles Liebe und schönen Abend, Leo.

Eine Minute später
RE:
Leo Eisbeutel Leike. »So hat der Typ die ganze Zeit mit mir gesprochen.« Schon traurig, eigentlich.

KAPITEL NEUN

Drei Tage später
Betreff: Restfragen
Hallo Leo, von sich aus melden Sie sich also nicht mehr. Antworten Sie mir noch? Wie lange noch? Wann fliegen Sie nach Boston? Freundlichst, Emmi.

Neun Stunden später
AW:
Guten Abend, Emmi, bei mir geht es leider drunter und drüber. Ich stecke mitten in den Vorbereitungen für die Übersiedlung nach Amerika. Ich fliege am 16. Juli, also morgen in zwei Wochen. Ich sage es noch einmal: Es wäre schön, wenn wir uns bis dahin sehen könnten. Wenn Sie nicht sicher sind, ob Sie selbst es wollen, dann tun Sie es bitte für mich. Ich wünsche es mir sehr! Sie würden mir eine Riesenfreude bereiten, wenn Sie ja sagen. Ich weiß, dass ich mich nachher besser fühlen werde. Und ich bin sicher, dass es auch Ihnen nach dem Treffen gut gehen wird.

Zwölf Minuten später
RE:
Leo, verstehen Sie nicht? Mir kann es nach dem Treffen und in Anbetracht der Umstände, dass es ein »Abschiedstreffen« sein soll, nur gut gehen, wenn sich herausstellt, dass Sie anders sind, als Sie es mir seit einem Jahr schriftlich vermitteln (sieht man von einigen Ihrer letzten grausam sachlichen E-Mails ab). Wenn Sie also »anders« sind, dann wird das Treffen zur großen Enttäuschung und es wird mir nachher nur deshalb gut gehen, weil es ohnehin das letzte Treffen war. Wenn Sie also so sicher sind, dass es mir nach dem Treffen gut gehen wird, dann sagen Sie mir damit indirekt: Das Treffen selbst wird enttäuschend für mich sein. Und da frage ich Sie nun zum zweiten Mal: Warum soll ich mich zu einem enttäuschenden Treffen treffen?

Acht Minuten später
AW:
Ich glaube, das Treffen muss für Sie keineswegs enttäuschend sein, damit Sie sich nachher besser fühlen als zum Beispiel – heute.

Eine Minute später
RE:
Heute? Wie wollen Sie wissen, wie ich mich heute fühle?

50 Sekunden später
AW:
Sie fühlen sich heute nicht gut, Emmi.

30 Sekunden später
RE:
Und Sie?

35 Sekunden später
AW:
Auch nicht gut.

25 Sekunden später
RE:
Warum Sie nicht?

45 Sekunden später
AW:
Aus dem gleichen Grund wie Sie.

50 Sekunden später
RE:
Aber es ist Ihre Schuld, Leo. Keiner zwingt Sie, aus meinem Leben zu verschwinden.

40 Sekunden später
AW:
Doch!

40 Sekunden später
RE:
Wer?

Acht Minuten später
RE:
Wer?

Am nächsten Morgen
Betreff: Ich
Ich!
Ich zwinge mich. Ich und die Vernunft.

Eineinhalb Stunden später
RE:
Und wer will sich mit mir davor noch einmal treffen? Auch Sie und die Vernunft? Oder Sie und die Unvernunft? Oder die pure Unvernunft? Oder (die schlimmste Variante): die reine Vernunft?

20 Minuten später
AW:
Ich, die Vernunft, die Gefühle, die Hände, die Füße, die Augen, die Nase, die Ohren, der Mund, alles. Alles von mir will sich mit Ihnen treffen, Emmi.

Drei Minuten später
RE:
Der Mund?

15 Minuten später
AW:
Ja klar, zum Reden.

50 Sekunden später
RE:
Ah so.

Zwei Tage später
Betreff: Okay
Hallo Leo, von mir aus, riskieren wir es, treffen wir uns, ist auch schon egal. Wann haben Sie diese Woche Zeit?

Eine halbe Stunde später
AW:
Da richte ich mich ganz nach Ihnen. Mittwoch, Donnerstag, Freitag?

Eine Minute später
RE:
Morgen.

Drei Minuten später
AW:
Morgen? Gut, morgen. Vormittags, mittags, nachmittags, abends?

Eine Minute später
RE:
Abends. Wo?

Zehn Minuten später
AW:
In einem Kaffeehaus Ihrer Wahl. In einem Restaurant Ihrer Wahl. In einem Museum Ihrer Wahl. Zu einem Spaziergang Ih-

rer Wahl. Auf einer Parkbank Ihrer Wahl. Auf einem Wall Ihrer Wahl. Sonst an irgendeinem Ort Ihrer Wahl.

50 Sekunden später
RE:
Bei Ihnen daheim.

Acht Minuten später
AW:
Warum?

40 Sekunden später
RE:
Warum nicht?

Eine Minute später
AW:
Was haben Sie vor?

55 Sekunden später
RE:
Was haben SIE vor, Leo? SIE wollten das Abschiedstreffen, wenn ich Sie erinnern darf.

35 Minuten später
AW:
Ich habe überhaupt nichts vor. Ich will nur die Frau sehen, die mich monatelang begleitet hat, die mein Leben geprägt hat. Ich will mehr von ihrer angenehmen Stimme hören, mehr als »Whiskey« und »Zehennägel«. Ich möchte ihr auf die Lippen schauen, wenn sie sagt: »Was haben SIE vor, Leo? SIE wollten das Abschiedstreffen, wenn ich Sie erinnern darf.« Wie bewegen sich da ihre Mundwinkel, wie glänzen ihre Augen, wie heben sich ihre Augenbrauen, wenn sie solche Sätze spricht? Welche Mimik begleitet ihre Ironie? Welche Spuren hat der jahre-

lange nächtliche Nordwind an ihren Wangen hinterlassen? Hunderte solcher Dinge interessieren mich an Emmi.

Fünf Minuten später
RE:
Ihr Interesse kommt relativ spät, Leo. Bei Ihren Gesichtsfeldforschungen wird Ihnen die Zeit knapp werden an diesem Abend. Wie viele Stunden haben Sie eingeplant? Wie lange soll ich bleiben?

Drei Minuten später
AW:
So lange, wie wir beide wollen.

Eine Minute später
RE:
Und wenn wir nicht gleich lang wollen?

Vier Minuten später
AW:
Dann wird sich wohl der von uns durchsetzen, der kürzer will.

50 Sekunden später
RE:
Sie meinen, SIE werden sich durchsetzen.

40 Sekunden später
AW:
Das ist nicht gesagt.

20 Minuten später
RE:
Erstaunlich, wie vieles nicht gesagt ist, obwohl wir andauernd reden. Zum Beispiel: Wie begrüßen wir uns? Schütteln wir uns die Hände? Klopfen wir uns auf die Schultern? Soll ich Ihnen

ein paar lang gestreckte, eng anliegende Finger zum Handkuss servieren? Soll ich Ihnen eine vom Nordwind ausgebildete Wange entgegenwuchten? Kommen Sie mir mit Ihrem Mund entgegen? Oder starren wir uns einfach einmal eine Weile wie Außerirdische an?

Drei Minuten später
AW:
Ich schlage vor, ich werde Ihnen ein Glas Wein in die Hand drücken, und wir werden anstoßen. Auf uns.

Zwei Minuten später
RE:
Haben Sie auch Whiskey? Aber nicht so eine vergammelte Flasche mit algenbewachsenem Boden, wo noch drei Millimeter gelbbraune Flüssigkeit dümpelt. In diesem Fall werde ICH mich durchsetzen, und es wird ein kurzes Treffen.

Eine Minute später
AW:
Am Whiskey wird unser Treffen nicht kranken.

45 Sekunden später
RE:
Woran dann?

Zwei Minuten später
AW:
Gar nicht, es wird ein schönes, angenehmes, gesundes, vitales Treffen, Emmi, Sie werden schon sehen.

Drei Stunden später
RE:
Haben Sie noch ein bisschen Zeit, Leo? Ich weiß, es ist schon spät. Aber nehmen Sie sich noch ein Glas Rotwein, das tut Ih-

nen immer gut. Ich hätte da nämlich noch ein paar Fragen, mir geht da einiges durch den Kopf. Zum Beispiel zu meinem Spezialthema: 1.) Halten Sie es für möglich, dass Sie an unserem »Abschiedsabend« Sex mit mir haben wollen? 2.) Halten Sie es für möglich, dass ich Sex mit Ihnen haben will? 3.) Wenn beides zutrifft (und wenn wir es auch tatsächlich tun): Glauben Sie wirklich, dass es uns nachher besser gehen würde? Ich meine, so wie Sie es mir quasi versprochen haben: »Ich bin sicher, dass es auch Ihnen nach dem Treffen gut gehen wird.« 4.) Wie passt das zu Ihrer Prognose, dass ich Sie danach kein zweites Mal treffen will?

Zehn Minuten später
AW:
1.) Dass ich Sex wollen könnte, halte ich für möglich, aber ich muss es Ihnen ja nicht zeigen.
2.) Dass Sie Sex wollen könnten, halte ich für möglich, aber nicht für sehr wahrscheinlich.
3.) Dass es uns nachher besser gehen würde? Ja, doch, das glaube ich.
4.) Sie werden mich nicht mehr treffen wollen, weil Sie Familie haben und nach unserem Treffen genau wissen werden, wo Sie hingehören.

Sieben Minuten später
RE:
1.) Glauben Sie, das merke ich nicht, wenn Sie Sex wollen?
2.) Ob ich es wollen könnte: Mit »nicht sehr wahrscheinlich« liegen sie gar nicht so weit von der Wahrheit entfernt. (Nur damit Sie sich keine falschen Hoffnungen machen.)
3.) Dass es uns nachher besser gehen würde: Tut richtig gut, wenn Sie einmal wie ein typischer Mann reden, das macht Sie so irdisch.
4.) Dass ich wissen werde, wo ich hingehöre: Glauben Sie wirklich, Sie können das vorweg besser beurteilen als ich selbst?

Und eine allerletzte Frage vor dem Schlafengehen, Leo: Sind Sie noch ein bisschen verliebt in mich?

Eine Minute später
AW:
Ein bisschen?

Zwei Minuten später
RE:
Gute Nacht. Ich bin sehr verliebt in Sie. Ich habe Angst vor unserem Treffen. Ich kann und will mir nicht vorstellen, dass ich Sie nachher verliere. In Liebe, Emmi.

Drei Minuten später
AW:
Man soll nie ans »Verlieren« denken. Schon beim Denken daran verliert man. Gute Nacht, meine Liebe.

Am nächsten Morgen
Kein Betreff
Guten Morgen Leo, ich habe nicht geschlafen. Soll ich heute Abend wirklich zu Ihnen kommen?

Fünf Minuten später
AW:
Guten Morgen, Emmi. Schön, dass wir die schlaflose Nacht geteilt haben. Ja, kommen Sie zu mir. Ist Ihnen 19 Uhr recht? Dann können wir noch eine Weile auf der Terrasse sitzen.

Zwei Stunden später
RE:
Leo, Leo, Leo, angenommen, der Abend ist schöner, als Sie erwarten. Angenommen, Sie verlieben sich in die Frau, die Sie sehen, in die Mimik, die ihre Ironie begleitet, in den Ton ihrer Worte, in die Bewegungen ihrer Hände, in die Augen, in die

Haare (Busen klammere ich aus), in ihr rechtes Ohrläppchen, in ihr linkes Schienbein, ganz egal. Angenommen, Sie spüren, dass uns beide doch viel mehr verbindet als der Internet-Server, dass es kein Zufall gewesen sein konnte, dass wir aneinandergeraten sind. – Leo, kann es nicht sein, dass Sie mich wieder sehen wollen? Kann es nicht sein, dass Sie mir weiterhin schreiben wollen, auch aus Boston? Kann es nicht sein, dass Sie mit mir zusammensein wollen? Kann es nicht sein, dass Sie mit mir zusammen bleiben wollen? Kann es nicht sein, dass Sie mit mir leben wollen?

Zehn Minuten später
AW:
EMMI, SIE SIND NICHT FREI FÜR EIN LEBEN MIT MIR.

35 Minuten später
RE:
Angenommen, ich wäre frei für ein Leben mit Ihnen.

45 Minuten später
RE:
Leeeeeo, fällt Ihnen keine Antwort ein?

Drei Minuten später
AW:
Liebe Emmi, angenommen, das ist mir exakt eine Annahme zu viel. Angenommen, ich kann einfach nicht annehmen, dass Sie frei sind, aus dem einfachen Grund, weil Sie es nämlich weder sind noch sein werden. Wenn Sie sich an diesem Abend von Ihrer Familie »freinehmen«, frei für mich, dann ist das schön und gut für mich (und hoffentlich auch für Sie). Aber es heißt noch lange nicht, dass Sie frei für mich sind. Ich bin im Annehmen von Annahmen sonst gar nicht so schlecht. Aber diese Annahme, so faszinierend sie klingt, kann ich beim besten Willen nicht annehmen.

Darf ich Ihnen bei dieser Gelegenheit auch einmal eine Frage stellen? – Ich weiß, Sie mögen solche Fragen nicht. Aber ich halte diese hier für relativ relevant. Also: Was erzählen Sie eigentlich Ihrem Mann, wo Sie heute Abend hingehen?

Neun Minuten später
RE:
Leo, Sie können nicht aufhören damit!!! Ich werde ihm sagen: Ich treffe einen Freund. Er wird fragen: Kenne ich ihn? Ich werde antworten: Ich glaube nicht, ich habe kaum von ihm erzählt. Dann werde ich noch sagen: Wir haben viel zu plaudern, es kann spät werden. Er wird sagen: Amüsiere dich gut.

20 Minuten später
AW:
Und wenn Sie erst in der Früh nach Hause kommen? Was sagt er dann?

Drei Minuten später
RE:
Sie halten es für möglich, dass ich erst in der Früh nach Hause komme? Ich erkenne völlig neue Züge an Ihnen.

Acht Minuten später
AW:
Wie sagt Emmi Rothner? – »Im Nachhinein erlebt man oft Möglichkeiten, die von vornherein niemals welche gewesen wären.« Kurzum: Alles ist eine Möglichkeit. Langsam glaube ich auch schon daran.

Vier Minuten später
RE:
Wow, spannend. Ich mag das, wenn Sie so reden. (Vielleicht, weil es meine Worte sind.) Übrigens: Nur noch vier Stunden.

Soll ich Ihnen verraten, welcher der drei Emmis aus dem Kaffeehaus Sie die Tür öffnen werden?

Drei Minuten später
AW:
Emmi, nein, nicht verraten! Im Gegenteil. Ich mache Ihnen einen Vorschlag. Sie dürfen mich nicht auslachen, ich meine es ernst. Ich würde gerne die Türe angelehnt lassen. Sie kommen herein. Sie treten vom Vorraum in das erste Zimmer links. Es ist verdunkelt. – Ich umarme Sie, ohne Sie zu sehen. Ich küsse Sie blind. Ein Kuss. Nur ein einziger Kuss!!

50 Sekunden später
RE:
Und dann soll ich wieder gehen?

Drei Minuten später
AW:
Aber nein! Ein Kuss – und dann ziehen wir die Jalousien hoch, dann sehen wir, wen wir geküsst haben. Dann drücke ich Ihnen ein Glas Wein in die Hand und dann stoßen wir auf uns an. Und dann werden wir weitersehen.

Eine Minute später
RE:
Für mich ein Glas Whiskey! Ansonsten bin ich mit Ihrem rituellen Begrüßungsprogramm einverstanden. Es ist im Grunde nichts anderes als die Augenbinden-Nummer, nur ohne Augenbinde, also etwas romantischer. Klar, das machen wir! Äh, machen wir es wirklich? Das ist doch Wahnsinn, oder?

40 Sekunden später
AW:
Klar, das machen wir wirklich!

Vier Minuten später
RE:
Aber Leo, riskant ist es schon. Ich hab ja keine Ahnung, ob ich mag, wie Sie küssen. Wie küssen Sie? Eher fest oder eher weich, eher trocken oder eher flüssig? Wie präsentieren sich Ihre Zähne, scharf oder stumpf? Wie offensiv und gelenkig ist Ihre Zunge? Fühlt sie sich eher wie Hartplastik oder wie Schaumgummi an? Haben Sie die Augen beim Küssen offen oder geschlossen? (Okay, das ist im Falle der Blindverkostung egal.) Was machen Sie mit Ihren Händen? Greifen Sie mich an? Wo? Wie fest? Sind Sie ganz still oder atmen Sie laut oder machen Sie Geräusche mit dem Mund? Also, Leo, sagen Sie: Wie küssen Sie?

Drei Minuten später
AW:
Ich küsse so ähnlich, wie ich schreibe.

50 Sekunden später
RE:
Das war jetzt zwar mächtig angeberisch, aber es klingt nicht schlecht, Leo. Aber, übrigens: Sie schreiben äußerst unterschiedlich!

45 Sekunden später
AW:
Ich küsse auch äußerst unterschiedlich.

Vier Minuten später
RE:
Wenn Sie mir versprechen, dass Sie so küssen, wie Sie mir gestern und heute geschrieben haben, dann riskiere ich es!

35 Sekunden später
AW:
Dann riskieren Sie es!

Zwölf Minuten später
RE:
Und wenn wir nach dem Kuss mehr wollen?

40 Sekunden später
AW:
Dann wollen wir mehr.

50 Sekunden später
RE:
Tun wir dann auch mehr?

35 Sekunden später
AW:
Ich glaube, das werden wir in der Situation ganz genau wissen.

Zwei Minuten später
RE:
Hoffentlich weiß es nicht nur einer von uns.

Vier Minuten später
AW:
Wenn es einer weiß, weiß es der andere auch. Übrigens Emmi, nur noch knapp zwei Stunden. Wir sollten dann langsam zu schreiben aufhören und uns auf den Dimensionssprung vorbereiten. Ich gebe zu: Ich bin wahnsinnig aufgeregt.

Acht Minuten später
RE:
Was soll ich anziehen?

Eine Minute später
AW:
Das überlasse ich Ihrem Geschmack, Emmi.

55 Sekunden später
RE:
Ich würde es aber gerne Ihrer Fantasie überlassen, Leo.

Zwei Minuten später
AW:
Meiner Fantasie sollten Sie im Augenblick lieber nichts überlassen. Sie geht gerade ein bisschen durch mit mir. Und irgendetwas sollten Sie ja schon anziehen, denke ich.

Dreieinhalb Minuten später
RE:
Soll ich etwas anziehen, das die Wahrscheinlichkeit erhöht, dass wir nach dem Begrüßungskuss die Jalousien nicht gleich wieder hochziehen, weil keiner von uns beiden eine Hand freihat?

40 Sekunden später
AW:
Wenn Ihnen die Antwort nicht zu knapp ist: JA!

Eineinhalb Minuten später
RE:
Ein »JA!« auf eine Frage, die nach einem »JA!« verlangt, kann mir nie zu knapp sein. Dann werde ich mich jetzt »herrichten«, wie man so schön sagt. Falls mein Herz den Brustkorb nicht durchschlägt, sehen wir uns in eineinhalb Stunden bei Ihnen, Leo.

Dreieinhalb Minuten später
AW:
Sie läuten an der Fernsprechanlage bei »Top 15«. Im Lift geben Sie 142 ein, dann hinauf ins Dachgeschoss. Dort gibt es ohnehin nur eine Tür. Sie ist angelehnt. Dann links ins Zimmer, einfach der Musik nach. Ich freue mich wahnsinnig auf Sie!

50 Sekunden später
RE:
Ich mich auch auf Sie, Leo. Ich mich auch auf DICH, Leo. Ich bin die Emmi. Und ich küsse niemand Fremden im Finsteren, mit dem ich nicht per Du bin. Du darfst hiermit ebenfalls DU zu mir sagen, Leo. Ich bin übrigens 34, zwei Jahre jünger als du, wenn's gestattet ist.

Zwei Minuten später
AW:
Emmi, ich glaube, ich muss mit dir noch einmal ausführlich über »Boston« reden. Du hast ein völlig falsches Bild von Boston, beziehungsweise von mir und Boston. Mit Boston ist es ganz anders, als du glaubst. Ich muss dir das erklären. Es gibt so viel zu erklären! Es gibt so viel zu verstehen! Verstehst du?

Eineinhalb Minuten später
RE:
Langsam, langsam, Leo. Eines nach dem anderen. Boston hat Zeit. Erklären hat Zeit. Verstehen hat Zeit. Jetzt küssen wir uns erst einmal. Bis gleich, mein Lieber!

45 Sekunden später
AW:
Bis gleich, meine Liebe!

KAPITEL ZEHN

Am nächsten Abend

Betreff: Nordwind

Lieber Leo, ich weiß, es ist unverzeihlich. Dein »Schweigen« beweist es mir. Du fragst nicht. Nein, du fragst nicht einmal. Das ist die Lektion, die du mir erteilst. Kein Tobsuchtsanfall, kein Rettungsversuch, keine Verzweiflungsaktion. Du machst gar nichts. Du bleibst stumm. Du lässt das alles wortlos über dich ergehen. Du fragst erst gar nicht, warum. Du tust so, als wüsstest du es. Damit bestrafst du mich zusätzlich. Deine Enttäuschung kann nur halb so groß sein wie meine. Denn zu meiner Enttäuschung rechnet sich die Vorstellung über deine dazu.

Leo, ich sage dir, warum ich in letzter Sekunde – kein geflügeltes Wort, es war wirklich die letzte Sekunde –, ich sage dir, warum ich nicht zu dir gekommen bin. Schuld daran war ein Buchstabe, ein einziger falscher Buchstabe, an einem Ort, wo er nicht sein durfte, zum unglücklichsten aller Zeitpunkte. Und du, Leo, du hast mich noch gefragt: »Was wirst du Bernhard erzählen?« Erinnerst du dich an meine Antwort? – »Ich werde sagen: Ich treffe einen Freund.« – Genau das habe ich gesagt. »Er wird fragen: Kenne ich ihn?« – So hat er gefragt. »Ich werde antworten: Ich glaube nicht, ich habe kaum von ihm erzählt.« – Das habe ich ihm zur Antwort gegeben. »Dann werde ich noch sagen: Wir haben viel zu plaudern, es kann spät werden!« – Ja, exakt so habe ich es formuliert. »Und er wird sagen: Amüsiere dich gut.« – Ja, Leo, das hat er gesagt. Aber er hat noch ein Wort hinzugefügt. Er hat gesagt: »Amüsiere dich gut, EMMI.« Es war das gewohnte »Amüsiere dich gut«. Danach machte er eine Pause. Und dann kam dieses EMMI. Ein Hauch, nicht mehr als ein Hauch. Es ging mir durch Mark und Bein. Er nennt mich sonst »Emma«, immer nur Emma. »Emmi« hat er schon jahrelang nicht zu mir gesagt. Ich kann mich gar nicht erinnern, wann er mich das letzte Mal so genannt hatte.

Leo, das »I« statt dem »A«, dieser einzige fremde Buchstabe hat einen Schock in mir ausgelöst. Ich mochte es nicht aus seinem Mund. ER durfte es nicht so aussprechen. Es klang so entlar-

vend, so desillusionierend, so zerstörerisch. Als würde er ahnen, wie es um mich bestellt ist, als hätte er mich durchschaut. Als wollte er mir sagen: »Ich weiß es doch, du willst ›Emmi‹ sein, du willst endlich wieder ›Emmi‹ sein. Also sei ›Emmi‹ und amüsiere dich gut.« Und ich hätte ihm darauf etwas ganz Fürchterliches antworten müssen, ich hätte sagen müssen: »Bernhard, ich will nicht nur Emmi sein, ich BIN Emmi. Aber ich bin nicht deine Emmi. Ich bin die Emmi von jemand anderem. Er hat mich nie gesehen, aber er hat mich entdeckt. Er hat mich erkannt. Er hat mich aus meinem Versteck geholt. Ich bin seine Emmi. Für Leo bin ich Emmi. Glaubst du mir nicht? Ich kann es dir beweisen. Ich habe es schriftlich.«
Skrupel? Nein, Leo, ich hatte keine Skrupel gegenüber Bernhard. Ich hatte Angst vor mir.
Ich ging hinauf in mein Zimmer, wollte dir eine E-Mail schicken. Ich brachte nichts heraus. Da stand dieser jämmerliche Satz: »Mein lieber Leo, ich kann heute nicht zu dir kommen, mir wächst gerade alles über den Kopf.« Ich starrte ihn einige Minuten an, dann löschte ich ihn wieder. Ich war nicht fähig, dir abzusagen. Es wäre eine Absage an mich selbst gewesen.
Leo, es ist etwas geschehen. Mein Gefühl hat den Bildschirm verlassen. Ich glaube, ich liebe dich. Und Bernhard hat es gespürt. Mir ist kalt. Der Nordwind bläst mir entgegen.
Wie tun wir weiter?

Zehn Sekunden später
AW:
ACHTUNG. GEÄNDERTE E-MAIL-ADRESSE. DER EMPFÄNGER KANN SEINE POST UNTER DER GEWÄHLTEN ADRESSE NICHT MEHR AUFRUFEN. NEUE E-MAILS IM POSTEINGANG WERDEN AUTOMATISCH GELÖSCHT. FÜR RÜCKFRAGEN STEHT DER SYSTEMMANAGER GERNE ZUR VERFÜGUNG.

ALLE SIEBEN WELLEN

KAPITEL EINS

Drei Wochen später
Betreff: Hallo
Hallo.

Zehn Sekunden später
AW:
ACHTUNG. GEÄNDERTE E-MAIL-ADRESSE. DER EMPFÄNGER KANN SEINE POST UNTER DER GEWÄHLTEN ADRESSE NICHT MEHR AUFRUFEN. NEUE E-MAILS IM POSTEINGANG WERDEN AUTOMATISCH GELÖSCHT. FÜR RÜCKFRAGEN STEHT DER SYSTEMMANAGER GERNE ZUR VERFÜGUNG.

Ein halbes Jahr später
Kein Betreff
Hallo!

Zehn Sekunden später
AW:
ACHTUNG. GEÄNDERTE E-MAIL-ADRESSE. DER EMPFÄNGER KANN SEINE POST UNTER DER GEWÄHLTEN ADRESSE NICHT MEHR AUFRUFEN. NEUE E-MAILS IM POSTEINGANG WERDEN AUTOMATISCH GELÖSCHT. FÜR RÜCKFRAGEN STEHT DER SYSTEMMANAGER GERNE ZUR VERFÜGUNG.

30 Sekunden später
RE:
Hört das nie auf?

Zehn Sekunden später
AW:
ACHTUNG. GEÄNDERTE E-MAIL-ADRESSE. DER EMPFÄNGER KANN SEINE POST UNTER DER GEWÄHLTEN ADRESSE NICHT MEHR AUFRUFEN. NEUE E-MAILS IM POSTEINGANG WERDEN AUTOMATISCH GELÖSCHT. FÜR RÜCKFRAGEN STEHT DER SYSTEMMANAGER GERNE ZUR VERFÜGUNG.

Drei Tage später
Betreff: Rückfrage
Guten Abend, Herr Systemmanager. Wie geht's immer? Kühler März, nicht wahr? Aber nach so einem milden Winter dürfen wir uns nicht beschweren, denke ich. Ach ja, bei der Gelegenheit: Ich habe bitte eine Rückfrage. Wir teilen uns einen gemeinsamen Bekannten. Leo Leike heißt er. Ich habe leider seine aktuelle E-Mail-Adresse verlegt. Wären Sie so nett und könnten Sie vielleicht ... Danke.
In freudiger virtueller Verbundenheit, Emmi Rothner.

Zehn Sekunden später
AW:
ACHTUNG. GEÄNDERTE E-MAIL-ADRESSE. DER EMPFÄNGER KANN SEINE POST UNTER DER GEWÄHLTEN ADRESSE NICHT MEHR AUFRUFEN. NEUE E-MAILS IM POSTEINGANG WERDEN AUTOMATISCH GELÖSCHT. FÜR RÜCKFRAGEN STEHT DER SYSTEMMANAGER GERNE ZUR VERFÜGUNG.

30 Sekunden später
RE:
Darf ich leise Kritik anbringen? Sie sind wenig abwechslungsreich. Angenehmen Nachtdienst, Emmi Rothner.

Zehn Sekunden später
AW:
ACHTUNG. GEÄNDERTE E-MAIL-ADRESSE. DER EMPFÄNGER KANN SEINE POST UNTER DER GEWÄHLTEN ADRESSE NICHT MEHR AUFRUFEN. NEUE E-MAILS IM POSTEINGANG WERDEN AUTOMATISCH GELÖSCHT. FÜR RÜCKFRAGEN STEHT DER SYSTEMMANAGER GERNE ZUR VERFÜGUNG.

Vier Tage später
Betreff: Nur drei Fragen
Herr Systemmanager, ein offenes Wort: Ich bin in einer Not-

situation. Ich brauche die aktuelle Adresse von Herrn »User« Leo Leike, ich brauche sie wirklich! Ich muss ihm DRINGEND drei Fragen stellen: 1.) Lebt er noch? 2.) Lebt er noch in Boston? 3.) Lebt er schon in einer neuen E-Mail-Beziehung? Wenn 1.) zutrifft, würde ich ihm 2.) nachsehen. Aber 3.) könnte ich ihm niemals verzeihen. Er darf in diesem halben Jahr fünfzehn neue Anläufe mit Marlene unternommen, darf sie täglich nach Boston haben einfliegen lassen. Er darf jede Nacht in billigen Bostoner Plüschbarbänken versumpft, jeden Morgen zwischen Betonbrüsten einer biederen blonden Bostoner Barbie-Beautybar-Behübscherin aufgewacht sein. Er darf dreimal geheiratet und jeweils dreieiige Drillinge an Land gezogen haben. Nur eines darf er nicht: ER DARF SICH IN KEINE ANDERE FRAU, DIE ER NOCH NIE GESEHEN HAT, SCHRIFTLICH VERLIEBT HABEN. Das bitte nicht! Das muss einmalig geblieben sein. Ich brauche diese Gewissheit, um halbwegs unbeschadet über die Nächte zu kommen. Bei uns bläst beharrlich der Nordwind.
Lieber Systemmanager, ich kann mir ungefähr ausmalen, was Sie mir antworten werden. Aber ich ersuche Sie dennoch: Springen Sie über Ihren Schatten und richten Sie Leo Leike, mit dem Sie garantiert in gutem Kontakt stehen, meine Botschaft aus. Und sagen Sie ihm, er kann sich ruhig einmal melden. Tun Sie's! Danach wird es Ihnen besser gehen. So, und jetzt dürfen Sie wieder Ihr Gebet sprechen. Freundliche Grüße, Emmi Rothner.

Zehn Sekunden später
AW:
ACHTUNG. GEÄNDERTE E-MAIL-ADRESSE. DER EMPFÄNGER KANN SEINE POST UNTER DER GEWÄHLTEN ADRESSE NICHT MEHR AUFRUFEN. NEUE E-MAILS IM POSTEINGANG WERDEN AUTOMATISCH GELÖSCHT. FÜR RÜCKFRAGEN STEHT DER SYSTEMMANAGER GERNE ZUR VERFÜGUNG.

Dreieinhalb Monate später
Betreff: Bitte weiterleiten
Hallo Leo, hast du neue Mieter auf Top 15? Falls du in Boston bist, warne ich dich. Wundere dich nicht über die Stromrechnung. Die haben die ganze Nacht das Licht an. Schönen Tag, schönes Leben, Emmi.

Zwei Minuten später
Kein Betreff
Hallo?

Eine Minute später
Kein Betreff
Huhu, Herr Systemmanager, wo sind Sie?

Eine Minute später
Kein Betreff
Muss ich mir Sorgen machen oder darf ich hoffen?

Elf Stunden später
Betreff: Zurück aus Boston
Liebe Emmi, dein Gespür ist verblüffend. Ich bin seit nicht einmal einer Woche wieder im Lande. Was also den Strom betrifft: den verbrauche ich selbst. Emmi, ich wünsche dir, ach, was wünsche ich dir nach so langer Zeit? Klingt wohl alles ziemlich banal. Am besten, wenn auch fünf Monate verfrüht: Frohe Weihnachten und ein gutes neues Jahr. Ich hoffe, es geht dir gut, mindestens zweimal so gut wie mir. Adieu. Leo.

Einen Tag später
Betreff: Ratlos
Was war das? War das was? Und wenn es was war, und was es auch war, war's das dann schon wieder? Ich kann's nicht glauben. E.

Drei Tage später

Betreff: Fassungslos

Leo, Leo, was ist aus dir geworden? Was hat Boston aus dir gemacht? E.

Einen Tag später

Betreff: Abschließend

Lieber Leo, das Gefühl, das du mir seit fünf Tagen gibst, ist schlimmer als jedes mir von dir jemals zuvor gegebene, und du hast mir wahrlich schon schlimme Gefühle gegeben, durch dich habe ich erst erfahren, wie schlimm schlimme Gefühle wirklich sein können. (Schöne übrigens auch.) Aber dieses hier kannte ich noch nicht: Ich bin dir lästig geworden. Du kommst aus Boston zurück, aktivierst dein »Outlook«, genießt den Ausblick auf fernschriftliche Rückeroberung der Heimat. Schon langen die ersten spannenden E-Mails fehlgeleiteter Zeitungsabonnentinnen ein. Stoff für neue geistige Abenteuer mit anonymen Frauen, vielleicht ist ja gar einmal eine unverheiratete dabei. Und dann: Ach, da schreibt eine gewisse Emmi Rothner. Der Name kommt dir irgendwie bekannt vor. War das nicht diejenige, die du in geschulter virtueller Rattenfängermanier schon so gut wie ins Bett geschrieben hattest, die bereits am Sprung in deine Arme war? Doch in einem letzten Reflex ihrer Vernunftbegabung ist sie dir schicksalhaft ferngeblieben, hat dich verfehlt, ist im Taumel um Haaresbreite an dir vorbeigeschrammt. Nun, neuneinhalb Monate sind vergangen, Frust und Frau waren für dich längst vergessen. Da meldet sie sich, taucht unverhofft in deiner Mailbox auf. Du wünschst ihr – sehr lustig, Leo, wie in deinen besten Zeiten – mitten im Sommerloch frohe Weihnachten und ein gutes neues Jahr. Und tschüss! Sie hat ihre Chance gehabt. Jetzt drängen neue nach. Da stört sie, da nervt sie. Also einfach ignorieren, Leo, nicht wahr? Sie wird schon aufhören. Sie hört schon auf. Sie hört auf, versprochen!

PS: Du hoffst, dass es mir »mindestens zweimal so gut« geht wie dir? Leider, Leo, ich weiß zwar nicht, wie gut es dir geht. Aber dafür, dass es mir mindestens zweimal so gut gehen könnte, geht es mir mindestens zehnmal zu schlecht. Aber das soll dich nicht weiter bekümmern. Emmi.
PPS: Danke, dass du mir noch einmal zugehört hast. Jetzt kannst du mir wieder deinen netten Systemmanager schicken. Mit dem kann man wenigstens ungestört über das Wetter plaudern.

Eine Stunde später
AW:
Ich hätte nicht zurückschreiben dürfen, liebe Emmi. Jetzt habe ich dich (schon wieder) verletzt, das wollte ich nicht. DU BIST MIR NIEMALS LÄSTIG. Das weißt du. Ich müsste mir sonst selbst lästig sein, denn du bist ein Teil von mir. Ich trage dich immer mit mir herum, quer durch alle Kontinente und Gefühlslandschaften, als Wunschvorstellung, als Illusion des Vollkommenen, als höchsten Liebesbegriff. So warst du mit mir fast zehn Monate in Boston, so bist du mit mir wieder heimgekehrt.
Aber, Emmi, mein physisch lebbares Leben ist inzwischen weitergegangen, es musste weitergehen. Ich bin dabei, mir etwas aufzubauen. Ich habe in Boston jemanden kennengelernt. Es ist noch zu früh, um, du weißt schon wovon, zu sprechen. Aber wir wollen es miteinander probieren. Sie hat einen Job hier in Aussicht, sie wird vielleicht herziehen.
In dieser Horrornacht, als unser »erstes und letztes Treffen« so kläglich am Nichtzustandekommen gescheitert ist, da habe ich unsere virtuelle Beziehung auf brutale Weise abgebrochen. Du hattest, auch wenn du es bis zuletzt nicht wahrhaben wolltest, eine Entscheidung getroffen, und ich habe dir geholfen, sie zu vollziehen. Ich weiß nicht, wie du heute dastehst mit Bernhard, mit deiner Familie. Ich will es auch gar nicht wissen, denn es hat nichts mit uns beiden zu tun. Für mich war

die lange Schweigepause notwendig. (Wahrscheinlich hätte ich sie nie mehr beenden dürfen.) Sie war notwendig, um unser einzigartiges Erlebnis zu konservieren, um unsere innige, vertraute, intime Nicht-Begegnung auf Lebenszeit haltbar zu machen. Wir hatten es auf die Spitze getrieben. Weiter ging es nicht. Eine Fortsetzung gibt es nicht, auch nicht, ja erst recht nicht ein Dreivierteljahr später. Bitte sieh es auch so, Emmi! Halten wir hoch, was war. Und belassen wir es dabei, sonst zerstören wir es. Dein Leo.

Zehn Minuten später
RE:
Leo, das war ein Glanzstück, ein Leckerbissen, du läufst binnen kurzer Zeit zu Hochform auf! – »Emmi, du bist zwar die Illusion des Vollkommenen, aber ich will nichts mehr mit dir zu tun haben.« Verstehe. Verstehe. Verstehe. Morgen mehr. Tut mir leid, das kann ich dir nicht ersparen. Gute Nacht, deine I.d.V.

Am nächsten Tag
Betreff: Würdiger Abschluss
Okay, ich halte hoch, was war. Ich belasse es dabei. Ich zerstöre nichts. Ich respektiere deine Haltung, lieber Ex-E-Brieffreund Leo »Weiter ging es nicht« Leike. Ich gebe mich damit zufrieden, dass du mich und »unsere Sache« schön in Erinnerung behalten willst. Für eine »Illusion des Vollkommenen« fühle ich mich selbst zwar ziemlich unvollkommen und reichlich desillusioniert, aber immerhin bin ich dein »höchster Liebesbegriff«, wenn auch offenbar von einem anderen Stern. Denn mit Cindy aus Boston – sie heißt sicher Cindy, ich habe sie vor mir, wie sie dir »I'm Cindy«, kicher, »but you can call me Cinderella«, kicher, kicher, ins Ohr flüstert –, also mit Cindy lassen sich vielleicht nicht die höchsten denkmöglichen, dafür aber irdische Begriffe von Liebe finden. Sie lassen sich finden und sie lassen sich vor allem leben. Mich trägst du – zur natür-

lichen Ausgewogenheit von Körper und Geist – als »Wunschvorstellung« mit dir herum, und da habe ich natürlich volles Verständnis, dass du darauf achten musst, dass ich dir nicht zu schwer werde, damit du dir keinen Wunschvorstellungsbruch hebst.
Okay, Leo, ich mache es »uns« leicht, ich mache es dir leicht, ich mache mich leicht, ich höre auf, ich ziehe mich aus deinem Leben zurück. Ich schreibe dir (bald!) keine E-Mails mehr. Ich verspreche es dir.
Darf deine »Wunschvorstellung« nur noch einen einzigen Wunsch äußern, einen alleralleralllerletzten? – NUR EINE STUNDE, eine Stunde von Angesicht zu Angesicht. Glaube mir, ein besseres Konservierungsmittel für unser gemeinsam Erlebtes gibt es nicht. Denn das einzig vernünftige Ende einer innigen Nicht-Begegnung ist die Begegnung. Ich verlange nichts von dir, ich erwarte nichts von dir. Ich muss dich nur einmal in meinem Leben gesehen, gesprochen, gerochen haben. Ich muss einmal deine Lippen dabei beobachtet haben, wie sie sich zu »Emmi« formen. Ich muss einmal deine Wimpern betrachtet haben, wie sie sich vor mir verbeugen, bevor der Vorhang runtergeht.
Lieber Leo, du hast Recht, es gibt keine sinnvolle Fortsetzung für uns. Aber es gibt einen würdigen Abschluss. Ich bitte dich darum, nur noch darum! Deine Illusion des Vollkommenen.

Drei Stunden später
AW:
Pamela.

Eine Minute später
RE:
???

30 Sekunden später
AW:
Sie heißt nicht Cindy, sondern Pamela. Ja, ich weiß, das klingt ziemlich schlimm. Es ist immer gefährlich, wenn sich die Väter bei der Wahl der Vornamen der Töchter durchsetzen. Aber sie sieht ganz anders aus, ehrlich. Gute Nacht, Emmi. Leo.

40 Sekunden später
RE:
Lieber Leo, dafür mag ich dich so sehr! Bitte verzeih mir meine Untergriffe. Ich fühle mich so schwach, so, so, so schwach. Gute Nacht. Emmi.

KAPITEL ZWEI

Am nächsten Tag
Betreff: Also gut
Wir treffen uns. Leo.

Drei Minuten später
RE:
Ein Mann, drei Worte! Ausgezeichnete Idee, Leo. Wo?

Eine Stunde später
AW:
In einem Kaffeehaus.

Eine Minute später
RE:
Mit zehn Fluchtwegen und fünf Notausgängen.

Fünf Minuten später
AW:
Ich schlage vor: im Großen Messecafé Huber. So nah wie dort waren wir uns nie und nirgendwo. (Ich meine: räumlich.)

40 Sekunden später
RE:
Schickst du wieder deine schöne Schwester zur Emmi-Sondierung vor?

50 Sekunden später
AW:
Nein, diesmal gehe ich alleine, offen und direkt auf dich zu.

Drei Minuten später
RE:
Leo, deine an sich wesensfremde Entschlossenheit irritiert mich. Warum so plötzlich? Warum willst du mich treffen?

40 Sekunden später
AW:
Weil du es willst.

30 Sekunden später
RE:
Und weil du es hinter dir haben willst.

Zwei Minuten später
AW:
Weil ich will, dass du hinter dir hast zu glauben, dass ich es hinter mir haben will.

30 Sekunden später
RE:
Leo, weiche nicht aus. Du willst es hinter dir haben!

Eine Minute später
AW:
Wir wollen es beide hinter uns haben. Wir wollen es gut hinter uns bringen. Es geht um einen »würdigen Abschluss«. Deine Worte, liebe Emmi.

50 Sekunden später
RE:
Aber ich will nicht, dass du mich triffst, nur um es hinter dir zu haben. Ich bin nicht deine Zahnärztin!

Eineinhalb Minuten später
AW:
Obwohl du oft punktgenau den Nerv triffst. EMMI, BITTE!! Wir ziehen das jetzt durch. Es war dein ausdrücklicher Wunsch, und es war ein berechtigter Wunsch. Du hast uns versprochen, dass wir unser »Uns« damit nicht zerstören. Ich vertraue auf dich und dein »Uns« und mein »Uns« und unser gemeinsames

»Uns«. Wir treffen uns von Angesicht zu Angesicht, für eine Stunde bei einem Kaffee! Wann hast du Zeit? Samstag? Sonntag? Mittag? Nachmittag?

Drei Stunden später
Kein Betreff
Kriege ich heute keine Antwort mehr, Emmi? Wenn nein, gute Nacht! (Wenn ja, gute Nacht!)

Eine Minute später
RE:
Leo, hast du noch ein Gefühl, wenn du mir schreibst? Ich hab nämlich so das Gefühl, dass du keines mehr hast. Und dieses Gefühl fühlt sich gar nicht gut an.

Zwei Minuten später
AW:
Emmi, ich habe riesige Schränke und Truhen voll Gefühle für dich in mir. Aber ich habe auch den passenden Schlüssel dafür.

40 Sekunden später
RE:
Kommt der Schlüssel zufällig aus Boston und heißt »Pamela«?

50 Sekunden später
AW:
Nein, der Schlüssel ist international und heißt »Vernunft«.

30 Sekunden später
RE:
Der sperrt bei dir aber nur in eine Richtung. Der sperrt nur zu. Und drinnen in den Schränken ersticken dir die Gefühle.

40 Sekunden später
AW:
Meine Vernunft achtet darauf, dass meine Gefühle immer genug Luft kriegen.

30 Sekunden später
RE:
Aber nach draußen dürfen sie nicht. Frei sind sie niemals. Leo, ich sage dir, du hast einen eingeschränkten Gefühlshaushalt. Daran solltest du arbeiten. So, ich werde mich für heute verabschieden (rät mir meine Vernunft) und werde die Worte, die du über unser bevorstehendes Treffen verloren oder nicht verloren hast, auf mich wirken lassen. Gute Nacht!

20 Sekunden später
AW:
Schlaf gut, Emmi!

Am nächsten Tag
Betreff: Zielgerade
Hallo Leo, bringen wir's hinter uns: Ich kann am Samstag um 14 Uhr. Soll ich dir sagen, wie ich aussehe, damit du mich nicht lange suchen musst? Oder willst du von mir gefunden werden, sitzt irgendwo gelangweilt in der Masse, blätterst in einer Zeitung und wartest darauf, dass ich dich anspreche? Im Tonfall à la: »Entschuldigung, ist der Sessel noch frei? Äh, sind Sie zufällig Herr Leike mit dem verschlossenen Gefühlsschrank? Ich wäre dann also Emmi Rothner, freut mich, doch noch Ihre Bekanntschaft zu machen beziehungsweise gemacht zu haben. Und ...« – zur Zeitung schielend –, »... was gibt es sonst noch Neues in der Welt?«

Zwei Stunden später
Betreff: Sorry
Leo, verzeih mir bitte meine vorige E-Mail! Sie war so, so, so … Jedenfalls war sie nicht besonders nett. Dafür hätte ich eigentlich den Systemmanager verdient.

Zehn Minuten später
AW:
Welchen Systemmanager?

50 Sekunden später
RE:
Ach, vergiss es. Das ist ein Running Gag zwischen mir und mir. Ist Samstag, 14 Uhr, für dich okay?

Eine Minute später
AW:
Samstag, 14 Uhr, ist gut. Hab einen angenehmen Mittwoch, liebe Emmi!

40 Sekunden später
RE:
Was so viel bedeutet wie: »Rechne an diesem Mittwoch mit keiner E-Mail mehr von Leo, liebe Emmi.«

Sieben Stunden später
Kein Betreff
Du stehst wenigstens dazu!

Drei Stunden später
Betreff: Nur so
Leo, brennt noch Licht bei dir? (Du musst nicht antworten. Ich hab es mich nur gefragt. Und wenn ich es mich frage, dann kann ich es eigentlich auch gleich dich fragen, oder?)

Drei Minuten später
AW:
Bevor du dir eine falsche Antwort gibst, Emmi: Ja, es brennt noch Licht. Gute Nacht!

Eine Minute später
RE:
Was machst du? Gute Nacht.

50 Sekunden später
AW:
Ich schreibe. Gute Nacht.

40 Sekunden später
RE:
Wem schreibst du? Pamela? Gute Nacht.

30 Sekunden später
AW:
Ich schreibe dir! Gute Nacht.

40 Sekunden später
RE:
Du schreibst mir? Was schreibst du mir? Gute Nacht.

20 Sekunden später
AW:
Gute Nacht.

20 Sekunden später
RE:
Ah so, klar. Gute Nacht.

Am nächsten Tag

Betreff: Noch zwei Tage

Lieber Leo, das ist die letzte E-Mail, die ich dir schicke, bevor du mir (zuerst) eine geschickt hast. Ich schicke sie dir nur, um dir das ausgerichtet zu haben. Solltest du nicht mehr antworten, sehen wir uns übermorgen um 14 Uhr im Messecafé. Ich werde sicher nicht mit dem Leo suchenden Irr-Blick durch das Kaffeehaus (abschieds-)lustwandeln. Ich werde an einem kleinen Tisch abseits vom Getümmel sitzen und warten, bis der Mann, der mit mir zwei Jahre schriftlich Gefühle auf- und abgebaut hat, ehe er nach Boston aufbrach und seinen eigens angefertigten Emmi-Gefühlsschrank versperrte, bis dieser Mann zu mir gefunden und Platz genommen hat, damit wir das Kopfabenteuer endlich würdevoll hinter uns bringen können. Ich ersuche dich deshalb, bemüht zu sein, mich zu erkennen. Du hast bekanntlich drei Varianten zur Auswahl. Solltest du dich nicht mehr erinnern, wie mich deine Schwester beschrieben hat, gebe ich dir gerne ein paar Stichworte. (Zuuuuuuufällig besitze ich noch deine E-Mail von damals.) Emmi eins: klein, kurze dunkle Haare (könnten in eineinhalb Jahren allerdings gewachsen sein), burschikos, »mit würdevoller Arroganz überspielte leichte Unsicherheit«, erhabener Kopf, feine Gesichtszüge, schnelle Motorik, speedig, temperamentvoll. Emmi zwei: groß, blond, vollbusig, weiblich, langsam in den Bewegungen. Emmi drei: mittelgroß, brünett, schüchtern, scheu, melancholisch. So, ich glaube, du solltest mich finden. Schreib mir zurück oder verbring jedenfalls noch zwei entspannte Tage, mein Lieber. Und pass auf deinen Schlüssel auf! Emmi.

Zehn Minuten später

AW:

Liebe Emmi, du hast es mir leicht gemacht, dich zu erkennen, vermutlich leichter, als du wolltest. Du hast mir endgültig verraten, dass du Emmi eins bist, was ich immer schon vermutet hatte. Willst du wissen, wodurch?

Eine Minute später
RE:
Natürlich! Ich liebe den aufgeregten Hobby-Psychologen in dir, Leo! Damit kann man dich vom Kreislaufstillstand ins Leben zurückholen und dich sogar im absolut gefühlsverschränkten Zustand zu E-Mails nötigen.

15 Minuten später
AW:
Liebe Emmi eins, zuuuuuuufällig besitze auch ich noch unsere E-Mails von damals, als wir uns ferndiagnostizierten: Bei »Emmi zwei« hast du die von meiner Schwester zugewiesenen Attribute »sehr souverän«, »selbstsicher, cool«, »beobachtet Männer perfekt beiläufig« und Merkmale wie »schlanke lange Beine« und »schönes Gesicht« unter den Tisch fallen lassen. Dir war nur noch wichtig, auf ihre langsamen Bewegungen und auf ihren großen Busen (mit einem solchen du ja schon immer auf Kriegsfuß gestanden hast, seit wir uns kennen) hinzuweisen. Man merkt also, dass du sie nicht sonderlich magst. Also bist du nicht sie. Ähnlich bei »Emmi drei«. Sie interessiert dich nicht. Du streichst ausgerechnet ihre Schüchternheit heraus, ein Wesenszug, der dir selbst vollkommen fremd sein dürfte. Und du verschweigst ihren »exotischen Teint«, ihre »mandelförmigen Augen«, ihren »verschleierten Blick«, all das, was an ihr interessant klingen könnte. Einzig bei »Emmi eins« bist du großzügig in deinen Betrachtungen, liebe Emmi eins. Dir ist es wichtig darauf hinzuweisen, dass ihre kurzen dunklen Haare gewachsen sein könnten, du zitierst ihre »mit würdevoller Arroganz überspielte leichte Unsicherheit«, ihren »erhabenen Kopf« und ihr Temperament. Dabei nennst du den Begriff »speedig«, aber »hektisch« und »nervös« lässt du aus. Diese Eigenschaften magst du eben nicht so gern an dir. Also, liebe Emmi eins, ich freue mich, dich am Samstagnachmittag dunklen Haares, erhabenen Hauptes und speediger Laune am Kaffeehaustisch anzutreffen. Bis bald, Leo.

Zehn Minuten später
RE:
Wenn ich gewusst hätte, wie euphorisch du sein (schreiben) kannst, wenn du glaubst, etwas durchschaut zu haben, hätte ich mich mehr darum bemüht, durchschaubarer für dich zu sein, mein Lieber. Ich warne dich dennoch: Rechne lieber mit jeder Emmi. Wer weiß, wie das Leben draußen spielt, wie stark oder schwach es jenes hier drinnen widerspiegelt, wo sich Worte ihren Reim auf sich selbst machen dürfen. Im Übrigen bist stets du der von uns beiden gewesen, der mit der weiblichen Oberweite auf Kriegsfuß stand, mein Bester. Allein die Erwähnung löst bei dir offenbar ödipale Stresssituationen aus. Anders kann ich es mir nicht erklären, warum du ewig auf dem »großen Busen« herumreitest, wenn ich das einmal so metaphorisch formulieren darf. Bis bald, Emmi.

Fünf Minuten später
AW:
Das können wir ja gerne am Kaffeehaustisch diskutieren. Es sieht ganz danach aus, dass wir über das Thema »Busen, ja, nein, groß, klein« ohnehin nicht hinauskommen werden, meine Liebe, meine Beste, meine liebe Beste.

Zehn Minuten später
RE:
Folgende Gesprächsthemen scheiden für unser Treffen bitte aus:
1.) Busen und sämtliche andere Körperteile. (Ich möchte nicht über Äußerlichkeiten sprechen, die sehen wir ohnehin.)
2.) »Pam« (und wie sie sich ihre Zukunft an der Seite von Leo Gefühlskasten Leike im »alten Europa« vorstellt).
3.) Wie alle privaten und Emmi-fernen Angelegenheiten von Leo Leike.
4.) Wie auch alle privaten und Leo-fernen Angelegenheiten von Emmi Rothner.

In dieser einen Stunde soll es bitte, bitte, bitte nichts anderes und niemanden anderen als uns beide geben. Schaffen wir das?

Acht Minuten später

AW:

Und worüber wollen wir tatsächlich reden? Viel lässt du ja nicht mehr übrig.

15 Minuten später

RE:

Leo, ich glaube, du kriegst es langsam wieder mit der Angst zu tun – mit deiner chronisch schlummernden Emmi-Berührungsangst. Da würdest du dich thematisch schon ganz gern an einem »großen Busen« anhalten können, stimmt's? Worüber wir reden wollen? – Ist mir egal. Erzählen wir uns Kindheitserlebnisse. Ich werde nicht auf Form und Inhalt deiner Worte achten, nur auf die Art, wie du sie aussprichst. Leo, ich will dich reden SEHEN. Ich will dich zuhören SEHEN. Ich will dich atmen SEHEN. Ich will dich nach einer so langen Zeit enger, vertrauter, verheißungsvoller, gebremster, unaufhörlicher, abgebrochener, erfüllter, unerfüllter Virtualität endlich, ja schlussendlich, eine Stunde wirklich SEHEN. Sonst nichts.

Sieben Minuten später

AW:

Ich hoffe, du wirst nicht enttäuscht sein. Denn besonders aufregend SEHE ich nicht aus, weder beim Reden noch beim Zuhören und schon gar nicht beim Atmen. (Ich bin erkältet.) Aber du hast es so gewollt, du hast dir das Treffen gewünscht.

Drei Stunden später

Betreff: ??

Habe ich (wieder) etwas Falsches gesagt? Schönen Abend noch. Leo.

Am nächsten Tag

Betreff: Angst

Guten Morgen, Emmi. Ja, ich habe Angst. Ich habe Angst, dass die Bedeutung, die ich für dich hatte (und vielleicht zum Teil noch immer habe), mit einem Schlag verloren geht, wenn du mich gesehen hast. Ich glaube nämlich, meine Buchstaben lesen sich auf dem Bildschirm besser, als sich mein Gesicht ansieht, wenn es die Buchstaben spricht. Vielleicht bist du schockiert, an wen du zwei Jahre lang Gedanken und Gefühle verschwendet hast, und welcher Art sie waren. Das hatte ich gemeint, als ich dir gestern schrieb: »Aber du hast es so gewollt, du hast dir das Treffen gewünscht.« Ich hoffe, du verstehst mich jetzt. Wenn du nicht mehr antwortest: Bis morgen. Leo.

Fünf Stunden später

RE:

Ja, ich verstehe dich jetzt, du hast dich wirklich schön klar ausgedrückt. Dir ist es bei unserem »Uns« schon immer und bis heute ausschließlich darum gegangen, welche Bedeutung DU für MICH haben könntest. Daran misst du nämlich die Bedeutung, die ICH für DICH habe. Das heißt: Bedeutest du mir viel, bedeute ich dir etwas. Bedeutest du mir wenig, bedeute ich dir nichts. Klar, dabei bin ich für dich physisch verzichtbar, dafür musst du mich nicht eigens treffen, und deshalb hält sich deine Begeisterung auch in Grenzen, es nun gezwungenermaßen doch noch zu tun. Denn wer und was ICH wirklich bin, war und ist für dich bedeutungslos. Aber, Leo, was deine Angst betrifft, kann ich dich beruhigen: Deine Bedeutung für mich ist auf dem besten Wege, schon vor dem Treffen verloren gegangen zu sein (auch wenn das jetzt kein deutscher Satz war). Da kannst du aussehen, wie du willst, mein Bester.

Zehn Minuten später
AW:
Am besten, wir lassen das Treffen, meine Beste.

20 Sekunden später
RE:
Ja, lassen wir es. Am besten, du aktivierst gleich wieder deine Abwesenheitsnotiz, mein Bester.

Zehn Minuten später
AW:
Meine Schuld. Ich hätte dir nach Boston niemals antworten dürfen.

Eine Minute später
RE:
Meine Schuld. Ich hätte dir niemals schreiben dürfen, dass auf Top 15 um drei Uhr morgens Licht brennt. Was geht mich dein Licht an? Übrigens, damit du deine Bedeutung für mich nicht allzu sehr überschätzt: Ich bin damals nur zufällig mit dem Taxi vorbeigefahren.

Zwei Minuten später
AW:
Mein Licht geht dich zwar tatsächlich nichts an, aber ich habe sehr fein von dir gefunden, dass du mit mir Strom sparen wolltest. Übrigens, auch wenn es für unsere Situation bedeutungslos erscheint: Von einem Taxi aus sieht man nicht, ob auf Top 15 Licht brennt oder nicht.

Eine Minute später
RE:
Dann war es eben ein Stockautobus oder ein Propellerflugzeug. Ist ja aus heutiger Sicht völlig egal. Nacht!

Sieben Stunden später
AW:
Falls du nicht gerade zufällig vorbeigeflogen bist und es ohnehin gesehen hast: Auf Top 15 brennt heute Nacht wieder Licht. Ich kann nicht schlafen.

Zehn Minuten später
Betreff: **Bedeutendes**
Lasse es mich klarstellen, Emmi.
1.) Was du mir bedeutest, bedeutet mir mindestens so viel wie das, was ich dir bedeute.
2.) Gerade weil du mir so viel bedeutest, bedeutet es mir viel, dass auch ich dir möglichst viel bedeute.
3.) Hättest du mir nicht so viel bedeutet, wäre es mir egal gewesen, wie viel ich dir bedeute.
4.) Da es mir aber keineswegs egal ist, bedeutet dies, dass du mir so viel bedeutest, dass es mir nicht egal sein kann, wie viel ich dir bedeute.
5.) Wüsstest du, wie viel du mir bedeutest, dann könntest du verstehen, warum ich meine Bedeutung für dich nicht verlieren will.
6.) Fazit eins: Du wusstest offenbar nicht, wie viel du mir bedeutest.
7.) Fazit zwei: Vielleicht weißt du es jetzt.
8.) Ich bin müde. Gute Nacht.

Vier Stunden später
RE:
Guten Morgen, Leo. Das hat noch niemand zu mir gesagt. Und ich glaube auch nicht, dass das schon einmal irgendjemand zu irgendjemandem gesagt hat. Nicht nur, weil man so etwas kein zweites Mal so (umständlich) formulieren könnte. Sondern weil kaum einer in der Lage wäre, so tief emotionell zu denken. Ich danke dir so sehr dafür. Du ahnst nicht, was es mir bedeutet!!! Heute um 14 Uhr im Messecafé?

Eine Stunde später
AW:
Heute um 14 Uhr im Messecafé.

Eine Minute später
RE:
Also in vier Stunden und sechsundzwanzig Minuten.

Eine Minute später
AW:
Fünfundzwanzig.

Eine Minute später
RE:
Vierundzwanzig.

40 Sekunden später
AW:
Und du kommst diesmal wirklich!

50 Sekunden später
RE:
Aber sicherlich. Und du?

Zwei Minuten später
AW:
Ja, natürlich. Ich werde uns doch nicht um unseren »würdevollen Abschluss« bringen.

20 Minuten später
RE:
War das vorhin deine letzte E-Mail?

20 Sekunden später
AW:
Nein. Und das hier deine?

30 Sekunden später
RE:
Auch nicht. Bist du aufgeregt?

20 Sekunden später
AW:
Ja. Du?

25 Sekunden später
RE:
Ja, sehr.

30 Sekunden später
AW:
Musst du aber nicht sein. Ich bin ein ziemlich durchschnittlicher, wenig zur Aufregung Anlass gebender Mensch, wenn man mich das erste Mal sieht.

20 Sekunden später
RE:
Leo, für Schadensbegrenzung ist es zu spät! War das vorhin deine letzte E-Mail?

30 Sekunden später
AW:
Meine vorletzte, liebe Emmi.

40 Sekunden später
RE:
Das hier ist meine letzte! Bis dann, lieber Leo. Willkommen im Neuland der Begegnung.

KAPITEL DREI

Am Abend des gleichen Tages
Kein Betreff
Danke, Emmi. Leo.

Am Morgen des nächsten Tages
Kein Betreff
Nichts zu danken, Leo. Emmi.

Zwölf Stunden später
Betreff: War es …
… so schlimm?

Zwei Stunden später
RE:
Warum fragst du, Leo? Du weißt, wie es war. Du warst dabei. Du bist deiner »Illusion des Vollkommenen« 67 Minuten leibhaftig gegenübergesessen und hast sie mindestens 54 Minuten davon angelächelt. Ich fange erst gar nicht an aufzuzählen, was du in dieses Lächeln alles hineingepackt hast, so umfangreich war das Programm. Eine anständige Portion Verlegenheit war jedenfalls auch dabei. Aber nein, es war nicht schlimm. Schlimm war es überhaupt nicht. Ich hoffe, deinem Hals geht es besser. Wie gesagt: Isla-Mint-Pastillen, am besten die mit Johannesbeergeschmack. Und vor dem Schlafengehen mit Salbeitee gurgeln! Schönen Abend noch, Emmi.

Zehn Minuten später
AW:
»Schlimm war es überhaupt nicht.« Was war es dann, liebe Emmi? Was war es überhaupt?

Fünf Minuten später
RE:
Hey Leo, seit wann stellst du die spannenden Fragen? Bist du nicht derjenige von uns beiden, der für die spannenden Ant-

worten zuständig ist? Also: Wenn es nicht schlimm war, was war es wohl dann, lieber Leo? Lass dir ruhig Zeit. Gute Nacht. Emmi.

Drei Minuten später
AW:
Wie können zwei identische Emmis in so unterschiedlichem Tonfall schreiben und reden?

50 Sekunden später
RE:
Hartes Training, Herr Sprachpsychologe! Und jetzt schlafe gut, träume schön und atme frei.
Übrigens: »Danke, Emmi«, war schwach, lieber Leo. Sehr schwach. Weit unter deinen Möglichkeiten.

Am Abend des nächsten Tages
Betreff: **Der Fremde**
Liebe Emmi, seit einer Stunde lösche ich E-Mail-Fragmente, in denen ich versuche zu beschreiben, wie es mir bei unserem Treffen mit dir ergangen ist. Ich schaffe es nicht, meine Eindrücke zu bündeln. Was immer ich über dich sage, klingt banal, phrasenhaft, »weit unter meinen Möglichkeiten«. Jetzt probiere ich es andersrum. Ich erzähle dir, wie es DIR bei unserem Treffen mit mir ergangen ist. Darf ich mich ausnahmsweise deiner griffigen Punktetabelle bedienen? Also:
1.) Dich hat gestört, dass ich vor dir dort war.
2.) Dich hat gewundert, dass ich dich sofort erkannt habe, weil du ja wusstest, dass ich nicht mit »dieser« Emmi gerechnet hatte.
3.) Dich hat befremdet, dass ich dich auf die Wange geküsst habe, als wäre das ein über Jahre einstudiertes Zeremoniell zwischen uns. (Die zweite Wange hast du mir verwehrt, ich hab's verstanden.)
4.) Du hattest von der ersten Sekunde an das Gefühl, einem

Fremden gegenüberzusitzen, der behauptete, Leo Leike zu sein, der aber jeden Beweis schuldig blieb, dass er es war.
5.) Dieser Fremde war dir keineswegs unsympathisch. Er sah dir in die Augen. Er brachte den Mund auf und schloss ihn rechtzeitig. Er erzählte keine ausufernden Geschichten. Er geriet nicht in Panik, wenn längere Sprechpausen entstanden. Er hatte weder Mundgeruch noch zuckten seine Augenbrauen. Er war ein kurzweiliger, unpeinlicher, wenn auch heiserer Gesprächspartner. Du musstest aber dennoch immer wieder die schöne smaragdgrüne Armbanduhr, die sich ein wahrlich graziles Handgelenk ausgesucht hatte, befragen, wie lange du noch gezwungen sein würdest, Nähe vorzutäuschen beziehungsweise vorgetäuscht zu bekommen, die es im öffentlich zugänglichen Raum nicht einmal in feinsten Nuancen gab. Nichts an mir kam dir bekannt vor. Nichts an mir war dir vertraut. Nichts an mir hat dich berührt. Nichts an mir hat dich an Schreiber Leo erinnert. Nichts aus der Mailbox hatte sich auf den Kaffeehaustisch übertragen lassen. Keine deiner Erwartungen hatte sich erfüllt, liebe Emmi. Und deshalb bist du, was das Kapitel Leo Leike betrifft, einigermaßen, nein, »enttäuscht« wäre zu hoch gegriffen. Ernüchtert. Ernüchtert trifft es eher: »Das ist er also wirklich, der Leo Leike. Aha. Na ja.« So wirst du jetzt wohl denken. Stimmt's?

Eine Stunde später
RE:
Ja, danke für das Kompliment, lieber Leo. Die grüne Uhr ist wirklich schön, ich trage sie schon seit vielen Jahren. Ich habe sie bei einem serbischen Antiquitätenhändler in Leipzig erstanden. »Geht gut, du gucken Tag, du gucken Nacht, immer so richtig Zeit«, hat er versprochen. Und tatsächlich: Wann immer ich auf die Uhr schaute, dann war es so richtig Zeit. So, und es ist wieder einmal so richtig Zeit. Alles Liebe. Emmi.

Zehn Minuten später
AW:
Liebe Emmi, ich finde deine Ausweichmanöver ja wirklich sehr elegant, geradezu kokett. Aber meinst du nicht, dass es fair wäre, mir zu sagen, warum du sauer bist? Ich würde mir in der Nacht dann etwas leichter tun, mit dem Schlaf, wenn du verstehst.

20 Minuten später
RE:
Okay, Leo, eigentlich hätte mich ja mehr interessiert, wie DU über mich denkst und was DU gefühlt hast oder hättest (vorausgesetzt, du hättest gefühlt). Meine eigenen Regungen und Empfindungen kenne ich selbst nach dem Treffen doch noch immer um eine Spur besser als du. Glaub es mir. Aber lieb, dass du dir die Mühe gemacht hast. Gute Nacht.

Am nächsten Abend
Betreff: **Der Nichtvorhandene**
Lieber Leo, ich sehe schon, du verkrampfst dich derzeit ein bisschen beim Schreiben. Vielleicht hast du dich mit deiner Lockerheit am Kaffeehaustisch übernommen. Aber ich will kein Spielverderber sein: Ich verrate dir, wie es DIR bei unserem Treffen mit mir ergangen ist. Also:
1.) Du warst so blendend darauf vorbereitet, jeder Emmi, die da kommen mochte, der perfekte, gewandte, galante, souveräne und doch so bescheiden auftretende würdevolle E-Mail-Beziehungsabschließer Leo Leike zu sein, dass es beinahe schon egal war, welche Emmi dann tatsächlich kam.
2.) Gratuliere, Leo, du hast es dir kaum anmerken lassen, wie verblüfft du warst, wie anders ich aussah, als du gedacht hattest.
3.) Gratuliere, Leo, du hast es dir kaum anmerken lassen, wie sehr es dich wunderte, wie mittelgroß, brünett, schüchtern und scheu ich auf einmal sein konnte. (Die Melancholie hatte

ich sicherheitshalber an der Garderobe abgegeben, und das war auch gut so.)
4.) Gratuliere, Leo, du hast dir kaum anmerken lassen, wie schwer es dir fiel, dich mit deinen glasklar gebirgsflussfarbig umrundeten Pupillen in meinen Augen einzuparken und dabei dein unverfängliches, zurückhaltend freundliches Ich-nehme-die-Emmis-wie-sie-kommen-Lächeln aufrechtzuerhalten.
5.) Leo, du wärest bei einem Ranking der hundert sympathischsten Blind-Dater, mit denen sich der Durchschnitt aller Emmis zwischen zwanzig und sechzig auch vorbehaltlos ein zweites Mal – mindestens zum Pferdestehlen – treffen würde, garantiert unter die Top Five gekommen. (Punkteabzüge gibt es einzig für deinen in seiner perfektionistischen Flüchtigkeit etwas überhasteten Wangenkuss, daran solltest du tatsächlich noch feilen.)
6.) Aber leider, leider, leider! Ich bin nicht der Durchschnitt der Emmis, sondern nur diese eine, die dich tatsächlich »persönlich« gekannt zu haben glaubte und die dich auch schon an Tagen (und Nächten!) der offenen Gefühlsschränke erlebt haben wollte. (Zufällig waren da zumeist auch deine Weinschränke offen.)
7.) Nein, lieber Leo, du warst mir nicht fremd, du hast mir gar nicht die Chance gegeben, dich als Fremden zu betrachten. Du warst nämlich, abgesehen von deiner äußeren Hülle, gar nicht anwesend, du hast dich vor mir in aller Öffentlichkeit versteckt.
8.) Unser Treffen in sieben Worten: Ich war scheu und du warst verschlossen. Ernüchternd? Tja, wenn ich ehrlich bin, schon ein wenig. Die zwei Jahre davor – inklusive dem Dreivierteljahr deiner inneren Emmi-Gration nach Boston – waren da schon um einiges gehaltvoller. Wangenkuss. Ich packe jetzt meine Melancholie aus und gehe damit unter die Dusche.

Vier Stunden später
Betreff: Ach ja
Schicke Jacke übrigens. Blau steht dir gut. Ach, und angenehme London-Reise! (Musst nicht mehr zurückschreiben.)

Fünf Minuten später
AW:
Darf ich dich etwas »Persönliches« fragen, Emmi?

50 Sekunden später
RE:
Na, das kann eine Frage werden!

40 Sekunden später
AW:
Bist du noch mit Bernhard zusammen?

30 Sekunden später
RE:
Schon. Doch. Klar. Sicher. Warum fragst du?

40 Sekunden später
AW:
Ach, nur aus »persönlichem« Interesse.

20 Sekunden später
RE:
An mir?

30 Sekunden später
AW:
An deinen Lebensumständen.

50 Sekunden später
RE:
Soso. Darf ich dich auch was »Persönliches« fragen, Leo?

20 Sekunden später
AW:
Du darfst.

20 Sekunden später
RE:
Bedauerst du, dass du mich gesehen hast?

30 Sekunden später
AW:
Darf ich dich dazu etwas sehr »Persönliches« fragen, Emmi?

20 Sekunden später
RE:
Du darfst.

30 Sekunden später
AW:
Kann man das bedauern?

40 Sekunden später
RE:
Soll ich dir ehrlich und »sehr persönlich« darauf antworten?

20 Sekunden später
AW:
Du sollst.

30 Sekunden später
RE:
Ich dachte immer: Nein, das kann man nicht bedauern. Aber dir hätte ich es zugetraut. Gute Nacht, mein lieber Schreiber.

20 Sekunden später
AW:
Seit ich dich gesehen habe, bewundere ich dich noch zehnmal mehr dafür, wie selbstsicher du deine Unsicherheit ironisieren kannst. Gute Nacht, meine liebe Schreiberin.

40 Sekunden später
RE:
Schön, der virtuelle Leo gewinnt langsam wieder die Oberhand. Solltest du irgendwann einmal deinen Gefühlsschrank lüften: Denke an die selbstsicher ihre Unsicherheit ironisierende Emmi.

30 Sekunden später
RE:
Kommt »Pam« eigentlich mit nach London?

40 Sekunden später
AW:
Sie ist schon dort.

30 Sekunden später
RE:
Oh, wie praktisch. Na dann, gute Landung, gute Nacht!

20 Sekunden später
AW:
Gute Nacht, Emmi.

KAPITEL VIER

Vier Wochen später
Betreff: Hallo Emmi!
Hallo Emmi, bist du gestern Nacht zufällig mit der Propellermaschine bei Top 15 vorbeigeflogen und hast Fotos gemacht? Oder war's doch nur ein Gewitter? Jedenfalls hab ich an dich gedacht und konnte nicht mehr einschlafen. Wie geht es dir? Alles Liebe. Leo.

Fünf Stunden später
RE:
Hallo Leo, welche Überraschung! Ich hätte nicht gedacht, dass du dich nach sattsam verdauter »Begegnung« und einem Monat Stillschweigen doch noch einmal aufraffst, mir eine E-Mail zu schreiben. Wem schreibst du sie eigentlich? Und an wen denkst du da, wenn du an mich denkst (weil dich Blitz und Donner charmanterweise an mich erinnert haben)? Denkst du an deine gesichts- und körperlose »Wunschvorstellung« von früher, an deinen »höchsten Liebesbegriff«, an deine »Illusion des Vollkommenen«? Oder denkst du an die Schüchterne mit dem Schleierblick im Messecafé? (Wenn du innerhalb der nächsten vier Wochen antwortest, dann gehe ich noch einen Schritt weiter und frage dich, WAS konkret du denkst, wenn du an eine von uns beiden denkst.) Alles Liebe. Emmi.

30 Minuten später
AW:
Ich denke an diejenige Emmi, die sich mit Fingerspitzen, die so zart sind, als würden sie ihr davonfließen, alle halben Minuten imaginäre Haarsträhnen aus den Augen hinters Ohr streicht, als wollte sie auf diese Weise ihren Blick vom Schleier befreien, um die Dinge endlich auch einmal so scharf und klar zu sehen, wie sie sie längst schon beschreiben kann. Und ich frage mich wieder und immer wieder, ob diese Frau wohl glücklich ist in ihrem Leben.

Zehn Minuten später
RE:
Lieber Leo, jeden Tag so eine E-Mail, und ich wäre die glücklichste Frau der Welt.

Drei Minuten später
AW:
Danke, Emmi. Aber leider setzt sich Glück nicht aus E-Mails zusammen.

Eine Minute später
RE:
Sondern? Woraus setzt sich Glück zusammen? Sag es mir, ich würde es zu gerne wissen!!!

Fünf Minuten später
AW:
Aus Geborgenheiten, Vertrautheiten, Gemeinsamkeiten, Zuwendungen, Erlebnissen, Eingebungen, Ideen, Vorstellungen, Herausforderungen, Zielen. Und die Liste ist garantiert unvollständig.

Drei Minuten später
RE:
Huuuch, das klingt nach purem Stress, nach modernem Zehnkampf, nach Sportwochen des Glücks mit einer Leistungsschau der ihm zugrunde liegenden Tugenden und Funktionen. Da lieber täglich eine E-Mail von Leo mit einer kleinen imaginären Haarsträhne. Verbringe einen schönen Abend! Fein, dass du mich noch nicht vergessen hast. Wangenkuss. Emmi.

Am nächsten Tag
Betreff: Frage
Lieber Leo, du weißt, was ich dich jetzt frage!

20 Minuten später
AW:
So entschlossen, wie du das Ausrufezeichen setzt, habe ich einen Verdacht.

Eine Minute später
RE:
Also, Leo, was will ich dich fragen?

Drei Minuten später
AW:
»Wie war es in London?«

Eine Minute später
RE:
Ach, Leo, so würdest du es vielleicht formulieren. Du weißt doch, ich nenne die Dinge gerne beim Namen. – Also: Was ist mit »Pam«?

50 Sekunden später
AW:
»Pam« trägt erstens keine Anführungszeichen. Pam heißt zweitens Pamela. Und Pamela ist drittens kein Ding!

Zwei Minuten später
RE:
Liebst du sie?

Drei Stunden später
Kein Betreff
Da musst du aber lange nachdenken.

Zehn Minuten später

AW:

Emmi, es ist vielleicht noch zu früh, davon zu sprechen beziehungsweise darüber zu reden.

Drei Minuten später

RE:

Sehr geschickt formuliert, lieber Leo. Jetzt kann ich es mir aussuchen. Meint Leo: Es ist zu früh, um von Liebe zu sprechen? Oder meint er: Es ist zu früh, um mit Emmi über »Pam«, Verzeihung: Pamela zu reden?

Fünf Minuten später

AW:

Das zweite mit Sicherheit, liebe Emmi. An deinem raschen »Pam«-Rückfall erkennt man, dass du offenbar noch nicht soweit bist, um mit mir darüber zu reden. Du magst sie nämlich nicht. Du hast das Gefühl, sie nimmt dir deinen E-Mail-Partner weg. Stimmt's?

Fünf Stunden später

Kein Betreff

Jetzt musst DU aber lange nachdenken, wie du diesen Verdacht entkräftest, meine Liebe.

15 Minuten später

RE:

Okay, du hast Recht. Ich mag sie nicht, weil ich sie erstens nicht kenne und es mir deshalb leichter fällt, weil ich mich zweitens anstrenge, sie mir so ekelhaft wie nur möglich vorzustellen, weil mir das drittens gelingt, und viertens: Ja, weil sie mir dich wegnimmt, den Rest von dir, den Schreibrest, das bisschen Hoffnung. Hoffnung auf, auf, auf keine Ahnung worauf, einfach nur Hoffnung. Aber ich verspreche: Wenn du sie liebst, dann werde ich sie mögen lernen. Darf ich bis dahin noch ein paarmal »Pam« sagen? Ich weiß nicht warum, aber es tut mir gut. Und was mir noch guttut, mein Lieber: Wenn du »meine Liebe« schreibst. Ich nehme es nämlich wörtlich. Ja, auch das gelingt mir, manchmal. Schlaf gut.

Drei Minuten später
AW:
Du auch, meine Liebe.

Zwei Tage später
Betreff: Ich schreib dir jetzt
Emmmmmmmmmmi, ich bin betrunken. Und ich bin einsam. Schwerer Fehler. Nie beides sein. Entweder einsam oder betrunken, aber nie beides gleichzeitig. Schwerer Fehler. »Liebst du sie?«, hast du gefragt. Ja, ich liebe sie, wenn sie bei mir ist. Oder sagen wir es anders: Ich würde sie lieben, wäre sie bei mir. Aber sie ist nicht bei mir. Und ich kann nicht bei ihr sein, wenn sie nicht bei mir ist. Verstehst du das, Emmi? Ich kann nicht immer nur Frauen lieben, die nicht bei mir sind, wenn ich bei ihnen bin, wenn ich sie liebe. London? Wie war London? Ja, wie war London? Fünf Tage Stillen der aufgestauten Sehnsucht, sechs Tage Angst vor der Sehnsucht danach. Das war London. Pamela will zu mir ziehen. Nenne sie »Pam«, du darfst sie ruhig »Pam« nennen. Nur du darfst das! Pamela will zu mir ziehen. Sie will mit mir leben. Sie will es, aber tut sie es? Ich kann nicht immer vom Wollen einer Frau leben, die ich liebe. Ich will mit der Frau leben, die ich liebe. Leben und lieben, beides gleichzeitig. Nie eines ohne das andere. Betrunken oder einsam sein, nie beides gleichzeitig. Immer eines ohne das andere. Verstehst du, was ich meine, Emmi?
Warte ein bisschen, ich schenke mir noch ein Glas ein. Rotwein, Bordeaux, die zweite Flasche, schmeckt nach Emmi, wie immer. Erinnerst du dich? Weißt du, Emmi, du bist die Einzige. Du bist die Einzige, die Einzige, die Einzige, die … Es ist schwer zu formulieren. Ich bin schon ein bisschen betrunken. Du bist

die Einzige, die mir nah ist, auch wenn sie nicht bei mir ist, denn ich bin auch bei ihr, wenn sie nicht bei mir ist. Und dann muss ich dir noch etwas verraten, Emmi. Nein, ich tue es nicht, du hast Familie. Du hast einen Mann, der dich liebt. Du hast damals die Kurve gekratzt. Du hast dich für ihn entschieden, du hast dich richtig entschieden. Du glaubst vielleicht, dass dir etwas fehlt. Aber dir fehlt nichts. Du hast beides, leben und lieben. Ich hab auch beides: einsam sein und betrunken sein. Schwerer Fehler.

Aber ich verrate es dir. Ich habe mich so gezwungen, so sehr gezwungen, ich wollte nicht, dass du mir gefällst. Ich wollte es nicht. Ich wollte nicht, dass du mir nicht gefällst, und ich wollte nicht, dass du mir gefällst. Ich wollte gar nichts. Ich wollte dich nicht sehen. Denn wozu? Du hast Bernhard und die Kinder. Und ich habe Pamela. Und wenn sie nicht da ist, dann habe ich Bordeaux. Aber jetzt verrate ich dir etwas: Du hast ein wunderschönes, zum Beispiel ein wunderschönes Gesicht. Du schaust viel unschuldiger aus, als du schreibst. Nein, du schreibst nicht schuldig, aber du schreibst manchmal sehr hart, hart an der Grenze zu dir. Doch dein Gesicht ist weich. Und schön. Und ich weiß nicht, ob du glücklich bist. Ich weiß es nicht, ich weiß es nicht, ich weiß es nicht. Aber du musst es sein. Du kannst leben und lieben, beides gleichzeitig. Ich bin einsam und mir ist schlecht. Und was hab ich von Pamela, wenn sie so weit weg ist, dass ich aufhöre zu spüren, dass sie bei mir ist? Verstehst du mich? Ich gehe schlafen. Aber eines muss ich dir verraten: Gestern habe ich von dir geträumt, und ich habe dein wirkliches Gesicht gesehen. Dein Busen ist mir egal, großer Busen, kleiner Busen, mittlerer Busen, ganz egal. Aber nicht deine Augen und nicht dein Mund. Und auch nicht deine Nase. Wie du mich angesehen hast und angesprochen und angerochen. Das ist mir nicht egal. Und jedes Wort, das du mir schreibst, ist jetzt dein Geruch und dein Blick und dein Mund sowieso. Ich gehe jetzt schlafen. Ich schick dir die E-Mail, und dann gehe ich schlafen. Ich hoffe, ich erwische die richtige Taste. Du bist mir so nah, ich küsse dich. Und jetzt gehe ich schlafen. Wo ist die Taste?

Fünf Minuten später
Betreff: Ich hab dir geschrieben
Liebe Emmi, ich habe dir eine E-Mail geschickt. Ich hoffe, du hast sie bekommen. Nein, ich hoffe, du hast sie nicht bekommen. Oder doch. Ist ja egal, es ist, wie es ist, ob du es liest oder nicht. Und jetzt gehe ich schlafen. Ich bin ein bisschen betrunken.

Am nächsten Abend
Betreff: Du Lieber!
Lieber Leo, ich habe gestern Nacht Post von dir bekommen. Weißt du das? Hast du sie heute schon gelesen? Hast du sie noch gespeichert? Wenn nicht, dann schicke ich sie dir. Du bist ein lieber Mann!! Du solltest dich öfter betrinken. Wenn du betrunken bist, dann bist du so, so, so – zweisam. Emmi.

Eine Stunde später
AW:
Danke, Emmi. Ich habe gleich in der Früh mit schwerem Kopf und flauem Magen in Erfahrung gebracht, was ich dir im Rausch zuteilwerden habe lassen. Und Emmi, »soll ich dir etwas verraten«? – Ich geniere mich seltsamerweise nicht dafür. Ich bin sogar irgendwie erleichtert. Ich habe Dinge ausgesprochen, die ich lange mit mir herumgetragen habe. Ich bin froh, dass sie jetzt raus sind. Und soll ich dir noch etwas verraten? – Ich bin froh, dass ich DIR diese Dinge verraten habe. So, und jetzt mache ich mir einen Kamillentee. Gute Nacht, meine Liebe. Und entschuldige, wenn ich übers Ziel hinausgeschossen bin.

Am nächsten Morgen
Betreff: Zweiter Anlauf
Leo, ich will dich noch einmal treffen. Noch einmal ein Kaffee. Nur ein Kaffee in einem Café. Sonst nichts. Sag ja! Wir können es besser als beim letzten Mal. Schönen Tag, mein Lieber.

Zehn Stunden später
Betreff: Café
Hallo Leo, wo bist du? Hoffentlich nicht wieder einsam mit dir im Bordeaux-Koma. Ich erinnere an meine Anfrage von heute früh: Noch ein Café-Versuch, ja oder nein? Ich bin für »ja«. Du? Bei Stimmengleichheit entscheidet die kleinere Schuhgröße. Wärst du so lieb, mir dein Voting heute noch zu verraten (auch wenn du nüchtern bist)? Ich würde deine Antwort gerne mit in den Schlaf nehmen. Wangenkuss, Emmi, die Weichgesichtige.

Zwei Stunden später
Kein Betreff
Leo, bitte melden!!!

Eine Stunde später
Kein Betreff
Leo, muss das sein? Es macht mich wahnsinnig, auf dringend ausständige Antworten von dir zu warten! Schreib »ja«, schreib »nein«, schreib »bääääh«, schreib irgendwas, aber schreib! Sonst landet demnächst eine Propellermaschine auf deiner Top-15-Terrasse. Ich warne dich! Emmi.

Am nächsten Morgen
Betreff: Brutal
Danke, Leo. Danke für diese unvergessliche Nacht. Ich habe kein Auge zugetan.

Zehn Sekunden später
AW:
ACHTUNG. GEÄNDERTE E-MAIL-ADRESSE. DER EMPFÄNGER KANN SEINE POST UNTER DER GEWÄHLTEN ADRESSE NICHT MEHR AUFRUFEN. NEUE E-MAILS IM POSTFACH WERDEN AUTOMATISCH GELÖSCHT. FÜR RÜCKFRAGEN STEHT DER SYSTEMMANAGER GERNE ZUR VERFÜGUNG.

Drei Minuten später
RE:
Leo, sag bitte, dass du beim Bemühen um geschmacklose Scherze soeben deine Grenzen ausloten wolltest. Wenn du dich sofort meldest, verzeihe ich dir noch heuer! Emmi.

Zehn Sekunden später
AW:
ACHTUNG. GEÄNDERTE E-MAIL-ADRESSE. DER EMPFÄNGER KANN SEINE POST UNTER DER GEWÄHLTEN ADRESSE NICHT MEHR AUFRUFEN. NEUE E-MAILS IM POSTFACH WERDEN AUTOMATISCH GELÖSCHT. FÜR RÜCKFRAGEN STEHT DER SYSTEMMANAGER GERNE ZUR VERFÜGUNG.

Eine Minute später
RE:
Warum tust du mir das an?

Zehn Sekunden später
AW:
ACHTUNG. GEÄNDERTE E-MAIL-ADRESSE. DER EMPFÄNGER KANN SEINE POST UNTER DER GEWÄHLTEN ADRESSE NICHT MEHR AUFRUFEN. NEUE E-MAILS IM POSTFACH WERDEN AUTOMATISCH GELÖSCHT. FÜR RÜCKFRAGEN STEHT DER SYSTEMMANAGER GERNE ZUR VERFÜGUNG.

KAPITEL FÜNF

Am nächsten Abend
Betreff: Test
Hallo Emmi, kommt das bei dir an? Leo.

30 Minuten später
RE:
Ja, das kommt an. Aber soll ich dir was verraten, lieber Leo? Du bist schon besser bei mir angekommen als in den vergangenen Tagen. Was ist mit dir? Wo warst du? Was testest du? Was machst du da für Sachen? Warum hetzt du mir den Systemmanager auf den Hals? Ich dachte schon, du hättest dich wieder nach Boston abgesetzt.

Zwei Minuten später
AW:
Tut mir leid, Emmi. Tut mir so leid! Da gab es offenbar einen gröberen Softwarefehler. Die hatten versehentlich mein Outlook abgemeldet. Vielleicht habe ich eine Frist versäumt. Seit drei Tagen scheinen keine Eintragungen mehr auf. Hast du mir geschrieben?

Zwölf Minuten später
RE:
Ja, Leo. Ich habe dir geschrieben. Ich habe dich etwas gefragt. Ich habe zweieinhalb Tage auf deine Antwort gewartet. Ich habe um dich gebangt, wie in den besten Stunden vor deiner Amerikaflucht. Ich habe dich sogar angerufen, ich hätte nicht mit dir gesprochen, ich wollte nur deine Stimme hören, aber unter deiner alten Nummer gab es »keinen Anschluss« mehr. Ich habe dir Tränen ohne Flüssigkeit nachgeweint. Ich habe dir hysterisch nachgelächelt. Ich dachte, was nie begonnen hat, ist nun bereits zum zweiten Mal vorbei. Das waren die Höhepunkte meines wenig erquicklichen Daseins während deines gröberen Softwarefehlers. Als gäbe es real nicht schon genügend Trennungsgründe, setzt das System, das unsere

Steuerung übernommen hat, immer noch eins drauf. Gruselig, auf welchem Terrain wir uns da bewegen. Jetzt bin ich einfach nur erschöpft. Gute Nacht. Schön, dass du wieder da bist. Schön und beruhigend.

Drei Minuten später
AW:
Liebe Emmi, es schmerzt mich, dir wehgetan zu haben, das kannst du mir glauben. Es war höhere Gewalt: Computertechnik. Wie schnell sie verbindet, so schnell trennt sie. Dagegen sind wir mit unseren Gefühlen machtlos. Verzeih mir. Und schlafe gut, meine Liebe.

Am nächsten Morgen
Betreff: **Deine Frage**
Guten Morgen, Emmi. Ich habe gerade mit einem »Spezialisten« telefoniert: Das »System« ist wieder in Ordnung. Ich hoffe, du bist ausgeschlafen. Ach ja, du sagst, du hast mich etwas gefragt. Was wolltest du wissen? Alles Liebe, Leo.

Eine Stunde später
RE:
In verknappter Form: Heute, 15 Uhr, Messecafé?

30 Minuten später
AW:
Ja, aber (...). Nein, kein Aber. Ja!

20 Minuten später
RE:
Schön! Und für diese interessante Kausalkette hast du dreißig Minuten gebraucht, mein Lieber? NUR dreißig Minuten? Darf ich analysieren? Zuerst ein »Ja« der scheinbar entschlossenen Zusage. Dann ein Komma der zu erwartenden Beifügung. Dann ein »Aber« der angekündigten Einschränkung. Dann

eine runde Klammer der schriftlichen Formalkunst. Dann drei Punkte der geheimnisumwitterten Gedankenvielfalt. Danach Disziplin genug, um die Klammer zu schließen und die anonyme Wirrnis zu verpacken. Danach ein wertkonservativer Punkt, um im inneren Chaos die äußere Ordnung aufrechtzuerhalten. Dann plötzlich ein trotziges »Nein« der scheinbar entschlossenen Absage. Wieder ein Komma der bevorstehenden Ergänzung. Danach ein »Kein« der kompromisslosen Ablehnung. Dann ein neuerliches »Aber«, ein sich auflösendes, ein »Aber«, das nur da ist, um aufzuzeigen, dass es keines mehr gibt. Alle Zweifel angedeutet. Kein Zweifel ausgesprochen. Alle Zweifel abgeschoben. Am Ende steht ein tapferes »Ja« mit trotzigem Ausrufezeichen. Nochmals zusammengefasst: »Ja, aber (...). Nein, kein Aber. Ja!« Was für ein prächtiges Rondo deiner Wankelmütigkeit. Welch faszinierender Rundgesang deiner offen ausgetragenen Entscheidungsfindung. Dieser Mann weiß genau, dass er nicht weiß, was er will. Und dieses Wissen versteht er wie kein anderer an jene Person weiterzureichen, die es betrifft. Und das alles in läppischen dreißig Minuten. Genial! Dafür hat man dich Sprachpsychologie studieren lassen, lieber Leo.

Drei Minuten später
AW:
Und du weißt, was du willst?

30 Sekunden später
RE:
Ja.

40 Sekunden später
AW:
Was?

50 Sekunden später
RE:
Dich. (Noch einmal auf einen Kaffee treffen.) ((Du siehst, auch ich beherrsche das Spiel der Klammern.))

30 Sekunden später
AW:
Wozu?

Eine Minute später
RE:
Weil ich das Gleiche tue, was du tust, wenngleich du es dir, Klammer auf, und mir, Klammer zu, offenbar nur im betrunkenen Zustand eingestehen kannst.

40 Sekunden später
AW:
Und das wäre?

30 Sekunden später
RE:
Mich für dich interessieren.

40 Sekunden später
AW:
Ja, liebe Emmi. Kein Aber, keine Punkte, keine Klammern. Einfach nur: Ja. Richtig. Gut erkannt. Ich interessiere mich für dich.

Eine Minute später
RE:
Bestens, lieber Leo. Dann sind die Voraussetzungen für einen zweiten gemeinsamen Kaffeehausbesuch erfüllt, meine ich. Um drei?

20 Sekunden später

AW:

Ja. Klammer auf. Ausrufezeichen. Ausrufezeichen. Klammer zu. Um drei.

KAPITEL SECHS

Gegen Mitternacht
Betreff: Du
Lieber Leo, diesmal danke ich (zuerst). Danke für den Nachmittag. Danke, dass du mich durch einen schmalen Spalt in deinen Gefühlsschrank blicken hast lassen. Was ich sehen konnte, hat mich davon überzeugt, dass du bist, der du schreibst. Leo, ich habe dich erkannt. Ich habe dich wiedererkannt. Du bist der Gleiche. Du bist ein und derselbe. Du bist wirklich. Ich mag dich sehr gern! Schlaf gut.

20 Minuten später
AW:
Liebe Emmi, auf der Innenseite meiner linken Hand, etwa in der Mitte, wo die Lebenslinie von dicken Faltenbögen durchkreuzt Richtung Pulsader abbiegt, dort befindet sich ein Punkt. Ich betrachte ihn, aber ich kann ihn nicht sehen. Ich fixiere ihn, aber er lässt sich nicht festhalten. Ich kann ihn nur fühlen. Ich spüre ihn auch mit geschlossenen Augen. Ein Punkt. Er fühlt sich so stark an, dass mir schwindlig wird. Wenn ich mich auf ihn konzentriere, entfaltet sich seine Wirkung bis in die Zehen. Er prickelt, er kitzelt, er wärmt mich, er wühlt mich auf. Er treibt meinen Kreislauf an, er dirigiert meinen Puls, er bestimmt das Tempo meiner Herzschläge. Und im Kopf, da entfaltet er seine berauschende Wirkung wie eine Droge, erweitert mein Bewusstsein, verschiebt meinen Horizont. Ein Punkt. Ich könnte lachen vor Freude, weil er mir so guttut. Ich könnte weinen vor Glück, ihn zu besitzen und bis in die feinsten Glieder von ihm erfasst und erfüllt zu werden.
Liebe Emmi, auf der Innenseite meiner linken Hand, wo sich der Punkt befindet, dort hat sich heute Nachmittag, es muss gegen 16 Uhr gewesen sein, an einem Kaffeehaustisch ein Zwischenfall ereignet. Meine Hand wollte nach einem Glas Wasser greifen. Da kamen ihr die fließenden Finger einer anderen, zarteren Hand entgegen, versuchten zu bremsen, versuchten auszuweichen, versuchten die Kollision zu verhindern. Fast

wäre es gelungen. Fast. Die weiche Kuppe eines vorbeischnellenden Fingers kam für einen Bruchteil einer Sekunde auf der Innenfläche meiner zum Wasserglas greifenden Hand zu liegen. Das ergab eine zarte Berührung. Ich habe sie gespeichert. Keiner nimmt sie mir. Ich spüre dich. Ich erkenne dich. Ich erkenne dich wieder. Du bist die Gleiche. Du bist ein und dieselbe. Du bist wirklich. Du bist mein Punkt. Schlaf gut.

Zehn Minuten später
RE:
Leo!!! War das schön! Wo lernt man so was? Jetzt brauche ich einen Whiskey. Lass dich nicht stören. Geh ruhig schlafen. Und vergiss den Punkt nicht. Am besten, du machst mit der linken Hand eine Faust um ihn. Dann bleibt er geschützt.

50 Minuten später
Betreff: Drei Whiskey und ich
Lieber Leo, wir sind noch eine Weile wach geblieben und haben über dich, den Physischen, geplaudert. (Wir: drei kleine Whiskey und ich.) Dem ersten Whiskey und mir ist aufgefallen, dass du dich in meiner Gegenwart ziemlich abmühst, kontrolliert zu sein, was Worte, Gesten und Blicke betrifft. Das wäre gar nicht notwendig, meinte der erste Whiskey, der mich gut kannte. (Mittlerweile ist er leider ausgetrunken.) Der zweite, inzwischen ebenfalls verblichene Whiskey äußerte den Verdacht, dass du dich längst entschieden hast, mir niemals näher zu kommen als bis in die Mailbox und bis zur Mitte eines hell beleuchteten, von Dutzenden Augenzeugen abgesicherten Kaffeehaustisches. In diesem Rahmen sei unsere Unterhaltung diesmal erfreulich warm, herzlich, echt, persönlich, nahezu innig und sogar eine halbe Stunde länger als geplant gewesen, meinte der zweite Whiskey. Es bestünden gute Chancen, dass wir diese Art von Sonntagsbegegnungen im Café bis ins Pensionsalter durchhalten, um dann gemeinsam Patiencen zu legen oder gar eine Tarockrunde aufzustel-

len, sofern unsere Partner da mitspielen. (»Pam« ist sicher ein Naturtalent.)
Nun, der dritte, schon ein wenig schlüpfrige Whiskey hat sich die Frage gestellt, wie es um deine körperlichen Gefühle bestellt ist. (Der Whiskey nannte sie hochtrabend »Libido«. Ich erwiderte, so viel müsste es gar nicht sein.) Von mir wollte er wissen, ob ich glaubte, dass es tatsächlich sein kann, dass du mich erst ab ungefähr 3,8 Bordeaux-Promille anziehend findest. Bei Kaffee und Wasser ließest du nämlich jegliches Interesse an meinem Äußeren vermissen. Ich erwiderte: »Whiskey, da irrst du bestimmt. Leo ist so ein Mann, der sämtliche seiner Gefühle, wie stark und welcher Art sie auch sind, auf einen einzigen Punkt in der Mitte seiner Handinnenfläche konzentrieren kann. Er ist jedenfalls ein Mann, der niemals auf die Idee kommen würde, einer Frau, die ihm gefällt, den Anschein zu geben, sie gefiele ihm, oder ihr gar ins Gesicht zu sagen: Du gefällst mir! Das wäre ihm viel zu plump.« Darauf erwiderte der dritte Whiskey: »Zu Pamela hat er das bestimmt schon tausendmal gesagt.« Weißt du, was ich mit dem dritten Whiskey daraufhin gemacht habe, lieber Leo? Ich habe ihn vernichtet. Und jetzt geh ich schlafen. Guten Morgen!

Am nächsten Morgen
Betreff: Also Emmi!
Wie hattest du am Tag nach unserem ersten Treffen geschrieben? Ich zitiere: »›Danke, Emmi‹, war schwach, lieber Leo. Sehr schwach. Weit unter deinen Möglichkeiten.«
Und wie hast du dich gestern Nacht bezüglich unseres zweiten Treffens ausgedrückt? Ich zitiere: »Bei Kaffee und Wasser ließest du nämlich jegliches Interesse an meinem Äußeren vermissen.« – Das war schwach, liebe Emmi. Sehr schwach. Weit unter deinen Möglichkeiten.

Drei Stunden später
RE:
Tut mir leid, Leo. Du hast Recht, der Satz klingt bescheuert. Hättest du ihn geschrieben, wäre ich über dich hergefallen. Die gesamte E-Mail ist peinlich. Eitel. Angerührt. Anbiedernd. Zickig. Iiiiiiih! Aber bitte glaube mir: DAS WAR NICHT ICH, DAS WAREN DREI WHISKEY! Ich hab Kopfweh. Ich leg mich wieder hin. Tschüss!

Am nächsten Abend
Betreff: Bernhard
Tut mir leid, Emmi. Ich muss dich noch einmal an deinen (und deines Whiskeys) Worten messen. Und so frage ich dich, ernst und humorlos, wie es meinem Naturell entspricht: Warum soll ich mich »an deinem Äußeren interessiert« zeigen? Warum soll ich dir »Du gefällst mir« ins Gesicht sagen? Warum soll ich dir näher als bis zur Mitte eines ausgeleuchteten Kaffeehaustisches kommen? Du kannst doch nicht wollen, dass ich mich nun auch noch »körperlich« (oder libidinös, wie sich der Alkohol ausdrückt) in dich verliebe! Was hättest du davon? Das begreife ich nicht, das musst du mir erklären. Überhaupt musst du mir einiges erklären, meine Liebe. Beim Kaffee bist du mir wieder einmal elegant ausgewichen. Seit Monaten, ja seit Boston drückst du dich um dieses Thema herum. Aber jetzt will ich es wissen. Ja, ich will es wirklich wissen. Ausrufezeichen, Ausrufezeichen, Ausrufezeichen, Ausrufezeichen.
Hier mein Fragenkatalog eins: Wie steht es um deine Beziehung? Wie geht es dir mit Bernhard? Was machen die Kinder? Wie lebst du? Was macht dein Leben aus? Fragenkatalog zwei: Wieso hast du nach Boston wieder Kontakt zu mir aufgenommen? Wie denkst du heute über die Umstände, die zu unserer E-Mail-Trennung geführt hatten? Wie konntest du Bernhard verzeihen? Wie konntest du mir verzeihen? Fragenkatalog drei: Was fehlt dir? Was kann ich für dich tun? Was willst du

mit mir machen? Was soll ich für dich sein? Wie soll es mit uns weitergehen? Soll es mit uns weitergehen? Wohin? Verrate mir bitte: WOHIN? Lass dir mit den Antworten ruhig ein paar Tage Zeit, wenigstens davon haben wir alle der Welt. Schönen Abend, Leo.

Fünf Stunden später
Betreff: Ein- und Abdruck
Noch ein paar Worte zu meinem nicht vorhandenen oder nicht erkennbaren »Interesse an deinem Äußeren«, liebe Emmi. Richte deinen Ex- und zukünftigen Whiskeys bitte aus: »Du gefällst mir.« Das sage ich dir mit 0,0 Promille Alkohol im Blut. Es ist schön, dich zu sehen. Du bist wunderschön anzusehen. Und ich kann zum Glück jederzeit Einblick in dich nehmen. Ich habe nicht nur hundert Eindrücke von dir, ich habe auch einen Abdruck von dir. Ich habe einen Berührungspunkt in meiner Handinnenfläche. Ich kann dich darin beobachten. Ich kann dich sogar streicheln. Gute Nacht.

Drei Minuten später
RE:
Deine Frage: »Was kann ich für dich tun?«, hast du soeben selbst beantwortet. Streichle meinen Berührungspunkt. Lieber!

Eine Minute später
AW:
Das tue ich. Aber das tue ich nicht für dich, sondern für mich. Denn diesen Punkt kann eben nur ich fühlen, er gehört mir, Liebe!

50 Sekunden später
RE:
Irrtum, Lieber! Zu einem Berührungspunkt gehören immer zwei. 1.) Der berührt wird. 2.) Der berührt. Gute Nacht.

Drei Tage später
Betreff: **Fragenkatalog eins**
Fiona wird achtzehn. Nächstes Jahr ist sie mit der Schule fertig. Ich rede mit ihr nur noch Englisch und Französisch, damit sie es übt. Seither spricht sie überhaupt nicht mehr mit mir. Sie will Stewardess oder Konzertpianistin werden. Ich rate ihr zu einer Kombination: Klavierspielerin im Flugzeug, fliegende Pianistin, da wäre sie konkurrenzlos. Sie ist hübsch, schlank, mittelgroß, blond, hellhäutig, sommersprossig, wie ihre Mutter es war. Sie »geht« seit einem halben Jahr mit Gregor. Mit Gregor zu gehen bedeutet, dass jede Person männlichen oder weiblichen Geschlechts, mit der sie sich die Nächte um die Ohren schlägt, »Gregor« heißt. Offiziell verbringt sie jede Nacht bei ihm. Der Arme weiß und hat nur leider nichts davon. »Was macht ihr die ganze Zeit?«, frage ich. Da lächelt sie, so verrucht sie kann. »Sex« im angedeuteten Zustand ist noch immer die beste Erklärung für auskunftsunwillige Jugendliche. Es erklärt sich von selbst. Fiona muss kein Wort darüber verlieren. Sie muss nur ein paar sexualpädagogische Verhütungsmonologe über sich ergehen lassen.
Jonas ist vierzehn. Er ist noch ein Kind. Er ist sensibel und anhänglich. Ihm fehlt die Mutter, er braucht mich so sehr. Er hält die Familie zusammen, ganz fest, mit enormem Kraftaufwand. Die Energie fehlt ihm in der Schule. Er fragt mich alle paar Tage, ob ich seinen Vater noch lieb habe. Leo, du hast keine Ahnung, wie er mich dabei ansieht. Es gibt für ihn nichts Schöneres, als uns beide glücklich zu sehen, und er ist unser beider Mittelpunkt. Manchmal schubst er mich seinem Vater regelrecht in die Arme. Er will unsere Nähe erzwingen. Er spürt, dass sie uns langsam verloren geht.
Bernhard, ja, Bernhard! Was soll ich sagen, Leo? Warum muss ich dir das sagen, ausgerechnet dir? Es fällt mir schon schwer genug, es mir selbst einzugestehen. Unsere Beziehung ist kühler geworden. Sie ist keine Herzensangelegenheit mehr, sie ist eine reine Kopfdisziplin. Ich habe ihm nichts vorzuwerfen, lei-

der. Er gibt sich niemals Blößen. Er ist der gütigste und selbstloseste Mensch, den ich kenne. Ich mag ihn. Ich achte seinen Anstand. Ich schätze seine Aufmerksamkeit. Ich bewundere ihn für seine Ruhe und Intelligenz.
Aber, nein, die »große Liebe« ist es nicht mehr. Vielleicht war sie es nie. Doch wir hatten so große Freude daran, sie zu inszenieren, sie uns gegenseitig vorzuspielen, uns damit gegenseitig zu stimulieren, sie den Kindern vorzuzeigen, damit sie sich geborgen fühlen. Nach zwölf Jahren Bühnenarbeit sind wir müde geworden in unseren Rollen als perfekte Ehepartner. Bernhard ist Musiker. Er liebt die Harmonie. Er braucht die Harmonie. Er lebt die Harmonie. WIR leben sie gemeinsam. Ich hatte mich dafür entschieden, ein Teil vom Ganzen zu sein. Entziehe ich mich, bringe ich alles zum Einsturz, was wir uns aufgebaut hatten. Bernhard und die Kinder haben so einen Zusammenbruch schon einmal erlebt. Das darf kein zweites Mal passieren. Das kann ich ihnen nicht antun. Das kann ich MIR nicht antun. Das würde ich mir nie verzeihen. Verstehst du?

Einen Tag später
Betreff: Leo?
Hallo Lieber, hat es dir die Rede verschlagen? Oder wartest du geduldig auf Teil zwei und drei meiner Familiensaga?

Fünf Minuten später
AW:
Sprichst du mit ihm darüber, Emmi?

Sechs Minuten später
RE:
Nein, ich schweige mit ihm darüber, Leo. Das erhöht die Wirkung. Wir wissen beide nur zu gut, worum es geht. Wir versuchen, das Beste daraus zu machen. Leo, du darfst nicht glauben, dass ich todunglücklich bin. Mein Korsett ist mir vertraut.

Es festigt und schützt mich. Ich muss nur darauf achten, dass mir nicht eines Tages die Luft wegbleibt.

Drei Minuten später
AW:
Emmi, du bist 35!

Fünf Minuten später
RE:
Fünfunddreißigeinhalb. Und Bernhard ist 49. Fiona ist 17. Jonas ist 14. Leo Leike ist 37. Hektor, die Bulldoge von Frau Krämer, ist neun. Und Wasiljew, die kleine Wasserschildkröte der Weißenbachers? Da muss ich nachfragen, erinnere mich, Leo! Aber was willst du damit sagen? Bin ich mit 35 noch nicht alt genug, konsequent zu sein? Bin ich mit 35 noch nicht alt genug, Verantwortung weiterzutragen? Bin ich noch nicht alt genug, um zu wissen, was ich mir und meinen Lieben schuldig bin, was ich in Kauf nehmen muss, um mir selbst treu zu bleiben?

Vier Minuten später
AW:
Du bist jedenfalls viel zu jung, um bereits darauf achten zu müssen, dass dir unter deinem engen Korsett nicht eines Tages die Luft wegbleibt, meine Liebe.

Eine Minute später
RE:
Solange Leo Leike per E-Mail von außen und bisweilen sogar live am Cafétisch für Frischluftzufuhr sorgt, werde ich schon nicht in Atemnot geraten.

Zwei Minuten später
AW:
Das war eine gute Überleitung, liebe Emmi. Darf ich dich dar-

an erinnern, dass noch viele meiner Fragen unbeantwortet geblieben sind? Hast du sie gespeichert oder soll ich sie dir noch einmal schicken?

Drei Minuten später
RE:
Ich habe alles gespeichert, was du mir jemals geschrieben hast, mein Lieber. Für heute genug. Schönen Abend, Leo! Du bist ein guter Zuhörer. Danke.

Am nächsten Tag
Betreff: Fragenkatalog drei
Deinen sonderbaren Fragenkatalog zwei hebe ich mir bis zum Schluss auf. Ich springe lieber gleich in die Gegenwart.
Was mir fehlt, Leo? – Du. (Schon bevor ich wusste, dass es dich gibt.)
Was du für mich tun kannst, Leo? – Da sein. Mir schreiben. Mich lesen. An mich denken. Meinen Berührungspunkt streicheln.
Was ich mit dir machen will, Leo? – Das kommt auf die Tageszeit an. Meistens: dich im Kopf haben. Manchmal: auch darunter.
Was du für mich sein sollst, Leo? – Die Frage erübrigt sich. Du bist es bereits.
Wie es mit uns weitergehen soll, Leo? – Weiter wie bisher.
Ob es mit uns weitergehen soll? – Unbedingt.
Wohin? – Nirgendwohin. Einfach nur weiter. Du lebst dein Leben. Ich lebe mein Leben. Und den Rest leben wir gemeinsam.

Zehn Minuten später
AW:
Da wird aber nicht mehr viel für »uns« übrig bleiben, meine Liebe.

Drei Minuten später
RE:
Das hängt von dir ab, mein Lieber. Ich habe große Reserven.

Zwei Minuten später
AW:
Reserven der Unerfülltheit. Ich werde sie nicht füllen können, meine Liebe.

50 Sekunden später
RE:
Du ahnst nicht, was du füllen kannst, mein Lieber, was du füllen kannst und was du bereits gefüllt hast. Vergiss nicht: Du verfügst über tonnenschwere Gefühlsschränke. Du brauchst sie nur gelegentlich zu lüften.

15 Minuten später
AW:
Was mich interessieren würde: Hat sich durch unsere zwei Treffen etwas bei dir verändert, Emmi?

40 Sekunden später
RE:
Bei dir?

30 Sekunden später
AW:
Zuerst: Bei dir?

20 Sekunden später
RE:
Nein, zuerst: Bei dir?

Eine Minute später
AW:
Okay, zuerst: Bei mir. Aber davor musst du mir noch die ausständigen Fragen beantworten. Das ist ein faires Angebot, meine Liebe.

Vier Stunden später
Betreff: Fragenkatalog zwei
Gut. Bringen wir es hinter uns:
1.) Wieso habe ich nach Boston wieder Kontakt zu dir aufgenommen? Wieso wohl? – Weil das Dreivierteljahr »Boston« das schlimmste Dreivierteljahr seit der offiziellen Spaltung von Jahren in vier Viertel war. Weil der Mann der Worte sich wortlos aus meinem Leben geschlichen hatte. Feige, durch eine Hintertür im Postausgang, die mit einem der grausamsten Botschaften der Gegenwartskommunikation verriegelt war. Der Spruch begleitet mich bis heute in meine Träume (und wenn die Technik es böse meint, jederzeit auch wieder in meine Mailbox): ACHTUNG. GEÄNDERTE E-MAIL-ADRESSE, blablabla.
Leo, unsere »Geschichte« war noch nicht fertig. Flucht ist nie der Endpunkt, immer nur dessen Hinauszögerung. Das weißt du ganz genau. Sonst hättest du mir nicht geantwortet, neuneinhalb Monate danach.
2.) Wie denke ich heute über die Umstände, die zu unserer E-Mail-Trennung geführt hatten? – Leo, was ist das für eine Frage? Was sollen das für Umstände gewesen sein? Dir war die Sache mit mir zu viel geworden, zu viel oder zu wenig. Zu wenig für deine emotionelle Investition, deine illusionistischen Ausgaben. Zu viel für den praktischen Gewinn, deine realen Einnahmen. Das Unternehmen Emmi hat sich nicht mehr gerechnet. Du hattest die Geduld mit mir verloren. Das, lieber Leo, waren die Umstände, die zu unserer E-Mail-Trennung führten.
3.) Jetzt wird's spannend: Wie konnte ich Bernhard verzeihen? – Leo, ich habe diese Frage jetzt mindestens zwanzig Mal

gelesen. Ich verstehe sie nicht, ehrlich nicht. WAS hätte ich Bernhard verzeihen können sollen? Dass er mein Ehemann ist? Dass er unserer E-Mail-Liebe im Wege stand? Dass er dich durch seine Existenz letztendlich in die Flucht geschlagen hat? Leo, worauf zielt deine Frage ab? Das musst du mir erklären.
4.) So, und zum Abschluss: Wie konnte ich dir verzeihen? Ach, Leo. Ich bin bestechlich. Schöne E-Mails von dir – und ich verzeihe dir alles, sogar neuneinhalbmonatige Kunstpausen. Fertig!!

Zehn Minuten später
Kein Betreff
So, mein Lieber, und jetzt verrätst du mir, ob sich durch unsere Treffen etwas bei dir verändert hat. (Und natürlich: was.) Wangenkuss und Handinnenflächenpunktberührung, Emmi.

KAPITEL SIEBEN

Am nächsten Abend
Betreff: Leo?
Leo?

Am nächsten Morgen
Betreff: Weckruf
Leo?
Leeeooo?
Leo eo eo eo eo eo eo eeeeeeeeooooooooo??
Le e e e e e e e e eeeeeeeeeeeeeeeeeeeeeeeeeeeeeeeeeeooooooooo???

Elf Stunden später
Betreff: Treffen
Liebe Emmi, können wir uns noch einmal treffen? Ich muss dir etwas sagen. Es ist wichtig, denke ich.

Zehn Minuten später
RE:
»Pam« ist schwanger!

Drei Minuten später
AW:
Nein, Pamela ist nicht schwanger. Pamela hat nichts damit zu tun.
Hast du morgen oder übermorgen irgendwann kurz Zeit?

Eine Minute später
RE:
Klingt dramatisch! Wenn es eine gute Nachricht ist, die du mir plötzlich so dringend persönlich zu überbringen hast, dann: Ja, ich habe »irgendwann kurz Zeit«!

Zwei Minuten später
AW:
Es ist keine gute Nachricht.

40 Sekunden später
RE:
Dann verkünde sie mir schriftlich. Aber bitte noch heute! Ich habe morgen einen schweren Tag. Ich muss wenigstens ein paar Stunden schlafen.

Zwei Minuten später
AW:
Bitte, Emmi, lass uns lieber in den nächsten Tagen einmal in aller Ruhe darüber reden! Und jetzt zerbrich dir nicht den Kopf und geh ins Bett. Ja?

40 Sekunden später
RE:
Leo, ich lasse mich gerne trösten. Aber ich lasse mich nicht VERtrösten. Nicht von dir. Nicht auf diese Weise. Nicht mit den Worten »Zerbrich dir nicht den Kopf und geh ins Bett«. Also sag schon!

30 Sekunden später
AW:
Emmi, bitte, glaub mir, das Thema gehört nicht in die Gute-Nacht-Mailbox. Darüber müssen wir von Angesicht zu Angesicht reden. Auf ein paar Tage kommt es dabei wirklich nicht an.

50 Sekunden später
RE:
LLL, SSS!!!
(Lieber Leo Leike, sprechen Sie sofort!!!)

Zehn Minuten später
AW:
Okay, Emmi: Bernhard weiß von uns. Zumindest wusste er von uns. Das war der Grund, warum ich mich zurückgezogen hatte.

Eine Minute später
RE:
??? Leo, was ist das für eine absurde Behauptung? Was soll Bernhard gewusst haben? Was gab es da überhaupt zu wissen? Und wieso willst du das wissen? Wenn das wer wissen müsste, dann doch eher ich, denke ich. Leo, mir scheint, du hast dich da in eine schräge Verschwörungstheorie verrannt. Ich bitte um Aufklärung!!

Drei Minuten später
AW:
Emmi, bitte frage Bernhard! BITTE REDE MIT IHM! Es liegt nicht an mir, sondern an ihm, diese Sache aufzuklären. Ich habe nicht gewusst, dass er dir nie davon erzählt hat. Ich habe es mir nicht vorstellen können. Ich wollte es nicht wahrhaben. Ich dachte, du willst mit mir einfach nicht darüber reden. Aber du weißt es anscheinend wirklich nicht. Er hat es dir bis heute nicht gesagt.

Zwei Minuten später
RE:
Leo, langsam mache ich mir Sorgen um dich. Hast du Fieber? Wo schwebst du mit deinen Fantasien? Warum in aller Welt soll ich Bernhard auf dich ansprechen? Wie stellst du dir das vor? »Bernhard, wir müssen reden. Leo Leike sagt, du weißt von ihm, von ihm und mir, um es genau zu nehmen. Wer Leo Leike ist? Du kennst ihn nicht. Das ist der Mann, den ich selbst nie gesehen hatte und von dem ich dir nie erzählt habe. Du kannst ihn also gar nicht kennen. Nun behauptet er aber hartnäckig, du weißt von ihm, du weißt von uns (...).«
Leo, bitte, krieg dich wieder ein, du machst mich nervös!

Eine Minute später
AW:
Er hat unsere E-Mails gelesen. Er hat mir anschließend eine E-Mail geschrieben. Er hat mich gebeten, dich einmal zu treffen, um dich dann für immer in Ruhe zu lassen. Daraufhin habe ich den Job in Boston angenommen. So war es, in aller Kürze. Ich hätte dir das lieber ins Gesicht gesagt.

Drei Minuten später
RE:
Nein. Das gibt es nicht. Das ist nicht Bernhard. Das würde er niemals tun. Sag, dass es nicht wahr ist. Nein, das kann nicht sein. Leo, du weißt gar nicht, was du da anrichtest. Du lügst. Du zerstörst alles. Das ist eine ungeheuerliche Verleumdung. Das hat Bernhard nicht verdient. Warum tust du das? Warum machst du alles kaputt zwischen uns? Oder bluffst du? Ist das ein Scherz? Was ist das für ein Scherz?

Zwei Minuten später
AW:
Liebe Emmi, es gibt kein Zurück mehr. Ich hasse mich dafür, aber es standen nur diese zwei Möglichkeiten offen. Entweder mein Rückzug und Schweigen auf Lebzeiten. Oder die Wahrheit. Viel zu spät. Unverzeihlich spät. Unverzeihlich, ich weiß. Ich schicke dir im Anhang die E-Mail, die mir Bernhard vor über einem Jahr, am 17. Juni, unmittelbar nach seinem »Kollaps« beim Wanderurlaub mit den Kindern in Südtirol, zugesandt hat.

Betreff: **An Hr. Leike**
Sehr geehrter Herr Leike, es kostet mich große Überwindung, Ihnen zu schreiben. Ich gestehe, ich geniere mich dafür, und mit jeder Zeile wird meine Verlegenheit, in die ich mich selbst bringe, größer werden. Ich bin Bernhard Rothner, ich glaube, ich muss mich Ihnen nicht näher vorstellen. Herr Leike, ich

wende mich mit einer großen Bitte an Sie. Sie werden verblüfft oder gar schockiert sein, wenn ich die Bitte ausspreche. Ich werde im Anschluss daran versuchen, Ihnen die Beweggründe dafür darzulegen. Ich bin kein großartiger Schreiber, leider bin ich das nicht. Aber ich werde mich bemühen, in dieser für mich unüblichen Form all das auszusprechen, was mich seit Monaten beschäftigt, wodurch mein Leben nach und nach außer Tritt geraten ist, mein Leben und das meiner Familie, ja auch das Leben meiner Frau, ich glaube, ich kann das schon richtig beurteilen, nach all den Jahren unserer harmonischen Ehe.

Und hier nun die Bitte: Herr Leike, treffen Sie sich mit meiner Frau! Bitte tun Sie es endlich, damit der Spuk sein Ende hat! Wir sind erwachsene Menschen, ich habe Ihnen nichts vorzuschreiben. Ich kann Sie nur flehentlich bitten: Treffen Sie sie! Ich leide unter meiner Unterlegenheit und Schwäche. Was glauben Sie, wie erniedrigend es für mich ist, solche Zeilen zu formulieren. Sie dagegen haben sich nicht die geringste Blöße gegeben, Herr Leike. Sie haben sich nichts vorzuwerfen. Ja, und ich, auch ich habe Ihnen nichts vorzuwerfen, leider, leider habe ich das nicht. Einem Geist kann man nichts vorwerfen. Sie sind nicht greifbar, Herr Leike, nicht antastbar; Sie sind nicht real, Sie sind ein einziges Fantasiegebilde meiner Frau, Illusion vom unendlichen Glück der Gefühle, weltferner Taumel, Liebesutopie, aus Buchstaben gebaut. Dagegen bin ich machtlos, ich kann nur warten, bis das Schicksal gnädig ist und aus Ihnen endlich einen Menschen aus Fleisch und Blut macht, einen Mann mit Konturen, mit Stärken, mit Schwächen, mit Angriffsflächen. Erst wenn meine Frau Sie so sehen kann, wie sie mich sieht, einen Verwundbaren, eine unperfekte Schöpfung, ein Exemplar des Mangelwesens Mensch, erst wenn Sie ihr von Angesicht zu Angesicht gegenübergetreten sind, schwindet Ihre Übermacht. Erst dann habe ich die Chance, Ihnen Paroli zu bieten, Herr Leike. Erst dann kann ich um Emma kämpfen.

»Leo, zwingen Sie mich nicht, mein Familienalbum aufzublättern«, hat Ihnen meine Frau einmal geschrieben. Nun, statt ihrer sehe nun ich mich gezwungen, es zu tun. Als wir uns kennenlernten, war Emma 23, ich war ihr Klavierlehrer auf der Musikakademie, vierzehn Jahre älter als sie, gut verheiratet, Vater zweier entzückender Kinder. Ein Verkehrsunfall hat aus unserer Familie einen Trümmerhaufen gemacht, der Dreijährige traumatisiert, die Große schwer verletzt, ich selbst mit bleibenden Schäden behaftet, die Mutter der Kinder, meine Frau Johanna: tot. Ohne Klavier wäre ich daran zerbrochen. Aber Musik ist Leben, solange sie erklingt, stirbt nichts für immer. Wenn man Musiker ist und spielt, lebt man Erinnerungen, als wären sie unmittelbare Ereignisse. Daran habe ich mich aufgerichtet. Und dann waren da auch meine Schüler und Schülerinnen, da war Ablenkung, da war eine Aufgabe, da war Sinn. Ja, und da war plötzlich – Emma. Diese lebendige, sprühende, kecke, bildhübsche junge Frau begann, unsere Trümmer aufzusammeln, ganz von selbst, ohne sich etwas davon zu versprechen oder zu erwarten. Solche außergewöhnlichen Menschen sind in die Welt gesetzt, um die Traurigkeit zu bekämpfen. Ganz wenige gibt es von ihnen. Ich weiß nicht, womit ich es verdient habe: Aber ich hatte sie plötzlich an meiner Seite. Die Kinder sind ihr zugelaufen, ja, und ich habe mich Hals über Kopf in sie verliebt.

Und sie? Herr Leike, jetzt werden Sie sich fragen: Ja, und Emma? Hat sie, die 23-jährige Studentin, hat sie sich denn gar gleichermaßen verliebt, ausgerechnet in diesen bald vierzig Jahre alten Ritter von der traurigen Gestalt, den damals nur noch Tasten und Töne zusammenhielten? – Diese Frage kann ich weder Ihnen noch mir selbst beantworten. Wie sehr war es nur die Bewunderung für meine Musik (ich hatte damals recht gute Erfolge, war ein gefeierter Konzertpianist)? Wie viel davon war Mitleid, Anteilnahme, der Wunsch zu helfen, die Fähigkeit, da zu sein in schlimmen Stunden? Wie sehr erinnerte ich sie an ihren Vater, der sie zu früh verlassen hatte? Wie viele

Narren hatte sie an der süßen Fiona gefressen und an dem goldigen kleinen Jonas? Wie sehr war es meine eigene Euphorie, die sich in ihr widerspiegelte, wie sehr liebte sie nur meine unbändige Liebe zu ihr und nicht mich selbst? Wie sehr genoss sie die Sicherheit, dass ich sie niemals einer anderen Frau wegen enttäuschen würde, die Verlässlichkeit auf Lebzeiten, meine ewige Treue, derer sie sich gewiss sein durfte? – Glauben Sie mir, Herr Leike, ich hätte nie gewagt, mich ihr zu nähern, hätte ich nicht gespürt, dass sie mir ein Bündel ebenso starker Gefühle entgegenbrachte wie ich ihr. In unübersehbarer Weise fühlte sie sich zu mir und den Kindern hingezogen, wollte Teil unserer Welt sein, wurde Teil unserer Welt, prägender Teil, bestimmender Teil, Herzstück. Zwei Jahre später haben wir geheiratet. Das ist jetzt acht Jahre her. (Verzeihung, ich habe hiermit Ihr Versteckspiel gestört, habe eines der tausend Geheimnisse aufgedeckt: Die »Emmi«, die Sie kennen, ist 34 Jahre jung.) Keinen Tag hörte ich auf zu staunen, diese vitale junge Schönheit an meiner Seite zu haben. Und jeden Tag habe ich mit Bangen darauf gewartet, dass es »geschehen« wird, dass da ein Jüngerer sein wird, einer ihrer zahlreichen Verehrer und Anbeter. Und Emma würde sagen: »Bernhard, ich habe mich in einen anderen verliebt. Wie soll es nun weitergehen mit uns?« – Dieses Trauma ist ausgeblieben. Ein viel schlimmeres ist eingekehrt. Sie, Herr Leike, die stille »Außenwelt«. Liebesillusionen per E-Mail, sich stetig aufschaukelnde Gefühle, wachsende Sehnsucht, ungestillte Leidenschaft, alles auf ein nur scheinbar reales Ziel gerichtet, ein höchstes Ziel, das immer wieder weggeschoben wird, das Treffen aller Treffen, das nie stattfinden wird, weil es die Dimension des irdischen Glücks sprengen würde, die vollkommene Erfüllung, ohne Endpunkt, ohne Ablaufdatum, nur in den Köpfen lebbar. Dagegen bin ich machtlos.
Herr Leike, seit es Sie »gibt«, ist Emma wie verwandelt. Sie ist geistesabwesend und mir gegenüber distanziert. Stundenlang sitzt sie in ihrem Zimmer und starrt in den Computer, in den

Kosmos ihrer Wunschträume. Sie lebt in ihrer »Außenwelt«, sie lebt mit Ihnen. Wenn sie verklärt lächelt, gilt das längst nicht mehr mir. Mit Mühe gelingt es ihr, ihr Weggetretensein vor den Kindern zu verbergen. Ich merke, wie sehr sie sich quält, länger neben mir zu sitzen. Wissen Sie, wie weh das tut? Ich habe versucht, diese Phase mit großer Toleranz zu übergehen. Emma durfte sich nur niemals eingesperrt fühlen bei mir. Nie gab es Eifersucht zwischen uns. Aber plötzlich wusste ich nicht mehr, wo ich ansetzen sollte. Es war da ja nichts und niemand, keine reale Person, kein wirkliches Problem, kein offensichtlicher Fremdkörper – bis ich die Wurzel entdeckte. Ich könnte in den Boden versinken vor Scham, dass es so weit kommen musste: Ich habe in Emmas Zimmer spioniert. Und ich habe in einer versteckten Lade schließlich eine Mappe gefunden, eine dicke Mappe, voll gefüllt mit Schriftstücken: ihr gesammelter E-Mail-Verkehr mit einem gewissen Leo Leike, fein säuberlich ausgedruckt, Seite für Seite, Mitteilung für Mitteilung. Ich habe diese Skripten mit zitternden Händen kopiert und einige Wochen erfolgreich von mir weggeschoben. Wir hatten einen grauenvollen Urlaub in Portugal. Der Kleine war krank, die Große hatte sich unsterblich in einen Sportlehrer verliebt. Meine Frau und ich schwiegen uns zwei Wochen an, aber jeder von beiden versuchte dem anderen vorzumachen, alles sei in bester Ordnung, wie es immer war, wie es sein musste, wie es uns die Gewohnheit befahl. Danach habe ich es nicht mehr ausgehalten. Ich habe die Mappe mit in den Wanderurlaub genommen – und ich habe in einem Anfall von Selbstzerfleischung und masochistischer Leidenswilligkeit sämtliche E-Mails in einer Nacht durchgelesen. Seit dem Tod meiner ersten Frau habe ich keine größeren seelischen Qualen durchgemacht, das können Sie mir glauben. Als ich mit der Lektüre fertig war, kam ich nicht mehr vom Bett hoch. Meine Tochter verständigte die Rettung, man brachte mich ins Spital. Von dort holte mich vorgestern meine Frau ab. Jetzt kennen Sie die ganze Geschichte.

Herr Leike, bitte treffen Sie sich mit Emma! Ich komme nun zum erbärmlichen Höhepunkt meiner Selbsterniedrigung: Ja, treffen Sie sich mit ihr, verbringen Sie eine Nacht mit ihr, haben Sie Sex mit ihr! Ich weiß, dass Sie es werden haben wollen. Ich »erlaube« es Ihnen. Sie haben meinen Freibrief, ich erlöse Sie hiermit von allen Skrupeln, ich betrachte es nicht als Betrug. Ich spüre, Emma sucht nicht nur die geistige, sondern auch die körperliche Nähe zu Ihnen, sie will es »wissen«, glaubt es zu brauchen, ihr verlangt danach. Das ist der Kitzel, das Neue, die Abwechslung, die ich ihr nicht bieten kann. So viele Männer haben Emma verehrt und begehrt, nie wäre mir aufgefallen, dass sie sich auch nur zu einem von ihnen sexuell hingezogen gefühlt hätte. Und dann sehe ich die E-Mails, die sie Ihnen schreibt. Und plötzlich erkenne ich, wie stark ihre Begierde sein kann, wenn sie einmal vom »Richtigen« geweckt worden ist. Sie, Herr Leike, sind ihr Auserwählter. Und ich würde mir fast wünschen: Haben Sie einmal Sex mit ihr. EINMAL – (ich wähle dafür eindringliche Blockbuchstaben, wie meine Frau es tut). EINMAL. NUR EINMAL! Lassen Sie es das Ziel Ihrer schreiberisch aufgebauten Leidenschaft sein. Fixieren Sie damit den Schlusspunkt. Geben Sie Ihrem E-Mail-Verkehr die Krönung – und stellen Sie ihn danach ein. Geben Sie, Außerirdischer, Unantastbarer, mir meine Frau zurück! Geben Sie sie frei. Bringen Sie sie wieder auf den Boden zurück. Lassen Sie unsere Familie weiter existieren. Machen Sie es nicht mir zum Gefallen, nicht meiner Kinder wegen. Machen Sie es für Emma, ihr zuliebe. Ich bitte Sie!
Ich komme nun zum Ende meines peinlichen und peinigenden Hilferufs, meines fürchterlichen Gnadengesuchs. Noch eine abschließende Bitte, Herr Leike. Verraten Sie mich nicht. Lassen Sie mich außerhalb Ihrer beider Geschichte. Ich habe Emmas Vertrauen missbraucht, ich habe sie hintergangen, ich habe ihre private, intime Post gelesen. Ich habe dafür gebüßt. Ich könnte ihr nicht mehr in die Augen sehen, wüsste sie von meiner Spionage. Sie könnte mir nie wieder in die Augen se-

hen, wüsste sie, was ich gelesen habe. Sie würde sich und mich gleichermaßen dafür hassen. Bitte, Herr Leike, ersparen Sie uns das. Verschweigen Sie ihr diesen Brief. Und noch einmal: Ich bitte Sie!
Und nun sende ich Ihnen das grauenvollste Schreiben, das ich jemals aufgesetzt habe. Hochachtungsvoll, Bernhard Rothner.

KAPITEL ACHT

Drei Tage später
Betreff: Emmi?
Emmi?
(Ich erwarte keine Antwort auf diese Frage. Ich will dir nur mitteilen, dass ich sie mir sechzig Sekunden pro Minute stelle.)

Zwei Tage später
Kein Betreff
Vielleicht verachtest du mich für jedes Wort, das ich dir jemals geschrieben habe. Vielleicht hasst du mich für jeden Buchstaben, den ich dir jetzt noch sende. Aber ich kann nicht anders. Wie geht es dir, Emmi? Ich würde so gerne für dich da sein. Ich würde so gerne irgendetwas Sinnvolles für dich tun. Ich würde so gerne wissen, wie du denkst und fühlst. Ich würde so gerne mit dir mitdenken und mitfühlen. Ich würde dir so gerne die Hälfte von Allem abnehmen, so unangenehm es auch ist.

Zwei Tage später
Kein Betreff
Soll ich dir nicht mehr schreiben?

Einen Tag später
Kein Betreff
Was heißt das, Emmi? Heißt es:
Du weißt selbst nicht, ob du willst, dass ich dir schreibe.
Es ist dir egal, ob ich dir schreibe.
Du willst definitiv nicht, dass ich dir schreibe.
Du liest keine Mails mehr von mir.

Drei Tage später
Betreff: Nordwind
Okay, Emmi, ich hab's verstanden, ich schreibe dir nicht mehr.
Im Falle (...) Nordwind (...) dann weißt du (...) immer.
Immer, immer, immer, immer, immer!
Alles Liebe. Dein Leo.

Fünf Stunden später
RE:
Hallo Leo, schläfst du schon?

Drei Minuten später
AW:
EMMI!!! DANKE!!!
Wie geht es dir? Bitte verrate es mir! Ich denke an nichts anderes. Ich sollte einen Forschungsbericht fertigstellen, sitze seit Stunden vor dem Bildschirm, starre auf die Symbolleiste mit dem Briefzeichen und warte auf ein Wunder mit vier Buchstaben. Es ist eingetreten. Ich kann es noch gar nicht glauben. EMMI. Du bist wieder da!

30 Sekunden später
RE:
Darf ich zu dir kommen?

Eine Minute später
AW:
Wie bitte, Emmi? Habe ich mich verlesen? Du willst »zu mir« kommen? Zu mir nach Hause? Top 15? Warum? Wann?

20 Sekunden später
RE:
Jetzt.

50 Sekunden später
AW:
Liebe Emmi, ist das dein Ernst? Geht es dir schlecht? Willst du dich aussprechen? Natürlich kannst du kommen. Aber es ist zwei Uhr früh. Wollen wir uns nicht lieber morgen treffen? Da haben wir mehr Zeit und einen klareren Kopf. (Ich zumindest.)

20 Sekunden später
RE:
Kann ich kommen, ja oder nein?

Eine Minute später
AW:
Das klingt zwar bedrohlich, aber ja, klar, Emmi, du kannst kommen!

30 Sekunden später
RE:
Hast du Whiskey oder muss ich mir einen mitnehmen?

40 Sekunden später
AW:
Ich hab Whiskey. Die Flasche ist dreiviertel voll. Genügt dir das? Emmi, du willst mir nicht zufällig verraten, in welcher Stimmung du bist? Nur damit ich mich darauf einstellen kann.

20 Sekunden später
RE:
Du wirst es rasch erkennen. Bis gleich!

40 Sekunden später
AW:
Bis gleich!

Am nächsten Abend
Betreff: Tiefpunkt
Liebe Emmi, ich glaube nicht, dass es dir heute besser geht, weder besser als gestern noch besser als mir. Die eigene Verletztheit nimmt dadurch nicht ab, dass man besessen ist, sie auf ihre möglichen Verursacher aufzuteilen. Wer heimzahlt, steht nachher selbst immer noch ärmer da. Dein stürmischer Auftritt, die Verleugnung deiner Schüchternheit, die Negierung

deiner Ängstlichkeit, dein »mitreißendes Verlangen«, dem ich mich – das hattest du wohl gewusst – nicht entziehen würde wollen und können, dein perfekt durchgezogener Plan, dein Auf-die-Spitze-Treiben und Fallenlassen, als wäre Intimität die wertloseste Sache der Welt, dein wohl kalkulierter Abgang, dein professionelles Verschwinden – das waren keine Vergeltungsmaßnahmen, das war eine einzige Verzweiflungsaktion. Deine Blicke danach sollten sagen: »Das war es doch, was du von Anfang an wolltest. Hier hast du es gehabt.« Nein, das wollte ich nicht, und du weißt es! Gleichzeitig so nah und so fern waren wir uns noch nie gewesen. Das war unser Tiefpunkt. Emmi, du kannst mich nicht täuschen. Du bist nicht die Souveräne, die Mächtige, die Coole, die Kränkungen auf diese Weise in Siege verwandeln kann.

Wirklich bestraft hast du mich einzig mit deiner Sprachlosigkeit. Was uns bis heute miteinander verbunden und aneinander gebunden hat, waren – Worte. Emmi, wenn dir noch etwas an mir liegt, dann rede mit mir! Leo.

Drei Stunden später

RE:

Worte willst du? Okay, einen Mundvoll habe ich noch, den schenke ich dir, ich kann nichts mehr damit anfangen.

Du hast Recht, Leo. Ich wollte es Bernhard beweisen. Ich wollte es dir beweisen. Ich wollte es mir beweisen. Jetzt weiß ich es: Ich kann betrügen. Mehr noch, ich kann Bernhard betrügen. Mehr noch, ich kann Bernhard mit DIR betrügen. Mehr noch, die größte Leistung, ich kann mich dabei gleich mitbetrügen, ja, das kann ich wohl am allerbesten. Danke übrigens, dass du »mitgespielt« hast. Ich weiß, Leo, es war nicht deine Zügellosigkeit, es war dein Mitgefühl. Du hattest mir angeboten, die Hälfte meiner Gefühle zu übernehmen. Diese Aufgabe hast du gestern früh in Anbetracht der angespannten Situation bravourös gemeistert. Geteiltes Bett – halbes Bett. Geteiltes Leid – doppeltes Leid.

Du hast Recht, Leo. Mir geht es heute nicht besser. Mir geht es beschissener als je zuvor.
Leo, du kannst dir nicht vorstellen, was »ihr« mir angetan habt. Ich fühle mich verraten und verkauft. Mein Ehemann und mein virtueller Liebhaber, die hatten hinter meinem Rücken einen Pakt geschlossen: Wenn mich der eine einmal leibhaftig spüren will, dann drückt der andere ausnahmsweise ein Auge zu. Wenn der eine dann für immer verschwindet, darf mich der andere für immer behalten.
Der eine gibt mich wie ein Fundstück meinem Ehemann, dem rechtmäßigen Besitzer zurück. Der andere gönnt mir dafür »die greifbare Begegnung« – ein sexuelles Abenteuer mit einer sonst so virtuellen Liebesfantasiegestalt, quasi als Finderlohn. Korrekte Teilung, perfekte Trennung, perfider Plan. Und die debile Emmi, gleichermaßen familienhörig wie getrieben von Abenteuerlust, wird niemals ein Sterbenswörtchen davon erfahren. Jaja.
Leo, was das für mich und Bernhard bedeutet, kann ich noch gar nicht abschätzen. Du wirst es vermutlich auch nicht erfahren. Was es für »uns« beide bedeutet? Das kann ich dir sofort sagen. Und für dich, der aus meinem Inneren zu lesen befähigt sein sollte wie kein anderer Mensch, für dich kann daran doch kein Zweifel bestanden haben, oder? Leo, sei nicht naiv. Es gibt kein »Wunder mit vier Buchstaben«. Es gibt nur eine logische Konsequenz, bestehend aus vier Buchstaben. So oft haben wir ihr entgegengezittert. So lange haben wir sie hinausgezögert, darüber hinweggetäuscht und daran vorbeigeschrieben. Jetzt hat sie uns eingeholt, und es liegt an mir sie zu verkünden: ENDE.

KAPITEL NEUN

Drei Monate später
Betreff: Ja, ich
Hallo Leo. Die diplomierte Pflegerin meiner angekratzten Psyche meint, ich könnte dich einmal fragen, wie es dir geht. Also, wie geht es dir? Was darf ich der fürsorglichen Frau Therapeutin ausrichten? Doch nicht etwa: ACHTUNG. GEÄNDERTE E-MAIL-ADRESSE (…)? Gruß, Emmi.

Drei Tage später
Betreff: Ich, noch einmal
Hallo Leo, ich habe meiner Therapeutin gerade am Telefon meine Dienstag-E-Mail an dich vorgelesen. Sie meint, ich dürfe mich nicht wundern, dass ich keine Antwort erhalte. Ich darauf: »Ich wundere mich ohnehin nicht.« Sie darauf: »Aber Sie wollen doch wissen, wie es ihm geht.« Ich: »Schon.« Sie: »Dann müssen Sie ihn so fragen, dass eine Chance besteht, dass Sie es erfahren.« Ich: »Ah so. Aber wie frage ich da am besten?« Sie: »Freundlich.« Ich: »Ich fühle mich aber nicht freundlich.« Sie: »Doch, Sie fühlen sich freundlicher, als Sie sich's eingestehen. Sie wollen nur nicht, dass er glaubt, dass Sie sich freundlich fühlen.« Ich: »Was er glaubt, ist mir egal.« Sie: »Das glauben Sie aber selbst nicht!« Ich: »Da haben Sie Recht. Sie sind eine gute Menschendurchschauerin.« Sie: »Danke, mein Job.« Ich: »Also, was soll ich tun?« Sie: »Erstens: Tun Sie, wovon Sie glauben, dass es gut für Sie ist. Zweitens: Fragen Sie ihn freundlich, wie es ihm geht.«

Fünf Minuten später
Betreff: Ich, noch ein zweites Mal
Hallo Leo, jetzt einmal ganz freundlich: Wie geht's?
Ich kann es noch freundlicher: Hallo Leo, wie geht es dir?
Und eine weitere Freundlichkeitssteigerung ist möglich: Liiiiieber Leo, wie geht es dir, wiiiiiiie geht es dir, wie geht es dir denn so, wie war Weiiihnachten, was bringt das neue Jaaahr, was macht das Leeeeben, was macht die Liiiiiebe, was macht

»Pam«, Verzeihung, Pääämäääla? Maximal freundliche Grüße, Emmi.

Zwei Stunden später

Betreff: Ich, noch ein drittes Mal

Hallo Leo, ich schon wieder. Vergiss bitte den Schwachsinn, den ich dir vorhin zugemutet habe. Aber soll ich dir etwas verraten? (Ist eines meiner Leo-Lieblingszitate. Dazu stelle ich mir dich immer volltrunken vor.) Soll ich dir etwas verraten? – Schreiben tut mir einfach gut!

Morgen werde ich meiner Therapeutin sagen, dass ich ihm geschrieben habe, dass mir schreiben einfach guttut. Sie wird erwidern: »Das war aber nur die halbe Wahrheit.« Ich: »Was wäre die ganze gewesen?« Sie: »Sie hätten korrekterweise schreiben müssen: DIR zu schreiben tut mir einfach gut.« Ich: »Ich schreibe ja sonst niemandem. Schreibe ich also, schreiben tue mir einfach gut, dann meine ich automatisch, IHM zu schreiben tue mir einfach gut.« Sie: »Das weiß er aber nicht.« Ich: »Doch, er kennt mich.« Sie: »Das würde mich wundern. Sie kennen sich ja selbst nicht, darum sind Sie auch bei mir gelandet.« Ich: »Wie ist doch gleich Ihr Stundensatz für Beleidigungen dieser Art?«

Leo, alles rundherum ist in Veränderung begriffen, nur die Buchstaben hier sind die gleichen. Es tut mir gut, (mich) daran festzuhalten. Ich habe das Gefühl, ich bleibe mir wenigstens auf diese Weise treu. Du musst mir nicht antworten. Ich glaube, es ist sogar besser, wenn du es nicht tust. Unser gemeinsamer Zug ist abgefahren, »Boston« (und wie es dazu kam) hat mich mit einjähriger Verspätung aus der Bahn geworfen. Ich sitze in einem düsteren Abteil eines völlig neuen Waggons und versuche mich erst einmal zu orientieren. Keine Ahnung, wo die Fahrt hingeht, die Stationen sind noch nicht eingezeichnet, selbst die Richtung ist nur vage vorgegeben. Wenn ich aus dem kleinen Fenster mit der matten Scheibe sehe, an dem die Landschaft vorbeizieht, dann würde ich dir gelegentlich gerne mitteilen dürfen, ob ich etwas erkenne und was es sein könnte. Geht das in Ordnung? Ich weiß, dass meine Impressionen bei dir gut aufgehoben sind. Und wenn du mir einmal von deiner Bahnreise erzählen willst, von deiner Erlebnisfahrt im »Pam«-Express – ich höre zu. Also dann: Tschüss und warm anziehen, der Winter bricht angeblich wieder ein. Kalte Zugluft macht den Hals starr und das Blickfeld klein. Man sieht nur geradeaus zum vermeintlichen Ziel und nicht zur Seite, wo die Augenblicke stattfinden, für die es sich lohnt, die Fahrt zu bestreiten. Emmi.

Zwei Tage später
Betreff: **Verrate mir nur …**
… ob du meine E-Mails
a.) ungelesen löschst.
b.) liest und löschst.
c.) liest und aufhebst.
d.) gar nicht bekommst.

Fünf Stunden später
AW:
c

Am nächsten Morgen
Betreff: **Gute Wahl!**
Die beste Wahl, Leo! Und wie ausführlich du sie zu beschreiben, zu begründen und zu gestalten vermagst! Äh, hast du dir bei deiner Erwiderung einen Schreibkrampf mit Sehnenscheidenentzündung im Handgelenk zugezogen oder kommt noch was? Freundlicher Gruß, Emmi.

Zwei Tage später
Betreff: **C-Analyse**
Hallo Leo, du wusstest natürlich, wie sehr deine erste und einzige Buchstabenspende seit sechzehn Wochen meine Fantasie

beflügeln würde. Was hat Sprachpsychologe Leo Leike mit seiner Antwort wohl zum Ausdruck bringen wollen? Was mochte er damit bezwecken?
a.) Wollte er mit dem kleinsten jemals schriftlich kundgetanen Lebenszeichen einen Platz in meinem persönlichen Buch seiner Rekorde erobern?
b.) Fesselte ihn die Vorstellung, dass die c-Empfängerin mit ihrer Psychotherapeutin bestimmt eine Stunde lang über den Unterschied zwischen »c« mit Punkt, »c« mit Punkt und Klammer und »c« nackt, naturbelassen, wie Leike es schuf, sinnieren würde?
c.) Wollte er sich auf perfektionistisch minimalistische Weise bei mir »zu Wort« melden, um sich (neuerlich) interessanter zu machen, als es der Situation angemessen erscheint?
d.) Oder ging es ihm rein um den Inhalt? Wollte er damit sagen: Ja, ich lese Emmi, ich hebe mir Emmi sogar weiterhin auf, aber ich schreibe ihr definitiv nicht mehr? Und ich bin höflich genug, ihr das mitzuteilen. Ich setze ein Zeichen, ein verhungertes, aber ein Zeichen, das kleinstmögliche, aber immerhin – ein Zeichen. Ich sende ihr einen angeknabberten Hühnerzehen-Ring. War es das?
In freudiger Erwartung eines weiteren Buchstaben, Emmi.

Drei Stunden später
AW:
Gegenfrage, liebe Emmi: Wenn du definitiv ENDE sagst (wie zuletzt vor sechzehn Wochen, am Tag danach, du wirst dich vielleicht noch erinnern können, am Tag wonach), was meinst du damit?
a.) ENDE?
b.) ENDE?
c.) ENDE?
d.) ENDE?
Und warum hältst du dich weder an a.) noch an b.) noch an c.) noch an d.)?

30 Minuten später
RE:
1.) Weil ich gerne schreibe.
2.) Okay: Weil ich DIR gerne schreibe.
3.) Weil meine Therapeutin sagt, dass es mir guttut, und die muss es ja wissen, die hat es studiert.
4.) Weil ich neugierig war, wie lange du es aushalten würdest, mir nicht zu antworten.
5.) Weil ich noch neugieriger war, wie die Antwort ausfallen würde. (Zugegeben: Auf »c« wäre ich nie gekommen.)
6.) Weil ich noch neugieriger war und bin, wie es dir geht.
7.) Weil solche nach außen gerichteten Neugierden dem Raumklima hier guttun, dem Klima in meiner sterilen, kahlen, winzigen neuen Wohnung mit dem stummen Piano und den nackten Wänden, die mir ständig ratlose Fragezeichen ins Gesicht schleudern. Eine Wohnung, die mich mit einem Schlag fünfzehn Jahre zurückgeworfen hat, ohne mich deswegen fünfzehn Jahre jünger zu machen. Jetzt stehe ich mit meinen fünfunddreißig wieder unten, im Treppenhaus einer Zwanzigjährigen. Jetzt heißt es die vielen Stufen nochmals zu steigen.
8.) Wo waren wir? Ach ja, beim »Ende«, warum ich mich nicht an »Ende« halte, wenn ich »Ende« sage: Weil ich manche Dinge heute ein bisschen anders sehe als vor sechzehn Wochen, weniger endgültig.
9.) Weil eben Ende nicht gleich Ende nicht gleich Ende nicht gleich Ende ist, Leo. Weil jedes Ende letzten Endes auch ein Anfang ist.
Schönen Abend noch. Und danke, dass du geschrieben hast!
Emmi.

Zehn Minuten später
AW:
Du bist ausgezogen, Emmi? Hast du dich von Bernhard getrennt?

Zwei Stunden später
RE:
Ich bin umgezogen, habe mich ein Stück zurückgezogen. Ich bin zu Bernhard auf Distanz gegangen. Jetzt haben wir ungefähr den Abstand zueinander, der unserer Beziehung der vergangenen zwei Jahre entspricht. Ich bemühe mich, die Kinder nicht darunter leiden zu lassen. Ich will weiter für sie da sein, wann immer sie mich brauchen. Für Jonas ist die neue Situation schlimm. Du solltest seinen Blick sehen, wenn er mich fragt: »Warum schläfst du nicht mehr zu Hause?« Ich erwidere: »Papa und ich verstehen uns momentan nicht sehr gut.« Jonas: »Aber in der Nacht ist das doch egal.« Ich: »Nicht, wenn man nur durch eine dünne Wand getrennt ist.« Jonas: »Dann tauschen wir zwei eben Schlafzimmer. Mich stört eine dünne Wand zum Papa überhaupt nicht.« – Was sagt man darauf?
Bernhard sieht seine Fehler und Versäumnisse ein. Er schämt sich. Er ist zerknirscht, niedergeschlagen, völlig fertig. Er versucht zu retten, was noch zu retten ist. Ich versuche zu erkennen, ob es noch etwas zu retten gibt. Wir haben viel geredet in den letzten Monaten, leider um einige Jahre zu spät. Wir haben erstmals hinter die Fassade unserer Beziehung geblickt: alles modrig und desolat. Nie daran gearbeitet, nie sauber gemacht, nie gelüftet, alles verkommen, schwerer Schaden. Ob sich das je wieder gutmachen lässt?
Wir haben auch viel über dich geredet, Leo. Aber das erzähle ich dir nur, wenn du es wissen willst. – (Da du es natürlich wissen willst, bleiben wir in E-Mail-Kontakt. Das ist mein Plan!) Ich will dich nicht belästigen, aber meine Therapeutin ist eben überzeugt davon, dass du mir guttust. Sie sagt: »Ich verstehe gar nicht, warum Sie bei mir so teure Stunden nehmen. Bei Ihrem Leo Leike kriegen Sie das alles gratis. Also bemühen Sie sich gefälligst um ihn!« Also bemühe ich mich gefälligst um dich, lieber Leo. Und du bist herzlich eingeladen, dich ein bisschen um mich zurückzubemühen. Gute Nacht.

Am nächsten Abend

Kein Betreff

Liebe Emmi, es ehrt mich, dass mir deine Psychotherapeutin zutraut, sie ersetzen zu können. (»Gratis« wäre freilich zu billig, aber ich würde dir einen guten Preis machen.) Und ich freue mich natürlich, dass sie jedenfalls überzeugt ist, dass ich dir guttue. Doch sei bitte so freundlich und frage sie, ob sie mir denn auch versichern könne, dass DU mir guttust.

Alles Liebe, Leo.

Eine Stunde später

RE:

Sie denkt nur an mein Wohl, nicht an deines, lieber Leo. Wenn du nicht weißt, was gut für dich ist, und wenn du es wissen willst, musst du dir einen eigenen Therapeuten nehmen. Würde ich dir übrigens sehr ans Herz legen, wird dir aber wohl zu aufwändig sein.

Angenehmen Abend, Emmi.

PS: Äh, du, Leo, ich würde so schrecklich gerne wissen, wie es dir geht. Willst du mir nicht ein bisschen etwas verraten? Kannst du nicht wenigstens ein paar Andeutungen machen? Bitte!!

Eine halbe Stunde später

AW:

Andeutung eins: Ich bin schon seit drei Wochen erkältet.

Andeutung zwei: Ich bin nur noch drei Wochen allein.

Ausführung zur Andeutung zwei: Pamela (»Pam«) kommt. Und bleibt.

Zehn Minuten später

RE:

Oh, das ist aber eine Überraschung! Gratuliere, Leo, das hast du dir redlich verdient! (Ich meine natürlich »Pam«, nicht die Erkältung.) Gruß, Emmi.

Fünf Minuten später
AW:
Da fällt mir jene Frage ein, die wir uns vor einigen Monaten gegenseitig gestellt und nie beantwortet haben. Sie lautete: Hat sich durch unsere Treffen etwas bei uns verändert? – Für meinen Teil: Ja! Seit ich dein Gesicht vor mir habe, wenn ich deine Zeilen lese, kann ich viel schneller erkennen, in welcher Stimmung du gerade bist, wenn du mir schreibst, und wie deine Worte tatsächlich gemeint sind, wenn sie ganz bestimmt anders gemeint sind, als sie hier stehen. Ich sehe deine Lippen, wie sie die Worte hinauslassen. Ich sehe deine verschleierten Pupillen, wie sie den Vorgang kommentieren. Vorhin schriebst du: »Oh, das ist aber eine Überraschung! Gratuliere, Leo, das hast du dir redlich verdient.« Und damit meintest du: »Oh, das ist vielleicht eine Ernüchterung! Aber selber schuld, Leo, du hast dir offenbar nichts Besseres verdient.« In Klammern merktest du dann noch scherzhaft an: »Ich meine natürlich ›Pam‹, nicht die Erkältung.« Und das sollte bitterböse heißen: »Immer noch besser eine dreiwöchige Erkältung als auf Dauer diese ›Pam‹!« – Stimmt's?

Drei Minuten später
RE:
Nein, Leo, ich bin vielleicht manchmal bitter, aber ich bin nicht bitterböse. Ich bin überzeugt davon, dass »Pam« eine interessante Frau ist und dass sie dir guttut, besser als jeder Heuschnupfen. Schickst du mir ein Foto von ihr?

Eine Minute später
AW:
Nein, Emmi.

30 Sekunden später
RE:
Warum nicht?

Zwei Minuten später
AW:
Weil ich nicht wüsste, was du damit anfangen solltest. Weil es für dich völlig unerheblich ist, wie sie aussieht. Weil ich nicht will, dass du dein Aussehen mit ihrem vergleichst. Weil ich müde bin. Weil ich jetzt schlafen gehe. Gute Nacht, Emmi.

Eine Minute später
RE:
Du schreibst trotzig und gereizt, Leo. Warum? 1.) Gehe ich dir auf die Nerven? 2.) Bist du nicht glücklich? 3.) Oder besitzt du kein Foto von ihr?

20 Sekunden später
AW:
Nein.
Doch.
Doch.
Gute Nacht!

KAPITEL ZEHN

Am nächsten Abend
Betreff: Entschuldigung
Tut mir leid, wenn ich ruppig war. Ich habe momentan nicht meine beste Phase. Ich melde mich wieder! Alles Liebe, Leo.

Zwei Stunden später
RE:
Ist schon gut. Melde dich, wenn du dich wieder meldest. Du musst gar nicht deine beste Phase haben. Ich würde mich auch mit deiner zweitbesten zufriedengeben. Emmi.

Drei Tage später
Betreff: Meine Phase
Liebe Emmi, wieso habe ich seit drei Tagen das (mitunter durchaus quälende) Gefühl, dass du ungeduldig darauf wartest, dass ich dir endlich erkläre, inwiefern ich momentan nicht meine beste Phase habe? Gruß, Leo.

Vier Stunden später
RE:
Wahrscheinlich weil du das Bedürfnis hast, es mir zu erklären. Wenn du es mir unbedingt erklären willst, dann erkläre es mir einfach, und rede nicht herum.

Zehn Minuten später
AW:
Nein, Emmi, ich habe absolut kein Bedürfnis, es dir zu erklären! Ich kann es dir nämlich gar nicht erklären, denn ich kann es mir selbst nicht erklären. Paradoxerweise glaube ich aber, dir eine Erklärung schuldig zu sein. Wie erklärst du dir das?

Acht Minuten später
RE:
Keine Ahnung, Leo. Vielleicht bist du mir gegenüber plötzlich paranoid phasenaufklärungsbedürftig. (Übrigens ein völlig

neuer Zug an dir.) Wenn du willst, frage ich meine Therapeutin, ob sie da wen kennt, irgendeinen guten Phasenaufklärungsbedürftigkeitsexperten.
Nur zu deiner Entkrampfung: Du musst mir nicht erklären, warum du »momentan nicht deine beste Phase« hast. Ich weiß es ohnehin.

Drei Minuten später
AW:
Grandios, Emmi. Dann erkläre es mir bitte!

20 Minuten später
RE:
Du bist aufgeregt, wegen (»…«), okay, wegen Pamela. In Boston warst du zu Gast bei ihr. Nach Boston war sie zu Gast bei dir. Oder ihr wart gleichzeitig und wechselweise zu Gast beieinander, etwa in London oder wie auch immer die Kulisse hieß. Nun aber ändern sich mit den geografischen auch die liebesproportionalen Verhältnisse. Sie kommt zu dir und bleibt bei dir. Fernbeziehung wird Nahbeziehung. Das bedeutet: zwischenmenschlicher Alltag innerhalb der eigenen vier Wände statt Vollpension im Romantikhotel. Fenster putzen und gewaschene Vorhänge aufhängen, statt sehnsüchtig hinaus in die Weite der Wunschlandschaften zu starren. Sie kommt übrigens nicht nur zu dir. Sie kommt wegen dir. Sie kommt für dich. Sie setzt auf dich. Du übernimmst Verantwortung. Dieser Gedanke stresst dich natürlich. Du hast Angst vor der Ungewissheit, ein flaues Gefühl, dass zwischen euch plötzlich alles anders sein könnte. Deine Unruhe ist verständlich und berechtigt, Leo. Du kannst momentan gar nicht deine »beste Phase« haben. Was wäre dann von der darauffolgenden Phase, von dem auf dich zukommenden Lebensabschnitt zu halten? Ich bin überzeugt: Ihr werdet das Kind schon schaukeln! Alles Liebe, schönen Abend, Emmi.

Sieben Stunden später
Betreff: **Du Tagebuch**
Hallo Emmi, du wirst bereits schlafen. Es ist zwei oder drei, schätze ich. Ich trinke momentan überhaupt keinen Alkohol, deshalb vertrage ich ihn nicht. Das ist erst mein drittes Glas und ich sehe alles verschwommen. Okay, es ist ein großes Glas, das gebe ich schon zu. Der Wein hat 13,5 Volumprozent, steht auf dem Etikett, die sind bereits in meinem Kopf, die restlichen sechsundachtzig oder siebenundachtzig Prozent sind noch in der Flasche. Die trinke ich jetzt, da ist kein Alkohol mehr drinnen. Alles in meinem Kopf. Es ist aber schon die zweite Flasche, das gebe ich zu.
Du, Emmi, ich muss dir etwas verraten, du bist die einzige Frau, der ich schreibe, der ich so schreibe, wie ich schreibe, wie ich bin, wonach mir ist. Du bist eigentlich mein Tagebuch, aber du hältst nicht still wie ein Tagebuch. Du bist nicht so geduldig. Du mischst dich immer ein, du konterst, du widersprichst mir, du verwirrst mich. Du bist ein Tagebuch mit Gesicht und Körper und Figur. Du glaubst, ich sehe dich nicht, du glaubst, ich spüre dich nicht. Irrtum. Irrtum. So ein Irrtum. Schreibe ich dir, dann hole ich dich ganz nah an mich heran. Das war schon immer so. Und seit ich dich »persönlich« kenne, du weißt schon, seit wir uns gegenübergesessen sind, seither, zum Glück hat mir niemand den Puls gemessen, seither ..., das habe ich dir nie gesagt, das wollte ich dir nicht sagen, wozu auch? Du bist verheiratet, er liebt dich. Er hat einen schweren Fehler begangen, er hat geschwiegen. Eigentlich der schwerste Fehler. Aber du musst ihm verzeihen. Du gehörst zu deiner Familie, das sage ich nicht, weil ich ein wertkonservativer Mensch bin, denn ich bin gar kein wertkonservativer Mensch, vielleicht ein bisschen wertkonservativ, aber nicht konservativ, das bin ich nicht. Wo waren wir? Emmi, ja, genau, du gehörst zu deiner Familie, weil du eben zu ihr gehörst, zur Familie. Und ich gehöre zu Pamela, oder sie zu mir, ganz egal. Nein, nein, ich schicke dir kein Foto von ihr. Das schaffe

ich nicht, das ist mir zu (...), da stelle ich sie zu sehr in die Auslage, verstehst du mich, warum soll ich das tun? Emmi, sie ist anders als du, aber sie liebt mich, und wir haben uns entschieden, wir werden glücklich sein, wir passen gut zusammen, wir haben eine Zukunft, das kannst du mir glauben. Darf ich dir das schreiben? Bist du mir böse?
Emmi, du und ich, wir beide hätten längst aufhören müssen. So kann man nicht Tagebuch führen, das hält keiner aus. Du schaust mich immer an – du würdest schreiben, du schaust mich immer so, so, so an. Und ich sehe dich, wie du mich anschaust, wenn du so, so, so sagst, da kann ich sagen, was ich will, da kann ich schweigen, wie lange ich will, du schaust mich an mit deinen Augen/Worten. Jeder Buchstabe von dir blinzelt mir zu, so, so, so, einmal so, einmal so, einmal so. Jede Silbe hat deinen Blick.
Emmi, Emmi, das war ein schlechter Winter. Keine frohen Weihnachten und kein gutes neues Jahr von keiner Emmi Rothner. Ich dachte wirklich, es ist vorbei. Du hast ENDE geschrieben nach dieser Nacht. Diese Nacht und dann noch ENDE, nicht Ende, sondern ENDE, das war zu viel. Ich habe dich abgeschrieben. Da ist alles verschwunden, da war nichts mehr vorhanden. Kein Tagebuch. Kein Tag. Das war eine scheußlich leere Zeit, das kannst du mir glauben. Aber Pamela liebt mich, da bin ich sicher.
Emmi, ich frage dich, erinnerst du dich an diese Nacht? Das hätten wir nicht tun dürfen. Du warst so zornig, so verbittert, so traurig und trotzdem so, so, so (...). Dein Atem über meinem Gesicht, in meinen Augen, der ist mir bis unter die Netzhaut gegangen. Kann Nähe noch näher sein? Wie oft habe ich davon geträumt, immer die gleichen Bilder. So fest umschlungen zu sein, und dann für immer zu erstarren (...). Und nur noch deinen Atem zu spüren.
Aber jetzt höre ich besser auf zu schreiben. Ich bin ein bisschen betrunken, der Wein ist stark, egal ob mit oder ohne Alkohol. Emmi, noch fünfzehn Nächte, ich habe sie gezählt,

dann kommt Pamela. Dann beginnt ein neues Leben, du sagst Abschnitt, ich sage Leben. Aber ich bin nicht wertkonservativ, nur ein bisschen. Dein Leben sind Bernhard und die Kinder. Schneide es nicht ab. Wer nur in Abschnitten lebt, dem fehlt die Spannweite, die Tragweite, der Sinn des Ganzen. Der lebt in laschen, kleinen, nichtssagenden Stücken. Bei dem kommt am Ende alles zu kurz. Prost!
Und jetzt, egal, jetzt küsse ich dich, mein Tagebuch. Sieh mich bitte nicht so an!!! Und verzeihe mir solche E-Mails. Ich habe derzeit nicht meine beste Phase, auch nicht meine zweitbeste. Und ich bin ein bisschen betrunken. Nicht viel, aber ein bisschen. So. Stopp. Aus. Senden. Ende, nicht ENDE, nur Ende, dein Leo.

Am nächsten Morgen
Betreff: Noch 14 Nächte
Lieber Leo, deine Trunkenheitsbotschaften haben es wirklich in sich! Das war mehr als ein Redeschwall, das war ein richtiger Sturzbach, du solltest nicht immer so viel zusammenkommen lassen. Aber wenn dein Gefühlsschrank birst und dir die Zeilen in Rotweinbädern hinausfließen, bist du manchmal ein echter Philosoph. Deine Ausführungen über Wertkonservativismus und Lebensabschnitte – davon könnten sich die alten Lehrmeister noch etwas abschauen. Ich weiß gar nicht, wo ich beginnen soll, darauf einzugehen. Ich weiß ja nicht einmal, ob ich damit beginnen soll. Zahlt es sich denn noch aus für vierzehn Nächte? Ich werde dazu meine Therapeutin befragen. Und du krieg einmal die restlichen Volumprozent aus dem Kopf! Alles Liebe, dein niemals stillhaltendes Tagebuch.

Neun Stunden später
Betreff: Unser Programm
Guten Abend, Leo. Liest du schon wieder gerade Buchstaben? (Erkennst du darin mein Gesicht?) Dann richte ich in meiner Funktion als Tagebuch folgende Anfrage bezüglich unseres

Programms für die nächsten und möglicherweise letzten zwei Wochen an dich: Was wollen wir tun?
1.) Wollen wir schweigen, damit du dich in Ruhe auf »Pam« vorbereiten kannst? (Ich zitiere: »Sie liebt mich, wir haben uns entschieden, wir werden glücklich sein.« Persönliche Zwischenbemerkung: tolle Entscheidung!)
2.) Wollen wir weiterschreiben, als wäre zwischen dir und deinem Tagebuch nie etwas gewesen (und könnte allein deshalb auch nichts mehr sein)? Und pünktlich mit dem Eintreffen der Maschine aus Boston enden die dialogischen Aufzeichnungen, damit du dich endlich auf dein weiteres Leben konzentrieren kannst, während ich mich in meinen nächsten Abschnitt stürze oder den vorangegangenen wegen mäßigen Erfolges wiederhole?
3.) Oder wollen wir uns noch einmal treffen? Du weißt schon: eines unserer berühmten letzten Treffen. Mit dem Ziel, mit dem Ziel, mit dem Ziel (…). Ohne Ziel. Einfach so. Wie nannten wir es im vergangenen Sommer? – »Ein würdiger Abschluss.« Wollen wir endlich würdig und vor allem wirklich abschließen? Bedenke, so reif wird die Zeit dafür wohl nie mehr sein.

Am nächsten Abend
Betreff: Noch 13 Nächte
Hallo Leo, wie ich sehe, hast du dich ohne Absprache mit deinem Tagebuch für 1.) entschieden. Oder denkst du noch nach? Oder bist du einfach nur nüchtern und still? Komm, sag schon! Emmi.

Zwei Stunden später
AW:
Nüchtern, still und ratlos.

Zehn Minuten später
RE:
Wenn du nüchtern bist, trinke. Wenn du still bist, rede. Wenn du ratlos bist, frag mich. Dazu ist dein Tagebuch da.

Fünf Minuten später
AW:
Was soll ich dich fragen?

Sechs Minuten später
RE:
Frag mich am besten, was du wissen willst. Und wenn du so ratlos bist, dass du nicht weißt, was du mich fragen sollst, weil du nicht weißt, was du wissen willst, so frag mich eben etwas anderes. (Solche Sätze habe ich von dir gelernt!)

Drei Minuten später
AW:
Okay, Emmi. Was hast du an?

Eine Minute später
RE:
Bravo, Leo. Dafür, dass du nicht weißt, was du wissen willst, war es eine gute, berechtigte, um nicht zu sagen: brennende Frage!

50 Sekunden später
AW:
Danke. (Solche Fragen habe ich von dir gelernt!) Also, was hast du gerade an?

Fünf Minuten später
RE:
Was erwartest du dir als Antwort? Gar nichts? Oder etwa gar: »Nichts!«? Nun, leider, ich hoffe, du kannst mit der Wahrheit

leben: Es ist ein graues Flanellpyjamahemd, bei dem mir die dazu passende Hose abhandengekommen ist, die ich nun durch eine hellblaue ersetzt habe, die mir immer runterrutscht, weil der Gummi gerissen ist, die mir aber leidtut, weil sie alleinstehend ist, weil das zugehörige Oberteil in der Waschmaschine bei neunzig Grad von ihr gegangen ist, ich glaube, es geschah in einer nebeligen Novembernacht. Um mir selbst den Anblick auf meine Kombination zu ersparen, trage ich darüber einen kaffeebohnenbraunen Frotteebademantel von Eduscho. Fühlst du dich jetzt besser in deiner Haut?

15 Minuten später
AW:
Und wenn wir uns noch einmal treffen, was hättest du dir da vorgestellt, Emmi?

Drei Minuten später
RE:
Na siehst du, bei dieser Frage ist schon ein deutlicher Qualitätssprung zu beobachten. Mein Outfit hat dich offenbar inspiriert.

Zwei Minuten später
AW:
Also, was hättest du dir vorgestellt?

Acht Minuten später
RE:
Leo, du kannst ruhig »hast« sagen und brauchst nicht zwanghaft »hättest« zu verwenden. Ich weiß auch so, dass du weit davon entfernt bist, mich noch ein viertes Mal zu treffen. Und das verstehe ich auch. Du hast im Vorfeld von »Pam« bestimmt Angst vor einer weiteren nächtlichen Sexualattacke meinerseits, der du dich nicht erwehren können würden woll-

test. (Auch ich mag Konjunktive!) Ich darf dich beruhigen: So »hätte« ich es mir diesmal nicht vorgestellt, mein Lieber.

Eine Minute später
AW:
Sondern wie?

50 Sekunden später
RE:
So wie du es dir vorstellst.

30 Sekunden später
AW:
Ich stelle mir aber nichts vor, Emmi, zumindest nichts Bestimmtes.

20 Sekunden später
RE:
Das entspricht exakt meiner Vorstellung.

50 Sekunden später
AW:
Ich weiß nicht, liebe Emmi. Ein »letztes« Treffen, ohne dass sich einer von uns beiden etwas darunter vorstellen könnte, kann ich mir, offen gestanden, irgendwie nicht gut vorstellen. Ich glaube, wir sollten es besser beim Schreiben belassen. Da können wir mit unseren Vorstellungskräften großzügiger umgehen.

40 Sekunden später
RE:
Na siehst du, lieber Leo. Jetzt wirkst du gar nicht mehr so ratlos. Auch nicht still. Nur noch nüchtern, leider. Ich werde mich nie daran gewöhnen. Gute Nacht, schlaf gut. Ich schalte ab.

30 Sekunden später
AW:
Gute Nacht, Emmi.

Am nächsten Abend
Betreff: **Noch zwölf Nächte**
Hallo Leo, meine Therapeutin warnt mich ausdrücklich und eindringlich davor, dich in dieser Phase (die weder deine beste noch meine zweitbeste ist) noch einmal zu treffen. Habt ihr euch abgesprochen?

Zwei Stunden später
Betreff: **Stimmt's?**
Du bist da. Stimmt's?
Du hast auch die E-Mail gelesen. Stimmt's?
Du weißt nur nicht mehr, was du sagen sollst. Stimmt's?
Du weißt nämlich nicht mehr, was du mit mir anfangen sollst. Stimmt's?
Du denkst dir: Ach, wären diese zwölf Nächte nur schon vorüber! Stimmt's?

40 Minuten später
AW:
Liebe Emmi, so schwer es mir fällt, es zuzugeben: Du hast leider mit jedem Wort Recht!

Drei Minuten später
RE:
Das ist bitter!

Eine Minute später
AW:
Nicht nur für dich!

50 Sekunden später
RE:
Hören wir auf?

30 Sekunden später
AW:
Ja, das wäre das Beste.

30 Sekunden später
RE:
Jetzt gleich?

40 Sekunden später
AW:
Ja, von mir aus gleich!

20 Sekunden später
RE:
Okay.

15 Sekunden später
AW:
Okay.

30 Sekunden später
RE:
Du zuerst, Leo!

20 Sekunden später
AW:
Nein, du zuerst, Emmi!

15 Sekunden später
RE:
Wieso ich?

25 Sekunden später
AW:
Es war deine Idee!

Drei Minuten später
RE:
Aber du hast mich inspiriert, Leo! Du inspirierst mich seit Tagen! Du und deine Stille. Du und deine Nüchternheit. Du und deine Ratlosigkeit. Du und dein: »Es ist besser so.« Du und dein: »Es ist besser, wenn wir nicht mehr (…).« Du und dein: »Ich glaube, wir sollten es belassen.« Du und dein: »Ach, wären diese zwölf Nächte nur schon vorüber!«

Vier Minuten später
AW:
Den letzten Satz hast du mir in den Mund gelegt, meine Liebe.

Eine Minute später
RE:
Wenn man dir die Sätze nicht in den Mund legt, kommt überhaupt keiner mehr heraus, mein Lieber!

Drei Minuten später
AW:
Mich macht ja nur nervös, wie melodramatisch du diesen Abschieds-Countdown zelebrierst, liebe Emmi. Betreff: Noch vierzehn Nächte. Betreff: Noch dreizehn Nächte. Betreff: Noch zwölf Nächte. Das ist schmerzerfüllter Betrefffetischismus, hochgradiger Betroffenheitsmasochismus. Warum machst du das? Warum machst du es uns noch schwerer, als es sich selbst macht, dadurch, dass es ist, wie es ist?

Drei Minuten später
RE:
Würde ich es uns nicht schwerer machen, wäre es auch nicht

leichter. Lass mich doch unsere letzten ansatzweise gemeinsamen Nächte zählen, lieber Leo. Das ist meine Art der Bewältigung. Viele sind es ohnehin nicht mehr. Und morgen früh ist es wieder eine weniger. Was so viel heißt wie: Gute zwölftletzte Nacht wünscht dir dein beharrlich widerspruchsgeistiges Tagebuch!

KAPITEL ELF

Am nächsten Tag
Betreff: Mein Vorschlag!
Guten Morgen, liebe Emmi. Ich mache dir einen Vorschlag für die virtuelle Gestaltung der nächsten eineinhalb Wochen: Jeder von uns beiden darf dem anderen täglich je eine Frage stellen und ist dem anderen je eine Antwort auf dessen Frage schuldig. Einverstanden?

20 Minuten später
RE:
Wann ist dir denn diese abstruse Idee gekommen, mein Bester?

Drei Minuten später
AW:
War das schon deine Frage für heute, meine Beste?

Fünf Minuten später
RE:
Moment, Leo, ich habe nicht gesagt, dass ich einverstanden bin. Du weißt, ich spiele gerne, sonst säße ich nicht seit zwei Jahren hier. Aber dieses Spiel ist noch unausgegoren. Wie halten wir es zum Beispiel, wenn sich nach deiner Antwort auf meine Frage eine Rückfrage ergibt?

Eine Minute später
AW:
Dann kannst du diese am nächsten Tag stellen.

50 Sekunden später
RE:
Das ist unfair! Du willst ja nur, dass die Zeit zwischen mir und »Pam« schneller vergeht, damit die Tage deiner letzten dialogischen Tagebuchaufzeichnungen endlich gezählt sind.

40 Sekunden später
AW:
Tut mir leid, Emmi. Aber so geht das Spiel nun einmal. Das weiß ich ganz genau, denn ich habe es erfunden. Fangen wir an?

Eine Minute später
RE:
Moment. Darf man Fragen auch nicht beantworten?

50 Sekunden später
AW:
Nein, nicht beantworten gilt nicht! Höchstens ausweichend beantworten.

30 Sekunden später
RE:
Da bist du im Vorteil, das trainierst du schon seit fünfundzwanzig Monaten.

40 Sekunden später
AW:
Liebe Emmi, fangen wir jetzt an?

30 Sekunden später
RE:
Und was ist, wenn ich nein sage?

Zwei Minuten später
AW:
Dann war das hier soeben gleichzeitig deine heutige Frage und deine heutige Antwort. Und wir lesen uns morgen wieder.

Eine Minute später
RE:
Wärest du nicht Leo Leike, den ich mit eigenen Augen mit ganz anderen Augen an einem Kaffeehaustisch habe schmachten sehen, als er alles dafür gab, so charmant zu sein, dass er es mit meiner Wunschvorstellung von ihm hätte aufnehmen können, dann würde ich sagen: Du bist ein Sadist! Also frage mich. (Aber frage mich bitte nicht, was ich anhabe!) Emmi.

Drei Stunden später
Betreff: Erste Frage
Ich warte noch immer auf deine Frage, mein Guter. Fällt dir nichts ein? Das war übrigens noch nicht meine Frage! Meine Frage lautet: »Lieber Leo, du hast im Zuge deiner jüngsten schriftlichen Komabesäufnis-Kundgebungen über dich und P… P… Pamela behauptet, ihr beide würdet gut zusammenpassen. Inwiefern? Ich bitte um eine nähere Erläuterung.«

Fünf Minuten später
AW:
Meine Frage an dich, Emmi, lautet: »Würdest du es wieder tun?«

15 Minuten später
RE:
Sehr schlau, Leo. Das »Es« darf ich mir also aussuchen, und wehe, ich erwische ein falsches, dann bleibt »es« ewig an mir hängen, obwohl du derjenige warst, der »es« unbedingt hinterfragen wollte. Wärest du nicht Leo, sondern irgendein anderer Mann, dann wäre wohl klar, dass »es« nur Sex bedeuten könnte. In unserem Fall: Mein »Besuch« bei dir, meine Enttäuschung, meine Verzweiflung, meine Zerstörungswut und, daraus resultierend – »es«. Hättest du dieses »Es« gemeint, dann wäre meine Antwort nein gewesen. Nein, ich würde es nicht mehr tun! Ich wünschte, ich hätte es nie getan.

Da du aber Leo Leike bist, meinst du mit »es« natürlich nicht Sex, sondern etwas Anderes, Größeres, Erhabeneres, Hochwertigeres. Wenn mich nicht alles täuscht, müsste »es« unsere Schreibbeziehung sein. Du fragst: Würdest du es wieder tun? Würdest du mir wieder zurückschreiben? Würdest du dich ein zweites Mal auf diese Weise, mit dieser Intensität, mit diesem emotionalen Aufwand auf mich einlassen? Würdest du »es« tun, obwohl du wüsstest, wie »es« ausgehen würde?
Ja, Leo. Mehr noch: JA! Immer wieder.
So, und jetzt kommst du!

50 Minuten später
RE:
Ich weiß, es macht dir keinen Spaß, meine Frage zu beantworten. Aber du musst, Leo! Du hast das Spiel erfunden!

Eine Stunde später
AW:
Meine Antwort, liebe Emmi, lautet: »Pamela und ich passen gut zusammen, weil ich das Gefühl habe, dass wir eben gut harmonieren. Unser Umgang miteinander ist ungezwungen und unkompliziert. Wenn jeder von uns beiden tut, was er will, dann tut er dabei nichts, was der andere nicht will. Wir haben ähnliche Charaktere, sind beide eher ruhig und bedächtig, reiben uns nicht gegenseitig auf, fordern nicht mehr vom anderen, als dieser zu geben bereit ist, wollen einander nicht verändern, nehmen uns so, wie wir sind. Uns wird nie langweilig miteinander. Wir mögen die gleiche Musik, die gleichen Bücher, Filme, Speisen und Bilder, haben die gleiche Gesinnung, den gleichen Witz oder Nicht-Witz. Kurzum: Wir können und wollen miteinander.« Das hatte ich mit »gut zusammenpassen« gemeint. Gute Nacht, Emmi.

Am nächsten Abend
Betreff: ???
Hallo Emmi, meine heutige Frage lautet: »Warum meldest du dich nicht?«

Zehn Minuten später
RE:
Hallo Leo, meine heutige (ungezwungene und unkomplizierte) Antwort lautet: »Lies deine gestrige nächtliche E-Mail über gutes Zusammenpassen, und du müsstest eigentlich wissen, warum ich mich nicht melde.«

15 Minuten später
Betreff: Frage zum Tag
Okay, bringen wir es hinter uns. Meine Frage lautet: »Gehe ich recht in der Annahme, dass du gar nicht willst, dass ich ›Pam‹ mag, und dass du mir gar nicht die Chance gibst, eurer Partnerschaft wohlgesonnen zu sein, andernfalls du mir nicht ein Bild von euch beiden servieren würdest, bei dem ich gar nicht anders kann, als in meinen Bildschirm hineinzukriechen und inbrünstig zu quietschen: Iiiiiiiiiiiiiiiiiiih, fürchterlich! Die mögen die gleiche Musik, die gleichen Bücher, Filme, Speisen und Bilder, haben die gleiche Gesinnung, den gleichen Witz beziehungsweise, noch schlimmer, Nicht-Witz. Iiiiiiiiiiiiiiiih! Vielleicht gehen sie schon in ein paar Wochen in hellblauweiß geringelten Partnerlook-Socken zum Synchron-Abschlag auf den Golfplatz. Aber, siehe da: Den beiden wird nie, nie, nie langweilig miteinander. Wahnsinn, wie machen die das bloß? Mir schläft bereits das Gesicht ein, wenn ich Leo nur zuhöre, wie er sein Zusammenpassen mit »Pam« beschreibt. (Hast du meine Frage verstanden? Sie war eher am Anfang.)

20 Minuten später
AW:
Tobe dich nur aus mit Spott und Zynismus, Emmi. Ich habe

nie behauptet, dass ich ein spannender Mann bin. Wenn dir bei meinen Schilderungen das Gesicht einschläft, dann kommt wenigstens irgendwas bei dir zur Ruhe, das kann deinem Blutdruck nur förderlich sein. Kleine Anmerkung, lass sie dir bitte von deiner Therapeutin bestätigen: Emmi, es ist äußerst kontraproduktiv und auch ein bisschen billig, erst den Zug des Mannes abfahren zu lassen (deine Worte), um dann jene Frau herunterzumachen, die mit ihm im neuen Abteil sitzt. Auf diese Art und Weise wirst du sie mir nie und nimmer ausreden können, im Gegenteil, du machst noch Reklame für sie.
Womit ich zur Beantwortung deiner im Emotionshagel beinahe untergegangenen Frage schreite: Ob du meiner »Partnerschaft« »wohlgesonnen« bist, Emmi, liegt nicht in meinem Einflussbereich. Lieber wäre mir, du wärest es. Aber wenn es dir besser dabei geht, es nicht zu sein, dann sei es nicht. Ich ertrage das schon. Sollte meine Partnerschaft mit Pamela irgendwann an irgendetwas kranken oder scheitern, dann jedenfalls mit hundertprozentiger Sicherheit nicht an deiner Nicht-Wohlgesonnenheit, Emmi. Angenehmen Abend noch, Leo.

Zehn Minuten später
RE:
Das war böse, Leo! Wenn ich zynisch bin, dann bin ich nur zynisch. Wenn du zynisch bist, dann bist du richtig böse.
Übrigens: ICH habe deinen Zug nicht abfahren lassen, mein Bester. Ich hatte damals vielmehr geschrieben: »Unser gemeinsamer Zug ist abgefahren«. Das ist ein Unterschied. Du tust gerade so, als hätte ich deinen Zug eigenhändig abgefertigt und dich in die Verdammnis geschickt. (Ich meine jetzt nicht »Pam«!) Leo, unseren gemeinsamen Zug haben wir beide sausen lassen, das war professionelle Teamarbeit nach monatelangem hartem Stationsversäumnis-Training. Sei dir dessen bitte bewusst. Gute Nacht.

Drei Minuten später
RE:
Und verzeihe mir die Partnerlook-Ringelsocken. Das war wirklich gemein.

Eine Minute später
AW:
Aber es hat dir Spaß gemacht.

20 Sekunden später
RE:
Ja, riesig!

30 Sekunden später
AW:
Dann hat es schon seinen Zweck erfüllt. Schlaf gut, liebe Spötterin!

20 Sekunden später
RE:
Du auch, du lieber Spott-Wegstecker! Was ich besonders an dir schätze: Du verstehst Spaß, auch wenn er gegen dich gerichtet ist.

40 Sekunden später
AW:
Weil ich dich gerne lachen sehe. Und nichts scheint dich mehr zu erfreuen als gegen mich gerichteter Spaß.

30 Sekunden später
RE:
Du, Leo, ich mag übrigens Ringelsocken! Du siehst sicher süß darin aus. Noch unschuldiger als sonst. Gute Nacht!

Am nächsten Tag
Betreff: Meine Frage
Liebe Emmi, meine heutige Frage lautet: »Wie geht es mit dir und Bernhard weiter?«

Fünf Minuten später
RE:
Leo, nein! Muss das sein?

Sieben Stunden später
Betreff: Bernhard
Also gut. Er fliegt mit mir zu Ostern ohne Kinder eine Woche auf die Kanarischen Inseln, nach La Gomera. Ich betone: ER fliegt mit mir, nicht ich mit ihm. Aber ich fliege wahrscheinlich mit. Ich werde es geschehen lassen. Ich finde es mutig von ihm. Er hat nichts zu erwarten und erwartet sich alles. Er glaubt an die Rückeroberung meiner Gefühle, an die Wiederkehr der großen Liebe, eingebettet in Sand, Salz, Sonnenöl und Steine. Na ja. Ich werde vielleicht den Segelschein machen.

Fünf Minuten später
AW:
Heißt das, du gibst eurer Ehe noch eine Chance?

Drei Minuten später
RE:
Disziplin, lieber Leo! Nur eine Frage pro Tag!

Zwei Minuten später
AW:
Gut, dann stelle ich sie dir morgen noch einmal. Und was ist mit deiner Frage?

Vier Minuten später
RE:
Die hebe ich mir für das Hauptabendprogramm auf. Den heutigen »Tatort« habe ich schon einmal gesehen.

Fünf Stunden später
Betreff: Meine Frage
Hier meine Frage: »Spürst du ihn noch?«

Zwei Stunden später
RE:
Lieber Leo, jede Frage muss beantwortet werden!

Zwei Stunden später
RE:
Feigling! Du hättest ruhig zugeben können, dass du nicht weißt, wer »er« ist, den du spüren solltest. Das wäre dann wenigstens eine stilvolle Umschreibung dafür gewesen, dass du ihn eben nicht mehr spürst. Denn würdest du ihn spüren, wüsstest du, wer »er« ist. Tröste dich: Ich habe auch nicht damit gerechnet. Es ist spät, ich gehe schlafen, gute Nacht. Noch sieben Mal aufstehen, dann sind wir durch. Emmi.

20 Minuten später
Betreff: Natürlich!
Hallo Emmi, ich bin gerade erst nach Hause gekommen. Zu deiner Frage: »Ja, natürlich, ich spüre ihn noch.« Gute Nacht, Leo.

Drei Minuten später
RE:
Halt, Leo! Ich bin (plötzlich) hellwach und muss dir leider mitteilen: So kannst du dich nicht in den Schlaf stehlen, auch nicht zu dieser Stunde, das lasse ich nicht zu, das entspricht nicht dem Reglement! »Ja, natürlich, ich spüre ihn noch«, ist

eine Null-Ansage, keine Antwort, nicht einmal eine ausweichende. Du hast mir keinen Hinweis dafür geliefert, dass du weißt, wer er ist, den du spüren solltest. Wahrscheinlich bluffst du nur, um deine Ruhe zu haben. Aber, tut mir leid, mein Lieber: Du bist mir noch eine wirkliche Antwort schuldig!

15 Minuten später
AW:
Ich habe ebenso kryptisch geantwortet, wie du gefragt hattest, liebe Emmi. Du hast »ihn« nicht beim Namen genannt, weil du mich auf die Probe stellen wolltest, ob ich denn noch wüsste, wer »er« sei. Ich habe »ihn« nicht beim Namen genannt, weil ich dich auf die Probe stellen wollte, ob du mir vertrauen würdest (hast du nicht!), dass ich wüsste, wovon ich spreche, woran ich denke und was ich spüre, wenn ich an dich denke. Zum Beispiel: »ihn«. Ja, immer noch. Manchmal stärker, manchmal schwächer. Manchmal muss ich ihn erst mit der Kuppe des Mittelfingers freilegen. Manchmal streichle ich ihn mit dem Daumen der anderen Hand. Meistens meldet er sich von selbst. Ich kann noch soviel Wasser darüber laufen lassen, er lässt sich nicht wegwaschen, er taucht immer wieder auf. Manchmal kitzelt er, dann schreibst du mir vermutlich gerade eine zynische E-Mail. Und manchmal tut er richtig weh, dann vermisse ich dich, Emmi, und wünschte, alles wäre anders gekommen. Aber ich will nicht undankbar sein. Ich habe »ihn«, deinen Berührungspunkt in der Mitte der Handinnenfläche. Darin sind alle Erinnerungen und Sehnsüchte verpackt. In diesem Punkt vereint sich die komplette Emmi-Vollausstattung mit allem nur erdenklichen Zubehör für den anspruchsvollen In-die-Weite-der-Wunschlandschaften-Starrer Leo Leike. Gute Nacht!

Sieben Minuten später
RE:
Danke, Leo. Das war schön! Ich wäre jetzt gerne bei dir!

Eine Minute später
AW:
Das bist du!

Am nächsten Tag
Betreff: **Meine Frage**
Hallo Emmi, wie bereits angekündigt, wiederhole ich meine Frage vom Vortag: »Gibst du eurer Ehe noch eine Chance?«

Zwei Stunden später
RE:
Spannend, spannend! Nach dem romantischen Nacht-Leo, der so, so, so einnehmend von Berührungspunkten sprechen kann, nun also wieder der nüchterne Tagesleo, der Mailboxseelsorger, der um die Beziehungen seiner Vertrauten kämpft, als wäre er daran umsatzbeteiligt. Hmmmm. Ich schalte da einmal meine Frage dazwischen. Sie lautet: »In den ersten Mails nach dem Wiedereinstieg in meine Leo-Schreibbeziehung habe ich dir erzählt, dass ich mit Bernhard auch viel über dich, über uns beide geredet habe. Wieso fragst du mich nicht, was wir da geredet haben? Wieso willst du Bernhard ausschließlich isoliert von dir betrachten? Wieso begreifst du nicht, dass mein Verhältnis zu ihm mit meinem Verhältnis zu dir in Zusammenhang steht?« (Und behaupte jetzt bitte nicht, das wären drei Fragen gewesen. Es waren drei Fragezeichen, aber es war ein und dieselbe Frage!)

Drei Stunden später
AW:
Liebe Emmi, ich möchte nicht, dass du mit Bernhard über mich redest, zumindest will ich nichts davon wissen. Ich gehöre weder zu eurer Familie noch zu eurem Freundeskreis. Ich will einfach nicht wahrhaben, dass dein Verhältnis zu ihm mit deinem Verhältnis zu mir zusammenhängt. Ich will es einfach nicht! Ich wollte nie gegen ihn ankämpfen. Ich wollte ihn nie

verdrängen. Ich wollte mich nie in euer Eheleben hineinpressen. Ich wollte deinem Mann nichts von dir wegnehmen. Und ich ertrage umgekehrt auch nicht die Vorstellung, dass ich für dich nur die Ergänzung zu ihm war und bin. Für mich gab es von Anfang an nur entweder »entweder« oder »oder«. Das heißt: Als du selbst sagtest, dass du »glücklich verheiratet« wärest, gab es für mich eigentlich nur noch »oder«. Schönen Abend, Leo.

20 Minuten später
RE:
Ausnahmsweise eine Replik:
1.) Das sollen jetzt zwei Jahre »oder« gewesen sein? Dein »Oder« kann aber mächtig auf die Entweder-Seite ausschwingen, mein Lieber. Wenn du als »Oder« schon so »Entweder« sein kannst, wie »Entweder« wärest du dann wohl erst als »Entweder«?
2.) Du schreibst: »Ich wollte deinem Mann nichts von dir wegnehmen«. Siehst du, Leo, genau diesen stinkkonservativen Ansatz nehme ich dir so übel. Damit degradierst du mich. Ich bin keine Ware, die dem einen gehört und deshalb nicht in das Eigentum des anderen übergehen darf. Leo, ICH GEHÖRE MIR, und sonst gar niemandem. Du kannst mich niemandem »wegnehmen«, und kein Ehemann der Welt kann mich einfach so »behalten«. Ausschließlich ICH behalte mich und nehme mich weg. Manchmal gebe ich mich auch her. Und manchmal hin. Aber nur selten. Und nicht irgendwem.
3.) Du klebst noch immer an der Formulierung »glücklich verheiratet«. Hast du meine Entwicklung im letzten Jahr verschlafen? Habe ich sie nicht ausreichend kommentiert? Deute ich sie nicht immer wieder an?
4.) Womit ich zur Beantwortung deiner salbungsvollen, von streng katholischer Hoffnung getragenen Frage übergeleitet habe: »Gibst du eurer Ehe noch eine Chance?« Gebe ich unserer Ehe noch eine Chance? – Darauf hätte ich eine gute Ant-

wort, mein Lieber! Aber die hebe ich mir noch eine Weile auf. Heute will ich dazu nur festhalten: Oh sakra, Leo, die Institution Ehe ist mir ziemlich egal! Sie ist nur ein Gerüst, an dem sich die daran Beteiligten glauben festkrallen zu können, wenn sie den Halt verloren haben. Es zählen die Menschen. Bernhard ist mir wichtig. Bernhard und die Kinder. Darin sehe ich eine Aufgabe, ja, noch immer. Ob sie »Chancen für die Zukunft« birgt, wird sich weisen.
5.) Und morgen wünsche ich mir eine prickelndere Frage!!! Wir haben nur noch sechs Nächte, mein Lieber.
6.) Angenehmen Abend. Ich gehe ins Kino.

Am nächsten Abend
Betreff: Okay, prickelnd
Hallo Emmi, meine Frage: »Wie war es im Kino, was hast du dir angesehen?« Nein, Spaß! Meine wirkliche Frage: »Denkst du manchmal an Sex mit mir?«

Zehn Minuten später
RE:
Oh, danke, Leo! Das hast du mir zuliebe gefragt, stimmt's? Du weißt ja, wie ich auf solche Fragen abfahre. Dich selbst beschäftigen derlei Dinge leider nur in Kopfgesellschaft deiner roten Freunde aus Bordeaux. Aber Leo, es freut mich echt, dass du so tust, als wäre Sex auch im nüchternen Zustand kein Tabuthema zwischen uns. Darum hast du dir auch eine ehrliche Antwort verdient: »Nein, ich denke nicht MANCHMAL an Sex mit dir!« Gerne würde ich dir die Frage auch gleich zurückstellen, aber seltsamerweise funkt mir da deine demnächst eintreffende Synchronfreundin »Pam« dazwischen. Und in sexuellen Belangen halte ich es da ganz mit meinem wertkonservativen Schreibpartner Leo »Entweder-Oder« Leike. Küsschen. Emmi.

30 Minuten später
Betreff: Pamela
Seltsam. Du schreibst einmal »Sex«, vermutlich in Ringelsocken, und ich brauche gleich zwei Gläser Whiskey. Leider kann ich dir heute keine so betörende Frage anbieten. Meine lautet: »Was weiß Pamela über uns beide?« (Du siehst, ich habe »Pamela« geschrieben. Deshalb ersuche ich um eine seriöse Antwort.)

Eine Minute später
AW:
Nichts!

Zwei Minuten später
RE:
Echt nichts? Das ist unseriös wenig!

Zehn Minuten später
Kein Betreff
Lieber Leo, wir sind uns hoffentlich einig, dass »Nichts« noch nicht alles gewesen sein kann, ich meine: als Antwort. Meine Frage war ja dahingehend zu verstehen, dass ich wissen wollte, WARUM »Pam« genau so viel über uns weiß, wie sie über uns weiß, und würde sie nichts über uns wissen, WARUM in aller Welt nichts? Natürlich, weil du ihr nichts über uns erzählt hast. Aber WARUM? Das ist meine heutige Frage. (Nein, nicht meine morgige, meine heutige!) Und ich sage dir gleich: Wenn du sie nicht freiwillig hergibst, dann fliege ich zu dir auf Top 15 und hole sie mir, die Antwort. Ich brauche sie, ich muss es wissen, ich muss es morgen früh meiner Therapeutin erzählen!

Eine Minute später
AW:
Ich hab dich vor mir, Emmi! Wenn du in dieser Dringlichkeit

etwas (von mir) forderst, schiebt sich der Schleier vor deinen Augen zur Seite und die Pupillen verwandeln sich in grüngelbe Pfeile. Du könntest einen erstechen mit deinem Blick.

40 Sekunden später
RE:
Gut beobachtet! Und bevor ich mit gefletschten Zähnen zum Sprung auf deinen Hals ansetze, blinke ich noch dreimal mit den Wimpern. Eins. Zwei. Zwei und ein Viertel. Zwei und ein Halb (…) Leo, ich warte!

Zehn Minuten später
AW:
In Boston habe ich Pamela nichts von uns erzählt, weil ich unser »Uns« als abgeschlossen betrachtet habe. Und nach Boston habe ich ihr nichts von uns erzählt, weil ich ihr in Boston nichts von uns erzählt hatte. Ich konnte nicht in der Mitte beginnen. Solche irren Geschichten wie die unsere erzählt man von Anfang an oder gar nicht.

Eine Minute später
RE:
Du hättest es nachholen können.

40 Sekunden später
AW:
Ja, schon.

50 Sekunden später
RE:
Aber es hätte sich nicht ausgezahlt, weil du die »irre« Sache mit mir ohnehin so schnell wie möglich beenden (beziehungsweise gar nicht wieder beginnen) wolltest.

30 Sekunden später
AW:
Nein.

20 Sekunden später
RE:
Was nein?

30 Sekunden später
AW:
Deine Überlegung ist falsch.

40 Sekunden später
RE:
Dann verschaffe mir bitte eine richtigere!

Zwei Minuten später
Kein Betreff
Nein, Leo, nicht morgen!! (Achtung, ich setze zum Sprung an.)

Drei Minuten später
AW:
Ich habe ihr nichts von uns erzählt, weil sie es nicht verstanden hätte. Und hätte sie es verstanden, dann wäre es nicht die Wahrheit gewesen. Die Wahrheit über uns ist nämlich unverständlich. Ich verstehe sie im Grunde selbst nicht.

30 Sekunden später
RE:
Komm, Leo, du verstehst sie schon. Du verstehst sie sogar sehr gut. Du verstehst sie nur mindestens genauso gut für dich zu behalten. Du willst »Pam« nicht verunsichern.

40 Sekunden später
AW:
Vielleicht.

Eine Minute später
RE:
Das ist aber nicht gut, eine Beziehung mit einem Geheimnis über eine irre Geschichte mit einer anderen Frau zu beginnen, lieber Leo.

50 Sekunden später
AW:
Das Geheimnis ist abgeschlossen, liebe Emmi.

Zwei Minuten später
RE:
Ach ja, dein Gefühlsschrank. Emmi rein. Türe zu. Schlüssel bis zum Anschlag drehen. Innentemperatur auf minus zwanzig Grad stellen. Fertig. Und alle paar Monate einmal abtauen. Gute Nacht, ich gehe unter die Decke, mir ist kalt!

KAPITEL ZWÖLF

Am nächsten Abend
Betreff: Meine Frage
Liebe Emmi, stellen wir uns heute keine Fragen mehr? Ist das Spiel zu Ende? Bist du sauer? (Drei Fragezeichen, eine Frage, Quelle der Regelauslegung: Emmi Rothner.)

Zwei Stunden später
Betreff: Meine Frage
Leo, was ist die Wahrheit über uns?

15 Minuten später
AW:
Die Wahrheit über uns? Du hast eine Familie, die dir am Herzen liegt, einen Mann, der dich liebt, und eine Ehe, die noch zu retten ist. Und ich habe eine Beziehung, auf die sich aufbauen lässt. Jeder von uns beiden hat – Zukunft. Nur wir beide, gemeinsam, wir haben sie nicht. Das ist, realistisch betrachtet, die Wahrheit über uns, liebe Emmi.

Drei Minuten später
RE:
Ich verabscheue dich, wenn du realistisch betrachtest!
Im Übrigen war das soeben nicht die Wahrheit ÜBER uns, sondern die Wahrheit OHNE uns. Und du wirst es nicht glauben, Leo: Die kannte ich schon! Sie steckt seit zwei Jahren in jeder fünften deiner E-Mails. So, ich muss fort. Ich gehe mit Philip essen. Philip? Er ist Webdesigner, er ist jung, er ist Single, er ist witzig, er verehrt mich, und mir ist gerade danach, nicht unbedingt nach ihm, aber nach seiner Verehrung. Das ist die Wahrheit über mich und Philip. Falls du vorhast, mich morgen zu fragen, wie es mit Philip war, dann darf ich dir bereits heute verraten: sehr entspannt. Schönen Abend.

Sechs Stunden später
AW:
Hallo Emmi, es ist vier und ich kann nicht schlafen. Meine Frage für den angebrochenen Tag: Sehen wir uns noch?

Am Vormittag
Betreff: **Wozu?**
Lieber Leo, die Frage fällt dir relativ spät ein. Vor nicht einmal zwei Wochen warst du noch auf radikalem Anti-Treff-Kurs. Ich zitiere: »Ein Treffen, ohne dass sich einer von uns beiden etwas darunter vorstellen könnte, kann ich mir, offen gestanden, irgendwie nicht gut vorstellen.« Warum jetzt auf einmal? Du wirst dir nicht plötzlich doch noch »etwas« oder gar »etwas darunter« vorstellen können? Leo, wenn ich richtig gezählt habe, fehlen »uns« noch drei Tage auf »Pam«. Drei Tage für das Finden einer allfälligen anderen als der von dir festgehaltenen »realistischen« Wahrheit über uns. Eine Wahrheit, die deiner Freundin aus Boston, die nichts über uns weiß, wahrscheinlich nicht gut bekommen würde, weshalb sie auch nichts darüber erfahren dürfte. Uns blieben also zwei letzte Abende für ein Geheimtreffen. Leo, wozu? Ja, das ist meine heutige Frage, meine drittletzte sozusagen: WOZU?

20 Minuten später
AW:
Wir müssen uns nicht am Abend treffen, Emmi. Ich hatte eher an eine Nachmittagsstunde im Kaffeehaus gedacht.

30 Sekunden später
RE:
Ah so. Ja. Klar. Leo! Nett. Wozu?

40 Sekunden später
AW:
Damit ich dich noch einmal sehen kann.

30 Sekunden später
RE:
Was hättest du davon?

50 Sekunden später
AW:
Ein gutes Gefühl.

Sieben Minuten später
RE:
Das freut mich zwar, aber es wäre leider das gegenteilige Gefühl von meinem. Dich zu sehen: okay. Dich »noch einmal« zu sehen, noch ein letztes Mal: scheiße! Leo, seit eineinhalb Jahren sehen wir uns »vielleicht noch ein letztes Mal«. Seit eineinhalb Jahren verabschieden wir uns voneinander. Wir scheinen uns eigens dafür kennengelernt zu haben, uns voneinander zu verabschieden. Leo, ich will nicht mehr. Ich bin verabschiedungsübersättigt, verabschiedungsüberdrüssig, verabschiedungsgeschädigt. Bitte, sei einfach weg. Schick mir deinen Systemmanager, auf den ist wenigstens Verlass, der meldet sich konsequent nach zehn Sekunden zurück, um mich auf seine spröde Art zu begrüßen. Aber du hör auf, dich ständig von mir zu verabschieden. Und gib mir nicht auch noch das beschämende Gefühl, du könntest dir gar nichts Schöneres vorstellen, als mich »noch ein letztes Mal« zu sehen.

Neun Minuten später
AW:
Ich habe nicht gesagt: »Noch ein letztes Mal sehen«. Ich habe gesagt: »Noch einmal sehen.« Und selbst das klingt per E-Mail dramatischer als es ist. Von Angesicht zu Angesicht würdest du das Gefühl nicht als beschämend empfinden. Du kannst mir doch ohnehin nicht verlorengehen. Ich habe so viel von dir in mir. Ich habe das immer als Bereicherung empfunden. Jeder Emmi-Sinneseindruck ist eine Gutschrift. Abschied von dir

hieße für mich: nicht mehr an dich zu denken, nichts mehr dabei zu fühlen. Glaube mir, ich bin meilenweit davon entfernt, mich von dir zu verabschieden.

Fünf Minuten später
RE:
Leo, das sind ja perfekte Landebedingungen für die Frau, mit der du dir deine Zukunft vorstellen kannst. Arme Pamela! Zum Glück weiß sie nichts von deinen Emmi-Sinneseindrücken. Rücke nur ja nie den Schlüssel zu deinem Gefühlsschrank heraus, mein Lieber. Du würdest sie sehr damit verletzen.

Zwölf Minuten später
AW:
Fühlen ist niemals Betrug, liebe Emmi. Erst wenn man Gefühle auslebt und jemand anderen darunter leiden lässt, hat man etwas Falsches gemacht. Und noch etwas: Du musst Pamela wirklich nicht bedauern. Meine Gefühle zu dir nehmen jenen zu ihr nichts weg. Sie haben nichts miteinander zu tun. Sie treten nicht in Konkurrenz zueinander. Du bist ein ganz anderer Mensch als sie. Ich habe ein ganz anderes Verhältnis zu dir als zu ihr. Ich habe nicht ein starres Kontingent an Gefühlen in mir, das ich auf unterschiedliche Menschen, die mir auf unterschiedliche Weise etwas bedeuten, aufteilen muss. Jeder mir wichtige Mensch steht für sich und nimmt seinen eigenen Platz in mir ein. Das kann doch bei dir nicht anders sein.

15 Minuten später
Betreff: **Betrug**
Lieber Leo,
1.) Du musst nicht »Mensch«, du kannst ruhig »Frau« sagen, ich weiß schon, wovon du sprichst.
2.) Was heißt »Gefühle ausleben«? Gefühle lebt man aus, indem man sie fühlt. Wenn etwas Betrug ist, dann jemandem

im Gefühlsaustausch ausgelebte (gefühlte) Gefühle zu jemand anderem zu verheimlichen. Tröste dich, Leo. Ich weiß das auch erst seit meiner Therapie. Ich habe Bernhard mit dir betrogen, nicht in jener Nacht, sondern in den dreihundert Nächten davor. Aber diese Zeiten sind vorbei. Er weiß mittlerweile alles über dich und mich. Ja, er kennt meine »Wahrheit über uns«. Es ist vielleicht nur die halbe Wahrheit, aber meine. Und ich geniere mich nicht dafür.
3.) Ich könnte dich natürlich beglückwünschen und dich dafür bewundern, wie groß dein Herz sein mag, dass da gleich mehrere Gefühlsschränke für mehrere Frauen Platz haben. Leider bin ich bereits 35, habe schon einiges erfahren und wage zu behaupten: Die Sache ist simpler. Du, ja auch du, hast gern mehrere Frauen in deinem Herzen. Oder, noch besser: Möglichst viele (interessante) Frauen sollen dich in ihren Herzen tragen. Jede ist selbstverständlich gaaaaaaaanz anders als die andere. Jede ist »etwas ganz Besonderes«. Jede steht für sich. Kein Kunststück, Leo, denn DU bist es, der jede alleine für sich stehen lässt. Denkst du an eine, vergisst du die anderen. Sperrst du einen Gefühlsschrank auf, sind die anderen fest verriegelt.
4.) Ich bin anders. Ich fühle nicht parallel. Ich fühle linear. Und ich liebe linear. Einen nach dem anderen. Aber eben immer nur einen. Derzeit gerade – äh. Sagen wir Philip. Der riecht so gut nach Abercrombie & Fitch.
5.) So, und jetzt drehe ich den Computer ab und morgen früh erst wieder auf. Angenehmen drittletzten Nachmittag, drittletzten Abend, drittletzte Nacht, mein Lieber. Hoffentlich schläfst du heute besser. Emmi.

Fünf Stunden später
Betreff: **Erschütternde Bilanz**
Liebe Emmi,
a.) Ich bin langweilig, wenn ich nüchtern bin.
b.) Ich bin humorlos, auch wenn ich etwas getrunken habe.

c.) Ich trainiere seit zwei Jahren, ausweichend zu antworten.
d.) Wenn ich fühle, betrüge ich (konkret: dich mit Pamela, Pamela mit dir, und euch beide mit mir).
e.) In jeder fünften E-Mail erinnere ich dich unterschwellig daran, dass du und ich jeweils »vergeben« sind und deshalb keine gemeinsame Zukunft haben.
f.) Seit zwei Jahren verabschiede ich mich von dir.
g.) Meine physische Anziehungskraft ist endenwollend. Du hast absolut kein Bedürfnis, mich noch einmal zu sehen.
h.) Mein Lebensmotto ist verwerflich: »Möglichst viele (interessante) Frauen sollen mich in ihren Herzen tragen.« (Darf ich dir etwas verraten, Emmi? Ich nehme auch die uninteressanten. Hauptsache möglichst viele.)
i.) Ich bin ein Mann.
j.) Aber ich rieche nicht einmal nach Evercromby & Dingsda Fitsch.
k.) Daran anschließend meine vorletzte Frage: WARUM SCHREIBST DU MIR NOCH IMMER?

Am nächsten Morgen
RE:
Weil ich deine vorletzte Frage beantworten muss. Weil das Spiel so geht. Weil ich nicht knapp vor dem Ende aufgebe. Weil ich nie aufgebe. Weil ich nicht verlieren kann. Weil ich nicht verlieren will. Weil ich dich nicht verlieren will.

Fünf Minuten später
Betreff: Außerdem
Außerdem schreibst du süße E-Mails. Manchmal.
Und du bist selten zeitgleich humorlos und langweilig.

Drei Minuten später
Betreff: Übrigens
Okay. Du warst mir noch nie langweilig! (Außer du beschreibst deine Gemeinsamkeiten mit »Pam«.) Und, Leo, Aus-

sehen ist ja nicht alles. – Einer deiner Leitsprüche von früher. Erinnerst du dich?

Sieben Minuten später
Betreff: Einverstanden
Jaaaa. Jaaaa. Jaaaa. Du siehst gut aus! Wir wissen es, alle wissen es! Eitelkeit befriedigt?

Eine Stunde später
Kein Betreff
Okay, Leo, lass es nur schön auf dich einwirken.

Zwei Stunden später
Betreff: Meine vorletzte Frage
Vielleicht wartest du einfach nur auf meine vorletzte Frage. Hier ist sie: Hören wir übermorgen eigentlich auf oder schreiben wir uns weiter, ich meine, gelegentlich, wenn einem von uns danach ist? Wir können uns ja trotzdem voneinander verabschieden, damit das Ganze offiziell ist, auch wegen »Pam«, damit da klare Verhältnisse sind. Ach ja, du bist natürlich »meilenweit davon entfernt«, dich von mir zu verabschieden, du legst die Gefühle einfach auf Eis. Egal. Schreiben wir uns noch? Oder willst du von nun an, quasi von »Pam« an, nicht mehr gestört werden? Sag es mir, dann schaue ich einfach nicht mehr ins private Postfach. Oder ich melde mich im Internet ab, nein, das wird nicht gehen, ich habe sieben neue Homepage-Kunden, die mögen meine Arbeit ganz gerne online. Egal. Schreiben wir uns noch, Leo? Geht das für dich trotz »Pam«? Es kann ruhig irgendwann sein. Aber tun wir es?

Zehn Minuten später
AW:
Liebe Emmi, ja, wir tun es. Unter der Bedingung, die du gleich in der dritten Zeile genannt hast: »Wenn einem von uns danach ist«. Ich will ehrlich sein, Emmi: Ich kann nicht einschät-

zen, ob mir danach sein wird, wann mir danach sein wird, wie oft mir danach sein wird. Und wenn mir danach ist, wie gut es ist, dass ich es auch tue. Bitte warte nie auf eine E-Mail von mir! Kommt sie, dann war mir danach. Kommt sie nicht, dann wäre mir vielleicht danach gewesen, aber dann habe ich es doch besser nicht getan. Das Gleiche gilt umgekehrt. Wir dürfen uns nie mehr wahnsinnig damit machen, Post vom anderen zu erhoffen oder einer Antwort entgegenzufiebern. Wenn dir danach ist, dann schreibe mir, Emmi. Wenn mir danach ist, dann schreibe ich zurück.

Drei Minuten später
RE:
Das war keine süße E-Mail, Leo! Aber ich habe dich verstanden. Und ich werde mich danach richten. Tschüss, für heute reicht's. Jetzt ist mir danach zu schweigen. Morgen ist auch noch ein Tag. Wenn auch in gewisser Weise der letzte.

Am nächsten Morgen
Betreff: Letzte Frage
Liebe Emmi: Wie hätte ich mich damals verhalten sollen, was hätte ich machen sollen, was wäre besser gewesen? – Damals, als mich dein Mann anflehte, aus deinem Leben zu verschwinden, eure Ehe nicht kaputt zu machen, eure Familie zu »retten«. War »Boston« nicht die einzige sinnvolle Lösung? Wie hätte ich anders, wie hätte ich richtiger entscheiden können? Die Frage quält mich seit eineinhalb Jahren. Bitte sag es mir!

Eine Stunde später
Betreff: Letzte Antwort
DU allein hättest vielleicht nicht besser entscheiden können. Aber du hättest eben nicht alleine entscheiden dürfen. Du hättest MICH mitentscheiden lassen müssen. Du hättest mich in die Sache mit Bernhard einweihen müssen, wenn er selbst

schon zu feige dazu war. Nicht an DIR lag es damals, meine Ehe zu »retten« oder zu beenden. Das lag an mir und meinem Mann! Dein Pakt mit ihm und deine geheimnisumwitterte Flucht nach Boston haben mir die Chance genommen, die richtigen Schritte zum richtigen Zeitpunkt zu setzen. Und, ja, du hättest um mich kämpfen müssen, Leo. Nicht wie ein Held, nicht wie ein Kerl, nicht wie ein »ganzer Mann«, nur wie jemand, der seinen Gefühlen vertraut. Ich weiß, ich weiß: Wir haben uns nicht gekannt, wir hatten uns ja noch nicht einmal gesehen. Na und? Ich behaupte, dass wir damals schon viel weiter waren. Wir haben zwar nicht in herkömmlicher Weise miteinander gelebt, aber wir haben mit dem jeweils anderen mitgelebt, das zählt mehr. Wir wären bereit gewesen, uns blind zu küssen, so sicher waren wir uns unserer Zuneigung. So eng war unsere Bindung. Aber du, du hast dich nicht dazu bekannt. Du hast mich aus falsch verstandenem Edelmut aufgegeben. Kampflos. DAS hättest du anders machen müssen. DAS hättest du besser machen können, lieber Leo!

Zehn Minuten später
AW:
Ich wollte das Beste für dich. Ich bin leider nicht auf die Idee gekommen, dass ich selbst es sein könnte. Leider. Pech. Versäumt. Tut mir leid. Tut mir so leid!

Fünf Minuten später
Betreff: **Meine letzte Frage**
Kommst du zu mir, Leo?

15 Minuten später
Kein Betreff
Du darfst ruhig antworten.

Fünf Minuten später
AW:
Wie hast du vor zwei Tagen in einer ähnlichen Situation so schön mit Blockbuchstaben geantwortet: WOZU?

Eine Minute später
RE:
Das ist keine Antwort. Das ist eine Frage! Du hast aber leider kein Fragerecht mehr, mein Lieber. Alle Fragen aufgebraucht, zum Teil für Nichtigkeiten verschwendet. Jetzt müsstest du es riskieren. Kommst du zu mir? Präziser: Kommst du heute zu mir? Ja oder nein.

20 Minuten später
Kein Betreff
Du hältst dich wacker, lieber Leo. Kein Ja. Kein Nein. Dabei wäre das hier wirklich DEINE Entscheidung. Du kannst es dir aussuchen, musst dabei keine Sekunde an mich denken.

Drei Minuten später
AW:
Doch, klar denke ich an dich. An dich und deine Worte vom Donnerstag: »Dich zu sehen: okay. Dich noch einmal zu sehen, noch ein letztes Mal: scheiße!« Das klang irgendwie eher nach dem Gegenteil von deinem heutigen Ansinnen. Wieso willst du nun plötzlich doch? Wieso soll ich zu dir kommen? Wenn du mir keine Antwort darauf gibst, dann gebe ich sie mir selber.

Eine Minute später
RE:
Leo, du denkst falsch! Okay, wenn du dich entschieden hast, verrate ich es dir. Also, kommst du zu mir, Feldgasse 14, dritter Stock, Tür 17? Ja oder nein.

Acht Minuten später
AW:
Ja.

50 Sekunden später
RE:
Ehrlich? Bist du sicher?

40 Sekunden später
AW:
Das waren zwar zwei unerlaubte Fragen! Aber ich antworte trotzdem: Nein, Emmi, ich bin nicht sicher. Ich bin absolut nicht sicher. Ich war selten zuvor so unsicher. Aber ich riskiere es.

Zwei Minuten später
RE:
Danke, Leo! Jetzt kannst du sämtliche deiner Schreckensszenarien oder sonstigen Visionen wieder vergessen. Das Treffen wird kurz sein. Sagen wir: zehn Minuten. Ich würde gern einen Whiskey mit dir trinken. Einen, nur einen! (Du kannst stattdessen auch ein Glas Rotwein haben.) Und dann – das ist der Grund meiner Einladung –, dann will ich dir etwas geben. Die Übergabe wird nicht länger als fünf Sekunden dauern. Danach bist du entlassen, mein Lieber.

Eine Minute später
AW:
Was willst du mir geben?

Zwei Minuten später
RE:
Etwas Persönliches. Ein Erinnerungsstück. Ich verspreche dir: kein Pathos, keine Szene, keine Träne. Nur ein Schluck Whiskey, eine kleine Übergabe. Und: tschüss. Es wird nicht wehtun.

Ich meine, vergleichsweise und in Anbetracht der Situation. Also komm!

40 Sekunden später
AW:
Wann?

30 Sekunden später
RE:
Um acht?

40 Sekunden später
AW:
Um acht. Gut, um acht.

30 Sekunden später
RE:
Also dann. Bis acht!

40 Sekunden später
AW:
Bis acht!

KAPITEL DREIZEHN

Zwei Wochen später
Betreff: Lebenszeichen
Hallo Emmi, wie geht es dir? (Dass man da nicht einmal eine andere Formulierung verwenden kann. Aber welche?) Mir würde es verdammt guttun zu wissen, dass es dir halbwegs gut geht. Ich denke oft an dich. Immer wenn (...), ich glaube, du weißt, was ich meine. Danke dafür! Leo.

Drei Tage später
RE:
Hallo Leo, nett von dir zu hören. War dir danach? War dir denn wirklich danach? Oder war das nur die übliche Schweigebrechens-, Trennungsmitleids-, Gewissenberuhigungs-, Distanzüberwindungs-Floskel? Ja, Leo, es geht mir halbwegs gut. (Warum gehst du eigentlich davon aus, dass es mir höchstens »halbwegs« gut gehen kann?) Jedenfalls geht es mir tatsächlich nicht gut genug, dich im Gegenzug zu fragen, wie es dir geht. Ich will's nicht hören. Mir würde es nämlich gar nicht so verdammt guttun, wüsste ich, dass es dir doppelt so gut wie »halbwegs gut« ginge. Und davon gehe ich aus. Gruß aus der Ferne. Emmi.

Eine Woche später
Betreff: Jetzt
Liebe Emmi, ja, doch, mir war gerade ziemlich danach! Gute Nacht. Leo.

Einen Tag später
RE:
Freut mich! Nacht. Emmi.

Zwei Wochen später
Betreff: So ein Zufall aber auch schon
Hi Leo. Kann es sein, dass »Pam« so eine große blonde schlanke langbeinige Hübsche ist, so ein Typ wie deine Schwester

Adrienne? Etwa in meinem Alter? Vielleicht zwei, drei Jahre jünger? Mein Steuerberater hat nämlich bei dir um die Ecke sein Büro. (Nein, Leo, er ist nicht deshalb mein Steuerberater!) Und wie ich bei deinem Haustor vorbeigehe, schießt so eine dieser langen, ich meine eine dieser eher groß gewachsenen, gutaussehenden, blass geschminkten Frauen heraus, wie sie im Versandhauskatalog oft die Winterkollektion präsentieren. Die war durch und durch nordamerikanisch, der lange Hals, die hellbraunen Schuhe, die eckige Handtasche, das Tornado-geeichte kantige Kinn und ihre Kieferbewegungen, die Art und Weise, wie sie Kaugummi gekaut hat. So lernt man es garantiert in Boston. Das muss »Pam« gewesen sein. Na ich war vielleicht überrascht! Was sagst du, ist die Welt nicht klein? LG, Emmi.

Drei Tage später
Betreff: Sauer?
Bist du sauer, Leo? Zu deiner Beruhigung: Den nächsten Termin beim Steuerberater habe ich erst in sechs Monaten.

Eine Stunde später
AW:
Liebe Emmi, ich habe dir natürlich nichts vorzuschreiben. Aber ich würde dich bitten, deine auf Zufall und Steuerberatung aufgebauten Erkundungstrips in meiner Wohngegend zu unterlassen. Was soll das bringen? Liebe Grüße, Leo.
PS: Pamela kaut niemals Kaugummi, weder nordamerikanisch noch südamerikanisch noch sonstwie.

Drei Stunden später
RE:
Dann hatte sie eben gerade einen Bissen Cheeseburger im Mund. Leo, sei ein bisschen cooler. Du verstehst überhaupt keinen Spaß! Was ist denn schon dabei, wenn ich »Pam« erkenne? Oder kenne? Vielleicht mögen wir uns, werden eines

Tages dicke Freundinnen, machen gemeinsame Urlaube, vergleichen unsere Tagebuchaufzeichnungen über Leo Leike. Und dann gründen wir eine Dreier-WG. Oder eine Fünfer-WG, und ich passe am Abend auf die beiden Kinder auf. (...) Okay, ich höre schon auf. Ich glaube, du findest das nicht besonders lustig. Ich eigentlich auch nicht, je mehr ich darüber nachdenke. Angenehme, ungestörte Feiertage mit ausgiebigen Terrassenaufenthalten auf Top 15, wünscht euch Emmi. Ich verreise!

Eine Woche später
Betreff: **Die siebente Welle**
Hallo Leo. Ich sitze auf meinem Balkon in Playa de Alojera auf La Gomera und blicke über die Steinbucht mit ihren dunklen Sandflecken und schäumend weißen Salzzungen tief hinein ins Meer und weiter, bis hin zu der waagrechten Linie, die hellblau von dunkelblau, Himmel von Wasser trennt. Weißt du, wie schön es hier ist? Da müsst ihr unbedingt einmal herfliegen. Dieser Ort hier ist wie geschaffen für Frischverliebte.
Warum ich dir schreibe? Weil mir danach ist. Und weil ich nicht wortlos auf die siebente Welle warten will. Ja, hier erzählt man sich die Geschichte von der unbeugsamen siebenten Welle. Die ersten sechs sind berechenbar und ausgewogen. Sie bedingen einander, bauen aufeinander auf, bringen keine Überraschungen. Sie halten die Kontinuität. Sechs Anläufe, so unterschiedlich sie aus der Ferne betrachtet auch wirken, sechs Anläufe – und immer das gleiche Ziel.
Aber Achtung vor der siebenten Welle! Sie ist unberechenbar. Lange Zeit ist sie unauffällig, spielt im monotonen Ablauf mit, passt sich an ihre Vorgängerinnen an. Aber manchmal bricht sie aus. Immer nur sie, immer nur die siebente Welle. Denn sie ist unbekümmert, arglos, rebellisch, wischt über alles hinweg, formt alles neu. Für sie gibt es kein Vorher, nur ein Jetzt. Und danach ist alles anders. Ob besser oder schlechter? Das können nur jene beurteilen, die von ihr erfasst worden sind, die

den Mut gehabt haben, sich ihr zu stellen, sich in ihren Bann ziehen zu lassen.
Nun sitze ich seit gut einer Stunde hier, zähle die Wellen ab und beobachte, was jeweils die siebenten treiben. Noch ist keine von ihnen ausgebrochen. Aber ich bin im Urlaub, ich bin geduldig, ich kann warten. Ich gebe die Hoffnung nicht auf! Hier über der Westküste bläst starker warmer Südwind. Emmi.

Fünf Tage später
Betreff: Zurück?
Hallo Emmi, ich danke dir für deine Meeres-E-Mail. Und? Ist sie ausgebrochen, die siebente Welle? Hast du dich von ihr erfassen lassen? Alles Liebe, Leo.

Drei Tage später
Betreff: Alle sieben Wellen
Mir kam deine Geschichte irgendwie bekannt vor, und so habe ich über die siebente Welle nachgelesen, liebe Emmi. Der ehemalige Strafgefangene Henri Charrière hat sie in seinem biographischen Roman »Papillon« beschrieben. Nachdem er auf der Teufelsinsel vor der Küste Französisch-Guayanas gestrandet war, beobachtete er wochenlang das Meer und bemerkte, dass jede siebente Welle höher war als die anderen. Von so einer siebenten – er taufte sie »Lisette« – ließ er sein Kokosnussfloß schließlich auf die See hinaustreiben, was seine Rettung bedeutete.
Aber eigentlich wollte ich dir nur sagen, dass du mir fehlst, Emmi.

Einen Tag später
Kein Betreff
Und eigentlich müsstest du längst wieder zurück sein. Oder?

Sechs Tage später

Betreff: Windstille

Liebe Emmi, ich will nur wissen, ob mit dir alles in Ordnung ist. Du musst mir nicht schreiben, wenn dir nicht danach ist. Schreib mir bitte nur, dass dir nicht danach ist, mir zu schreiben, falls dir nicht danach ist. Und falls dir zufällig doch danach ist, so schreibe mir! Das würde mich freuen, sehr sogar! Hier bei mir gibt es keine Wellen, nicht die ersten sechs. Und schon gar nicht die siebente. Das Meer ist ruhig. Sein Spiegel glänzt, die Sonne blendet. Ich warte auf nichts. Alles ist da, alles nimmt seinen Lauf. Keine Veränderung in Sicht. Windstille. Emmi, wenigstens ein paar Worte von dir. Bitte! Leo.

Drei Stunden später

RE:

Alles in Ordnung, Leo! In ein paar Tagen schreibe ich dir mehr dazu. Ich habe mir einiges vorgenommen. Emmi.

Acht Tage später

Betreff: Neubeginn

Lieber Leo, Bernhard und ich probieren es noch einmal miteinander. Wir hatten einen schönen, ja harmonischen gemeinsamen Urlaub. Einen wie früher, so ähnlich, nein, eigentlich ganz anders, aber egal. Wir wissen, was wir einander bedeuten. Wir wissen, was wir aneinander haben. Wir wissen, dass es nicht alles ist. Wir wissen jetzt aber auch, dass es nicht alles zu sein braucht. Alles kann einem ein einziger Mensch offenbar nicht geben. Man kann natürlich sein Leben danach ausrichten, darauf zu warten, dass so ein Mensch kommt, der einem alles gibt. Da hat man dann diese wunderbare, betörende, aufwühlende, Herzklopfen verursachende Alles-Illusion, die es einem erträglich macht, in chronischen Mangelerscheinungen dahinzuleben, bis man sie aufgebraucht hat, die Illusion. Dann spürt man nur noch den Mangel. Dieses Gefühl kenne ich nun zur Genüge. Das ist nichts mehr für mich. Ich

strebe nicht mehr nach dem Idealen. Ich will aus etwas Gutem das Beste machen, das genügt mir für mein Glück.
Ich werde wieder nach Hause zu Bernhard ziehen. Im nächsten Jahr wird er viel unterwegs sein, auf großen Konzerttourneen. Er ist international sehr gefragt. Da brauchen mich die Kinder. (Oder brauche ich die Kinder? Sind es denn noch Kinder? Ganz egal.) Meine kleine Wohnung behalte ich mir als Rückzugsgebiet für mein »Ich alleine«.
Was uns beide betrifft, Leo? Ich habe viel darüber nachgedacht. Ich habe auch mit Bernhard darüber gesprochen, ob es dir recht ist oder nicht. Er weiß, wie wichtig du für mich bist. Er weiß, dass wir uns mittlerweile ein paar Mal kurz getroffen haben. Er weiß, dass du mir gefällst, ja, auch so, so ganz normal, physisch, unvirtuell, so mit Händen und Füßen. Er weiß, dass ich mir alles Mögliche mit dir vorstellen hätte können. Und er weiß, dass ich mir alles Mögliche mit dir vorgestellt habe. Er weiß auch, wie sehr ich noch immer an deinen Worten hänge und wie groß mein Bedürfnis ist, dir zu schreiben. Ja, er weiß, dass wir uns noch immer schreiben. Er weiß nur nicht, WAS wir uns schreiben. Ich werde es ihm nicht verraten, denn das geht nur uns beide und sonst keinen etwas an. Aber ich will, dass es ihm zumutbar wäre, wüsste er, was wir uns mitteilen, worüber wir uns austauschen. Ich will ihn nicht mehr betrügen mit meinen unerfüllten Sehnsüchten, mit meinen Alles-Illusionen. Leo, ich will mein Inseldasein mit dir beenden. Ich will, was du, wenn du ehrlich zu dir bist, immer schon wolltest: Ich will – jetzt bin ich neugierig, ob ich es schaffe, das herauszubringen – ich will, ich will, ich will, (...) dass wir Freunde bleiben. (Geschafft!) Schreibfreunde. Verstehst du mich? Kein Herzklopfen mehr. Kein Bauchweh mehr. Kein Bangen. Kein Zittern. Kein Hoffen. Kein Wünschen. Kein Warten. Einfach E-Mails von meinem Freund Leo. Und wenn ich sie nicht kriege, dann geht davon die Welt nicht unter. Das will ich! Keine wöchentlichen Weltuntergänge mehr. Verstehst du? Alles Liebe, Emmi.

Zehn Minuten später
AW:
Hat dich also doch die siebente Welle erfasst!

Vier Minuten später
RE:
Nein, Leo, im Gegenteil. Sie ist ausgeblieben. Eine Woche habe ich auf sie gewartet. Sie ist nicht gekommen. Und soll ich dir sagen, warum? Weil es sie gar nicht gibt. Sie war nur eine »Alles-Illusion«. Ich glaube nicht an sie. Ich brauche keine Wellen, nicht die ersten sechs, und schon gar nicht die siebente. Ich halte es lieber mit Leo Leike: »Das Meer ist ruhig. Sein Spiegel glänzt, die Sonne blendet. Ich warte auf nichts. Alles ist da, alles nimmt seinen Lauf. Keine Veränderung in Sicht. Windstille.« So lässt es sich leben. So lässt es sich zumindest besser schlafen.

Drei Minuten später
AW:
Erwarte dir nicht zu viel davon, Emmi. Für den leichten Seegang muss man der richtige Typ sein. Die einen erleben Windstille als innere Ruhe, die anderen als ewige Flaute.

Zwei Minuten später
RE:
Du schreibst gerade so, als wärest du der Flauten-Typ, mein Guter.

Eine Minute später
AW:
Ich habe dabei eher an dich gedacht, meine Gute.

Zwei Minuten später
RE:
Das ist lieb, Leo. Aber vielleicht solltest du insgesamt eher

mehr an dich denken. An dich und (»...«). Apropos: Seit zehn Wochen führst du ein völlig neues Leben, ein Leben zu zweit. Du hast mir noch kein Wort davon erzählt. Kein Wort von eurer Beziehung! EINE GUTE SCHREIBFREUNDIN ERWARTET SICH DAS ABER! Schönen Abend. Emmi.

Fünf Minuten später
AW:
Du verlangst viel von mir, Emmi. Dir ist vermutlich gar nicht bewusst, WIE VIEL DU VON MIR VERLANGST! Leo.

Vier Tage später
RE:
Offenbar zu viel!

Drei Tage später
Betreff: **Komm, Leo!**
Komm, Leo! Reiß dich zusammen, gib dir einen Ruck. Erzähle mir von dir und Pamela. Bitte, bitte, bitte! Wie ist es mit ihr? Wie ist das Zusammenleben? Hat sie sich schon eingewöhnt? Fühlt sie sich wohl auf Top 15? Frühstückt sie Müsli oder fette Thunfischbrote? Schläft sie rechts oder links, auf dem Bauch oder auf dem Rücken? Wie geht es ihr im Job? Was erzählt sie von ihren Arbeitskollegen? Was unternehmt ihr an den Wochenenden? Wie verbringt ihr die Abende? Trägt Sie Tangas oder Bostoner Großmutter-Unterwäsche? Wie oft habt ihr Sex? Wer fängt meistens an? Wer hört früher auf und warum? Was ist ihr Handicap? (Ich meine beim Golfspielen.) Was treibt ihr sonst? Isst sie gerne Schnitzel und Apfelstrudel? Was sind ihre Hobbys? Stabhochsprung? Was trägt sie sonst noch für Schuhe? (Außer die hellbraunen aus Boston.) Wie lange fönt sie an ihren blonden Haaren? In welcher Sprache unterhaltet ihr euch? Schreibt sie dir E-Mails auf Englisch oder Deutsch? Bist du sehr verliebt in sie?

Einen Tag später
AW:
Zum Frühstück trinkt sie Alt-Bostoner Milchkaffee mit viel Wasser und Milch und Zucker, aber ohne Kaffee. Und sie isst Wachauer Marillenmarmelade auf Brot ohne Butter. Sie schläft auf ihrer rechten Wange und träumt zum Glück noch nicht vom Job. Aber das interessiert dich ja alles nur eher notdürftig. Stimmt's? Kommen wir also gleich zum Höhepunkt: Wie oft wir Sex haben? Andauernd, Emmi, ich sage dir, pfffffffff, andauernd! Meistens fangen wir in der Früh (gleichzeitig) an und hören einfach nicht mehr auf, zum Beispiel seit einer Woche. Gar nicht einfach, daneben noch platonische E-Mails an Emmi zu verfassen. Die Frage nach der Unterwäsche erübrigt sich also. Und in den raren Sexpausen fönt sie ihre bis zu den Kniekehlen wallenden blonden Haare. Schönen Nachmittag, Schreibfreundin! Leo.

Acht Minuten später
RE:
Die Antwort war irgendwie gut, Leo. Die hat Pfiff gehabt! Na also, du kannst es ja noch! Ebenfalls schönen Nachmittag, wünscht Emmi. Ich gehe jetzt Hosen kaufen. Leider mit Jonas. Leider für Jonas! Es ist schon unfair mit der Mode: Die, die neue Hosen brauchen, wollen keine (Jonas). Die, die neue Hosen wollen, brauchen keine. (Ich.)
PS: Ob ihr eure E-Mails in Englisch oder Deutsch verfasst, weiß ich allerdings noch immer nicht.

Fünf Stunden später
AW:
Weder noch.

Am nächsten Tag
RE:
Russisch?

Zehn Stunden später
AW:
Wir schreiben uns keine E-Mails. Wir telefonieren.

Drei Minuten später
RE:
Oh!!!

Fünf Tage später
Betreff: **Hallo Leo!**
Eine reine Schreibfreundschaft ohne prickelnde Zwischentöne ist dir zu langweilig, stimmt's?

Zwei Tage später
Betreff: **Hallo Emmi!**
Nein, da irrst du, liebe Emmi. Seit ich weiß, dass deine Welt nicht untergeht, wenn ich dir nicht schreibe, bin ich nicht mehr so oft online. Das ist der Grund für die längeren Intervalle. Ich bitte um Verständnis und jeweils etwas Geduld.

Drei Minuten später
RE:
Du hast mir also zwei Jahre lang nur geschrieben, damit meine Welt nicht untergeht?

Acht Minuten später
AW:
Mich wundert, dass ich es wieder eine volle Woche ohne deine atemberaubenden Umkehrschlüsse ausgehalten habe, meine Liebe!
Ich habe übrigens eine Gegenfrage zu deiner ersten Frage. Sie lautet: Die Windstille ist dir ein bisschen langweilig geworden, stimmt's?

Vier Minuten später
RE:
Nein, da irrst du, lieber Leo. Da irrst du gewaltig! Ich bin völlig entspannt und genieße die Ruhe, den inneren Frieden und Fettucine mit Flusskrebsen in Mandeloberssauce. Ich habe bereits acht Kilo zugenommen. (Oder zumindest 0,8.) Also: Bist du sehr verliebt in sie?

Eine Minute später
AW:
Warum beschäftigt dich das so sehr, Schreibfreundin?

50 Sekunden später
RE:
Es beschäftigt mich nicht, es interessiert mich nur. Man wird an den gewichtigen emotionellen Grundbefindlichkeiten seines Schreibfreundes ja wohl noch interessiert sein dürfen, oder?

40 Sekunden später
AW:
Und wenn ich sage: »Ja, ich bin sehr verliebt in sie!«?

30 Sekunden später:
RE:
Dann sage ich: »Freut mich für dich! Für dich und für sie!«

40 Sekunden später
AW:
Die Freude würde aber nicht echt klingen.

50 Sekunden später
RE:
Über die Echtheit des Klanges meiner Freuden musst du dir wirklich keine Gedanken machen, mein Lieber! Also: Bist du sehr verliebt in sie?

Zwei Minuten später
AW:
Das sind Emmi'sche Verhörmethoden, meine Liebe! So kriegst du keine Antwort von mir.
Aber wir können gerne irgendwann wieder einmal auf einen Kaffee gehen und über die Dinge plaudern, die uns trotz Windstille bewegen.

Eine Minute später
RE:
Du willst mich treffen?

Drei Minuten später
AW:
Ja. Warum nicht? Wir sind Freunde.

Zwei Minuten später
RE:
Und was erzählst du »Pam«?

50 Sekunden später
AW:
Gar nichts.

30 Sekunden später
RE:
Warum nicht?

50 Sekunden später
AW:
Weil sie nichts von uns weiß, wie du weißt.

Eine Minute später
RE:
Das weiß ich zwar. Aber was gibt es da mittlerweile nicht zu

wissen? Was darf sie nicht wissen? Dass wir Schreibfreunde sind?

Zwei Minuten später
AW:
Dass es eine Frau gibt, der ich solche Fragen beantworte.

50 Sekunden später
RE:
Du beantwortest sie ohnehin nicht.

Eineinhalb Minuten später
AW:
Emmi, warum, glaubst du, sitze ich hier seit knapp einer halben Stunde an meinem Computer?

30 Sekunde später
RE:
Gute Frage. Warum?

50 Sekunden später
AW:
Um mich mit dir auszutauschen.

Eine Minute später
RE:
Stimmt. Das würde »Pam« nicht verstehen. Sie würde fragen: »Warum telefoniert ihr nicht? Da könntet ihr euch vier Fünftel der Zeit ersparen.«

40 Sekunden später
AW:
Stimmt. Und ich könnte nach solchen Meldungen ungeniert den Hörer auflegen.

50 Sekunden später
RE:
Stimmt. E-Mails sind geduldiger als Telefone. Das ist mein Glück!

40 Sekunden später
AW:
Stimmt. Und bei E-Mails verbringt man auch die Zeit dazwischen miteinander.

30 Sekunden später
RE:
Stimmt. Das ist das Gefährliche.

40 Sekunden später
AW:
Stimmt. Und das Süchtigmachende zugleich.

50 Sekunden später
RE:
Stimmt. Zum Glück bin ich erfolgreich auf Entzug. In diesem Sinne: Tschüss für heute, lieber Schreibfreund. Bernhard kocht, ich werde ihm auf die Finger schauen. Mach's gut! Emmi.

KAPITEL VIERZEHN

Acht Tage später
Betreff: Kaffee
Hallo Emmi, wollen wir uns auf einen Kaffee treffen?

Vier Stunden später
RE:
Fällt Schreibfreund Leo nach einer Woche gediegenen Flauten-Schweigens soeben spontan ein.

Drei Minuten später
AW:
Ich wollte euch nicht vom Kochen und Auf-die-Finger-Schauen abhalten, liebe Emmi.

Zwei Minuten später
RE:
Nur keine falsche Zurückhaltung, lieber Leo. Sonst laden wir dich gleich zum Essen ein. »Pam« kann natürlich gerne mitkommen. Isst sie Flusskrebse?

Eine Minute später
AW:
Dein neuer, freundschaftlich angepriesener Kommunen-Humor ist selbst für deine Begriffe schräg, liebe Emmi. Also: Wollen wir auf einen Kaffee gehen?

Fünf Minuten später
RE:
Lieber Leo, warum sagst du eigentlich nicht: »Ich will mir dir (...)?« Warum fragst du: »Wollen wir (...)?« Weißt du selbst nicht, ob du willst? Oder behältst du dir vor, ebenfalls nicht zu wollen, für den Fall, dass ich nicht will?

50 Sekunden später
AW:
Liebe Emmi, ich will mit dir auf einen Kaffee gehen. Willst du auch? Wenn du nicht willst, will auch ich nicht, denn ich will nicht gegen deinen Willen mit dir (auf einen Kaffee gehen). Also wollen wir?

Fünf Minuten später
RE:
Ja, können wir machen, Leo. Wann und wo schlägst du vor?

Drei Minuten später
AW:
Dienstag oder Donnerstag gegen 16 oder 17 Uhr? Kennst du das Café Bodinger in der Dreisterngasse?

40 Sekunden später
RE:
Ja, kenne ich. Dort ist es eher schummrig.

50 Sekunden später
AW:
Das kommt darauf an, wo man sitzt. Direkt unter dem großen Luster ist es taghell wie im Messecafé Huber.

30 Sekunden später
RE:
Und du willst direkt unter dem großen Luster sitzen.

40 Sekunden später
AW:
Mir ist es egal, wo ich sitze.

20 Sekunden später
RE:
Mir nicht.

40 Sekunden später
AW:
Wo willst du lieber sitzen, Emmi, unter dem Luster oder in einer schummrigen Nische?

30 Sekunden später
RE:
Das kommt darauf an, mit wem.

20 Sekunden später
AW:
Mit mir.

20 Sekunden später
RE:
Mit dir? Habe ich mir noch nicht überlegt, mein Lieber.

30 Sekunden später
AW:
Dann überlege es dir einmal, meine Liebe.

Eine Minute später
RE:
Okay, schon überlegt. Mit dir würde ich gerne auf halbem Wege zwischen den Nischenplätzen und den Tischen unter dem großen Luster sitzen, dort, wo das Licht von schummrig auf taghell übergeht. Am Donnerstag, um 16.30 Uhr?

50 Sekunden später
AW:
Donnerstag, 16.30 ist perfekt!

Fünf Minuten später
RE:
Ach, und was erwartest du dir von unserem eins, zwei, drei (!), vier, fünften Treffen?

Zwei Minuten später
AW:
So wie jede Begegnung anders war als jede andere, erwarte ich mir, dass auch diese Begegnung anders sein wird als alle unsere bisherigen.

50 Sekunden später
RE:
Weil wir jetzt Freunde sind.

30 Sekunden später
AW:
Ja, vielleicht auch deshalb. Und weil Teile von »uns« sorgsam darauf bedacht sind, den Begriff der Freundschaft »ins Treffen« zu führen.

Fünf Minuten später
RE:
Welche war die beste Begegnung, Leo?

50 Sekunden später
AW:
Die vorläufig letzte, die fünfte.

Zwei Minuten später
RE:
Da hast du nicht lange nachgedacht! Weil sie die kürzeste war? Weil sie ein (verhältnismäßig) klares Ende hatte? Weil die Weichen für die Zukunft gestellt waren? Weil »Pam« vor der Türe stand?

40 Sekunden später
AW:
Wegen deines »Erinnerungsstücks«, Emmi.

30 Sekunden später
RE:
Oh. Du erinnerst dich?

20 Sekunden später
AW:
Ich muss mich nicht erinnern. Ich kann es nie vergessen. Ich habe es immer bei mir.

40 Sekunden später
RE:
Aber du hast kein Wort darüber verloren.

30 Sekunden später
AW:
Dort kommen Worte nicht hin.

40 Sekunden später
RE:
Bei uns sind Worte bisher noch überall hingekommen.

30 Sekunden später
AW:
Hierhin nicht. Hier lasse ich sie nicht herein. Das macht »es« aus.

20 Sekunden später
RE:
Du spürst »es« also nach wie vor?

20 Sekunden später
AW:
Und wie!

40 Sekunden später
RE:
Das ist schön, Leo!!! (Pause. Pause. Pause.) So, und jetzt sind wir wieder Freunde.

30 Sekunden später
AW:
Ja, Schreibfreundin, du bist entlassen. Du kannst Bernhard beim Kochen auf die Finger schauen. Angenehmen Abend!

40 Sekunden später
RE:
Gut, Schreibfreund, und du darfst »Pam« beim Haarfönen beiwohnen. Ebenfalls angenehmen Abend.

30 Sekunden später
AW:
Sie fönt ihre Haare morgens zwischen sieben Uhr und sieben Uhr dreißig. (Außer am Wochenende.)

50 Sekunden später
RE:
So genau wollte ich es diesmal gar nicht wissen.

Vier Tage später
Betreff: **Cafe Bodinger**
Hallo Emmi, bleibt es bei heute Nachmittag?
Lieber Gruß, Leo.

Eine Stunde später
RE:
Hallo Leo. Ja, natürlich. Es ist nur (...), es ist ein kleines Problem aufgetaucht, ein organisatorisches. Aber egal. Nein, es ist eigentlich kein wirkliches Problem. Also, es bleibt bei heute Nachmittag. 16.30 Uhr. Bis bald!

Drei Minuten später
AW:
Wollen wir (...), Verzeihung, willst du, dass wir das Treffen verschieben, Emmi?

Zwei Minuten später
RE:
Nein, nein, nein. Alles okay. Es ist nur, nein, es ist eigentlich kein wirkliches Problem. Bis dann, Schreibfreund! Ich freu mich!

40 Sekunden später
AW:
Ich mich auch!

Am nächsten Morgen
Betreff: Überraschungsgast
Hallo Leo, er mag dich!

Eine Stunde später
AW:
Schön.

40 Minuten später
RE:
Bist du sauer? Leo, es ging nicht anders. Sein Werkunterricht ist ausgefallen und er wollte unbedingt mitkommen. Er wollte dich kennenlernen. Er wollte wissen, wie jemand aussieht, der

einem (nein, nicht einem, sondern seiner Mutter) zwei Jahre lang E-Mails schreibt. Er findet das nämlich einigermaßen pervers, was wir da tun, beziehungsweise was wir nicht tun. Du warst für ihn wie ein Außerirdischer, und deshalb doppelt interessant. Was hätte ich machen sollen? Hätte ich sagen sollen: »Jonas, nein, das geht nicht, dieser Mann vom fremden Planeten ›Outlook‹ ist nur für mich bestimmt«?

Zehn Minuten später
AW:
Ja, Emmi, ich bin sauer, sehr sogar! DU HÄTTEST MIR VORHER SAGEN MÜSSEN, dass du Jonas mitnimmst! Dann hätte ich mich darauf einstellen können.

Fünf Minuten später
RE:
Dann hättest du unser Treffen abgesagt. Und ich wäre enttäuscht gewesen. So bin ich beeindruckt von dir, wie wacker du dich geschlagen hast, wie aufmerksam du ihm zugehört hast, wie lieb du zu ihm warst. Ist doch besser, oder? Jonas ist jedenfalls sehr angetan von dir.

Drei Minuten später
AW:
Das wird seinen Papa aber freuen!

Acht Minuten später
RE:
Leo, unterschätze Bernhard nicht. Er betrachtet dich längst nicht mehr als Konkurrenten. Wir haben klare Verhältnisse. Endlich haben wir sie! Wir führen, und wenn es in deinen Ohren auch noch so desillusionierend klingen mag, eine »Vernunftpartnerschaft«. Die führen wir wieder. Und die führen wir gut! Denn eine Partnerschaft kann über kurz oder lang nur eine Vernunftpartnerschaft sein, alles andere wäre so, so,

so – unvernünftig, partnerschaftlich gesehen, wenn du verstehst.

Zwei Minuten später
AW:
Und ich bin euer neu auserkorenes Vernunftpartnerschaftsmitglied. Kannst du mir bei Gelegenheit einmal verraten, welche Funktion ich in eurem Vernunftgefüge innehabe? Soll ich mich nach der virtuellen Betreuung der Mama nun mehr auf den Sohn konzentrieren?

Eine Minute später
RE:
Lieber Leo, war diese Stunde mit Jonas wirklich so schlimm? Glaube mir, es hat ihm gut getan, dich einmal zu sehen und mit dir zu plaudern. Deine Ausführungen über die Foltermethoden im Mittelalter hat er echt klasse gefunden. Davon will er noch mehr hören.

Sieben Minuten später
AW:
Das freut mich, Emmi. Er ist auch ein netter Bursche. Aber wenn ich ehrlich bin, wenn ich ganz, ganz ehrlich bin, vermutlich wirst du das nicht verstehen, keine Vernunftpartnerschaftsfrau mit Vernunftpartnerschaftskindern würde das verstehen, es ist ja auch absurd, es ist anmaßend, überheblich, ja größenwahnsinnig, ein Tick von mir, hirnrissig, absolut weltfremd, abgehoben, außerirdisch. Egal, ich sage es trotzdem: Eigentlich wollte ich DICH sehen und mit DIR reden, Emmi. Deshalb hatte ich mit DIR ein Treffen vereinbart. Mit DIR zu zweit.

Zwei Minuten später
RE:
Gesehen haben wir uns ja (sehr zu meiner Freude). Und das

Reden können wir nachholen. Hast du nächste Woche Zeit? Dienstag, Mittwoch, Donnerstag? Vielleicht sogar einmal ein bisschen länger?

Drei Stunden später
Betreff: Hallo
Hallo Leo, studierst du noch immer deinen Terminkalender?

Fünf Minuten später
AW:
Nächste Woche fliege ich mit Pamela nach Boston.

Drei Minute später
RE:
Ah! Ah so. Aha. Mhm. Verstehe! Etwas Ernstes?

Eine Minute später
AW:
Davon, zum Beispiel, hätte ich dir ganz gerne erzählt.

40 Sekunden später
RE:
Dann drucks nicht herum, tu es einfach! Schriftlich!

Zehn Minuten später
Kein Betreff
Bitte! (Bitte, bitte, bitte!)

Eine Stunde später
Kein Betreff
Okay, dann tu es nicht und sei beleidigt! Steht dir gut, Leo! Ich liebe beleidigte Männer. Ich finde sie wahnsinnig erotisch. Sie halten den Spitzenplatz auf meiner Eros-Tabelle: Autorenn-Männer, Ferienmessen-Männer, Sandalen-Männer, Bierzelt-Männer und beleidigte Männer! Gute Nacht.

Am nächsten Abend

Betreff: Alles-Illusion

Hallo Emmi, es ist nicht so einfach, dir meine Situation zu erklären, aber ich versuche es. Ich beginne mit einem Emmi-Zitat: »Alles kann einem ein einziger Mensch nicht geben.« Du hast Recht. Sehr klug. Sehr einsichtig. Sehr vernünftig. Mit dieser Erkenntnis im Hinterkopf läuft man nie Gefahr, zu viel vom anderen zu verlangen. Und man selbst darf sich ruhigen Gewissens mit Einzelbeiträgen zu dessen Glück begnügen. Das spart Energien für schwere Zeiten. So lässt es sich gemeinsam leben. So lässt es sich heiraten. So lässt es sich Kinder großziehen. So lassen sich Versprechen einlösen, so lassen sich »Vernunftpartnerschaften« aufbauen, festigen, vernachlässigen, aus dem Schlaf reißen, retten, wieder neu beginnen, über Krisen bringen, durchziehen. Große Aufgaben! Ich habe Respekt davor, ehrlich. Allein: So kann ich nicht, so will ich nicht, so denke ich nicht, so ticke ich nicht. Ich bin zwar schon erwachsen und immerhin zwei Jahre älter als du, aber ich habe SIE noch immer, und ich bin (noch) nicht bereit, von ihr abzurücken: von der »Alles-Illusion«. Die Realität: »Alles kann einem ein einziger Mensch nicht geben.« Meine Illusion: »Aber er sollte es wollen. Und er sollte gar nie aufhören, es zu probieren.«

Marlene hat mich nicht geliebt. Ich wäre bereit gewesen, ihr »alles« zu geben, aber mein Angebot hat sie nicht sonderlich interessiert. Einen Bruchteil davon hat sie dankend oder gnadenhalber angenommen, den Rest durfte ich für mich behalten. In der Summe hat es nur für ein halbes Dutzend Startversuche gereicht. Die Landungen kamen bald und waren äußerst unsanft, zumindest für mich.

Bei Pamela ist das anders. Sie liebt mich. Sie liebt mich wirklich. Keine Angst, Emmi, ich werde dich jetzt nicht wieder mit Details unserer Übereinstimmungen langweilen. Das Problem: Pamela fühlt sich hier nicht wohl. Sie hat Heimweh, Sehnsucht nach ihrer Familie, nach ihren Freunden, ihren Arbeits-

kollegen, ihren Lokalen, ihren Gepflogenheiten. Sie lässt es sich kaum anmerken, sie will es vor mir geheim halten, sie will mich damit verschonen, weil sie weiß, dass es nichts mit mir zu tun hat, und weil sie davon ausgeht, dass ich nichts daran ändern kann.
Nun, ich habe für uns beide Flugtickets nach Boston gekauft und Pamela damit überrascht. Aus Freude darüber hat sie eine Jahresration Tränen vergossen. Seither ist sie wie verwandelt, als würde sie unter Glücksdrogen stehen. Sie geht dabei lediglich von zwei »Urlaubswochen« aus, aber ich halte es nicht für ausgeschlossen, dass in der Folge mehr daraus wird. Ich habe, ohne es ihr zu sagen, Vorstellungsgespräche an Germanistik-Instituten vereinbart, vielleicht ergibt sich für mich längerfristig eine Jobmöglichkeit.
Emmi, mich zieht es nicht nach Boston, kein bisschen. Ich würde so gerne hier bleiben – aus verschiedenen Gründen, nein, nicht aus verschiedenen Gründen, aus einem ganz bestimmten Grund. Aber dieser Grund ist so (...), wie würdest du es formulieren? »Dieser Grund ist so, so, so – grundlos.« Er entbehrt jeder Grundlage. Er ist ein Hirngespinst. Nein, schlimmer noch: Er ist ein Bauchgespinst.
Wahrscheinlich liegt meine gemeinsame Zukunft mit Pamela, sollte es eine geben, einige tausend Kilometer von hier entfernt. Ich glaube, ich kann mich leichter umgewöhnen und an eine neue Umgebung anpassen als sie.
Ihr Glückszustand motiviert mich. Ich möchte sie weiter so sehen, wie ich sie in den vergangenen Tagen gesehen habe. Und ich will, dass sie mich weiter so ansieht, wie sie mich seit einigen Tagen ansieht. Sie sieht mich an wie einen Mann, der die Fähigkeit besitzt, ihr »alles« zu geben. Nein, es ist nicht die Fähigkeit, nur die Bereitschaft. Dazwischen liegt Illusion. Die will ich mir noch eine Weile beibehalten. Wofür sonst lohnt es sich zu leben, wenn nicht für »Alles«-Illusionen?

Zwei Stunden später
RE:
»Sie liebt mich. Sie liebt mich wirklich.« »Ich will ihr alles geben.« »Ich kann mich besser umgewöhnen.« »Ich kann mich besser anpassen.« »Ihr Glückszustand motiviert mich.« »Wenn sie mich nur weiter so ansieht, wie sie mich seit einigen Tagen ansieht!« (...)
Leo, Leo, Leo! Lieben heißt für dich, an den Schalthebeln des Glücks eines anderen zu sitzen. ABER WO BIST DU? Was ist mit deinem Glück? Was ist mit deinen Wünschen? Hast du keine eigenen? Hast du nur jene von »Pam«? Bleiben dir selbst nur Bauchgespinste? – Du tust mir leid. Nein, ich tu mir leid. Nein, wir beide tun mir leid. Es ist heute eine traurige Nacht, irgendwie. Dunkler Spätfrühling. Windstille. Flaute. Ich trinke jetzt einen Whiskey. Und danach entscheide ich, ob ich noch einen trinke. Ich handle nämlich nach meinen eigenen Wünschen. Und ich suche nach MEINEM Glück. Zum Glück. Oder zum Pech. Keine Ahnung. Du bist ein Lieber, Leo! Du bist wirklich ein Lieber! Aber kannst du nur geliebt werden oder kannst du auch einmal lieben? Gute Nacht. Emmi.

Zwei Tage später
Betreff: Vier Fragen
1.) Wie geht es dir?
2.) Wann fliegt ihr?
3.) Schreibst du mir noch ein paar Worte?

Drei Minuten später
AW:
Das waren nur drei Fragen!

30 Sekunden später
RE:
Ich weiß. Ich wollte nur prüfen, ob du noch diesseitig genug bist, mitzuzählen.

Acht Minuten später
AW:
Zu 1.) Mir geht es nicht besonders. Ich habe mir ein »Bauchgespinst« der anderen Art eingefangen: eine Darminfektion. Wenn mir eine Reise zu zweit bevorsteht, werde ich immer krank. Das war schon mit Marlene so.
Zu 2.) Wir fliegen morgen Vormittag (sofern die Klomuschel in mein Handgepäck passt).
Zu 3.) Noch ein paar Worte? Emmi, deine E-Mail mit dem dunklen Spätfrühling hat mich sehr bedrückt. Ich wusste nicht, was ich darauf antworten sollte. Es gibt keine Gebrauchsanweisung mit Lageplan für die Sichtung und Bergung von Glück. Jeder sucht seines auf seine Weise und an jenen Orten, an denen er glaubt, es am ehesten zu finden. Aber vielleicht war es einfach zu viel verlangt, von dir aufmunternde Worte für mein »Unternehmen Boston« zu erwarten.

30 Minuten später
RE:
Da hast du Recht, Leo. Entschuldige, aber »Boston« ist bei mir nun einmal hoffnungslos negativ besetzt, da war nicht mehr drinnen. Glaube mir bitte: Ich finde deine Bereitschaft, einer Frau »alles« zu geben, beachtlich, mutig, faszinierend. (»Edel« und »weltmännisch« habe ich wieder gelöscht.) Ich wünsche dir das Beste dabei, das größtmögliche Glück. Abgesehen von Gebrauchsanweisung und Lageplan: Jeder definiert Glück eben auf seine Weise, ich mehr über mich, du anscheinend mehr über »Pam«. Ich hoffe, du kommst dabei auf deine Rechnung.
Ach ja, meine Psychotherapeutin hat gemeint, ich könnte dir eventuell noch die Information mit auf die Reise geben, dass ich mich freue, wenn du wieder zurückkommst, ich meine, nach den zwei Wochen. Sie hat gemeint, ich könne ruhig zugeben, dass ich in gewisser Weise auf deine Rückkehr warte, weil ich es irgendwie so, so, so – irgendwie schön finde, dass du

da bist, wenn du wieder da bist, sehr schön. Verstehst du? Und probiere es mit Reiswaffeln, nicht mit Bananen. Bananen helfen überhaupt nicht. Bananen sind die größte Lüge in der Geschichte der Durchfallerkrankung. Mach's gut, mein Lieber!

Fünf Minuten später
AW:
Und viertens?

Zwei Minuten später
RE:
Ach ja, viertens!
4.) Wenn du wieder zurückkommst, treffen wir uns dann einmal zu viert? Fiona möchte dich kennenlernen. Jonas hat ihr erzählt, du seiest so der Typ Kevin Spacey, nur ohne Haare. Fiona liebt Kevin Spacey, selbst ohne Haare, obwohl die meiner Meinung nach noch zu den interessanteren Gesichtsmerkmalen von ihm zählen. Aber ich glaube, Jonas verwechselt Spacey ohnehin mit diesem Spießerfamilien-Schauspieler, den mit dem lang gezogenen Gesicht, wie heißt der? Egal. Leo, treffen wir uns bald wieder? Sag ja!

Eine Minute später
Betreff: **SAG JA!**
Siehe Betreff und tu es!

50 Sekunden später
AW:
Ja! Ja! Ja! Verzeihung, ich war gerade auf der Toilette. Und der nächste Satz darf nicht zu lang werden, sonst werde ich ihn in der Mitte abbrechen müssen. Bis bald, meine Liebe!

KAPITEL FÜNFZEHN

Acht Tage später
Betreff: Daheim bist »du«
Liebe Emmi, Boston hat mich seit einer Woche fest im Griff. Wenn die Stadt einen einmal gepackt hat, dann lässt sie nicht mehr locker. Pamela kennt hier in unserer Wohnumgebung jede fünfte Familie, und jede zweite davon lädt uns zum Essen ein. Das heißt: Wir essen ungefähr achtmal täglich bei irgendwelchen Bekannten. Und da sind die Verwandtenbesuche noch gar nicht eingerechnet. Das mag für dich jetzt fürchterlich spießig klingen. Aber es geht mir gut dabei, die Freundlichkeit dieser Menschen steckt mich an, ich sehe von früh bis spät offene, lachende, strahlende Gesichter. Das strahlt auf mich zurück. Du weißt, ich hab ja einen etwas eigentümlichen Zugang zum Glück. Es erschließt sich bei mir zumeist von außen und kommt selten aus meinem Inneren. Selten, aber doch. Emmi, es ist schön, an dich zu denken! Ich muss diesem Satz noch mehr Gewicht geben: EMMI, ES IST SCHÖN, AN DICH ZU DENKEN! Ich hatte wahnsinnige Angst vor einer Renaissance meiner schmerzlichen alten Bostoner Zuflucht- und Schlupfwinkel-Gefühle. Ich danke dir so sehr, dass du die Hintertür, durch die ich unser »Uns« damals verlassen habe, nicht zugeriegelt hast. Nun kann ich selbst aus so großer Entfernung ohne Herzensstiche »zu Hause« sein: Daheim ist, wo du bist, Emmi. Ich freue mich, dir räumlich bald wieder näher zu sein. Ich freue mich auf unser nächstes Treffen. Nimm ruhig ein paar deiner pubertierenden Überraschungskinder mit. Und irgendwann einmal verrate ich dir etwas über: dich und »es« und mich. So, und jetzt sind wir bei Pamelas Uni-Freundin Maggy Wellington zum »Dinner« eingeladen. Bis bald, dein Schreibfreund Leo.

Vier Tage später
Betreff: Angekommen?
Liebe Emmi, ich hab dir vor ein paar Tagen hier aus Boston eine E-Mail geschickt. Ich weiß nicht, ob du sie erhalten hast,

bei mir ist eine Fehlermeldung eingegangen. Ich fasse den Inhalt in zwei Sätzen zusammen: 1.) Mir geht es gut, aber/und du fehlst mir! 2.) Ich freue mich auf unser nächstes Treffen! Bis bald, dein Schreibfreund Leo.

Drei Tage später
Betreff: Angekommen?
Hallo Leo, bist du gelandet? Hat dich das heimische Top 15 wieder? Danke für die liebe US-Post! Ich fasse deine beiden Ostküsten-Mails geografisch wie folgt zusammen. 1.) Daheim ist, wo deine Schreibfreundin Emmi ist. 2.) Boston ist, wo die Gesichter strahlen und wo du »Pam« von innen (und dich dabei gleichzeitig von außen) glücklich machen kannst. Frage: Weißt du schon, wo du hingehörst? Und ab wann? Herzlichst, Emmi.
Und, ja: Verrate mir etwas über »dich und ›es‹ und mich«!

Am nächsten Vormittag
Betreff: Hängengeblieben?
Oder bist du gleich in Boston geblieben?

Sieben Stunden später
Kein Betreff
Liebe Emmi, ich habe gestern einen folgeschweren Fehler begangen. Ich habe Pamela von dir erzählt. Ich melde mich wieder, wenn es möglich ist. Bitte warte nicht! Alles Liebe, Leo.

Zehn Minuten später
RE:
Ach, Leo!!! Warum musst du die vernünftigen Dinge immer zum unvernünftigsten aller Zeitpunkte machen? Okay, ich warte nicht. Alles Liebe, Emmi.

Einen Tag später
Kein Betreff
Nein, ich warte nicht.

Einen Tag später
Kein Betreff
Wie gesagt, ich warte nicht.

Einen Tag später
Kein Betreff
Ich warte nicht, ich warte nicht.

Einen Tag später
Kein Betreff
Ich warte nicht, ich warte nicht, ich warte nicht.

Einen Tag später
Kein Betreff
Ich warte nicht, ich warte nicht, ich warte nicht, ich warte nicht.

Einen Tag später
Betreff: Aus!
Ich habe es satt, nicht zu warten! Ich warte!

Sechs Stunden später
Betreff: Leeeo?
Willst du mir nicht mehr schreiben oder kannst du mir nicht mehr schreiben oder darfst du mir nicht mehr schreiben? Was hast du ihr von mir erzählt? WAS? WAS? WAS? Leo, wenn du dein Glück auch nur ein bisschen über mein Glück definierst, dann wirst du es ohnehin spüren: Du machst mich gerade todunglücklich. Bitte bediene die Schalthebel. Höre endlich auf, um den heißen Brei zu schweigen! Sehr verbittert, Emmi.

Eine Stunde später
Betreff: Steuerberater!
Leo, du zwingst mich dazu: Ich zähle bis zehn, dann rufe ich meinen Steuerberater an und fixiere für morgen einen Termin. Du weißt, was das bedeutet. Und ich spreche perfektes American English, wenn es gilt, persönliche Dinge aufzuklären. Eins. Zwei. Drei. (...)

Am nächsten Morgen
Betreff: Ultimatum
Hallo Leo, meine Psychotherapeutin meint, ich sollte dir noch eine letzte E-Mail schreiben, ich sollte dir sagen, dass es wirklich die letzte E-Mail ist, wenn du mir nicht bald – sogar eher sofort als bald – antwortest, und es sollte dann auch tatsächlich die letzte E-Mail sein. Dafür verbürge ich mich! Sie meint ferner, ich sollte dir vorschlagen, dass wir uns treffen und über alles reden. Und ich sollte unbedingt dazusagen, dass ich definitiv nicht will, dass »Pam« von diesem Treffen weiß oder im Nachhinein erfährt, denn das sei eine Sache zwischen uns beiden und zwischen sonst gar niemandem. Hat sich meine Therapeutin jetzt klar genug ausgedrückt? In Erwartung deiner unmittelbar bevorstehenden Antwort, Emmi.

Drei Stunden später
AW:
Liebe Emmi, bitte gib mir noch Zeit. Sie ist komplett verunsichert und zieht sich in ihr Schneckenhaus zurück. Es muss mir gelingen, ihr Vertrauen zurückzugewinnen und mit ihr eine Gesprächsbasis aufzubauen. Deine Psychotherapeutin wird mir sicher Recht geben, dass ich zuerst mit ihr ins Reine kommen sollte, bevor wir beide, du und ich, einander begegnen. Mein Konflikt mit Pamela ist noch nicht ausgetragen, vielleicht ist er noch nicht einmal so richtig ausgebrochen. Sie muss endlich reden, sie muss es rauslassen, sie muss mir ins Gesicht sagen, was es ist, das sie so ungeheuerlich kränkt, wor-

unter sie leidet, was sie mir vorzuwerfen hat. Ich stehe vor einem finsteren Gang, den ich mit ihr zu beschreiten habe. Du kannst da nicht mit, du musst draußen im Freien bleiben. Aber wenn ich durch bin, werde ich dir alles erzählen, alles was dich und mich betrifft. Versprochen! Liebe Emmi, bitte hab Geduld und geh mir nicht verloren! Ich fühle mich elend wie schon lange nicht.

Eine Stunde später
RE:
Ich gehe dir nicht verloren, lieber Leo. Aber DU wirst mir verloren gehen. Du wirst mit »Pam« den finsteren Gang beschreiten, und am Ende strahlt euch hellstes Bostoner Sonnenlicht entgegen. Keine Sorge, du wirst mit ihr »ins Reine« kommen. Und das »Reine« kann nur eines bedeuten: kein Kontakt mehr zwischen dir und mir. Es ist die einzige Chance zur Aufrechterhaltung deiner ins Wanken geratenen »Alles-Illusion«. Ich hab ja keine Ahnung, was du ihr über uns erzählt hast. Offensichtlich nicht, dass wir alte Bekannte oder flüchtige Freunde sind, die sich ab und zu schreiben. Weiß »Pam« auch nur einen Teil vom großen wahren Ganzen, dann würde ich dir an ihrer Stelle im Minutentakt mit einem Megaphon ins Ohr brüllen: »Never ever Emma again!« Wahrscheinlich ist sie schüchterner, vorsichtiger, höflicher. Sie wird es sich nur denken. Aber das ändert nichts an deiner logischen Konsequenz: Schluss mit Emmi. »Pam« wird es von dir verlangen. Und ich verstehe sie! Und du wirst es tun. Denn ich kenne dich.
So, Leo, und jetzt hast du alle Zeit der Welt, »ins Reine« zu kommen. Zuerst mit ihr, dann mit mir. Und irgendwann vielleicht auch einmal mit dir. Das würde ich dir am meisten wünschen. Alles Liebe, Emmi.

Drei Tage später
Betreff: Spiderman
Hallo Leo, ich soll dir Grüße von Jonas ausrichten. Er will mit

dir (und mir, wenn ich unbedingt dabei sein muss) ins Kino gehen: »Spiderman drei«. Falls du nicht schwindelfrei bist, darf es auch »Die Rückkehr der Jedi-Ritter« sein. Sein Papa ist für drei Wochen auf Asien-Tournee. Er spielt dort täglich in vollen Konzertsälen. Und wenn Asiens Konzertsäle voll sind, sind sie gleich fünfmal so voll wie unsere.
Eigentlich wollte ich dir aber nur mitteilen, dass ich dir, wie versprochen, noch nicht verloren gegangen bin. Alles Liebe, Emmi.

Zehn Minuten später
AW:
Danke, Emmi!!!

Eine Minute später
RE:
Na, siehst du, Leo, das genügt mir schon! Schreibe mir einmal in der Woche »Danke, Emmi«, vergiss dabei die drei Ausrufezeichen nicht – und ich halte es locker noch ein paar Jahre »im Freien« aus.

Vier Tage später
Betreff: Heiß
Heiß heute, nicht wahr?
(Wenn dir die Zeit oder Kraft fehlt, dir eine eigene Antwort zu überlegen, dann empfehle ich dir: »Ja, sehr heiß!!!« oder »Viel Wasser trinken!!!«. Bitte die Ausrufezeichen nicht vergessen!!!)

Sieben Stunden später
Kein Betreff
Schade. Diesmal hatte ich fix mit dir gerechnet.

Am nächsten Abend
Betreff: Lichtlein
Ist es noch sehr dunkel im Gang? Oder siehst du schon ein

Lichtlein am Horizont. Glüht es? Dann bin's ich. (Sonnenbrand.)

Am nächsten Morgen
Betreff: Was genau?
Lieber Leo, was hast du »Pam« eigentlich von uns erzählt? Hast du ihr auch etwas von den kniffligen Dingen verraten? Zum Beispiel:
a.) Dass wir seit zweieinhalb Jahren eine E-Mail-Beziehung führen.
b.) Dass du, um meine Ehe nicht zu gefährden, nach Boston geflüchtet warst.
c.) Dass wir uns nach deiner Rückkehr im Netz wiedergefunden und ohne Netz fünf Mal getroffen haben.
d.) Dass wir einmal gar Sex miteinander hatten.
e.) Wann d.) war, wie die Umstände gewesen waren, als d.) zustande kam, und wie du d.) empfunden hast.
f.) Dass wir uns noch am Vorabend ihrer Übersiedelung für ein paar Minuten getroffen haben.
g.) Was ich dir damals als »Erinnerung« hinterlassen habe.

Und hast du wenigstens halbwegs sauber die Kurve gekratzt? Zum Beispiel:
h.) Dass unser Verhältnis nunmehr als »innig, platonisch, freundschaftlich« zu bezeichnen ist.
i.) Dass unsere Schreibfreundschaft keine Beeinträchtigung eurer Lebensgemeinschaft darstellt.
j.) Dass ich dir nichts von ihr und ihr nichts von dir wegnehme.
k.) Weil ich ja ohnehin zu meiner Familie zurückgekehrt bin, um meine beispiellos vernünftige Vernunftpartnerschaft nach einer verdienten Verschnaufpause weiterzuführen.
l.) Und weil ihr beide in absehbarer Zeit ja ohnehin nach Boston auswandern werdet.

Fünf Minuten später
AW:
a.), b.), c.), d.), e.), f.), h.), i.), j.), k.). l.)

Eine Minute später
RE:
Alles? Sämtliches? Die volle Palette? Leo, bist du wahnsinnig? Ich würde dich an ihrer Stelle nur deshalb nicht auf den Mond schießen, weil du dann zu weit weg wärst, um dir die Barthaare einzeln auszureißen.

30 Sekunden später
RE:
Im Übrigen wusste ich, dass man mit dir toll darüber diskutieren würde können!

40 Sekunden später
RE:
Hey, Leo. Jetzt sehe ich es erst: Alles außer g.) Du hast g.) ausgelassen. Du hast »Pam« zwar gebeichtet, dass du in eine sexuelle Handlung mit mir verstrickt warst. Du hast ihr sogar veranschaulicht, was du dabei empfunden (bzw. anders oder nicht empfunden) hast. Aber du hast ihr nicht verraten, was ich dir als Erinnerung an mich hinterlassen habe? Warum nicht?

Eine Minute später
AW:
Weil wenigstens mein stärkstes und schönstes Geheimnis mit dir bei dir und bei mir bleiben musste.

Zwei Minuten später
RE:
Ich musste den Satz zwar zweimal lesen, aber das hast du nett gesagt! Oder, in deinem Verknappungsjargon: danke, Leo!!!

Sechs Tage später
Betreff: **Verloren?**
Liebe Emmi, bist du mir verlorengegangen? Ich könnte es dir nicht einmal verübeln.

Einen Tag später
Betreff: **Wann?**
Leo, der Schweiger von uns beiden bist du! Sag schon: Wann werdet ihr nach Boston auswandern?

Fünf Minuten später
AW:
Bitte, Emmi, hab noch ein paar Tage Geduld mit mir. In einer Woche werde ich dir alles sagen. ALLES!

Sieben Minuten später
RE:
Darfst du mir in einer Woche ALLES sagen? Oder musst du mir in einer Woche ALLES sagen? Darf Pam wissen, dass du mir in einer Woche ALLES sagst? Oder verlangt Pam gar, dass du mir in einer Woche ALLES sagst? Warum gerade in einer Woche? Was geschieht in dieser einen Woche? Okay, ich sehe schon, ich werde es wohl erst in einer Woche erfahren. Tschüss! Bis in einer Woche!

Vier Minuten später
Betreff: **Istrien**
Ach, übrigens: In einer Woche und zwei Tagen kommt Bernhard aus Japan zurück. Und in einer Woche und vier Tagen fahren wir mit den Kindern auf Sommerurlaub nach Istrien. Falls du mit dem Gedanken spielst, mich vorher noch zu treffen, um mir ALLES zu sagen, sei bitte pünktlich mit deiner Terminplanung! Erfolgreiche Woche, wünscht dir deine Emmi.

Sechs Tage später

Betreff: Es wäre dann an der Zeit

Hallo Leo, morgen ist die Woche vorbei. Was ist mit ALLEM? Wo ist ALLES? Was ist ALLES?

Einen Tag später

Betreff: Alles (aus)

Liebe Emmi, Pamela und ich haben Schluss gemacht. Sie fliegt am Montag alleine nach Boston. Das ist ALLES.

Zehn Minuten später

RE:

Lieber Leo, zugegeben, es ist viel. Aber es kann noch nicht ALLES gewesen sein. Es kann doch nicht plötzlich alles GEWESEN sein. Das glaube ich nicht. Kopf hoch! Willst du mich treffen? Willst du dich aussprechen und ausheulen? Ich wäre hiermit ab sofort sozusagen rund um die Uhr für dich da, und das noch volle zwei Tage lang. Wenn du mich treffen willst, dann triff mich! Wenn du nicht weißt, ob du mich treffen sollst, dann triff mich! Wenn du nicht weißt, ob du überhaupt irgendjemanden treffen willst, dann mich! Nur wenn du sicher bist, dass du nicht weißt, ob es gut für dich ist, mich zu treffen, denn das kannst du nicht wissen, dann triff mich nicht. Oh doch, auch dann! So. Punkt. Unaufdringlicher wollte ich mich dir nicht anbieten. Aufdringlicher kann ich mich dir nicht mehr anbieten. Und aufdringlicher werde ich mich dir auch nie wieder anbieten. Ehrlich!

15 Minuten später

AW:

Liebe Emmi, in ein paar Stunden sitze ich im Zug nach Hamburg. Ich besuche meine Schwester Adrienne und bleibe bis Dienstag bei ihr. Du fährst mit deiner Familie nach Kroatien, am Mittwoch, oder? Dann werden wir uns wohl erst nachher sehen. Ich weiß, Emmi, du brennst darauf zu wissen, was geschehen ist. Du hast ein Recht darauf. Und ich habe ein Bedürfnis, es dir mitzuteilen. Ehrlich! Du wirst es erfahren, in allen Facetten, das verspreche ich dir. Nehmen wir nur noch Hamburg und Kroatien dazu. Ich muss die Dinge klarer sehen. Ich brauche Abstand – von Pamela und von mir. Nicht von dir, Emmi, glaube mir, nicht von dir!

Acht Minuten später
RE:
Größer kann dein Abstand zu mir ohnehin nicht mehr sein, mein Lieber. Leo, du machst mich wahnsinnig mit deinen ewigen Aufschüben, Verweigerungen, Vertröstungen und wortkargen Kehrtwendungen! Wenn ich aus Istrien zurückgekehrt bin, wirst du vermutlich deine Verlobung mit »Pam« bekannt geben. Aber du wirst mir leider noch keine »Facette« dieser Entscheidung mitteilen können. Denn du wirst »die Dinge erst einmal klarer sehen« müssen. Leo, ich mag nicht mehr! Nicht böse sein: Worauf auch immer du diesmal wartest, mir etwas Fundiertes über dich zu sagen, ich warte nicht mehr mit. Seit ich dich kenne, warte ich. Ich habe in diesen zweieinhalb Jahren dreimal so viel gewartet wie in den 33 Jahren davor. Hätte ich wenigstens irgendwann gewusst, worauf! Ich habe mich satt gewartet. Ich habe mich effektiv ausgewartet. Tut mir leid! (So, und jetzt wirst du wieder schweigen und schmollen.)

Eine Minute später
AW:
Nein, Emmi, ich schweige nicht und ich schmolle nicht. Ich fahre nach Hamburg. Und ich komme zurück. Und ich schreibe dir. Und ich werde keine Verlobung bekannt geben. Alles Liebe. Leo.

KAPITEL SECHZEHN

Fünf Tage später

Betreff: Abschied von Pamela

Guten Morgen, liebe Emmi. Gruß von Top 15 ans Mittelmeer! Ich bin zurück. Ich bin wieder. Ich bin wieder ich. Ich sitze vor meinem Laptop auf der Terrasse. Hinter meinem Rücken – eine dieser erbärmlich kargen Männerwohnungen, die gerade von einer Frau verlassen wurden.

Ich habe gestern mit ihr telefoniert. Sie ist gut angekommen, in Boston regnet es. Erstaunlich, wir können schon wieder miteinander reden, spröde zwar, mit trockenen Kehlen, mit Schluckbeschwerden, mit Würgegeräuschen, mit knirschenden Zähnen, aber wir können es. Erst vor einer Woche hatten wir das Kunststück vollbracht, uns gleichzeitig, ohne Vorankündigung und ohne Nennung von Gründen, stehenzulassen. Ich eröffnete: »Pamela, ich glaube, wir sollten.« Pamela vervollständigte: »Schluss machen, du hast Recht!«

Wir sind uns nichts schuldig geblieben, sind gemeinsam gescheitert, rund, elegant, formvollendet, mit perfekten Haltungsnoten, »synchron«. Wir haben unsere Enttäuschungen vor uns ausgebreitet, auf einen Haufen geworfen und gerecht aufgeteilt. Jeder hat seine Hälfte genommen. So sind wir auseinandergegangen. Beim Abschied haben wir uns umarmt, geküsst und gegenseitig auf die Schulter geklopft. Dabei haben wir einander, ohne es auszusprechen, »herzliches Beileid« gewünscht. Jeder weinte, weil ihn die Tränen des anderen rührten. Es war wie eine Begräbnisszene, als hätten wir eine gemeinsame Angehörige verloren. Haben wir auch! Wir nannten sie nur unterschiedlich. Für Pamela hieß sie Vertrauen, für mich Illusion. (Fortsetzung folgt, ich schicke das weg und mache mir einen Kaffee. Bis gleich!)

Zehn Sekunden später
Betreff: Abwesenheitsnotiz
ICH BIN DERZEIT AUF URLAUB UND WERDE MEINE E-MAILS ERST WIEDER AM 23. JULI ABRUFEN. FREUNDLICHE GRÜSSE, EMMI ROTHNER.

30 Minuten später
AW:
Damit habe ich gerechnet, Emmi. Und das ist gut so! Ich weiß ja gar nicht, ob du dir das anhören willst. So erfahre ich es frühestens in eineinhalb Wochen. Na, dann werde ich einmal ungeniert weiter ausholen, meine Liebe:
Pamela war die erste Frau, die mich nicht an dich erinnerte, die ich nicht an dir maß, die nichts von dir, meiner virtuellen Wunschvorstellung, hatte, und die mich dennoch anzog. Ich sah sie und wusste, dass ich mich in sie verlieben musste. Das war mein Trugschluss, meine Fehlentscheidung: das »Müssen«, der Plan, die Absicht, mein dringliches Bemühen. Ich war beseelt davon, sie zu lieben. Ich bin darin aufgegangen. Ich habe bis zuletzt alles dafür gemacht. Nur eines nicht: Ich habe nie hinterfragt, ob ich es auch tue.
Es gab drei Phasen mit Pamela. Vier Monate in Boston: Das war meine beste Zeit mit ihr, das war MEINE Zeit mit ihr, keinen Tag davon möchte ich missen. Als ich vergangenen Sommer von Amerika nach Hause kam, warst du da, Emmi. Schon wieder, noch immer: DU! Meine Schränke voll sorgsam verstauter Gefühle. Wie naiv war ich zu glauben, dass sie von selbst verschwunden sein könnten. Du hast mich schnell daran erinnert, dass es kein Ende ohne Anfang gab. Wir trafen uns. Ich habe dich gesehen. DICH GESEHEN! Was sollte ich damals zu dir sagen? Was soll ich heute dazu sagen? Ich war in Phase zwei mit Pamela: eine Fernbeziehung, unterbrochen durch aufregende Entdeckungsreisen und Schübe gewaltiger Sehnsüchte nach der ganz normalen steten Zweisamkeit mit Brot- und Milcheinkäufen und Auswechseln von Staubsäcken.

Wie vertrieb ich mir die Wartezeit auf meine Zukunft? Mit dir, Emmi. Wem habe ich inzwischen raumlos beigewohnt? Dir, Emmi. Mit wem habe ich in meinem geheimen Inneren gelebt? Mit dir, Emmi. Immer nur mit dir. Und meine schönsten Fantasien hatten nun auch noch ein Gesicht. Dein Gesicht.
Und dann kam Pamela und blieb. Phase drei. Ich legte den Hauptschalter in meinem Kopf um: Emmi aus, Pamela an. – Ein brutales Unterfangen. Volle Konzentration auf die »Frau fürs Leben«, die Erwählte, die es zu lieben galt. Angewandte »Alles-Illusion«. Du hattest mir das Stichwort gegeben, ich glaubte, damit weiter zu kommen als Bernhard und du mit eurer »Vernunftehe«. Vielleicht wollte ich es dir auch nur beweisen. Ich war bemüht, alles zu tun, um Pamela glücklich zu machen. Sie fühlte sich anfangs geschmeichelt und geborgen. Mir selbst tat es gut, es war ein geschicktes Ablenkungsmanöver, eine sinnvolle Beschäftigungstherapie: Nur ja nicht in mich selbst hineinhorchen, nur ja nicht zu viel bei Emmi sein. Jede persönliche E-Mail, jeder innige Gedanke an dich musste sofort mit einer Geste der Verbundenheit zu Pamela entschuldigt und wettgemacht werden. Damit beruhigte ich mein schlechtes Gewissen. Nun, sie ließ sich von meinem Überschuss an Liebesbeteuerungen nicht lange beeindrucken. Bald fühlte sie sich irritiert, überfordert, in die Enge getrieben. Sie benötigte Freiraum, Auslauf, Zuflucht mit Heimvorteil. Da gab es nur einen Ort: Boston. Ich sah darin die einzig verbliebene Chance zur Verwirklichung meiner Illusion.
Du kennst meine E-Mails. Unser Abtast-Urlaub war gut genug, dass ich mir einbildete, es mit ihr an der US-Ostküste probieren zu wollen. Anfang nächsten Jahres wollten wir »auswandern«, die Weichen waren gestellt, Job und Wohnung in Aussicht. Aber dann, aber dann, aber dann. (...) Ja, dann habe ich ihr von dir erzählt, Emmi.
Schöne Stunden am Strand! Leo.

Acht Stunden später

RE:

Warum hast du ihr von mir erzählt?

Hi Leo, übrigens. Du hast ja hoffentlich nicht ernsthaft angenommen, dass ich dich jetzt eine Woche ohne meine Zwischentöne melodramatische »Pam«-Phasen-Analysen ausbreiten lasse, damit dir nachträglich wieder für Monate die Luft ausgeht. Apropos Luft: Ich befinde mich gerade in einem wunderschön schwarzwandigen, sorgsam verdunkelten, mit Death Metal beschallten, etwa drei Quadratmeter großen Internet-Gruft-Café für die durchgepiercte Nachfolgegeneration der kroatischen No-Future-Bewegung, einem Lokal, in dem man als Passivraucher in fünf Minuten mehr inhaliert als ein durchschnittlicher Kettenraucher in einer Stunde. In meinem Zustand einer nihilistisch illuminierten Schwade klingen deine nachträglichen »Pam«-Betrachtungen deshalb besonders bizarr. Also komm, setze ungeniert fort! Warum hast du ihr von mir erzählt? Was war danach? Und wie geht jetzt alles weiter? An einem der nächsten Nachmittage hole ich mir in dieser guten Internet-Stube deine Aufzeichnungen ab, sofern meine Lunge inzwischen nicht durchgebrannt ist. Küsschen, Emmi.

PS (ganz klassisch): Ich freu mich auf ein Wiedersehen!

Einen Tag später

Betreff: **Berührungspunkt**

Liebe Emmi, schön, dich in derart bestechender Form zu erleben. Die kroatische Meeres- und Gruft-Luft tut deiner feinfühligen Ader offenbar besonders gut.

1.) Warum ich Pam, also Pamela, von dir erzählt habe? – Ich musste es. Es gab einen Punkt, an dem ich nicht anders konnte. Es war DEIN Punkt, Emmi! Von mir einmal so beschrieben und bestimmt: »Auf der Innenseite meiner linken Hand, etwa in der Mitte, wo die Lebenslinie von dicken Faltenbögen durchkreuzt Richtung Pulsader abbiegt.« Das ist die Stelle, an der du mich bei unserem zweiten Treffen unabsichtlich berührt hast. Sie blieb mein ultimativer Emmi-Empfindungspunkt, prolongiert für alle Ewigkeit.

Monate später, bei unserem berühmten Fünf-Minuten-Treffen am Abend vor Pamelas Ankunft, hast du mir dann dein »Erinnerungsstück«, dein »Geschenk« hinterlassen. Warst du dir der Tragweite dieser Geste bewusst? Ahntest du, was du damit anrichten würdest? »Psst!«, hast du geflüstert. »Nichts dazu sagen, Leo! Gar nichts sagen!« Du hast meine linke Hand genommen, hast sie zu deinem Mund geführt und hast unseren Berührungspunkt geküsst. Mit dem Daumen hast du noch einmal sanft darübergerieben. Deine Abschiedsworte: »Tschüss, Leo. Mach's gut. Vergiss mich nicht!« Und die Tür war zu. Hunderte Male habe ich diese Szene nachgespielt, tausendmal deinen Kuss auf den Punkt nachempfunden. Da es nicht gerade zu meinen Stärken zählt, sexuelle Erregungszustände zu beschreiben, lasse ich jetzt besser dahingestellt, wie es mir dabei ergangen ist.

Jedenfalls war es mir nicht mehr möglich, mit Pamela intim zu sein, ohne deinen Punkt zu spüren und ohne dabei an dich zu denken und dich zu fühlen, Emmi. Damit war meine groß hinausposaunte Betrugstheorie über den Haufen geworfen. Erinnerst du dich an die Worte, die ich dir schrieb? – »Meine Gefühle zu dir nehmen jenen zu ihr nichts weg. Sie haben nichts miteinander zu tun. Sie treten nicht in Konkurrenz zueinander.« Unsinn! Unhaltbar! Von der Wirklichkeit überholt. Von einem einzigen Pünktchen widerlegt. Lange Zeit wollte ich nicht wahrhaben, dass sich meine linke Hand mehr und mehr Pamelas Körper entzog, wollte nicht sehen, welche Abwehrhaltung sie einnahm, wie sehr sie darauf bedacht war, ihr Geheimnis zu schützen, in der Faust zu verbergen.

Pamela muss es schließlich bemerkt haben. An jenem Abend griff sie energisch nach meiner abweisenden linken Hand, bemühte sich mit allen Mitteln, meine Faust zu öffnen, machte daraus ein Spiel, lachte angestrengt, erhöhte den Druck, kniete auf meinem Unterarm. Erst hielt ich mit Kraft dagegen. Aber schließlich erkannte ich meine Ohnmacht, unser großes Ganzes auf Dauer unter fünf Fingern verstecken zu können. Ich befreite meine Hand ruckartig aus ihrer Umklammerung, öffnete die Faust, hielt ihr die Hand vors Gesicht und sagte gereizt – ich fühlte mich elend, ausgeliefert, gedemütigt, verärgert, überführt: »Da, da hast du! Bist du jetzt zufrieden?« Sie war bestürzt, fragte, was mit mir plötzlich los sei, ob sie denn irgendetwas Falsches gesagt oder gemacht hätte. Ich beließ es dabei, mich zu entschuldigen. Pamela hatte keine Ahnung, wofür. Danach konnte ich nicht mehr anders: Ich erzählte ihr von dir.

Eigentlich wollte ich zunächst nur deinen Namen aussprechen und spüren, wie es mir dabei erging. Ich habe die kleine Sage von der Unbeugsamkeit der siebenten Welle zum Anlass genommen zu erwähnen, dass sie mir erst kürzlich wieder zugetragen wurde – »von Emmi, einer guten Bekannten«. Pamela war sofort hellhörig und fragte: »Emmi? Wer ist das? Woher kennst du sie?« Da hat sich eine Schleuse geöffnet, und es ist eine gute Stunde in einem Schwall aus mir herausgesprudelt, bis alles über uns verraten war. Das war tatsächlich, wie zum Exempel, eine dieser aufsteigenden, aufschäumenden, umstürzenden siebenten Wellen, wie du sie beschrieben hast. Eine Welle, die ausbrach, um zu verändern, um die Landschaft neu zu formen, sodass nachher nichts wie vorher war.

Angenehmen Badevormittag! Leo.

Drei Stunden später

Betreff: Abschied

2.) Was danach war? Nicht mehr viel. Ebbe. Flaute. Schweigen. Betretenheit. Kopfschütteln. Misstrauen. Kälte. Zittern. Schüttelfrost. Ihre erste Frage: »Warum sagst du mir das alles?« Ich: »Ich dachte, du solltest es endlich wissen.« Sie: »Warum?« Ich: »Weil es zu meinem Leben gehört hat.« Sie: »Es?« Ich: »Emmi.« Sie: »Hat?« Ich schwieg. Sie: »Ist es für dich abgeschlossen?« Ich: »Wir sind Freunde geworden, wir schicken uns

E-Mails, gelegentlich. Sie ist wieder glücklich liiert mit ihrem Mann.« Sie: »Und wenn sie das nicht wäre?« Ich: »Sie ist es.« Sie: »Liebst du sie noch?« Ich: »Pamela, ich liebe dich! Ich ziehe mit dir nach Boston. Ist das nicht Beweis genug?« Sie lächelte und strich flüchtig mit der Hand über meinen Hinterkopf. Ich konnte mir zusammenreimen, was in ihr vorging. Danach stand sie auf und ging zur Tür. Noch einmal drehte sie sich um und sagte: »Eine letzte Frage: Gibt es mich nur wegen ihr?« Ich zögerte, ich dachte nach, ich sagte: »Pamela, nichts ist ohne Vorgeschichte. Nichts ist nur aus sich selbst.« Da verließ sie das Zimmer. Damit war das Thema für sie erledigt. Ich unternahm mehrere Anläufe, mit ihr darüber zu reden. Ich sehnte eine Aussprache herbei, hätte auch ein schweres Hagelgewitter mit Flurschäden in Kauf genommen, damit endlich wieder ein klarer Morgen anbrechen konnte. Vergeblich. Pamela blockte jedes Gespräch ab. Es gab keinen Streit, keinen Vorwurf, kein böses Wort, auch keine bösen Blicke. Nein, es gab gar keine Blicke mehr, nur noch Streifschüsse. Ihre Stimme kam wie vom Tonband. Ihre Berührungen schmerzten, je weicher sie wurden. So taten wir weiter, als wäre nichts geschehen. So quälten wir uns durch mehrere Wochen, miteinander, nebeneinander, gemeinsam, synchron. Bis ich endlich begriff: Ich hatte Pamela nicht nur deine und meine Vorgeschichte erzählt. Ich hatte ihr gleichzeitig auch ihre und meine Geschichte erzählt. Und die hatte ich zu Ende erzählt. Da blieb uns nur noch der Abschied.

Am nächsten Morgen

Betreff: So, so, so traurig!

Hallo Leo, ich würde uns beide jetzt gerne mit irgendeiner kecken Blödsinnigkeit vom Inhalt deiner E-Mail ablenken. Aber diesmal schaffe ich es nicht. Ich hasse Geschichten, die schlecht ausgehen, überhaupt in der Früh. Du hast mich zum Heulen gebracht, und ich kann mich nicht mehr zurückhalten. Der Typ neben mir, den die Nacht hier vergessen hat, der

mit der Zahnspange über der Augenbraue, hat aus Solidarität sogar seine Zigarette auf halber Strecke ausgedämpft. Leo, ich finde das alles so, so, so schrecklich traurig, was du mir da schreibst und wie du es schreibst! Du tust mir so, so, so unheimlich leid! Ich würde dich jetzt so, so, so gerne umarmen und gar nie mehr loslassen. Du bist so, so, so ein Süßer! Und doch so, so, so unglaublich untalentiert in Liebesangelegenheiten. Du machst immer alles zur falschen Zeit, und wäre es an der Zeit, etwas zu machen, dann machst du es garantiert nicht oder nicht richtig. »Pam« und du – das konnte nichts werden. Ich wusste es, als ich sie sah. Gemeinsam Golf spielen, ja, okay, Bostoner Verwandte besuchen, zu Weihnachten Truthahn essen, eventuell ab und zu Sex (wenn es unbedingt sein muss), das verstehe ich schon. Aber doch nicht zusammenleben!
So, und jetzt muss ich mich rasch beruhigen. Draußen wartet Fiona. Sie will mit mir in die Shoppingmeile unseres ansässigen Fischerdorfes vordringen. – Das nächste tragische Kapitel bahnt sich an. Bis bald, mein Lieber. Emmi.

Zwei Tage später
Betreff: Drittens
3.) Und wie geht jetzt alles weiter? – Keine Ahnung, liebe Emmi. Ich bin erst bei der Stichwortsammlung für mein folgendes Halbjahresprogramm. Wenn du einen guten Tipp für mich hast, lass ihn mir bitte zukommen. Vielleicht werde ich den Rest des Sommers in Hamburg bei meiner Schwester verbringen und an der Nordsee auf eine bahnbrechende siebente Welle warten. Jedenfalls gibt es keinen Grund für dich, traurig zu sein oder dir Sorgen um mich zu machen. Ich fühle mich zwar ein wenig ausgehöhlt, aber erfreulich echt. Ich sehe wenig, aber was ich sehe, sehe ich klar. Zum Beispiel dich – im kroatischen Gruftcafé und am Strand, im grünen Bikini. (Enttäusche mich nicht und behaupte, er sei blau!)
Wenn ich richtig gezählt habe, bleiben dir und deiner Familie noch fünf Urlaubstage. Ich würde mir wünschen, dass du sie

ungestört genießen kannst. Ich werde meinen Teil dazu beitragen, werde mich in meine Stöße liegen gebliebener Seminararbeiten verkriechen und dir erst wieder schreiben, wenn du zurück bist. Danke jedenfalls für – dein Ohr, dein Auge, für deinen Berührungspunkt. Für dich! Du bist mir wahnsinnig wichtig. So, so, so sehr! Leo.

Drei Stunden später
RE:
Ja, doch, Leo, ich habe einen heißen Tipp für dich. Würdest du ihn bitte in deine Stichwortsammlung aufnehmen? – Donnerstag in einer Woche, 19.30 Uhr, Restaurant »Impressione«, zwei Personen, reserviert auf Emmi Rothner. Ich freue mich! Und wie ausgehöhlt auch immer: Lasse es bitte zu diesem Treffen kommen! Bitte, bitte, bitte! Gruftbussi, Emmi.
PS: Knapp daneben. Es war der braunweiße Bikini. Den grünen ziehe ich heute an. Damit du auch wirklich klar siehst, wenn du mich siehst!

Drei Tage später
Betreff: Impressione
Hallo Leo, du hast noch nicht ja gesagt zu Donnerstag. Ich will dich nicht drängen, ich will nur wissen, wofür ich mich hier täglich eine Stunde in die Sonne knalle, umringt von Liegestuhlmenschen, die ich für diese stumpfe, Hirn verflüssigende Untätigkeit noch bis vor einer Woche aus tiefstem Herzen bedauert hatte. Alles Liebe, Emmi.
PS: Grüße von Jonas »Spiderman« Rothner! Er hat mit mir gewettet, dass du ein passionierter Drachenflieger und Windsurfer bist. Ich dagegen tippe eher auf Strandpromenierer, Muschelsucher und Steinsammler.

Einen Tag später
Betreff: Geständnis
Liebe Emmi, ich wollte dich damit zwar nicht in deinem Ur-

laub belästigen, aber ich gestehe, dass ich Angst vor unserem Treffen habe.

Vier Stunden später
RE:
Ach, Leo, das brauchst du nicht. Es ist unser sechstes Treffen. Gefährlich wird erst das siebente. ☺
Außerdem – und hiermit modifiziere ich meine persönliche Tabelle der erotischsten Männer des Universums: Autorenn-Männer, Ferienmessen-Männer, Sandalen-Männer, Bierzelt-Männer, beleidigte Männer und – ängstliche Männer. Bis bald, Emmi.

Drei Minuten später
AW:
Liebe Emmi, was erwartest du dir von unserem »italienischen Abend«? Ich weiß, die Frage wird dir bekannt vorkommen, aber für mich drängt sie sich vor jedem anstehenden Treffen auf, diesmal ganz besonders.

Zwei Minuten später
RE:
1.) Antipasti di pesce
2.) Linguine al limone
3.) Panna Cotta
4.) Dazu, davor, dazwischen, danach, währenddessen und zum Wein dazu: Leo!
5.) Mir ständig gegenüber, akustisch präsent, stimmlich im Ohr, optisch im Auge, zum Greifen nah, quasi Kniescheibe an Kniescheibe: Leo!
(Wenn du versprichst, dass du, entgegen deinen Gepflogenheiten, nicht lange nachdenkst und sofort zurückschreibst, verharre ich noch ein paar Minuten hier in der Rauchhöhle.)

Eine Minute später
AW:
Wirst du mir anders begegnen als bisher?

30 Sekunden später
RE:
Leo, so etwas kann man nicht erfragen. So etwas erweist sich. Außerdem begegnen wir uns jedes Mal anders.

40 Sekunden später
AW:
Ich meine, wegen Pamela.

Zwei Minuten später
RE:
Ich weiß genau, wie du das meinst. Ich meine, wegen »Pam« werde ich dir nicht anders begegnen. Wenn ich dir anders begegnen werde, dann wegen dir. Oder mir. Oder anders: Wirst du mir anders begegnen, werde ich dir anders begegnen. Da du mir bisher immer anders begegnet bist, wirst du mir auch diesmal anders begegnen, werde auch ich dir wieder anders begegnen. Außerdem waren wir noch nie gemeinsam essen. Alleine indem du isst, begegnest du mir anders. Und ich werde darauf reagieren, ich werde zurückessen, das verspreche ich dir! Darf ich jetzt wieder aus der Gruft in die Sonne?

Drei Minuten später
Betreff: **Ich darf?**
Das heißt, ich darf in die Sonne? Also, ich gehe jetzt. Tschüss, Leo. Ich melde mich, wenn ich daheim bin. Bussi. Emmi.

Gleichzeitig
AW:
Natürlich. Bis bald. Schreibe mir bitte, wenn du wieder da bist. Alles Liebe. Dein Leo.

Drei Stunden später
Betreff: Schöner Bikini
Der Bikini gefällt mir. Ich mag grün an dir!

Einen Tag später
RE:
Na, du traust dich was!

Zwei Tage später
Betreff: Ich zuerst
Hallo Emmi, herzlich willkommen daheim! Streiche mich bitte aus deiner »Männererotik-Tabelle«. Ich freue mich auf morgen Abend, um halb acht, beim Italiener. Ich fühle mich unbeschwert. Ich habe nicht die leiseste Befürchtung, dass das Treffen daneben (neben unsere Ansprüche) gehen könnte. Leo.

Drei Stunden später
RE:
Der neue Leo: Wieselflink, todesmutig, ausgehungert, zu allem bereit!
(Danke für den netten Empfang. Und ICH freu mich erst!)

Vier Minuten später:
AW:
Die alte Emmi: Eindeutig gut angekommen!
(Danke für »ICH« und »erst«!)

Am nächsten Vormittag
Betreff: Gesund geblieben?
Liebe Emmi, bleibt es bei heute Abend?

30 Minuten später:
RE:
Ja, natürlich, lieber Leo. Ach ja, fast hätte ich vergessen, es dir

zu sagen: Bernhard und die Kinder kommen mit. Ist das okay für dich?

Zehn Minuten später
Betreff: Scherz!:
Leo, das war ein Scherz! Ein Scherz! Ein Scheeeeeeheeeeeerz!

Drei Minuten später
AW:
Na, das wird ein lustiger Abend! Also, ich melde mich jetzt lieber nicht mehr. Bis bald, Leo.

Eine Minute später
RE:
Ich freu mich auf dich!

30 Sekunden später
AW:
Und ich mich auf dich!

KAPITEL SIEBZEHN

Am nächsten Morgen
Kein Betreff
Ausgeschlafen?

Fünf Minuten später
AW:
Noch gar nicht eingeschlafen. Zu viele Bilder im Kopf, und süchtig, sie immer und immer wieder zu sehen. Wie fühlst du dich, Liebe?

Eine Minute später
RE:
Ich kann dir nur wünschen, dass du dich ähnlich fühlst wie ich, Lieber.

Zwei Minuten später
AW:
Verdopple die Intensität deines Fühlens, dann fühlst du dich etwa so, wie ich mich fühle, Emmi.

Drei Minuten später
RE:
Davon die Hälfte, und das mal vier, so geht es mir! Warum hast du mich eigentlich nicht gefragt, ob ich noch rauf zu dir komme?

50 Sekunden später
AW:
Unter anderem deshalb, weil du nein gesagt hättest, Emmi.

40 Sekunden später
RE:
So, hätte ich das? Habe ich so ausgesehen, als würde ich nein sagen?

Eine Minute später
AW:
Die nein sagen, sehen vorher selten so aus, als würden sie nein sagen. Andernfalls hätte man sie gar nicht erst gefragt.

40 Sekunden später
RE:
Weiß Frauenversteher Leo aus reichhaltiger einschlägiger Erfahrung zu berichten. Und nach hundert erhaltenen Nein, obwohl die Frauen gar nicht danach ausgesehen hatten, fragt er nun eben nicht mehr.

30 Sekunden später
AW:
Du hättest nein gesagt, Emmi. Stimmt's?

40 Sekunden später
RE:
Und du hättest absolut nichts dagegen gehabt, dass ich noch rauf zu dir komme, Leo. Stimmt's?

30 Sekunden später
AW:
Wieso glaubst du das?

40 Sekunden später
RE:
Wer so küsst und … äh … »umarmt«, hat nichts dagegen.

50 Sekunden später
AW:
Leitet Männereroberin Emmi von ihren unzähligen Kost- und Spürproben ab.

40 Sekunden später
RE:
Also wolltest du, dass ich noch rauf zu dir komme?

20 Sekunden später
AW:
Natürlich.

30 Sekunden später
RE:
Warum hast du mich dann nicht gefragt? Ich hätte ja gesagt. Ehrlich!

30 Sekunden später
AW:
Ehrlich? Scheiße!

50 Sekunden später
RE:
Aber die Szene vor dem Haustor war auch nicht schlecht, Lieber. Ich habe schon viele gute Haustor-Schmuse-Szenen erlebt. (Zugegeben, die meisten im Kino.) So gut und dauerhaft war selten eine. Und sie hat absolut keine Längen gehabt. Ich hab mich gefühlt wie mit siebzehn.

40 Sekunden später
AW:
Es war ein überwältigender Abend, Liebe!

50 Sekunden später
RE:
Ja, überwältigend, das war es! Nur eines verstehe ich nicht, Lieber.

30 Sekunden später
AW:
Was denn, Liebe?

20 Sekunden später
RE:
Wie konntest du, wie konntest du, wie konntest du?

30 Sekunden später
AW:
Sag schon!

40 Sekunden später
RE:
Wie konntest du vier von sieben Stück dieser sensationellen Penne Asparagi e Prosciutto in Salsa Limone stehen lassen?

50 Sekunden später
AW:
Ich hab's für dich getan!

30 Sekunden später
RE:
Das rechne ich dir hoch an.

50 Sekunden später
AW:
So, liebe Emmi. Jetzt melde ich mich ab, schließe die Augen, halte die Zeit an und träume – davon und darüber hinaus. Kuss!

40 Sekunden später
RE:
Schlaf gut, Süßer! Am Abend schreibe ich dir, was mir sonst noch aufgefallen ist. Kuss zurück! Nein, nicht zurück. Du kriegst

einen eigenen. Deinen behalte ich mir. Solche wie deine erhält man nicht alle Tage.

Neun Stunden später
Betreff: **Auffälligkeit**
Lieber Leo, bist du schon munter? Also: Du hast gestern Abend kein einziges Mal den Namen »Bernhard« in den Mund genommen.

40 Sekunden später
AW:
Du auch nicht, Emmi.

50 Sekunden später
RE:
Ich kann mich diesbezüglich beherrschen. Aber von dir bin ich es nicht gewohnt, mein Lieber.

Acht Minuten später
AW:
Du wirst dich möglicherweise daran gewöhnen müssen (oder dürfen), meine Liebe. Auch ich bin manchmal lernfähig: Bernhard ist deine Sache, nicht meine. Er ist dein Mann, nicht meiner. Wenn du mich küsst, ist das dein Gewissen, nicht meines. Oder es ist gar kein Gewissen, weil Bernhard ja von uns weiß … oder zumindest wüsste … oder damit rechnen müsste … oder es sich denken könnte … oder: Keine Ahnung, ich kenne mich nicht mehr aus mit deiner Version von Vernunft und Offenheit, ich habe den Überblick verloren. Nein, mehr noch, ich habe das Interesse verloren: Ich will nicht mehr über einen ewigen Schatten namens Bernhard springen müssen, wenn ich an dich denke. Ich muss auch nicht mehr vor Pamela insgeheim in den Boden versinken, wenn ich an dich denke. Ich denke an dich, wenn es mir passt, sooft und in welcher Art ich will. Nichts hindert mich daran, keiner hemmt

mich mehr dabei. Weißt du, wie befreiend das ist? Unsere gestrige Begegnung war für mich wie ein Quantensprung. Es ist mir gelungen, dich so zu sehen, als wärest du einzig und allein für mich da, als hätte man dich eigens für mich erfunden, als wäre das italienische Restaurant extra für uns eröffnet worden, als hätte man den Tisch absichtlich so gebaut, dass sich unsere Beine darunter berühren können, als hätte man den gelben Ginsterstrauch vor meinem Haustor ausschließlich für uns gepflanzt, damals vor zwanzig Jahren, in weiser Voraussicht, dass er aufblüht, wenn wir uns zwanzig Jahre später davor küssen und umschlingen werden.

Sieben Minuten später
RE:
Das hast du vollkommen richtig gesehen, mein Lieber. ICH WAR GESTERN EINZIG UND ALLEIN FÜR DICH DA! Und diesen Blick von dir, der mich und nur mich erfasst und alles rundherum verschwinden lässt, diesen Blick, der die gelb aufblühenden Ginsterbüsche für uns gepflanzt, die Welt für uns erschaffen sieht, diesen Blick, bitte, bitte, bitte, präge ihn dir ein! Trainiere ihn vor dem Einschlafen, wiederhole ihn beim Aufwachen, übe ihn vor dem Spiegel. Geh sparsam damit um, verschwende ihn nicht für andere, schütze ihn vor Zugriffen und grellem Sonnenlicht, setze ihn keinen Gefahren aus, pass auf, dass er dir beim Transport nicht zerbricht. Und wenn wir uns wiedersehen, dann pack ihn aus! Denn dieser Blick, mein Lieber, der wirft mich um, der macht mich wahnsinnig. Dafür allein hat es sich gelohnt, zweieinhalb Jahre auf E-Mails von dir zu warten. Leo, so hat mich noch nie jemand angesehen. So, so, so. Ja. Genau so. Das wollte ich dir noch sagen. Das war jetzt übrigens ein Kompliment, ein kleines, Süßer. Hast du's bemerkt?

Zehn Minuten später

AW:

Weißt du was, liebe Emmi? Hören wir auf für heute. Schöner kann es nicht mehr werden. Und so schön kann es vielleicht nur bleiben, wenn wir eine Nacht darüber schweigen. Ich küsse dich! Dein Leo. (Und jetzt gehe ich den So-so-so-Blick üben.)

KAPITEL ACHTZEHN

Am nächsten Abend
Betreff: Frage
Frage an den Schönschweiger: Wie lange gedenkst du unser »Uns« noch schönzuschweigen?

20 Minuten später
AW:
Frage an die Schönschweigbrecherin: Wie geht es mit uns beiden weiter?

Drei Minuten später
RE:
Das hängt von dir ab, lieber Leo.

50 Sekunden später
AW:
Nicht eher von dir, liebe Emmi?

Eine Minute später
RE:
Nein, mein Lieber, das ist dein großer fataler Irrtum, der dich schon die längste Zeit deines Weges begleitet, der dich nach Boston fehlgeleitet hat, der auch die Rückreise unversehrt überstand, der sich rasch akklimatisiert und an deiner Seite so richtig eingelebt hat. Leo, er klebt wie eine Klette an dir. Schüttle ihn endlich ab!

40 Sekunden später
AW:
Was stellst du dir vor? Soll ich dich fragen, ob du heute Nacht zu mir kommst und bei mir schläfst?

50 Sekunden später
RE:
Mein lieber Leo, es geht nicht darum, was ich mir vorstelle,

das weiß ich ohnehin, und du kannst dir gar nicht vorstellen, was ich mir alles vorstellen kann, überhaupt seit gestern. Diesmal geht es aber eindeutig darum, was DU dir vorstellst. Und, nein: Frage mich bitte nicht wegen heute Nacht!

20 Sekunden später
AW:
Warum nicht?

40 Sekunden später
RE:
Weil ich nein sagen müsste.

40 Sekunden später
AW:
Warum müsstest du das?

50 Sekunden später
RE:
Weil, weil, weil. Weil ich nicht will, dass du glaubst, dass ich eine Affäre mit dir will. Und, fast noch wichtiger: Weil ich keine Affäre mit dir will! Für eine Affäre hätten wir uns zweieinhalb Jahre und 37 Festmeter Buchstaben sparen können.

30 Sekunden später
AW:
Wenn du keine Affäre willst, was willst du dann?

40 Sekunden später
RE:
Ich will, dass du aussprichst, was DU willst!

20 Sekunden später
AW:
DICH!

Eineinhalb Minuten später
RE:
Bravo, Leo! Kam spontan, aus dem Bauch heraus, steht auch ganz gut da, noch dazu in Großbuchstaben. Aber was DICH? Dich lesen? Dich im Hinterkopf behalten? Dich in Gefühlsschränken herumtragen? Dich als Punkt in der Hand haben? Dich nicht verlieren? Dich verehren? Dich sehen? Dich hören? Dich riechen? Dich spüren? Dich küssen? Dich angreifen? Dich niederreißen? Dich schwängern? Dich aufessen?

50 Sekunden später
AW:
DICH ALLES! (Bis auf »schwängern«, aber warum eigentlich nicht?)

Eine Minute später
RE:
Schön, Leo! Am Höhepunkt deiner Verlegenheit zeigst du manchmal Ansätze, humorvoll zu sein. Aber ehrlich, wer hindert dich daran, mit mir all das zu tun, was du willst? Also, sag mir, wie es mit uns beiden weitergeht!

Sieben Minuten später
Betreff: Sag!
Leeeeeooooo! Bitte! Jetzt nicht wieder schweigen! Sag es! Schreib es! Du kannst es! Du schaffst es! Trau dich! Du bist so knapp davor!

Vier Minuten später
AW:
Gut, wenn du unbedingt lesen willst, was ich will, obwohl du es ohnehin weißt: Liebe Emmi, wollen wir, nein, willst du, oder kannst du dir vorstellen – okay, okay, es geht nicht darum, was du dir vorstellst, es geht darum, was ICH mir vorstelle. Emmi, ich stelle mir vor, ich würde es gerne mit dir probieren!

30 Sekunden später
RE:
Was »es«?

40 Sekunden später
AW:
Die Zukunft.

Eine Minute später
RE:
Die »Zukunft« ist weiblich und (deshalb) unberechenbar. Probieren wir es doch zuerst einmal mit »Zusammensein«, das wäre angemessen, das wäre sächlich, das wäre ein echtes »Es«. Das wäre es. Möglicherweise. Wahrscheinlich.

40 Sekunden später
AW:
Emmi, ich wusste ja, dass es vor allem darum geht, was DU dir vorstellst! Und was bitte unterscheidet »dein« Zusammensein von »meiner« Affäre?

50 Sekunden später
RE:
Der Anspruch, die Absicht, das Ziel. Eine Affäre will sich ausleben. Ein Zusammensein will zusammenbleiben, um sich vielleicht einmal so richtig schön zusammenzuleben.

Drei Minuten später
AW:
Liebe Emmi, im Falle eines so richtig schönen Sichzusammenlebens des Zusammenbleibens unseres (angedachten) Zusammenseins: Tut mir leid, ich muss dich das jetzt fragen. – Könntest du dir vorst… Würdest du dich von Bernhard trennen? Würdest du dich scheiden lassen?

20 Sekunden später
RE:
Nein.

40 Sekunden später
AW:
Na also! Vergiss es.

30 Sekunden später
RE:
Lieber Leo, sag nicht: »Na also! Vergiss es«, sondern frag mich: »Warum nicht?«

40 Sekunden später
AW:
Warum soll ich dich das fragen, Emmi?

50 Sekunden später
RE:
Frag nicht, warum du mich das fragen sollst, sondern frag mich, warum ich mich nicht scheiden lassen würde!

30 Sekunden später
AW:
Liebe Emmi, ich werde mir von dir nicht vorschreiben lassen, was ich dich zu fragen habe. Was ich dich frage, frage immer noch ich. Also: Warum würdest du dich nicht scheiden lassen?

20 Sekunden später
RE:
Weil ich schon geschieden bin.

Zwei Minuten später
AW:
Nein.

Zwölf Minuten später
RE:
Doch. Seit 17. November, 11 Uhr 33. Grob gerechnet: seit einem halben Jahr. Falls du diese unerquickliche Phase bereits aus deinem Gedächtnis gestrichen hast: Das war während unserer dreimonatigen Schreibpause, nach meinem Nacht- und Nebelbesuch bei dir, nach meinem verkündeten ENDE mit Großbuchstaben. Damals bin ich ausgezogen. Damals habe ich Bernhard alles über uns (beziehungsweise über den zweiten, ihm noch unbekannten Teil unserer Geschichte) erzählt. Damals haben wir offiziell, einvernehmlich und ohne Schuldzuweisung festgestellt, dass unsere Ehe nicht mehr gar so fantastisch gut dasteht und dass sie in ihrer verunglückten Stellung erstarrt ist. Damals haben wir die Konsequenzen gezogen. Damals haben wir uns scheiden lassen. Ja, so war das damals. Und es war richtig, dass wir es getan haben. Und es war gut, wie wir es gemacht haben. Es tat weh, aber nur ein bisschen. Den Kindern ist es gar nicht aufgefallen. Denn in den Abläufen hat sich nicht viel geändert. Wir sind uns als Familie erhalten geblieben.

40 Sekunden später
AW:
Warum hast du es mir verheimlicht?

Eine Minute später
RE:
Ich habe es dir nicht verheimlicht, Leo, ich habe es dir nur nicht gesagt. Es war nicht so, so, so – wichtig, ja, wichtig. Eigentlich war es bloß ein formaler Akt. Irgendwann wollte ich es erwähnen. Aber da kam uns »Pam« dazwischen. Da stand sie quasi vor der Tür. Da hätte es irgendwie nicht so gut gepasst, fand ich.

40 Sekunden später
AW:
Aber Emmi, Bernhard und du, ihr habt auf den Kanarischen Inseln einen idyllischen Versöhnungsurlaub zu zweit verbracht.

30 Sekunden später
RE:
Es war kein idyllischer Versöhnungsurlaub, es war ein harmonischer Gewohnheitsurlaub. Das sind auf der Skala der guten Urlaube die emotionell so ungefähr am weitesten voneinander entfernten Möglichkeiten. Wir waren mit uns im Reinen.

40 Sekunden später
AW:
So rein, dass du nachher wieder zu ihm zurückgekehrt bist. Für mich war das damals ein untrügliches Zeichen für die Festigkeit eurer Bindung.

Acht Minuten später
RE:
Und für mich war das damals ein untrügliches Zeichen für deine Gabe, die Dinge völlig falsch zu beurteilen, wenn sie gar nicht mehr falsch beurteilt werden können! Eindeutiger konnte mein Antrag aus La Gomera an dich nicht sein. Aber du hast ihn abgelehnt, indem du ihn überhört hast. Du hast die Wogen sausen lassen, in gewohnter Tradition. Seit wir uns kennen, hast du eine siebente Welle nach der anderen verschlafen, mein Lieber.

40 Sekunden später
AW:
Und deshalb hattest du dich für Bernhard entschieden und bist wieder zu ihm gezogen. Was gibt es daran falsch zu beurteilen?

Fünf Minuten später
RE:
Nein, Leo. Wir hatten lediglich unsere familiäre Wohn- und Zweckgemeinschaft wieder aufgenommen. So konnte ich die Kinder besser überblicken, wenn er auf Tournee war. Außerdem saß ich dann nicht mehr gar so verloren im Leo-Warteraum und starrte weiße Wände an.

50 Sekunden später
AW:
Das wusste ich nicht.

30 Sekunden später
RE:
Ich weiß.

40 Sekunden später
AW:
Es ist zwar noch neu und ungewohnt, aber es geht mir ziemlich gut dabei, es zu wissen.

30 Sekunden später
RE:
Das freut mich für dich.

Drei Minuten später
AW:
Und jetzt?

50 Sekunden später
RE:
Jetzt schlage ich vor, dass ich einen Whiskey brauche.

30 Sekunden später
AW:
Und danach?

Zwei Minuten später
RE:
Danach darfst du mich noch einmal fragen, ob ich zu dir komme. Inzwischen kannst du schon einmal damit beginnen, deinen Ginsterbusch-Blick zu üben und Wellen zu zählen.

Fünf Minuten später
AW:
Schon fertig mit dem Whiskey?

30 Sekunden später
RE:
Ja.

20 Sekunden später
AW:
Kommst du?

15 Sekunden später
RE:
Ja.

30 Sekunden später
AW:
Wirklich?

20 Sekunden später
RE:
Ja.

25 Sekunden später
AW:
Bis gleich.

20 Sekunden später
RE:
Ja.

KAPITEL NEUNZEHN

Drei Monate später
Kein Betreff
Bist du online, Süßer? Habe ich in der Früh mein Handy bei dir liegen gelassen? Kannst du nachschauen? 1.) Bademanteltasche. 2.) Schwarze Jeans (Liegt im Wäschekorb, hoffentlich hast du sie noch nicht gewaschen.) 3.) Kommode im Vorraum. Oder noch besser: Ruf mich an und lausche, wo es klingelt. Kuss. E.

Zwei Minuten später
Kein Betreff
Alles zurück. Ich hab's schon gefunden. Freu mich wahnsinnig auf dich!! E.

Drei Stunden später
AW:
Hallo Liebe, schön dich zu lesen! Schön dir zu schreiben! Könnten wir öfters machen. Tausend Küsse. Und hungrig sein! Bis gleich. Leo.